枫彩文彰

加拿大华人文学研究论文集

主 编 徐学清 吴 华

暨南大学出版社
JINAN UNIVERSITY PRESS

中国·广州

图书在版编目（CIP）数据

枫彩文彰：加拿大华人文学研究论文集/徐学清，吴华主编．—广州：暨南大学出版社，2015.3
ISBN 978 – 7 – 5668 – 1270 – 4

I. ①枫…　Ⅱ. ①徐… ②吴…　Ⅲ. ①华人文学—研究—加拿大　Ⅳ. ①I711. 06

中国版本图书馆 CIP 数据核字（2014）第 257559 号

出版发行：暨南大学出版社

地　　址：中国广州暨南大学
电　　话：总编室（8620）85221601
　　　　　营销部（8620）85225284　85228291　85228292（邮购）
传　　真：（8620）85221583（办公室）　85223774（营销部）
邮　　编：510630
网　　址：http：//www. jnupress. com　http：//press. jnu. edu. cn

排　　版：广州市天河星辰文化发展部照排中心
印　　刷：佛山市浩文彩色印刷有限公司

开　　本：787mm×960mm　1/16
印　　张：20.5
字　　数：343 千
版　　次：2015 年 3 月第 1 版
印　　次：2015 年 3 月第 1 次

定　　价：49. 80 元

满城烟柳

——加拿大华文文学观感[①]

（代序）

蒋述卓

　　20 世纪 90 年代中期，我访问美国时，在初步了解美国华人新移民文学之后曾为美国华人新移民文学写下一篇简短的评论，题目为"草色遥看——我所知道的美国华人新移民文学"。那个时候，美国华裔英语文学尚未进入我的视野，对加拿大华人新移民文学也知之甚少，我只是就美国北部地区华人新移民文学的状况发表了一点粗浅之见，就当时的状况而言，美国北部地区华人新移民文学正处于起步阶段，正如古诗所云"草色遥看近却无"的面貌，当然我也预言，在不远的将来它们会蓬勃生长，呈现出蔚为壮观的文学盛况。时隔十年有余，当我首次踏入枫叶之国，却见加拿大华文文学（以下简称加华文学）（包括加华新移民文学）已然是"满城烟柳"的葳蕤之貌。惊喜之余，禁不住写下这篇短文，以表达我对加华文学的欣喜之情。

　　我的欣喜大约来自以下几个方面：

　　1. 加华文学人气旺，队伍整体实力雄厚

　　加华文学有早已出名并堪称文坛前辈的著名作家，如诗词作家兼理论批评家叶嘉莹，她不仅是古典诗词创作与散文创作的高手，也是诗词鉴赏家与批评家，她所开创的"中西融通"式的批评鉴赏理论独树一帜，影响深远；也有在中国台湾、香港已是著名诗人、作家然后移民加国的，如洛夫、痖弦、梁锡华、潘铭燊等，他们来到加国后的创作树起了新的创作标杆。新移民作

　　① 此文为 2010 年 7 月在多伦多举行的，由暨南大学、约克大学、加拿大中国笔会联合主办的"加拿大华裔/华文文学国际学术研讨会"闭幕式上的主题发言。

家指 20 世纪 80 年代后移民的作家，多数为出国留学或技术移民居住加国的作家，这一批人才华横溢，创作精力旺盛，主要分布于多伦多、温哥华、渥太华等地，人数众多，成果丰硕，多产者或著名者可以列出一长串名单，如张翎、曾晓文、陈河、赵廉、笑言、陈浩泉、孙博、沈可平、李彦、黄俊雄、梁丽芳、林婷婷、刘慧琴等。

2. 出现不少有标志性、显示度强的作品，令人眼前一亮

当前，国内长篇小说一年出版近 3 000 部，这当中难免泥沙俱下，滥竽充数者也不在少数，如果没有强大的实力和一定的名气，出版过的小说可能就如过眼烟云、飞鸟之迹，一晃就过去了。但就是在这种情况下，加华文学中还涌现出不少有标志性、显示度强的作品，如张翎的《金山》，2009 年获得中国首届"中山杯"华侨华人文学奖评委会特别大奖，并将在国内被拍成电影。她的《余震》被冯小刚改编成电影《唐山大地震》后，赚取了更多人的眼泪，形成了更大的影响。还有曾晓文的小说《白日飘行》和《夜还年轻》、陈河的《沙捞越战事》和《去斯科比之路》、李彦的《红浮萍》，梁丽芳、林婷婷、赵庆庆等的散文集。

有标志性、显示度强的作品的出现，说明了加华文学的艺术水准相对较高，这不仅表现在他们选择有重大意义或较深刻的主题上，更表现在他们处理结构、驾驭语言、选择适合的表现方式的娴熟能力上。从这一点而言，他们的作品之所以置于中国文坛之中也毫不逊色，绝对不是因为其华人移民的身份，而是因为其创作的实力。

3. 创作心态良好，不急功近利，真正将文学视为生命的一部分

这要追溯到创作动机。创作不是为了解闷、泄愤，也不是为了炫耀、捞取名利资本，更不是为了评奖，而是为了追求一种思想上的探究，一种精神上的超越。加拿大华裔作家（以下简称加华作家）多写自己的经历，或者是其所写作品中大多有自己经历的影子，如陈河、曾晓文等，但他们的作品并未陷入旧日的苦痛，而是在文学的慢慢咀嚼中品出人生与人性的味道。张翎的作品《金山》追寻的是中国劳工的苦难史、奋斗史、自我人格觉醒史与中国人形象的修复和完善，他着眼的是大处，挖掘的是深处。作家本人为此书的写作酝酿、构思、收集材料达十年之久，足见其创作的心境是十分平静的。其他作家的创作也体现出了这种心态。

更为重要的是，我看到了加华作家多数实现了一种文化身份的转换，即

从文化自卑到文化自信的转换，从思乡到爱居住国的转换，从文化隔裂到文化融合的转换。这里面还包括了对中国人的陋习的深刻批判与反思，体现出了一种文化自醒与自信，也是一种深刻的文化忧虑。如李彦的小说《罗莎琳的中国》以及杜杜的微型小说《吞咽》，都对几千年来难以改变的中国痼疾——随地吐痰进行了无情的反思与批判，其间透露出许多无奈，也透露出更多的希望。这种敢于"揭短"的心态是一种成熟的心态，它对从文化深处改造国民性、提升国民素质是大有益处的，谁又敢说这有损中国形象呢？蓝山的散文《我是华裔加拿大人》则更是一种新文化身份的宣言，又有谁不可理解呢？

4. 创作环境佳

加华文学的创作环境堪称世界华文文学中的一流。一是政策宽松，加拿大的多元文化政策为加华文学的快速发展创造了良好的机遇。二是媒介条件优越，不仅有报纸、网络，而且还有自己的文学网站。三是文学社团活动健康、频繁。四是文学理论批评与创作并驾齐驱，为创作提供了极大的助力。由大学教授和研究工作者合作出版的多种加华文学作品选集和文学评论集，对于展示加华文学实力，推出新人新作与名家力作，以及扩大加华文学在加国及世界华文文学领域中的影响都是很有意义与价值的。

满城烟柳，摇曳多姿；枫叶飞扬，耀眼生辉。加华文学有如此好的环境与条件，日后定会有更多更有影响的成果，定会出影响深远的大家名匠。我期待着。

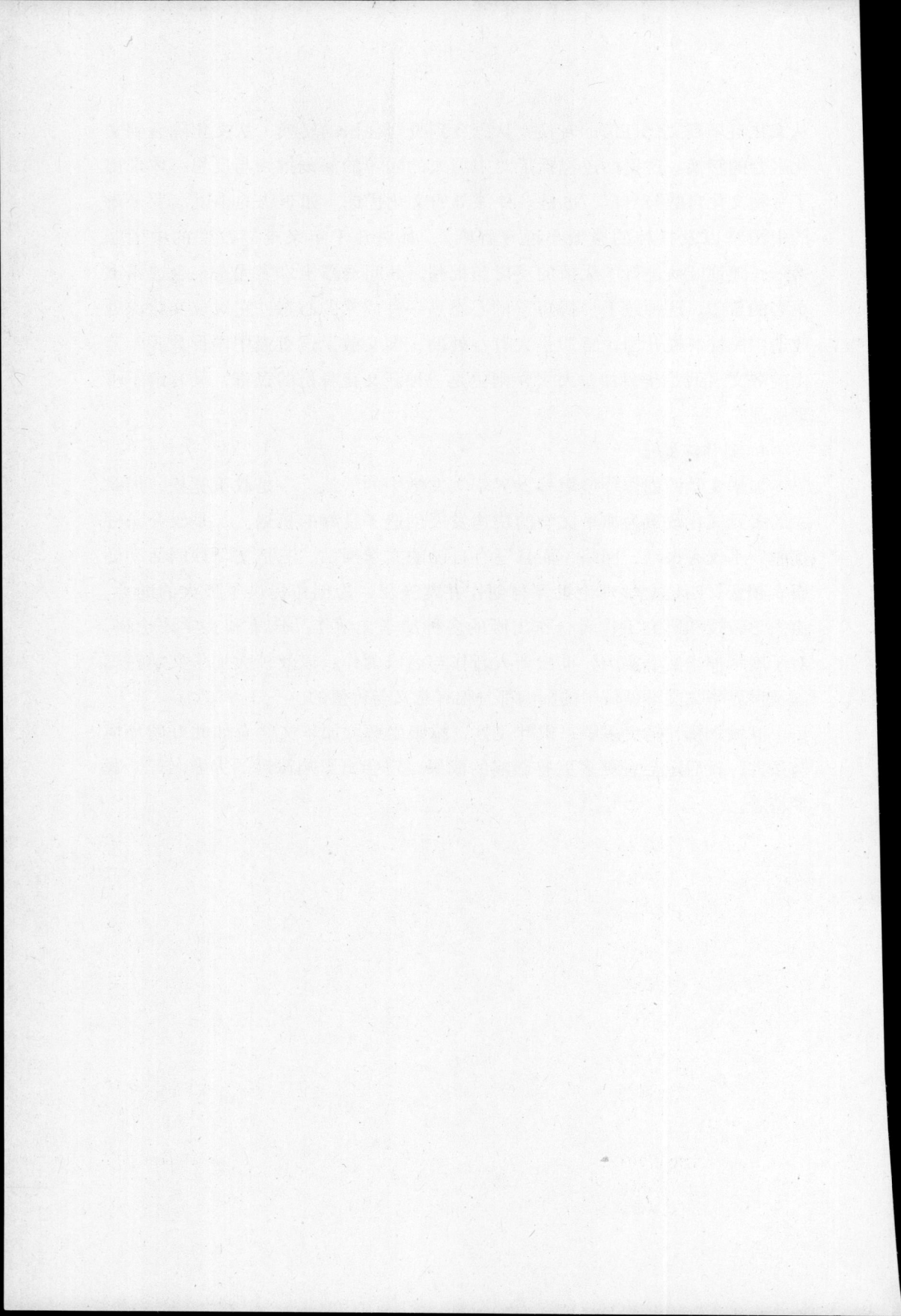

前　言①

吴　华　徐学清

一

诚如蒋述卓教授所言，加拿大的华文文学已经呈现出满城烟柳、繁花似锦的葳蕤之貌。②

加华文学繁盛的标志之一是优秀作家和作品频出。自 2003 年以来，荣登中国小说学会排行榜的作品有张翎的《羊》（2003 年）、《雁过藻溪》（2005年）、《余震》（2007 年）、《生命中最黑暗的夜晚》（2011 年）和曾晓文的《苏格兰短裙和三叶草》（2009 年）。继张翎的长篇小说《金山》2009 年获得中国首届"中山杯"华侨华人文学奖评委会特别大奖之后，2010 年陈河以中篇小说《黑白电影里的城市》获首届郁达夫小说奖中篇小说奖，他的长篇小说《沙捞越战事》荣获 2011 年"中山杯"华侨华人文学奖主体最佳作品奖。2011 年孙博、曾晓文以电视文学剧本《中国创造》先后获"中国作家"鄂尔多斯文学奖和"中山杯"华侨华人文学奖。2012 年张翎又以《阿喜上学》获郁达夫小说奖中篇小说提名奖。在海峡两岸文学期刊和报章上刊登的、在海内外结集出版的、收入《华文文学选集》和《世界华人文库》的加拿大华文作家的作品更是琳琅满目，数不胜数。其中，由林婷婷和刘慧琴主编的、荣获 2011 中国年度优秀图书奖的《漂鸟：加拿大华文女作家选集》则昭示了加拿大华文女作家的群体水平。

加华文学繁盛的另一标志是学术界的关注，加华作家和作品渐渐成为海

---

①　此文为 2010 年 7 月在多伦多举行的，由暨南大学、约克大学、加拿大中国笔会联合主办的"加拿大华裔/华文文学国际学术研讨会"闭幕式上的主题发言。

②　蒋述卓：《满城烟柳——加拿大华文文学观感》。

外华文文学研究的"显学"之一。21 世纪初,尽管闻名遐迩的加华作家已经脱颖而出,但他们仍未进入研究者和批评家的视野,加华文学仍是"'草色遥看近却无'的面貌"①。从温哥华加拿大华裔作家协会(以下简称加华作协)主持的活动可以窥见一斑:加华作协分别于 1999 年和 2003 年出版了两部文集:《枫华文集——加华作家作品选》和《白雪红枫——加华作家作品选·二集》。这两部文集共收入 12 篇评论文章,其中只有 5 篇涉及加华文学。② 数年之后,加华作协的第三部文集《枫华正茂——加华文学评论集》问世,这部文集收入的 21 位作家的 30 篇论文,绝大部分是加拿大华裔/华文文学的研究成果。③ 自 1997 年起,加华作协共举办了 9 届华人文学座谈会或研讨会,只有 2012 年的第九届研讨会"跨国(地域)的加华文学:从隔离年代到融和年代"是专题研讨加拿大华裔文学的。④ 在其诞生地,加华文学受到重视也是近年的事。

华裔/华文文学在加西实现从"草色遥看"到"满城烟柳"衍化的同时,加东的华文文学重镇多伦多也展现出葳蕤葱茏的繁华景象。2010 年,加拿大中国笔会和国内的暨南大学、多伦多的约克大学合作,联合举办了"加拿大华裔/华文文学国际学术研讨会",会上 23 位学者和数名年轻学子宣读了 22 篇关于加华文学研究的专题论文。⑤ 这次研讨会是首个以"加华文学研究"为主题的国际会议,它是加华文学批评和研究的一个重要里程碑。与此同时,

---

① 蒋述卓:《满城烟柳——加拿大华文文学观感》。

② 这 5 篇论文包括 3 篇概论、1 篇作家研究和 1 篇对华人文学研究的综论,分别是林婷婷的《枫叶情,故国心——加华文学简介》、刘慧琴的《多元文化中的一枝奇花——加拿大华人文学概况》、梁丽芳的《打破百年沉默:加拿大华人英文小说初探》,陈浩泉主编:《枫华文集——加华作家作品选》,温哥华:加拿大华裔作家协会 1999 年版,第 6~47 页;申慧辉:《诗情与诗境——加华女诗人白蒂的诗歌特色》,陈浩泉主编:《白雪红枫——加华作家作品选·二集》,温哥华:加拿大华裔作家协会 2003 年版,第 298~301 页;收入《白雪红枫——加华作家作品选·二集》中的梁丽芳的《扩大视野——从海外华文文学到海外华人文学》(第 281~292 页),综览海外华人跨国写作的发展进程,批评了国内研究界生硬分割华文和非华文写作的墨守观念,呼吁学界把海外华文文学研究扩大为海外华人文学研究。梁丽芳教授的论文不仅具有学科建设上的前瞻性,也涉及加拿大的华人写作。

③ 陈浩泉主编:《枫华正茂——加华文学评论集》,温哥华:加拿大华裔作家协会 2009 年版。

④ 第一、二届华人文学座谈会是加华作协独立举办的,第三届到第六届华人文学研讨会是加华作协与温哥华中华文化中心合办的。从第七届华人文学研讨会起,是加华作协、温哥华中华文化中心和西门菲莎大学联合举办的。第一届到第八届座谈会或研讨会的信息见《附录二:〈加华作协〉历年主要活动》和《附录三:历届〈华人文学研讨会〉简介》(《枫华正茂——加华文学评论集》,第 319~333 页)。第九届研讨会的信息见加华作协的网站,http://www.ccwriters.ca/。

⑤ 见加拿大中国笔会的博客,http://blog.sina.com.cn/s/blog_683db7660100k247.html 和 http://blog.sina.com.cn/s/blog_683db7660100jr0y.html。

加拿大中国笔会还和龙源期刊网共同主办了"首届加拿大华裔/华文文学论文奖"大奖赛，评选出获一、二、三等奖和佳作奖的六篇优秀论文。① 国内的学术期刊上也经常刊登加拿大华裔/华文文学的研究论文，《华文文学》还于2006年和2010年为加华文学分别发了研究专号和专辑。② 而以加拿大华人作家作品为主题的硕士、博士学位论文更是不计其数。

毋庸置疑，加华文学研究也是一片"满城烟柳，摇曳多姿；枫叶飞扬，耀眼生辉"③的欣欣向荣景色。《枫彩文彰——加拿大华人文学研究论文集》就是飞扬的枫叶中一片纹理清晰、汁质丰沛的新叶。

二

《枫彩文彰——加拿大华人文学研究论文集》是在2010年"加拿大华裔/华文文学国际学术研讨会"宣读的论文的基础上，汇集加华文学重要研究成果编纂而成的。本文集从2010年国际学术研讨会的22篇论文中选择了12篇优秀论文，其他15篇论文选自已经发表在论文集和学术期刊中的，或是在重要国际会议上宣读过的高质量的研究文章。这些论文在研究命题、研究视角、批评方法等诸方面都具有多元化、多视角的开拓性特质，论文集的一大特色是填补加华文学研究领域的空白，跨越研究过程中的偏颇和障碍，把研究推向纵深。

作为加华文学的研究者和本书的编者，我们一直为海外华裔/华文文学研究领域中，特别是美华—加华文学研究中的一些现象所困扰。让我们不解的是对华裔/华文文学的生硬割裂。早在21世纪初，梁丽芳教授就指出Chinese"是个永远的族裔标志……这个标志，对于华裔而言，是身份的共同徽章"。所以单单注意海外华文文学而"忽略涵盖面更广阔的非华文文学，对于散居

---

① 获得一、二、三等奖的论文分别是陈中明的《重新审视个人、社会与价值观——余兆昌笔下加籍华人女性身份的文学与跨文化研究》、胡德才的《论张翎小说的结构艺术》和江少川的《底层移民家族小说的跨域书写——论张翎的长篇新作〈金山〉》；获得佳作奖的论文是喻大翔的《世华散文地图中的枫林景象——加拿大华文散文艺术成就初探》、王朝晖的《亦舒笔下的加拿大华人发展史——由华人地位及心态嬗变说起》和蒲雅竹的《交错与融合——从〈交错的彼岸〉看异质文化中他者身份的正确建构》。详细信息见加拿大中国笔会的博客，http://blog.sina.com.cn/s/blog_683db766010l0xh.html。

② 见《华文文学》2006年第4期（总75期）"加华文学研究专号"和2010年第5期（总100期）"加华文学专辑"。

③ 蒋述卓：《满城烟柳——加拿大华文文学观感》。

各国的炎黄子孙，是讲不通的，是欠缺公平的"，她呼吁研究者重新描绘全球化语境下的海外华裔文学的版图，"把海外华文文学扩大为海外华人文学"。①十年以后，华裔文学和华文文学的壁垒依然存在。就国内而言，这一壁垒表现在学科的划分和研究的"分工"上。华文文学被视为中国文学的外延，其研究隶属于中文系；而非华文的华裔文学则被当作外国文学，其研究专属外语系。在加拿大的大学里，包括加华文学（Chinese Canadian literature）在内的族裔文学（ethnic literature）专指加拿大离散族裔的作者用英文或法文创作的文学作品，华文文学还不为族裔/华裔文学研究者所知。

加华文学研究中的第二个壁垒表现为时间维度上的断裂。不论是对非华文文学的华裔书写，还是对华文文学的研究，其关注点都是 20 世纪 90 年代以来的作家和作品，对此前的华人的文学活动，研究者知之甚少。我们听说过 19 世纪末 20 世纪初赴加拿大的华工也曾写下题壁诗，但对题壁诗的数量、内容和题诗者，我们没有见到真正翔实的分析和研究。②早期加拿大的华文报纸有援引中国报章传媒的惯例，大多设有文学副刊。我们知道几个重要华埠都有华文报纸出版发行，但是对其文学副刊，加华文学研究者尚未给予应有的关注。

加华文学研究中时间的断裂，以及华裔文学和华文文学之间人为的分割，造成加华文学研究的两大局限性。研究者可能会忽视自身的和研究对象的局限性（包括历史的和文本的局限性），以偏概全，把某一时期或某一文学支系的题材、主题、叙述形式及艺术技巧的特点和模式扩大为整个加华文学的特点和定式，从而把加华文学丰富多样的特征简单化、定时化或标签化，更使得加华文学一个多世纪的漫长历史缩水。

三

《枫彩文彰——加拿大华人文学研究论文集》是针对上述两个局限所作的初步尝试，旨在对加华文学作一个多元化、多方位的探索。

首先是在时间跨度上，论文集收入了四篇以早期华埠的报纸，特别是

---

① 梁丽芳：《扩大视野——从海外华文文学到海外华人文学》，陈浩泉主编：《白雪红枫——加华作家作品选·二集》，温哥华：加拿大华裔作家协会 2003 年版，第 281～292 页。

② 加拿大维多利亚大学的荣休教授、加拿大华人史和华埠史专家黎全恩（David Chuenyan Lai）曾撰写短文，介绍题壁诗的发现和部分题壁诗的内容。见黎全恩：《猪仔屋：昔日华人抵加后的"监狱"》，《加华新闻》，2006 年 8 月 5 日第 4 版。

《大汉公报》为研究对象的论文。石晓宁的论文着重于对《大汉公报》的前身《华英日报》和《大汉日报》，以及报人崔通约的介绍，并爬梳了加拿大最早的几份重要华文报纸的来龙去脉。梁丽芳的论文研读介绍了温哥华华裔社区的文化场域、华人的文化活动和文化活动的不同形式，阐明了华人文学活动的多重角色和多种意义。徐学清和吴华的两篇论文选择特定的语境、特定的历史时期和特定的话题，以报纸的"专论"和文学副刊为研究对象，探讨加拿大华人对"家"、"国"、"族"认知的变化，通过从"客居"到"定居"的痛苦、曲折的过程反映出华人的身份归属和身份定位。这四篇论文把加华文学的研究时间向前推进了数十年，填补了时间跨度上的一个空白。

其次是在研究广度方面，论文集覆盖了加华文学的华文创作和非华文书写，并且入选的论文在研究材料、研究命题、研究视角和研究方法上各有新意和启迪。以研究多次获得文学大奖的华文作家张翎的论文为例，这组论文都注意到张翎写作中对此岸—彼岸、原乡—异乡、个人经历—家族史诗，特别是家族史诗中女性成员的人生经验和跨域经验的描写，但是论文的切入点和关注点各有不同。例如，孔书玉和林丹娅、朱郁文的研究都是把张翎和另一位杰出的华裔作家严歌苓作对比，但是论文选择的研究材料不同，孔书玉的研究对象是两位女作家的单篇巨著（《金山》和《扶桑》），而林丹娅、朱郁文分析的则是两位女作家的多部代表作。仁者见仁，智者见智。孔书玉挖掘出《扶桑》里东方主义的跨界书写和《金山》里的文化转译与沟通，并对《金山》在打破中国文学和亚美文学（Asian American literature）中存在着的移民和文化冲突主题上的隔阂所作的贡献作了精辟的论述；林丹娅和朱郁文发现的是严歌苓作品中的"新历史主义"特征和张翎写作中对家族历史的回忆与梳理。同是研究张翎的《金山》，江少川认为张翎书写的是底层移民的家族史，而且方氏家族的历史悲剧就浓缩于金山和碉楼这两个空间意象中，这两个意象互为参照，实现了一种双向寻找、双向追寻。蒲若茜和宋阳在研究《金山》时运用了历时共时的过去与现今并置（juxtaposition）的理念，同时运用空间批评和文化批评的理论来分析方氏家族故事书写中的三维坐标系："过去和现今杂糅的时间维度、原乡和异乡融合的空间维度以及不断延续却时刻杂交、变化的文化维度，还有小说中的人物如何在三重杂糅里完成身份的定位和认知。"蒲若茜、宋阳文章最夺目之处在于对《金山》空间维度的独到分析，两位作者"早期侨民不仅成为空间中的活动者，更成为特定空间的占有者和创造者"① 的观点为研究者铺设了对《金山》研究的蹊径。胡德才则综览张翎的小说作品，专注于作家的结构艺术，指出张翎的小说从整体上看结构错综复杂，而具体的结构形式却只有两种，即串珠式和封套式。这组研究张翎作品的论文，还包括钱虹擘肌分理、通幽洞微的文本解读，在理论和批评方法的使用上，皆文深网密，很有创意。作家张翎在华人文学中具有普遍意义的"金山想象"创造中所取得的审美艺术上的成就，在这组论文中从多方面得到了理论上的论证。

在对其他华文作家的研究中，王列耀、李培培对曾晓文"异族婚恋"主题的研究和对曾晓文、陈河的对比研究也很有见地。王列耀和李培培通过剖析曾晓文的爱情故事发现新移民文学"后留学"阶段的新内涵和新趋向：华文作家的爱情话语已从"同族婚恋"过渡到既有"同族婚恋"也有"异族婚恋"的复杂语境，而且在"异族婚恋"的复杂语境里，以前故事里华人女性的"单向弱势"也被婚恋或者爱恋之中的西人男性和华人女性的"互为弱势"取代。在对比研究曾晓文和陈河的作品之后，王列耀指出曾晓文、陈河都擅长刻画有着多重跨界、跨文化经验和"血迹斑斑"的"心理性伤痕"的小人物；但是曾晓文写的都是逆境中纯粹的小人物，而陈河笔下刻画的是表面上风光体面但骨子里凄凉的小人物。支持小人物在异乡生存的是他们的强烈欲望，而他们的欲望的结构要素却是痴迷和恐惧。曾晓文和陈河在揭示小人物欲望和恐惧交错的心理结构的同时也彰显了"后留学"阶段新移民文学的发展趋向，即弱化作品的自传性，舒缓作者、叙述者和人物的"同一性"，让作者、叙述者和"我"之间有区别、有隔膜，这样，小说的人物就变为"熟悉的陌生人"，呈现出真正的"越界"书写，也就是"自我越界"。

颇有意思的是，谭湘在《读陈河小说〈黑白电影里的城市〉有感》中提出了与作者商榷的观点："作者为什么用了小说的形式而不是散文？"无独有偶，喻大翔的《世华散文地图中的枫林景象——加拿大华文散文艺术成就初探》则从另一个方向提出优秀的散文"如小说"这一观点。显然两位评论家的出发点不同：谭湘认为小说《黑白电影里的城市》的素材其实更适合用散文的形式来表现；而喻大翔则高度赞扬诗化、小说化、戏剧化了的散文，并称这类为"兼体散文"。两位评论家对于散文和小说之间的关系的见解，对读

---

① 蒲若茜、宋阳：《张翎小说中的时间、空间与文化建构——以〈金山〉为例》。

者理解文体与艺术表现很有启发。以《黑白电影里的城市》为例，谭湘认为"小说中最具有打动人心的魅力的部分来源于现场的景色与感怀……这样的情致，用站在真情实感的基础上的散文笔致书写出来的话，也许比小说会更有力量"。也就是说，散文这一艺术形式最适合表达人类的真实感情，尤其是感情酝酿到了发酵、饱和到了极限，喷薄而出的时候。在这点上散文和诗歌是一致的，所以就有喻大翔所说的"抒情的诗化散文"。如果把应写成散文的材料和丰沛的感情用小说的形式来表达，那就需要有情节故事，有人物，还需要有结构，把它们艺术地整合在一起。《黑白电影里的城市》的结构其实是很可圈可点的，作家使用穿越时间隧道的方法，在回忆和当下的往返中把主人公所经历的三个不同的历史时期重叠起来置于同一个空间，从而使主人公的"米拉情结"在历史和现实的对照中转化成"黑色幽默"。汪政对《黑白电影里的城市》的评论非常精辟："小说的目的也绝非简单化地在用历史指喻今天，它画出了今天的荒唐，同时也是用今天解构了昨天，给了人们重新读解历史，甚至重新阅读老电影的一个新的视角。"①

　　研究非华文的华裔文学的论文也同样显现出多元性。这组论文有对加华文学中英文写作主题演变的综述，也有对华裔文学里诗歌创作的介绍。马佳的这两篇文章资料翔实、介绍周全，对有志于加华文学英文写作的研究者有启迪和帮助作用。赵庆庆的论文除了全面介绍加华文学以外，还论及加华文学在中国的接受和评介，并对国内加华文学研究作出展望。赵庆庆对加华文学"双向互译"的强调，对华裔作家和作品中人物名字翻译谬误的纠正和对粤语音译需谨慎的忠告，都是非常及时的。陈中明和张裕禾解读了华裔作家余兆昌（英文写作）和应晨（法文写作）的作品。紧扣余兆昌诸多作品中的女性形象，陈中明的论文从女性主义的角度对作家作品中的华人女性身份进行文学与跨文化的分析研究，并对女主人公们在中西文化的冲撞与调和中的性格发展作深度阐释。张裕禾的论文则通过对华裔法语作家应晨的成名作《再见，妈妈》的剖析来探索作家文化身份认同过程中的双重或多重文化的制约因素。

　　吴华的《"陌生化的痛苦"——加拿大华裔女性作家笔下的女性情感纠葛》、徐学清的《文化身份的重新定位——解读笑言的〈香火〉和文森特·林

---

① 汪政：《评〈黑白电影里的城市〉》，《小说选刊》2009 年第 6 期，第 150 页。

的〈放血和奇疗〉》和吕燕的《缺席的政治——加拿大华裔文学中华人与印第安人异族婚恋解读》都是对华文和华裔作家的对比分析。对比研究的主旨并不是分辨孰优孰劣，孰是孰非，或是哪部作品模仿或借鉴了哪部作品（虽然这样的判断也是文学批评的功能和任务），而是挖掘相同主题的不同呈现和不同呈现的深层意义，吕燕对华裔作家李群英和华文作家张翎的对比研究就很能说明问题。李群英的《残月楼》和张翎的《金山》都写了华人和印第安人的婚恋与感情纠葛，在写早期华人生活的作品里这是一个非常普通的题材。① 吕燕提出一个非常有见地的假设："若是将华人与印第安女性的异族恋情部分删除，小说《金山》将会受到怎样的影响？"② 她的分析、对比揭示出《残月楼》中黄贵昌和卡萝拉的爱情故事虽然只在楔子和尾声中出现，但是这个异族恋情和黄贵昌对卡萝拉的遗弃从小说情节结构上来看，贯穿始终，使得黄氏家族故事沦为悲剧的"残"。而《金山》里"方锦山与桑丹丝的短暂恋情则很大程度上成为独立于小说其余部分的一段美好插曲"，从小说的情节结构上看，即使删除，《金山》"仍可保留其相对完整性"。③ 然而，从整体结构上看，方锦山和桑丹丝的"异族恋情"对于《金山》来说是不可或缺的，因为这个主题是这部鸿篇巨制"温情生存"叙述模式的核心部分和重要体现。所以，相同的主题，在历史、文化背景不同的作家笔下就化为迥然而异的故事，表现为"土生华裔作家和新移民作家在国族意识、种族歧视、身份认同等离散族裔研究的核心问题上的不同态度与视角"④。《残月楼》和《金山》对"少数族裔间异族恋情的多样呈现"也就成为加华文学中的双璧。

华文和华裔作家的比较分析在加拿大华人文学研究中意义重大，它的突破处在于打破华文文学和华裔文学之间的壁垒和打通两者之间分工的界限。这是连接起由两种语言铸就的文学作品的桥梁，也是对第一代移民和移民的

---

① 和印第安人的"异族婚恋"其实是北美文学作品中经常出现的重要主题，英语文学里也有不少写皮毛商人、早期殖民者与印第安人的婚恋故事。加拿大白人和原住民之间异族婚恋的结果是产生了一个混血儿群体"麦蒂士"（metis），这一名词专指白人和印第安人的混血儿，不少文学作品就以"麦蒂士"为主角。加拿大著名女作家玛格丽特·劳伦斯（Margaret Laurence）的长篇小说《占卜者》（*The Diviners*, McClelland & Stewart, 1974）里有一个重要的情节是白人女主角跟印第安混血儿情人的关系，两人分手后女主角发现自己已经怀孕，后来生了女儿并独自把她抚养大。多年后回到原地，带着女儿与她的生父见面。

② 吕燕：《缺席的政治——加拿大华裔文学中华人与印第安人异族婚恋解读》。

③ 吕燕：《缺席的政治——加拿大华裔文学中华人与印第安人异族婚恋解读》。

④ 吕燕：《缺席的政治——加拿大华裔文学中华人与印第安人异族婚恋解读》。

第二、三代文化心理轨迹的追踪。因其跨语言和跨代的特性，华文和华裔作家的比较分析把不同语境中和多种书写里的华人世界组合在同一幅华人文学的版图上，在对应和比较中坐标出他们各自在文化地理和历史空间的位置。只有当加拿大华文文学跟华裔文学作为一个整体置于全球化语境下的海外华裔文学的版图中，它才能脱离与中国当代文学和加拿大少数族群文学的附属关系，真正成为一门具有鲜明特色的独立文学，也就是加拿大华人文学。

小　结

综上所述，《枫彩文彰——加拿大华人文学研究论文集》虽然不能涵盖一切（定有挂一漏万之遗憾），但是它对加拿大华人文学研究这片肥沃原野的开发和耕耘作出了重大贡献。文学批评和研究不仅仅是对文学作品进行深度阐释和评析，对其在世界华人文学的版图上作出定位，更重要的是通过对文学作品的分析建立起文学批评的理论和体系。加拿大华人文学满城烟柳、繁花似锦的创作实绩为理论研究提供了丰富生动和直接的材料。不仅如此，文学作品同时还融入了作家自己对生活、对移民所引起的一系列问题的思考。作为一个研究领域，加拿大华人文学研究尚处在起步阶段，即便如此，每一个具体的努力，都是通向理论建树的桥梁。从更高的层次来看，少数族裔文学的研究在离散文化理论研究中越来越被重视，它们所涉及的移民、族群、身份认同、种族歧视、文化差异、跨域（即跨国界之域和跨语言之域）、人类学等范畴，都是离散这一正在迅猛发展的交叉学科的重要课题，所以早就成为离散文化研究的一部分。离散文化研究是在全球化语境中异军突起的一个跨领域的学科，它的势头正方兴未艾，因为它所研究和探讨的正是全球化所面临、所带来和所必须解决的一系列问题。编辑这部论文集的初衷与最终的愿望和目的，正是为了活跃思路，交流批评方法和观念，打通界限，把加拿大华人文学的研究推向更深的层次。这部论文集通过对加拿大华人文学的梳理和品评，为离散文化理论提出了很多建设性的观点，彰显了研究者们在批评方法和理论建构上作出的筚路蓝缕的努力。

我们希望《枫彩文彰——加拿大华人文学研究论文集》能够成为离散理论系统化道路上的一块铺路石。

目 录
CONTENTS

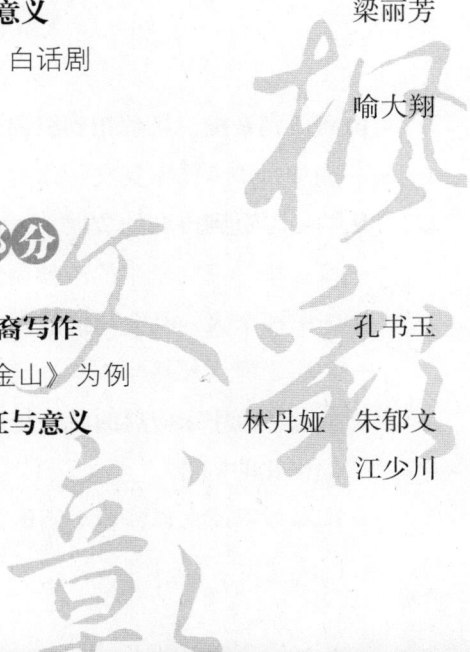

第三部分

Part ①

第一部分

地平线的拓展

——以"多伦多小说家群"为例看加拿大新移民文学①

吴 华 徐学清

自迈进 21 世纪以来，加拿大的新移民文学进入了一个崭新的发展阶段，其显著标志就是写作视野的扩展。新移民写作已经迈出了查尔斯大道 53 号②，跨进了一个更为多姿多彩的世界，完成了向"后留学"时代的嬗变。本文将以"多伦多小说家群"为例，介绍加拿大新移民文学的现状。

"多伦多小说家群"的说法最初是由孙博提出的，指的是以加拿大中国笔会为主体、活跃在大多伦多地区的一批华裔作者。③ 和新移民文学一样，"多伦多小说家群"这个创作群体自 21 世纪以来也发生了变化，比如，它的覆盖面延伸，东抵渥太华，西达温莎，可以说"多伦多小说家群"已经演变成"安大略小说家群"了。它的成员也从以留学生（更确切地说是前留学生）为主变为以"新移民"为主，成员包括耳顺或古稀之年的长者，也有刚刚跨

---

① 在撰写本文时，我们得到了陈河、川沙、宋卓英、孙博、笑言、余曦、曾晓文、赵庆庆和张翎等提供的资料，在此特向他们表达诚挚的谢意。本文刊登在《世界文学评论》2011 年第 1 期。

② 查尔斯大道 53 号是张翎《陪读爹娘》故事发生的地点，它的原型是坐落在多伦多市中心查尔斯大道 30 号和 35 号的多伦多大学学生公寓，那里曾经居住着众多国际学生，而且仍在演绎着精彩的故事。见张翎《陪读爹娘》，吴华、孙博、诗恒主编：《叛逆玫瑰：加拿大华人作家中篇小说精选集》，台北：水牛出版社 2004 年版，第 275~330 页。

③ 吴华、孙博、诗恒主编：《叛逆玫瑰：加拿大华人作家中篇小说精选集》（后记），台北：水牛出版社 2004 年版，第 331~337 页。

过而立或不惑门槛的年轻人。① 时间的推移和创作主体的变化，必然也会使作品变得内涵复杂、丰富和多样。我们希望通过"多伦多小说家群"作者的"亲情叙事"和"史诗叙事"写作，简述加拿大新移民文学的新特点。

一、亲情叙事

"后留学"时代的亲情叙事与前不同。20 世纪后期从大陆来加拿大的留学生绝大多数是在异乡的孤身客，后来因为陪读和婚嫁，逐渐形成了"二人世界"。反映那个时期的文学作品往往侧重留学生及其配偶的奋斗、成功或挫败的喜悦和苦恼，他们的婚姻和感情生活的纠葛，典型的作品如原志的《不一样的天空——陪读十年纪事》和曾晓文的《白日飘行》。②

"后留学"时代的书写因为视角转换和题材扩展，小说的视野更加开阔，内涵更加厚重，从"二人世界"的故事开始转向两代甚至三代人的家庭生活叙事。在这方面，新移民文学和英语华裔文学的差异便凸显出来。华裔文学常常采用跨代（cross-generation）的叙述模式，其主要特点是以在西方出生成长的子女的视角讲述父母与子女之间，特别是母亲与女儿之间的冲突，而且两代人的冲突又和中西文化冲突相重合。在这样的叙事框架里，母亲大多是中华文化的载体，是族裔文化的保护者和传播者。有的研究者甚至将这一模式称为离散文学的主导叙述话语（master narrative）。③ 在新移民写作的跨代冲

---

① 前者如姚昉，他于 2009 年发表了长篇小说《外白渡桥》；后者如尧尧，她在 2006 年出版了小说《你来我走》。出版信息见加拿大中国笔会网站，http：// www. cpscnet. com。"多伦多小说家群"的嬗变也揭示了"新移民文学"一词内在的含混性和局限性，正如刘俊提出的那样："'新移民'终究要变成'老移民'……'新移民'究竟以何时为'新'？"见刘俊：《经典化的条件及可能——北美（新）移民华文文学的创作优势分析》，《华文文学》2006 年第 1 期，第 16～19 页，特别是第 17 页上的注释 1。鉴于我们不准备探讨如何界定"新移民文学"，我们采用被华文文学研究者普遍接受的定义，即新移民文学"特指 20 世纪 70 年代末和 80 年代初以来，出于各种各样的目的（如留学、陪读、打工、经商、投资等），由中国大陆移居国外的人士，用华文作为表达工具而创作的，反映移居国外期间生活境遇、心态等状况的文学作品"。见陈娟：《美国华裔文学与新移民文学比较研究》，《世界华文文学论坛》2008 年第 1 期，第 48 页。

② 原志：《不一样的天空——陪读十年纪事》，北京：群众出版社 2003 年版；曾晓文：《白日飘行》（原名《梦断得克萨斯》），北京：法律出版社 2010 年版。

③ 如 Jeffrey F. L. Partridge. *Beyond Literary Chinatown*. Seattle and London：University of Washington Press，2007，pp. 23 - 48；Angeletta K. M. Gourdine. *The Difference Place Makes：Gender，Sexuality，and Diaspora Identity*. Columbus：The Ohio State University Press，2002，pp. 19 - 38. 加拿大华裔作家李群英（SKY Lee）、方曼俏（Judy Fong Bates）、李素芳（Jen Sook Fong Lee）等的小说是这种主导叙述话语的典型例子。

突故事中，父母和子女之间的家庭感情危机源自移民生活的经历，而不是发
轫于中西文化差异。这类故事里的父母和子女都来自中国，他们每天都要应
对的是如何在新的、异族的文化、社会环境中生存下去，如果故事折射了中
西文化冲突的话，它们讲述的也是父母、子女共同享有的中国文化和新环境
的西方文化的冲突，是新移民怎样试图适应异国他乡，试图融入西方文化，
以及适应、融入的艰难。比如，诗恒的《天各一方》写了三个留守多伦多的
"商人妇"，她们既要经历独守空房的感情煎熬，又要一手托起教育子女、维
系家庭的重任，可结果都以子女出问题、家庭破裂告终。作者"以女性的细

4   腻的笔触描画了在不同文化取向的冲击和家庭感情危机丛生的夹击下，女性
在独力支撑家庭时是怎样的心力支绌，在勉力维系各种亲情时是如何的左右
失措"。与其说《天各一方》讲的是跨代的故事，不如说它是写新移民女性的
"挣扎、焦虑、苦闷，特别是她们的无以为力"①。即使故事涉及父母和子女
的文化冲突，叙事焦点一般仍是父母，即叙事人站在父母辈的立场讲述故事。
比如，孙博的《蓝色奏鸣曲》描述了母亲和儿子的矛盾冲突。女主人公蓝雅
琴和丈夫离婚后，带着儿子蓝天移民加拿大，在多伦多邂逅了德裔加拿大人
拉尔夫，与其结为夫妇并育有一女，一家人生活得其乐融融。蓝雅琴和众多
中国父母一样，对儿子期许高，投资也大，希望儿子按照自己的设计生活，
而儿子有自己的喜好和对生活的期待，亲生母子隔膜，继父、继子反而默契。
终于母亲和儿子在弹钢琴的问题上爆发了冲突，蓝天把琴砸得七零八落，蓝
雅琴患上间歇性精神病，一见到儿子，就会重复同一个动作：抱头缩颈。② 其
实，蓝天 8 岁就在加拿大生活了，他的文化价值观已经被所谓"主流社会"
潜移默化，和代表西方文化的白人继父更接近，与母亲反而存在文化观念的
不同。蓝雅琴用"中国虎妈"的方式对待儿子，最终因遭遇儿子的奋力抵抗
而惨败。这个故事里的母亲依然被赋予文化载体的功能，她也试图保护母国
的文化因子（如尊长意识），希冀它可以在异国的文化氛围和家庭结构里得以
传承。这一类表现父母对孩子的设计和期望与孩子性格发展之间的冲突的作
品还有余曦的《成年》。③ 母亲江雪与女儿雯雯的矛盾冲突起源于两人在结交

---

① 诗恒：《天各一方》，吴华、孙博、诗恒主编：《叛逆玫瑰：加拿大华人作家中篇小说精选
集》，台北：水牛出版社 2004 年版，第 97～142 页。
② 孙博：《蓝色奏鸣曲》，《文学界》2009 年第 6 期，第 6～14 页。
③ 余曦：《成年》，《钟山》2005 年第 2 期，第 142～145 页。

朋友的方式这一问题上的不同观念，小说重点描绘了江雪对女儿受西方文化中"性"开放影响的内心恐惧和烦躁，她忘却了女儿跟自己一样是刚到加国来的新移民，两人在"性"观念上的文化守成其实是一致的。但是已经具有了独立意识的女儿不能再接受母亲的"灌输"性的教育。小说最终以喜剧式的结尾消除了母女之间的误会。《蓝色奏鸣曲》以母亲的失败、《成年》以母女俩的和解展示出新移民文学对中西文化冲突的表现和思索可以是，也应当是多形态、多方位的多元叙事；相同的主题，不同的讲述既是对华裔文学的主导叙述话语的挑战，也是对它的补足和丰富。

两性之爱是文学"永恒的主题"，爱情故事仍然是加拿大新移民文学的主旋律。如果反映留学生爱情生活的作品讲述得更多是因为出国时间不同，丈夫和妻子的身份、观念发生变化，家庭的权力结构也随之变化，从而导致婚变，① 那么"后留学"时代的爱情叙事则有了新的突破，"另类爱情"和"异族婚恋"开始独领风骚。② 笑言的《蓝调·非卖品》就写了一个另类的爱情故事。方一鸣应自己的恩师之请，和老师的侄女刘飘飘假结婚，刘飘飘得以顺利移民加拿大并完成硕士学业。一年的"婚姻"生活结束后，他远走旧金山。③ 这个为出国而假结婚的故事和一般的"跨国婚姻"故事不一样，它不是简单的"21 世纪北美'文明版'的金钱交易"，尽管故事里有金钱易手的情节；方一鸣和刘飘飘的交易也不是"以女性被男性所奴役的方式而出现的"。④ 在"婚姻"的发生和终结上，方一鸣都是被动者，而且两人彼此萌生了依恋之情，但是他们的感情是没有结果的爱情，就像故事的结尾，在旧金山的渔人码头，"两人在同一盏街灯下相向走过，间隔不到十分钟"却失之交臂。这个"假结婚"的另类爱情故事，没有"冷漠、暧昧与罪恶"，也没有"悲凉、悲愤与悲悯"，⑤ 弥漫其中的是惆怅和苍凉。如笑言讲述的仍是同一

① 如张翎的《团圆》和曾晓文的《白日飘行》。张翎：《团圆》，吴华、孙博、诗恒主编：《西方月亮：加拿大华人作家短篇小说精选集》，台北：水牛出版社 2004 年版，第 125～134 页。
② 对"另类爱情"和"异族婚恋"的讨论，见王列耀：《北美新移民文学中的"另类亲情"》，《文学评论》2009 年第 6 期，第 194～198 页；王列耀、李培培：《"异族婚恋"与"后留学"阶段的北美新移民文学——以曾晓文小说为例》，《中外论坛》2010 年第 6 期。
③ 笑言：《蓝调·非卖品》，《中华导报》，2008 年 7～9 月连载。
④ 王列耀：《北美新移民文学中的"另类亲情"》，《文学评论》2009 年第 6 期，第 195 页。
⑤ 王列耀：《北美新移民文学中的"另类亲情"》，《文学评论》2009 年第 6 期，第 195、197 页。可以把笑言的故事和杨涛的《没有表情的脖子》对比阅读。杨涛写的也是"假结婚"，那是一个典型的"冷漠、暧昧与罪恶"的故事。杨涛：《没有表情的脖子》，吴华、孙博、诗恒主编：《西方月亮：加拿大华人作家短篇小说精选集》，台北：水牛出版社 2004 年版，第 189～212 页。

族群内的婚恋，曾晓文笔下的痴男怨女则跨越了种族的界域，是"异族婚恋"故事。《白日飘行》的女主人公舒嘉雯在《夜还年轻》① 里变为海伦娜·舒，名字的变化喻示了海伦娜的新的身份认同和新的生活选择，包括感情生活的新抉择。《夜还年轻》里的海伦娜在尝过婚姻和爱情失败的苦果之后，遇到真爱——同是经历过破碎婚姻的格兰特。海伦娜和格兰特的异族恋情"不是基于一方的生存需要（往往是华女）或欲望需求（往往是西裔男性）的有名无实的婚姻，也不是从'东方主义'或'西方主义'的视野俯视或仰视情爱与婚姻中的华女与西男，以展示两性间的权力关系，或是揭示族裔与文化间的权力关系。《夜还年轻》写的是一个基于对对方的文化和个人人格的尊重与理解而牺牲自己，相互扶持的爱情故事，演绎的是对真爱的崇尚和追求。作者还用格兰特和前妻婚姻的破裂反衬他与海伦娜的炽热的，同时也是和谐的恋情，淡化了不同族群间爱恋、通婚时因文化与生活习惯的差异而产生的矛盾、碰撞和冲突，从而突出真正的爱情是可以跨越人为划定的界域的，它具有超越地域、国家、族裔和文化的普世性"②。《苏格兰短裙和三叶草》和《遣送》③ 是曾晓文的另一组"异族婚恋"故事，前一个写蕾和肖恩都是被亲人忽视或遗弃的寂寞的人，他们因寂寞而互相吸引却最终不能沟通，就像蕾感觉的那样，她和肖恩的心"曾长出了手指的，可终于没能触摸到对方"④。《遣送》则不然，主人公本杰明是执行遣送任务的移民警察，而夏蓸是被遣送的囚犯，但这一对身份殊异的"完美的陌生人"因为爱情最终走到了一起。曾晓文在讲述这两个故事时采用了不同的叙述视角，《苏格兰短裙和三叶草》是第一人称叙述，让蕾从她的视角一层层抽丝剥茧似地撕开肖恩封闭的感情世界，暴露他对前妻的病态的痴迷；而蕾对牺牲自己来满足家人的"痴迷"却是通过肖恩的注视揭示给读者的。"两人在对方的文化误区里都很清醒，然而在自己的误区里却执迷而不知就里。"⑤ 《遣送》则通过本杰明的视野描画他的感情经历和心路历程：他对前妻的依恋和被其遗弃的痛苦，他对夏蓸的

① 曾晓文：《夜还年轻》，北京：法律出版社 2010 年版。

② 吴华：《突破"跨国婚姻"写作模式》，《文艺报》，2010 年 3 月 19 日，第 3 页，引文有删节。

③ 曾晓文：《苏格兰短裙和三叶草》，《文学界》2009 年第 6 期，第 27~36 页；曾晓文：《遣送》，《百花洲》2010 年第 1 期，第 55~73 页。

④ 曾晓文：《苏格兰短裙和三叶草》，《文学界》2009 年第 6 期，第 34 页。

⑤ 徐学清：《评〈苏格兰短裙和三叶草〉》，曾晓文新浪博客，http: // blog. sina. com. cn/s/blog_49ead 5370100h417. html。

爱慕和怜惜，他对夏菡的爱和自己的社会身份相矛盾所造成的困惑和挣扎，因为遣送夏菡所产生的罪孽感和被夏菡"遗弃"而加重的孤独及寂寞感。但最终，"身份和差异被忽略，背景和经历被淡化"，本杰明远赴重洋，到中国与夏菡团聚。《苏格兰短裙和三叶草》与《遣送》都是用异族的眼睛审视对方以及对方体现的文化内涵。视角人物的身份归属和他/她的心理和文化的误区把故事要阐发的身份认同及身份危机的主题拓宽掘深，用"他们"的眼睛看"我们"，"我是谁"被放置在全新视角和多重视角的审视之下，新移民文学对身份建构的思考变得更复杂、更丰富、更发人深省。①

二、史诗叙事②

在"史诗叙事"主题上，加拿大新移民文学也取得了长足的进步。2009年是丰美收获的一年，这一年里，两部标志加华文学令人瞩目的制高点的小说《金山》和《沙捞越战事》先后问世，③ 在国内和海外华文文坛上都引起巨大的反响。它们分别以历史的深度、厚度和多棱角度，以作者自己对历史的感悟和认知，用文学艺术的形式重现了 20 世纪上半叶华人在加拿大和第二次世界大战中的命运，舒展开令人回肠荡气的历史画卷。

两部小说是作家创作道路中的重大突破，也是对加拿大华裔文学中早先出现的史诗叙事文学的丰富和发展。④ 与先前的史诗叙事文学不同的是，前者植根于自传史实的沃土；后者则基于作者大量的案头研究、实地采访和考证，在史料的基础上融入想象创作出来，其中没有作家自己个人生活的体验和感受。由此而表明两位作家已进入自由自在的创作状态之中，不必依赖于自己的人生经历或家族史。在题材上，两位作家均从历史的积淀中钩沉素材；在

---

① 对叙事视角和族群身份建构的关系的讨论，见吴华：《用"他们"的眼睛看"我们"——读曾晓文的〈遣送〉》，《华文文学》2010 年第 5 期，第 92 ~ 99 页。

② 本节写作参考了徐学清：《金山的梦幻和淘金的现实——论张翎的长篇小说〈金山〉》，《中国女性文化》2009 年第 11 期，第 220 ~ 226 页；徐学清：《人性，兽性和族性的战争：读陈河的〈沙捞越战事〉》，《华文文学》2010 年第 5 期，第 97 ~ 99 页。

③ 张翎：《金山》，《人民文学》2009 年第 4、5 期；陈河：《沙捞越战事》，《人民文学》2009 年第 12 期，第 81 ~ 131 页。

④ 加拿大华裔文学中的史诗叙事长篇小说有：SKY Lee. *Disappearing Moon Café*. Vancouver: Douglas & McIntyre, 1990；Denis Chong. *The Concubine's Children*. Toronto: Penguin Books, 1994；Wayson Choy. *The Jade Peony*. Vancouver: Douglas & McIntyre, 1995；葛逸凡：《金山华工沧桑录》，Vancouver: Chinese Canadian Writers' Association, 2007.

主题上，他们跳跃出常见的新移民在他乡别国的生存困境和奋斗的坚韧，重在描绘早期华人对加国的贡献，在拂去厚重的时间尘埃、演绎过去的时候，融入自己对历史的阐释；在人物上，两位作家各自以个性独特的处理方式，使华人在 20 世纪变幻莫测的世界舞台的底版上鲜活饱满地活动起来，使其油画般地立体。而两部小说在艺术手法上也镌刻着作家自己的风格印记。

如何走进华埠的过去，追踪华人的历史足迹，两位作家的方式和方法迥然不同。张翎写《金山》采用的是传统的现实主义、现代主义的手法，以历史纵深的垂直空间穿梭为主，庄重经典，全景式地、史诗般地描述方家五代近一个半世纪的家族史，包括方得法和早期华人在加拿大淘金和修筑太平洋铁路的艰辛，他们"金山梦"的幻灭，他们隔绝在太平洋对岸的家乡的老母妻儿在多灾多难岁月里坚韧的等待，以及他们在加拿大从被排斥的"另类"到逐渐融入主流社会的漫长复杂的过程，在作者如歌如泣的叙述中，主人公们一个个从史海里浮雕般地向我们走来。男女主人公方得法和六指半个多世纪的生死之恋是小说的核心，两人在太平洋两岸隔海相望，各自一地互相等待了五十多年，却阴差阳错终究不能团聚，不是因为政治事件，就是性格使然。六指率领着妇孺老幼在开平老家的守望，是方得法在加拿大"淘金"的精神和文化支柱，是小说不可或缺的部分，它使先侨们被时空分割了的身心还原成一体。没有这一部分，加拿大华工的历史就是不完全的。《金山》的这一部分使其在史诗叙事文学中卓然而立：之前的作品对留国守望的描写或者处理简单，① 或者根本就没有涉及。在描写方家人物的命运时，《金山》的作者把家族史跟历史网络密织在一起，强调人物所受的历史的制约。作者刻意地穿插着加中两国各自的社会重大事件，包括两次世界大战、排华排日、人头税、百日维新、辛亥革命，包括历史人物李鸿章、梁启超、孙中山访问加拿大等历史事件，甚至包括抗日战争、解放战争，以及土地改革，直到 21 世纪的经济全球化。以此为人物活动的舞台大背景，突出人物命运与历史的关系，人物的悲欢离合、生离死别并不是偶然的、孤立的，它们的背后，有着人为操纵的历史事件的支配，有着历史的必然性，因此人物的命运也可以用历史来阐释。

显然，陈河受后现代、后殖民主义文学的影响较深，他在《沙捞越战事》

---

① 郑霭玲的自传体小说《妾的儿女》虽然也有描写留在广东的发妻和两个女儿的篇章，但是重在男主角 Chan Sam 回家探亲和盖楼，他从来没有接发妻去加拿大的打算。

里以跨洲的地平线横向空间穿梭为主，表现的是被地理分割的历史。周天化在加拿大华文文学中是一个非常独特的形象，这一位在加拿大土生土长的华裔后代在第二次世界大战中的经历极富传奇性。作者通过对他的地理跨越的行为描写：翻山越岭长途跋涉入伍加拿大军队，成为反法西斯战场上特种部队的技术员，被派遣到马来西亚沙捞越丛林，来突显他在文明与野蛮、东方与西方、现代科技和原始文化、历史与当下之间的穿梭往来。周天化连接起正在做生死较量的盟军加、英双方，当地土著班依武装和马来西亚华裔的"红色游击队"以及日军等多方政治军事力量，在实施由英国皇家陆军精心策划多年的"Z计划"时起关键性的枢纽作用。这场战斗取胜的必然性被分解为很多临时性、不定性和偶然性，而周天化这一人物在文化意识形态上既是分裂的，又是多质的、杂糅的、无鲜明身份特征的，具有典型的后殖民文学支离破碎（fragmentation）的特质。他的英语、中文和日语的能力使他在三种文化中冲突、碰撞，小说中他不停地追问自己："我要去哪里？我为什么要去？"周天化身上文化所属层次的复式性使他内心常常处于不确定和游离的状态，所以他很明白"这个问题是他无法想得清楚的"①。在人物的身份认证上，陈河的解释是非常独特的，借用赛义德的话来说，他没有简单地"把身份的不同性纳入更大的框架里的身份认同"②，而是让它保持开放式的不确定。这样，他的《沙捞越战事》和张翎的《金山》就在处理方式上形成了鲜明的对比：同样是历史的悲宏壮烈，张翎注重于对历史大厦的"坚实砖石构造"③，陈河则致力于对这一大厦的解构。虽然是不同的表现方式，但是两位作家都成功地"把历史的真实转化成有高度特征的、不能再缩减的句子、章节、并列句的坚实结构"④。

在这文字组成的结构中，是两位作家的语言定下其风格的基调。张翎的语言很讲究，古典的含蓄温婉中沉潜刚克；陈河的语言非常简洁、干净、敏捷，没有很多形容词，但富有动感，动作性很强。张翎的语言从容不迫，写景、叙事、铺垫、烘托曲尽其态；陈河的语言很富于视觉效果，不少场景描

① 陈河：《沙捞越战事》，北京：作家出版社2010年版，第130页。

② Edward W. Said. History, Literature, and Geography. *Reflections on Exile and Other Essays.* Cambridge, Massachusetts：Harvard University Press，2000，p. 467.

③ 张翎：《金山》，北京：北京十月文艺出版社2009年版，腰封。

④ Edward W. Said. History, Literature, and Geography. *Reflections on Exile and Other Essays.* Cambridge, Massachusetts：Harvard University Press，2000，p. 456.

写能激发读者强烈的色彩感和视像想象。张翎擅长用细密的笔触，委婉曲致地描画出人物内心世界的层次和心灵轨迹；陈河则明快诙谐地在系列行动中让人物的性格撞出火花，尤其是在反讽中表现出人物与环境冲突的尴尬和无奈。如果说《金山》中的人物如精雕细刻的工笔画，那么《沙捞越战事》里的人物就如多质拼贴的后现代艺术画像。张翎把"淘金"华人家族史镌刻在苍凉凝重的《金山》上，进而使小说具有了史诗般恢宏的气势，立意深邃悠远；陈河则把反法西斯战争中的某一历史片段很富动感地活跃在地理的分割和跨越中，绘摹成一幅世界性的文学地图，因其战争的硝烟，地图上所展现的人性与人性中兽性以及族性之间的生死较量和相互关系，弥漫着孤寂的忧伤，种族之间隔阂的悲凉，战争死神般的阴影。两位作家的语言是他们对历史再思和重述的具体载体，也是他们各自风格的体现。他们对华人移民历史这一丰富矿藏的开掘，以及他们在艺术创作上的突破为加拿大华文文学更上一个新台阶有着举足轻重的贡献。

三、结　语

加拿大新移民文学写作视野的扩展除了表现在展示新移民感情生活的"亲情叙事"和回顾华人移民历史的"史诗叙事"这两个话题上，其他题材的写作亦有新的突破。比如，对故国的想象，既有"输出的伤痕文学"① 从不同角度和层面回想过去的困难岁月，如《布偶》；也有通过写海归创业，关照中国的现在、前瞻中国的未来，如《中国创造》。对居住国的注视，既有瞄准华人圈子的《我是一只小小鸟》，也有放眼华人新移民"突围"，走出文化和文学"唐人街"的《安大略湖畔》和《向北方》，更有直击"主流"社会风貌和当代政坛风云的《多伦多市长》。② 题材的千姿百态反映的是作品的多元化的语境和新移民文学发展的动向：新移民作家们不再过于依赖他们的"大陆经验"、"大陆意识"和"大陆人圈子"，③ 他们的眼睛注视着母国和居住国

---

① 公仲：《论新世纪新移民小说的发展》，原载《小说评论》2010 年第 2 期，引自曾晓文新浪博客，http：//blog. sina. com. cn/s/blog_49ead5370100imng. html。

② 这里提及的作品的作者分别是陈河（《布偶》和《我是一只小小鸟》）、孙博和曾晓文（《中国创造》）、余曦（《安大略湖畔》和《多伦多市长》）以及张翎（《向北方》）。

③ 关于"大陆经验"等提法，见刘俊：《斗争·爱情·语言——论余曦的〈安大略湖畔〉》，《华文文学》2006 年第 4 期，第 47 ~ 51 页。

的过去、现在和将来，对先侨、对自己、对子女的跨域生活正作着全景式的扫描。题材和语境的多元化也反映出作者日趋成熟的创作心态：如果说"留学生"时代的华文作家因为他们共同的漂泊经历怀有"弱势心态"，那么现在他们已经"从'绝对弱势'，走向'相对弱势'，甚至在某些局部还可能出现'相对优势'"①。对"主流"社会和文化，他们已经从一味地仰视或敌视，转化为平视和审视。心态和视角的变化，不能不影响他们的写作，新移民文学因而不再是简单地对主流族群的控诉和对抗，也开始出现族群间的对话和融入。

加拿大新移民文学的万紫千红的春天已经到来。

---

① 王列耀、李培培：《"异族婚恋"与"后留学"阶段的北美新移民文学——以曾晓文小说为例》，《中外论坛》2010年第6期。

加拿大华人文学概貌及其在中国的接受[①]

赵庆庆

自 19 世纪中叶华人到加拿大淘金起，华人就参与了加国的建设。虽然早期华人的生存历史充满了屈辱和艰辛，但其后代业已以"加拿大人"自居，用英语、法语、汉语或中英双语进行创作。近几十年，华人从中国、东南亚、美国等地移居或移民加拿大，使得华人成为加拿大除英、法两个"立国民族"之外的最大少数族群。

据加拿大国家统计局（Statistics Canada）公布，截至 2010 年 3 月 25 日，加拿大总人口为 33 930 830，即近 3 400 万，拥有 200 多种族裔。[②] 华人已达 130 万，聚居在多伦多、温哥华、蒙特利尔、渥太华、埃德蒙顿、卡尔加里等数个大城市，尤以多伦多和温哥华两市华人最为集中。多伦多是加拿大华人最多的城市，华人近 49 万，约占全市总人口的 10%。[③] 温哥华是加拿大华人比例最高的城市，华人近 40 万，约占全市总人口的 20%，一跃成为该市最大的少数族群。[④] 温哥华也拥有继旧金山之后的世界第二大唐人街。在大城市的华人聚居区，如温哥华的 Richmond 和多伦多的 Scarborough，通用中英双语标

---

① 此文是国家社会科学基金项目"中外文学交流史"（06BZW019）之"中加文学交流史"子项目的阶段性成果，也是"加拿大研究专项奖"（Special Awards for Canadian Studies）的研究成果，得到了加拿大外交和国际贸易部的助助。同时，也是 2010 年 7 月在由暨南大学、约克大学和加拿大中国笔会联合主办的"加拿大华裔/华文文学国际学术研讨会"上的发言，后又收入作者的《枫语心香——加拿大华裔作家访谈录》（第一辑），南京：南京大学出版社 2011 年版。

② http：//www. statcan. gc. ca/daily - quotidien/100325/dq100325a - eng. htm.

③ http：//www12. statcan. gc. ca/census-recensement/2006/dp-pd/prof/92-591/details/page. cfm？Lang = E&Geo1 = CD&Code1 = 3520&Geo2 = CMA&Code2 = 535 &Data = Count&SearchText = Toronto&SearchType = Begins&SearchPR = 01&B1 = Visible% 20minority&Custom.

④ http：//www12. statcan. gc. ca/census-recensement/2006/dp-pd/prof/92-591/details/page. cfm？Lang = E&Geo1 = CD&Code1 = 3520&Geo2 = CMA&Code2 = 933&Data = Count&SearchText = Vancouver&SearchTy-pe = Begins&SearchPR = 01&B1 = Visible% 20minority&Custom = Visible minority.

志，具有中国风情的饭馆、超市、商店和购物中心比比皆是。汉语（包括粤语和普通话）在加拿大，是除英语、法语外，使用人数最多的语言。

在加拿大前总理皮埃尔·特鲁多（Pierre Trudeau）的努力下，加拿大于1970年率先于西方诸国与中国建交，1971年将多元文化主义定为国策，鼓励少数族裔保持自身传统，扶植其文艺活动。随着华人在加国的增多和地位的提升，加拿大华人文学就借天时、地利、人和，从无到有，从边缘沉默到众语喧哗，日渐发展起来。加华文学在汉语、英语、中英双语和法语创作上都取得了可观的成果，形成了跨语种繁荣的独特景象。

一、加华文学的跨语种概貌

为对加华文学作一全面观，从而促进国内外的相关研究，以下按语种对其进行概述。

在加华汉语文学方面，作家众多，既有久负盛名的老一代作家，如叶嘉莹、洛夫、痖弦、东方白、梁锡华等，亦有20世纪70年代后出现的一大批新移民作家。

叶嘉莹为古典诗词大家，加拿大皇家学会院士，其诗词、评论和讲演在海内外都有出版。洛夫和痖弦曾是《创世纪》诗刊的缔造者，领导了台湾地区文坛的现代主义运动。两人先后移民加拿大，文情依旧，洛夫创作了数部散文集和一部3 000行长诗《漂木》（2001），痖弦著有评论集《聚散花序》（2004）和诗集《弦外之音》（2006）。东方白创作了约20部作品集，出版了大河小说《浪淘沙》（1990）。"沙田派"之一的梁锡华以学者散文、小说、评论和翻译闻名，移民加国后，笔力不减，出版了散文集《如寄集》（2008）。

新移民作家，按地域分，有属于"多伦多小说家群"的张翎、孙博、李彦、曾晓文、陈河、赵廉、原志、李初乔、诗恒、余曦等，有居于渥太华、主持"笑言天涯"文学网站的小说家笑言，有集中在温哥华地区的卢因、梁丽芳、陈浩泉、许行、古华、刘慧琴、林婷婷、阿浓、朱小燕、葛逸凡、林楠、文野长弓、施淑仪、韩牧、宇秀等。其中，不少人在移民加国前就驰骋于当地文坛。还有少数加华作家，移民后居住在美国，如潘铭燊、江岚，或回流中国，如陈中禧、黄国彬、汪文勤、王兆军、阎真。从长篇小说的创作量来看，张翎、孙博、李彦、曾晓文和陈河近年来比较多产。张翎以加拿大华人一个半世纪的历史为背景的最新长篇小说《金山》，2009年获得中国首届"中山杯"华侨华人文学奖评委会特别大奖，并在台湾地区发行了繁体字版。华东师范大学出版社在 2009 年还出版了她的六卷本小说精选集。其他新移民作家亦有众多作品和文集，最新者包括陈河的小说《沙捞越战事》、曾晓文的小说《白日飘行》（又名《梦断得克萨斯》）和《夜还年轻》、李彦的小说《红浮萍》、刘慧琴的散文集《寻梦的人》，以及加华作协出版的"加华作家系列"9 本：陈浩泉的小说《寻找伊甸园》、王洁心的小说《风在菲沙河上》、韩牧与劳美玉合著的诗集《新土和前尘》、梁丽芳的散文集《开花结果在海外》、杨裕平的文化评论集《艺影录》、林婷婷的散文集《漫步枫林椰园》、葛逸凡的小说《金山华工沧桑录》、赵庆庆的散文集《讲台上的星空》和冬青的选集《福溪岁月》。

14

　　除了个人的专著外，加华汉语文学作品入集的也为数不少。不算被编入海外华人作品集的那些单篇，清一色是加华文学作品的选集，据不完全统计，也近 20 本，如由西安大略大学（University of West Ontario）吴华教授和加华作家孙博、诗恒主编的《西方月亮：加拿大华人作家短篇小说精选集》（2004）和《叛逆玫瑰：加拿大华人作家中篇小说精选集》（2004），由约克大学（York University）徐学清教授和孙博主编的《枫情万种：加拿大华人作家散文精选集》（2005），孙博编的《旋转的硬币》（2007），伍秀芳编的《枫情：多伦多华人作家协会会员作品集》（2007）等。加华作协编辑出版的 5 本文集中，《枫华文集》（1999）和《白雪红枫》（2003）为多文类文集，《枫雪篇》（2006）是随笔集，《枫雨同路》（2009）是小说集，《枫华正茂》（2009）是加拿大首部用中文出版的加华文学评论专集。其中，既有对加华文学的综论，也有具体的作家作品研究，执笔者包括徐学清、吴华、梁丽芳、黄恕宁、刘慧琴、林婷婷、林楠、卢因、陈浩泉、公仲、白烨、赵庆庆、郭媛媛等近 20 位加中作家、评论家和学者。加拿大华人文学学会发起人刘慧琴和林婷婷合编的《漂鸟：加拿大华文女作家作品集》（2009）由中国台湾商务印书馆出版，痖弦和该馆总编方鹏程作序，徐学清作前言，荟萃加华女作家的 50 篇代表作，是海内外首本加华女作家文集。

　　此外，加华汉语创作还依托中国大陆和港台地区的报刊。大陆的《收获》、《当代》、《人民文学》、《小说月报》、《文学界》、《读书》等，台湾的《联合报》副刊等报刊，时见加华写作人的随笔、散文、诗歌和小说。《香港文学》（2004 年 7 月号）刊登了"加拿大华文作家作品展"，南京大学刘俊教授应邀作综评。香港《文综》（2010 年 3 月号）推出"加华作协专辑"，并于

2010 年 6 月推出 "加中笔会专辑"。

在网络方面，加拿大中国笔会网站（www. cpscnet. com）、笑言天涯文学网（www. xiaoyan. com）、文心社（www. wenxinshe. org）等都不断登出加华汉语文学的作品、访谈、评论或书讯。

在加华英语文学方面，从一百多年前华裔混血儿伊迪丝·伊顿（Edith Eaton，笔名 "水仙花"）的短篇小说集《春香夫人》肇始，加华作家就在英语小说、诗歌、戏剧、散文、回忆录等各文类上创有佳作，引起了主流社会的强烈反响。数人荣膺加拿大最高文学奖 "总督奖"，如弗雷德·华（Fred Wah，中文名 "关富烈"）1985 年获 "总督奖" 的诗歌奖，余兆昌（Paul Yee）1996 年获 "总督奖" 的儿童文学奖，而丹妮丝·郑（Denis Chong，中文名 "郑霭玲"）、李群英（SKY Lee）、崔维新（Wayson Choy）、刘绮芬（Evelyn Lau）等人获得 "总督奖" 提名。弗雷德·华还获得斯蒂芬森（Stephanson）诗歌奖、霍华德·欧哈根（Howard O'Hagan）短篇小说奖、加布利埃利·罗伊（Gabrielle Roy）文学评论奖等加拿大重要的文学奖项。丹妮丝·郑和李群英获温哥华最佳书奖，崔维新获三叶图书奖，文森特·林（Vincent Lam）获吉勒奖，黎喜年（Larissa Lai）获加拿大新书提名奖，方曼俏（Judy Fong Bates）获美国图书馆协会奖，陈泽桓（Marty Chan）获哈佛大学亚当斯戏剧奖……这些夺得加、美文学大奖的加华英语作家，其作品入选加拿大文学选集，被用作北美大学教材。此外，加华英语作家还出版了诗歌、散文和小说的选集或合集，如《多嘴鸟》（Many-Mouthed Birds）、《云吞》（Swallowing Clouds）、《打锣》（Strike the Wok）等。

擅长中英双语创作的，也不乏其人，如赵廉、李彦、林婷婷、黄俊雄、川沙等。赵廉是约克大学文学博士，著有双语诗集《枫溪情》和《切肤之痛》、英语回忆录《虎女》（Tiger Girl）和短篇小说集《中国结》（The Chinese Knot）等，其英语论著《打破沉默：加拿大华裔英语文学》（Beyond Silence：Chinese Canadian Literature in English）荣膺加拿大加布利埃利·罗伊文学评论奖，是首本加华英语文学论著。李彦，现任滑铁卢大学孔子学院院长，著有不少汉语中短篇作品，以及长篇小说《羊群》和《嫁得西风》。英文小说有《红浮萍》（Daughters of the Red Land）和《雪百合》（Lily in the Snow），《红浮萍》1996 年获加拿大新书提名奖，作者自译的中文版 2010 年由作家出版社推出。林婷婷著有汉语文集《推车的异乡人》和《漫步枫林椰园》、英语著作《亚洲之心：中国和菲律宾民间文学的比较》，以及英语菲律宾儿童故事。

黄俊雄出版了中英文对照本《黄俊雄小小说选集》和三本英文小小说选集。加拿大华语诗人协会会长川沙著有双语诗集《春夜集》。

值得一提的还有一位加华法语作家，复旦大学法语专业毕业的应晨（Chen Ying）。自 1993 年起，她用法语出版了《水的记忆》、《忘恩负义》、《磐石一般》、《食人者》等八部小说和一本题为"黄山四千仞，一个中国梦"的文论集，荣膺魁北克—巴黎联合文学奖和魁北克书商奖，以及总督奖、法国费米纳奖和爱尔兰读者奖等多项提名，其作被译成英、意、西、德等多种文字。她的文字风格简峻，表述细腻，充满诗学的反叛，大异于加华汉语和英语作家。

加华文学的繁荣，亦离不开加拿大华人各类文学团体的促进。加西有加华作协、加拿大华文作家协会、加拿大华人笔会、大华笔会、加拿大华人文学学会，包括作家的漂木艺术家协会和三维艺术家协会，以及包括加华英语作家的亚裔作家工作室（Asian Canadian Writers' Workshop）等；加东有多伦多华人作家协会、加拿大中国笔会、渥太华华人写作者协会、加拿大华语诗人协会等。他们热心于创作、评论、出版、讲座、朗诵、研讨会、国内外作家互访等各类文事。如加华作协 1997—2007 年在温哥华主办过八次国际性的华人文学研讨会，加拿大中国笔会与约克大学、暨南大学合作，于 2010 年 7 月在多伦多举办"加拿大华裔/华文文学国际学术研讨会"。限于篇幅，加华文学团体的诸多活动，笔者将另文探讨。

二、加华文学在中国的接受和评介

相比于东南亚华文文学、美华文学和欧华文学，国内对加华文学的了解较晚，各个语种文学的介绍和研究正处于展开阶段，以主题研究、族裔研究、性别研究为主，立足文本，普遍采用社会历史分析和审美分析相结合的方法。

就加华汉语文学来说，国内的海外华文文学史或教程，如汕头大学陈贤茂教授主编的《海外华文文学史》（1999）、苏州大学曹惠民教授主编的《台港澳文学教程》（2000）对之已有所简录。研究则集中于叶嘉莹、洛夫等几位大家，除有大量的单篇评论外，还有博士学位论文和专著，如暨南大学朱巧云的博士学位论文《跨文化视野中的叶嘉莹诗学研究》（2004）、复旦大学徐志啸教授的《华裔汉学家叶嘉莹与中西诗学》（2009）、学者兼诗人龙彼德的《洛夫评传》（1995）和《一代诗魔洛夫》（1998）等。新移民作家中，对张翎的评论比较多元，涉及其作品的历史背景、语言风格、女性书写、叙事结构、跨文化性等多方面。国内两大华文文学期刊《华文文学》和《世界华文文学论坛》近年来加大了对加华文学的解读力度。比如《华文文学》"加华文学研究专号"（2006年第4期）和"加华文学专辑"（2010年第5期）是国内对加华文学的首次集中评介，荟萃了加、中、美三国学者、评论家和作家的见解。它们不仅介绍了加华汉语文学的概况，而且评论了张翎、曾晓文、孙博、林婷婷、陈浩泉、葛逸凡、余曦、宇秀等其人其作，以及弗雷德·华、李群英、陈泽桓等主要的加华英语作家，并对加拿大两大华人作家社团——加华作协和加拿大中国笔会作了介绍。《世界华文文学论坛》也陆续刊登了有关痖弦、李彦、张翎、笑言、文森特·林等的加华作品评论，以及对林婷婷、李彦的访谈。

迄今召开了17届的世界华文文学国际学术研讨会，近年来也出现了来自加华文学的声音，既有刘慧琴、林婷婷、葛逸凡、朱小燕、张翎、余玉书等作家现身说法，也有梁丽芳、徐学清、申慧辉、林楠、赵庆庆等评论者与会发言或提交论文。

加华英语文学在中国的翻译和研究，则从20世纪90年代开始，略迟于加拿大主流英语文学在中国的接受。起初，国内几乎所有的加拿大文学史或选读，如《加拿大文学作品选读》（黄仲文主编，1986）、《加拿大英语文学简史》（黄仲文主编，1991）、《加拿大文学简史》（郭继德，1992）等，均未提及加华英语作家。但自1994年以来，情况有所变化，《加拿大短篇小说选读》（谷启楠等编，1994）选录了加拿大"总督奖"得主余兆昌的代表作《草原孀妇》（*Prairie Widow*），该作以20世纪前半期华人在加遭受歧视为背景，描写了金梅·余一家在草原小镇的遭际，塑造了力抗命运的女主人公形象。次年，原《世界文学》常务副主编申慧辉和北京外国语学院孙桂荣教授主编出版了加拿大女作家作品集《房中鸟》，收录了两位加华女作家的短篇小说——安妮·朱（Annie Chu）的《喧闹的唐人街》和刘绮芬的《玻璃》。《世界文学》（2007年第5期）、《诗选刊》（2007年第7期）和《诗歌月刊》（2008年第2期）刊登了"总督奖"诗人弗雷德·华的诗歌专辑，其诗集《远方》（*So Far*）中的近20首诗作，由作者的同是诗人的朋友黄梵、石峻山翻译。然而，由于牵涉到版权和市场效应，加华英语的长篇小说等其他作品一直未有中译本问世。

近年来，国内杂志上逐渐出现加华英语文学的综述，如梁丽芳的《打破百年沉默：加拿大华人英文小说初探》（《世界文学》1998 年第 2 期）、罗婷的《加拿大华裔英语文学的兴起》（《外国文学研究》2001 年第 3 期）、朱徽的《当代加拿大华裔英语文学述评》（《当代外国文学》2003 年第 3 期）、陈中明的《道家文化对华裔英语文学的深远影响》（《内蒙古大学学报》2010 年第 1 期），以及朱徽的《加拿大英语文学简史》（2005）第 7 章 "当代华裔英语文学" 等。关于个别作家的评介，集中于伊迪丝·伊顿、崔维新、弗雷德·华、黎喜年、陈泽桓等几位作家。但国内迄今没有以加华英语文学为课题的硕士或博士学位论文，也无相关专著。因此，总的来说，加华英语文学的研究在国内还属冷门。

至于加华法语文学，国人闻者寥寥，研究者更少。《青年报》（2002 年 9 月 12 日）曾刊登应晨和赵延的谈话，揭示了应晨的创作过程和不愿被视作族裔文学代言人的心理。赵庆庆的论文《北美华裔女性文学：镜像设置和视觉批判》（《外国文学评论》2008 年第 4 期）将应晨和加华英语作家刘绮芬、美华英语作家林玉玲（Shirley Geok-Lin Lim）作比较，指出其女权意识的局限性。除此之外，加华法语文学大抵还没有得到国内更多的关注。

三、对加华文学研究的补充和展望

加华文学具有跨语种的特征，包括汉语、英语、中英双语和法语创作，新老作家济济一国，影响日益广远。加拿大的文学评论家不仅将加华英语、法语文学纳入加拿大文学史的编写，而且也意识到加拿大文学应包括少数族裔用本族语进行的创作。如笔者老师、加拿大阿尔伯达大学（University of Alberta）比较文学系创始人、"总督奖" 诗人 E. D. 布洛杰特（E. D. Blodgett）教授就指出，人们提到 "加拿大文学"，"一般想到的是英语和法语的加拿大文学，而加拿大还有一些移民用母语——德语、冰岛语、意大利语和乌克兰语写作，还有汉语"[①]。加拿大著名的文学史专家威廉·赫·纽（W. H. New）也持类似观点。[②] 因此，加华文学的翻译和研究存在令人振奋的拓展空间。

---

① E. D. 布洛杰特：《什么是加拿大文学比较研究》，Chandra Mohan 编：《比较文学面面观》，德里：印度出版社 1989 年版，第 46～47 页。（E. D. Blodgett. What is Comparative Canadian Literature. Chandra Mohan ed. *Aspects of Comparative Literature*. Delhi：India Publisher, 1989, pp. 46－47. ）

② 详见 W. H. New 著，吴持哲等译：《加拿大文学史》，北京：人民文学出版社 1994 年版，第 207～208 页。

在翻译方面，可以进行双向互译，既把加华汉语作品译成英语，也把加华英语和法语作品译成汉语。加拿大的双语作家李彦、赵廉、黄俊雄、川沙等，以及一些精通双语者已经着手此事。如洛夫的代表作《石室之死亡》，已由美国汉学家陶忘机（John Balcom）译出，1994年在旧金山出版，《洛夫短诗选：中英对照》（2001）在中国香港出版。叶嘉莹的诗词，由哈佛大学汉学家海陶玮（James R. Hightower）英译过数首。中国社会科学院20世纪80年代初刊载的英译的缪钺先生写的《迦陵诗词稿》"序言"，其中也含有几首英译的叶先生的诗词。而叶先生更多的诗词作品则由其好友陶永强英译，集成 *Ode to the Lotus*（《独陪明月看荷花》，2007）一书在加拿大问世。伦敦帝国学院（Imperial College）对中国文学情有独钟的翻译家 Nicky Harman 正在英译张翎的长篇小说《金山》。

国内学者也在研究中自译原文，但或许因资料匮乏，在加华英语文学的翻译上，对人名的中译值得商榷。不少加华作家英文名中的姓源自粤语，如 Lau 是"刘"，Yee 是"余"，Lai 是"黎"，Choy 是"崔"，Chu 是"朱"，Chan 是"陈"，Bak 是"白"，Lim 和 Lam 是"林"……而且姓前会加上英语的常见人名。整个英语名字和中文名的普通话发音迥异。国内音译的伊芙琳·劳或艾凡琳·罗（Evelyn Lau）中文名是刘绮芬，保罗·余（Paul Yee）中文名是余兆昌，拉丽莎·赖（Larissa Lai）中文名是黎喜年，威荪·蔡（Wayson Choy）中文名是崔维新，吉姆·王—朱（Jim Wong-Chu）中文名是朱蔼信，等等。李群英（SKY Lee）被音译成丝凯·李，甚至被意译为"李天"，其实 SKY Lee 是该作家全名 Sharon Kun Ying Lee 的缩写，和"天"无甚关系。最独特的加华作家姓名可能是 Fred Wah 了，国内一般译成弗雷德·华，也有将 Wah 译成"伍"、"王"或"瓦赫"的。然而，这些都不是其真姓，笔者从其口中得知，他的中文名是关富烈。19世纪末，他祖父随着华工潮来加，入境时，海关官员按照西人习惯，把他祖父姓名的最后一个字"华"当成姓，根据粤语发音写成 Wah，填于证件，如此沿用至他父亲、他自己和他的后代。在温哥华，就有一些 Wah 姓的店铺，其实店主另有他姓，原因亦在此。所以，在提到加华作家，尤其是土生的加华作家时，最好能将其英文名连同音译标出，免得造成混乱。他们的作品中的人物名拼写往往也是基于粤语，乃至粤语中的台山话，在音译时要注意。

在研究方面，国内外已经开始收集原始文献，对之进行梳理和诠释，如徐学清、吴华、陈浩泉、梁丽芳等对加拿大华文报刊的研读。另外，国内外学者在文本细读的基础上，运用后殖民理论、离散理论、后现代理论、社会文化批评、女性主义批评等多种方法来解释加华文学作品。少数评论家注意到加华文学跨语种的特点，使用"加拿大华人文学"一词对之进行全面综述，如刘慧琴的《多元文化中的一枝奇花——加拿大华人文学概况》①、北京大学陶洁教授的《小记加拿大的华人文学》②。在跨语种呈现的基础上，研究其实还可更进一步，比如可以根据加华文学成因，围绕金山梦、唐人街、身份定位、"文革"叙事、成长等主题进行比较和研究。

还有一点值得注意，加华文学具有自我阐释性，即有些作家，同时也是评论家和学者，在大学里授课，因此在对其研究时，不妨参照其评论和专著，这样可以对他们本人的创作和加华文学感受更深。比如，上文提到的叶嘉莹、梁丽芳、弗雷德·华、黎喜年、崔维新、陈泽桓，曾在不列颠哥伦比亚大学（University of British Columbia）、阿尔伯达大学（University of Alberta）、卡尔加里大学（University of Calgary）等高校执教，他们评作兼美。叶嘉莹的诗词契合了她的"感发"③和"弱德之美"④理论。梁丽芳的随笔集《开花结果在海外》和她的"华人文学"⑤之说相呼应。弗雷德·华之所以对英语词汇、句式进行颠覆再造，盖因为他曾投身于20世纪60年代加拿大颇具影响的"蒂什"（Tish）诗歌运动，主张口语化和通俗化，倾向"介于二者之间"（in-betweenness），集"同时并存的外国性"（synchronous foreigncity）于一身。⑥黎喜年重写中西神话或童话，在小说中虚构反乌托邦，和其对金融和科技寡头操纵人类生活的论述息息相关。⑦崔维新和陈泽桓将家事和族史写进文

---

① 刘慧琴：《多元文化中的一枝奇花——加拿大华人文学概况》，陈浩泉主编：《枫华文集——加华作家作品选》，温哥华：加拿大华裔作家协会1999年版，第36~49页。

② 陶洁：《小记加拿大的华人文学》，《灯下西窗》，北京：北京大学出版社2004年版，第432~436页。

③ 叶嘉莹：《多年来评说古典诗歌之体验及感性与知性之结合》，《我的诗词道路》，石家庄：河北教育出版社1997年版，第46~66页。

④ 叶嘉莹：《朱彝尊之爱情词的美学特质》，《四川大学学报》1994年第2期，第62~70页。

⑤ 梁丽芳：《扩大视野——从海外华文文学到海外华人文学》，陈浩泉主编：《枫华正茂——加华文学评论集》，温哥华：加拿大华裔作家协会2008年版，第105~117页。

⑥ 弗雷德·华：《伪装：诗学和杂糅》，爱德蒙顿：NeWest出版社2000年版。（Fred Wah. Faking It: Poetics & Hybridity. Edmonton: NeWest Press, 2000）。

⑦ 黎喜年：《社团行动和全球蔓延：资本种族写作》，《西岸线》2008年第2期，第116~128页。见 Larissa Lai. Community Action, Global Spillage: Writing the Race of Capital. West Coast Line, 2008, No. 2, pp. 116–128.

本，源于他们欲借故事建构历史，将个性、民族性和普世性熔于一炉。①

四、结　语

总之，跨语种的加华文学成果累累。受传媒和出版影响，以及加拿大本土与美国、中国、东南亚等国家和地区皆有联系，所以在研读作家作品的同时，最好能对加华文学作一视野开阔的整体把握，以达到见树见林的理想效果。这对加华文学工作者是挑战，也未尝不是机遇。如果能如批评大家勒内·韦勒克（René Wellek）② 所言，将文学的"内部研究"和"外部研究"充分结合起来，并以诺思洛普·弗莱（Northrop Frye）③ 的"整体文学观"统照、把握、辨析千姿百态的跨语种文学现象，那么，加华文学研究就一定会走向丰满和成熟，甚至会开辟出华文文学、华人文学、加拿大文学、中国文学、世界文学等研究领域的新途径。

对于用汉语、英语、法语或双语辛勤耕耘的加华作家们来说，这样的研究既有助于他们了解自己的作品在加拿大、中国和世界文学版图中的位置，也有助于广大读者走进他们的悲欢离合，触摸文字下鲜活的血脉，从而更好、更真、更深地感受他们的作品。研究者自身，也会在与作者、读者的真诚交流中，共享华严的艺术，再悟"一沙一世界，一花一天堂"的生命妙谛。

---

① 陈泽桓著，赵庆庆译：《少数族裔剧作家的窘境》，《华文文学》2006 年第 4 期，第 65～68 页。

② 勒内·韦勒克（1903—1995），20 世纪西方杰出的文论家和文学批评史家，祖籍捷克，出生于维也纳，1939 年移居美国，耶鲁大学比较文学教授，曾执教于普林斯顿大学、爱荷华大学、布拉格大学和伦敦大学。其八卷本《现代文学批评史》影响了世界文学界，另一代表作《文学理论》以"文学的外部研究"和"文学的内部研究"架构其理论体系，也是西方文学批评的经典著作。

③ 诺思洛普·弗莱（1912—1991），神话—原型理论创始人，享誉世界的加拿大文论家和文化批评家，以建立世界文学的人类学体系和整体观而著称，是 20 世纪出生的西方人文学者中被引用最多的三大学者之一。其著述浩繁，有近 30 部专著和 300 多篇文章，代表作有《批评的解剖》、《伟大的代码：圣经和文学》、《神力的语言》等。弗莱曾于 1991 年受邀访华，因病未能成行。

崔通约与加拿大《华英日报》、《大汉日报》

石晓宁

    几乎所有研究加拿大华人史的学术文章都离不开提及、引用一份现存的具有重要史料价值的华人报纸——《大汉公报》（*The Chinese Times*）。而这份保存了加拿大华人 20 世纪近百年历史的中文日报，关于其自身早期的细节及历史，却还只是散见于各类零星片断的记载中，鲜见细致的爬梳与整理。本文对《大汉公报》从 1906 年 12 月以"华英日报"为名创刊发行，直至 1915 年 11 月 6 日正式改名为"大汉公报"这一段历史的面貌，作一简要的钩沉。其中涉及报纸创刊背景、报纸主笔、报纸更名及报纸的倾向性问题等。

    此期间报纸的办报宗旨与曾任主笔的崔通约有关，[①] 故本文将对崔通约与《华英日报》、《大汉日报》一起来叙述。

一、从《华英日报》到《大汉日报》

    1906 年 12 月《华英日报》（*Hua Ying Jih Pao*）在温哥华创刊，具有当时中国晚清国内外形势的背景。其时为辛亥革命之前夕，甲午海战、戊戌变法后，海内外报纸勃兴，"始因外侮之刺激，倡议维新，继以满人之顽固，昌言革命"[②]。其时香港有《香港商报》、《中国日报》，日本有《新民丛报》和《民报》；以北美而言，旧金山的《大同日报》、檀香山的《自由新报》为同盟会报。[③]

---

① 本文略去 1910 年 5 月至 1911 年 7 月，冯自由任《大汉日报》主笔的情况。
② 戈公振：《中国报学史》，北京：生活·读书·新知三联书店 1955 年版，第 119 页。
③ 戈公振：《中国报学史》，北京：生活·读书·新知三联书店 1955 年版，第 170 页；参见沈云龙：《康有为评传》，台北：传记文学杂志社 1969 年版，第 44～45 页。

从加拿大的情况看,当年的温域(域,即域多利,现统一译为维多利亚)两地为远东和美洲太平洋航线之最捷径。上海至温哥华之航道有"海上丝路"之称。[①] 1885年太平洋铁路修毕,大部分华工迁居温哥华与域多利,有这样自由通商的环境、人口集中的华人社区,温哥华为创办华人报刊、向华侨传播启蒙思想提供了良好的条件。其时华人由于与祖国分隔日久,民智未开。当地虽有华人最大的社团——洪门致公堂,但是多忘其"反清复明"之宗旨。加之,康有为戊戌变法后逃亡海外,1899年到加拿大成立了保皇会,以保皇即为革命之说笼络最有势力的洪门,"在己亥(1899年)至己酉(1909年)十年间,加拿大全土几全属康梁之势力范围"[②]。保皇党还办起了机关报《日新报》[③],为加拿大最早的中文报纸。[④]其鼓吹维新立宪,保皇救国。

《华英日报》正是在这样的背景下创刊的,创刊人是当时温哥华耶稣教美以美会的教友周天霖与周耀初,以宣传基督教义、启发民智为办报宗旨。周天霖为当地品霖公司杂货商人。周耀初,当时为温哥华周耀初影相馆的老板,孙中山1911年初去加拿大筹款成立加拿大洪门筹饷局时留下的几张照片均出自周耀初的照相馆。[⑤]第一任主笔崔通约在其回忆录《沧海生平:中华民国开国史之亲历》中写道:

当辛亥以前,清朝内政外交,渐成竭蹶现象……且具有种族思想之会党,屡次揭竿而起……风声达于华侨,南洋、美洲不特源源捐助巨款,且次第创办汉文日报……所以坎属域多利、温哥华居然异军突起。这里景教美以美教会牧师信徒,出其血汗资,创办华英日报,集资本,购字粒,办机器,谋定温哥华为地点,乃以坎币四百元直接邮寄东京给我,并促我赶日就道。[⑥]

余留东四年,千九百六年六月暑假,由东京挈眷归国,已接温哥华华英

---

① 李东海:《加拿大华侨史》,加拿大:加拿大自由出版社1967年版,第38页。

② 冯自由:《华侨革命开国史》,上海:商务印书馆1947年版,第103页。

③ 1903年2月梁启超来加拿大温哥华,于8月创办。参见冯自由:《华侨革命开国史》,上海:商务印书馆1947年版,第103页;冯自由:《革命逸史》卷一《黄花岗一役旅加拿大华侨助饷记》,长沙:商务印书馆1940年版。

④ Kay J. Anderson提到,1894年温哥华出现了第一份华人报纸 The Chinese Times,由 Ying Wang Bo Publishing Co. 出版发行,未知其来源。Kay J. Anderson. *Vancouver's Chinatown: Racial Discourse in Canada*, 1875 – 1980. Montreal: McGill-Queen's University Press, 1991, p.79.

⑤ 查现存最早的始自1914年8月的《大汉日报》,其上常年有二人公司的广告。

⑥ 崔通约:《沧海生平:中华民国开国史之亲历》,上海:沧海出版社1935年版,第81~82页。又提及当时收到"坎拿大温哥华埠美以美教会一封保险信……署名者陈耀檀周耀初……"第71页。

第一部分

23

日报之聘……是岁杪始往香港乘印度皇后船往坎。在域多利登陆。十二月初旬，华英日报出世于坎拿大温哥华矣。①……可称在北美洲初唱鸿胪革命第一声，诚非自夸也。②

曾为此报第二任主笔的冯自由也记：

华英日报设于英属加拿大之云高华埠哈士定街（Hastings St.）一百号……丙午年（1906）秋冬间与各教友组织此报，以宣传耶教福音及开通民智为务。特函托广州格致书院院长钟荣光代聘主笔。钟介绍崔通约应之。③

崔通约（1864—1936）④，广东高明人。原名成达，字贯之，号洞若，后因信奉基督教改名为通约，号沧海。⑤ 据崔通约自著《沧海生平：中华民国开国史之亲历》篇首所附的人物小传记载，他十三岁应童子试，后入康有为万木草堂学习。⑥ 1897 年，崔通约于吉隆坡创办了当地最早的中文报纸《南洋时务报》（后来的《广时务报》），但这份报纸存在时间不长。⑦

崔通约 1899 年初信基督教。⑧ 1899 年 3 月，美国长老会传道万国总会（American Presbyterian Board of Foreign Missions）在广州办格致书院（即岭南大学前身），崔通约成为格致书院第一任中文教师。1900 年曾营救过在广州谋

---

① 崔通约：《崔通约与孙文断绝关系之原因》，《大汉日报》，1915 年 7 月 29 日第 2 版；参见冯自由：《革命逸史》卷一《黄花岗一役旅加拿大华侨助饷记》，长沙：商务印书馆 1940 年版，第 328 页；冯自由：《革命逸史》卷三，重庆：商务印书馆 1945 年版，第 338～339 页。
② 崔通约：《沧海生平：中华民国开国史之亲历》，上海：沧海出版社 1935 年版，第 82 页。
③ 冯自由：《华侨革命开国史》，上海：商务印书馆 1947 年版，第 103～104 页。关于推荐人，崔在《沧海生平：中华民国开国史之亲历》（上海：沧海出版社 1935 年版，第 83 页）中有提及。
④ 关于崔通约的逝世时间，应为 1936 年 12 月 28 日（其出殡时间为 1937 年 1 月 3 日），非时下使用的 1937 年。参见《申报》，1936 年 12 月 29、30 日第 3 版。
⑤ 李东海：《加拿大华侨史》，加拿大：加拿大自由出版社 1967 年版，第 290 页。
⑥ 崔通约：《沧海生平：中华民国开国史之亲历》，上海：沧海出版社 1935 年版，第 61 页。Charles Hodge Corbett 说，他是康的学生但不是康的信徒。Charles Hodge Corbett. *Lingnan University*. New York：The Trustees of Lingnan University, 1963，p. 30.
⑦ 崔通约：《沧海生平：中华民国开国史之亲历》，上海：沧海出版社 1935 年版，第 77 页。
⑧ 崔通约：《沧海生平：中华民国开国史之亲历》，上海：沧海出版社 1935 年版，第 63 页。崔通约的基督教身份在宋教仁 1905 年的日记中也有提到："崔君为广东肇庆人，为《世界公益报》、《光报》（美国华人新出之宗教界机关报，专重耶稣教，日出一册）之记者。"

炸督抚德寿之役中牺牲的史坚如，史坚如为1899年入学的学生。① 1900年格致书院搬到澳门，后崔通约因涉史坚如革命事离开了学院，开办私塾。②

1900年孙中山在香港成立兴中会，崔通约就加入其中。③ 1903年在香港，他也曾经与著名报人郑贯公等人同创《世界公益报》，那是一份基督教会报纸，当年其影响仅次于陈少白创刊的《中国日报》，但《世界公益报》比起《中国日报》来较温和，立场并不激进。④

1905年崔通约曾与李自重等人于香港九龙设立光汉学校，提倡军事教育。⑤ 同年于香港加入同盟会。⑥ 之后赴日留学，并作为《世界公益报》、《羊城日报》通信记者驻在东京。在日期间，他一方面为基督教徒义务传道；另一方面关注当时《新民丛报》与《民报》的笔战，他支持革命的《民报》。此为崔通约就任《华英日报》主笔前的活动情况。

当今对崔通约的研究甚少，以至于刘伟森的《全美党史》几次将其姓名错记成"崔约通"⑦、"萧遵约"⑧。民国前后，崔通约是活跃于北美地区的一位报人，同时一直开学校私人授课。作为基督教徒，曾参与创办了温哥华、上海两地的基督教会。他曾于1906—1909年、1911—1915年两次出任《大汉公报》的主笔，一为《华英日报》时期，一为《大汉日报》时期。⑨ 两次之间（1909—1911）他曾在旧金山出任基督教会的《中西日报》主笔和美西同

① Charles Hodge Corbett 记当时书院只有3位教员。Charles Hodge Corbett. *Lingnan University*. New York：The Trustees of Lingnan University, 1963, pp. 30 – 31. 崔通约记有英文教员5人，国文教员只他一人。崔通约：《沧海生平：中华民国开国史之亲历》，上海：沧海出版社1935年版，第56~66页。

② 崔离开后，钟荣光继续留任，其比崔后进格致书院。当代很多关于史的营救者多提钟而不提崔，或写钟比崔早入格致。参看 Charles Hodge Corbett. *Lingnan University*. New York：The Trustees of Lingnan University, 1963, p. 31；崔通约：《沧海生平：中华民国开国史之亲历》，上海：沧海出版社1935年版，第56~66页；《大汉日报》，1915年7月29日第1、2版。

③ 冯自由：《革命逸史》卷三《兴中会时期之革命同志》，长沙：商务印书馆1940年版，第58~59页。

④ 冯自由：《革命逸史》卷三《兴中会时期之革命同志》，长沙：商务印书馆1940年版，第58~59页。《沧海生平：中华民国开国史之亲历》中未提及。

⑤ 冯自由：《革命逸史》卷三《香港同盟会史要》，长沙：商务印书馆1940年版，第229页。

⑥ 崔通约：《沧海生平：中华民国开国史之亲历》，上海：沧海出版社1935年版，第1页。但据冯自由的《华侨革命开国史》记，崔参加同盟会的时间为1910年，参见该书第66页。冯自由在《革命逸史》卷三《香港同盟会史要》一章后，有一说明，说因香港同盟会员名册密存在香港友人处，所以文中未列出会员明细。

⑦ 刘伟森主编：《全美党史》，台北：海宇文化事业有限公司2009年版，第493页。

⑧ 刘伟森主编：《全美党史》，台北：海宇文化事业有限公司2009年版，第293页。

⑨ 可参见崔通约在《沧海生平：中华民国开国史之亲历》一书中的自提。同时本文查阅了1914—1915年的报纸，得以确实。

盟会的《少年中国晨报》编辑。

1911 年 5 月，他在旧金山曾经被孙中山同盟会革出，[①] 本文怀疑正是因此缘故，很多当时在旧金山与他共过事的同盟会员都在回忆录中极少提及他的事迹；或多处于革命话语的立场，对其颇有微词。[②] 他的生平资料，除了他本人发于 1914—1915 年的《大汉日报》、1935 年撰写的自传《沧海生平：中华民国开国史之亲历》外，其他都散见于有限的各类回忆录或史料中。

创办《华英日报》时期，崔通约本人倾向革命。因此，他来到加拿大后"开章明义，排满革命之言论，倾箧倒箧而出。在此之间之景教徒、致公堂无人不鼓掌称快，其他如保皇党及依草附木之商人，吓得面如土色，不知所措"[③]。终因此激起了保皇派的不满。引发了康党对《华英日报》长达三年的讼案。

1907 年某月《华英日报》偶然转载了粤吏通缉保皇会员新闻一则，[④] 引发了与《日新报》的笔战。"从此两党旗鼓相当，唇枪舌剑，由笔墨官司，进至公庭官司，前后控诉华英报十大案。"[⑤]

崔通约原是康有为的学生，所以，康党开始不以《华英日报》为意。但是，崔通约主张革命，与保皇会的维新政见不一，这样的冲突爆发不过是时间问题。崔自述"凡关于保皇会所谋进行者，莫不思所以而破坏之。彼以保皇救国为前提，我以排满革命为前提"[⑥]。又言："故在温哥华二年，为革命前途计，竭力鼓吹，宁割师友之爱而不惜者。"[⑦] 由于报纸实证缺乏，我们只能根据以上文字推测当时笔战的激烈程度。不过，民前起自 1905 年的梁启超

---

① 冯自由在《华侨革命开国史》五《美洲之部》提到，他（崔通约）当时虽为同盟会员，但对孙中山成立洪门筹饷局募捐一事不满，写歪诗于报刊，故被同盟会开除，见第 68 页。

② 冯自由在《华侨革命开国史》中说他"性情反复，生有恶癖，到处为人摒弃"，第 68 页。"恶癖"，应指崔的蓄童之癖。崔在自传中也提到并有辩解，见崔通约：《沧海生平：中华民国开国史之亲历》，上海：沧海出版社 1935 年版，第 34～38 页。

③ 崔通约：《沧海生平：中华民国开国史之亲历》，上海：沧海出版社 1935 年版，第 82 页。

④ 冯自由：《华侨革命开国史》，上海：商务印书馆 1947 年版，第 103～104 页。参见冯自由：《革命逸史》卷一《黄花岗一役旅加拿大华侨助饷记》，长沙：商务印书馆 1940 年版，第 328 页；（崔）偶因登载粤吏搜捕康党新闻一则，渐与保皇会发生恶感。保皇党恃其势力，讼华英报于当地法院，且施以种种压迫，华英报不能支，遂致辍业，崔亦失意渡美。冯自由：《革命逸史》卷三《加拿大同盟会史略》，长沙：商务印书馆 1940 年版，第 338～339 页；崔亦康门弟子，与保皇党颇有渊源。

⑤ 崔通约：《沧海生平：中华民国开国史之亲历》，上海：沧海出版社 1935 年版，第 13、73、82～83 页。

⑥ 崔通约：《予果何罪于坎拿大梓里乎》，《大汉日报》，1915 年 9 月 13 日第 1 版。

⑦ 崔通约：《崔通约与孙文断绝关系之原因》，《大汉日报》，1915 年 7 月 29 日第 2 版。

与章炳麟的保守与革命、君宪与民主的海外各地报纸之间的笔战，"始之以笔战，继之以斗殴"①，则可引以为证。

两报笔战之末期，还有保皇党在海外集资破产一事发生，在当时温哥华华人中产生了巨大反响。事因康有为打着"兴业救国"的旗号，在海外各地集资办实业，裹挟了华侨大量的资金。温哥华保皇会员叶恩（当地有名的富商），奉康有为、徐勤之命集资三百万，组织振华公司，开发广西天平山银矿、兴建铁路、轮船及创立劝业银行等。他们怂恿温域华侨踊跃投资。由于当地提倡民族革命的击楫社从中破坏，以及保皇会内讧，1909 年竟发生了刘士骥被刺血案。振华公司的集资终于未果。而叶恩"以公司之资本为其所招募，保皇会人士对侨胞回国视为儿戏，乃愤然脱离该会，加侨从之者甚众，于是保皇会在加之势力一落千丈，至民国前后，已陷于支离破碎状态"②。

此事或成为康党对《华英日报》的诉讼失败的另一原因。③ 当年保皇会《日新报》的主笔、崔通约的对手何卓竞因之也反对，脱离了康党，并佩服崔通约有先见之明。崔通约记："三年对簿，十案胜诉，足见公理之不可磨灭。"④ 但是，多年诉讼，"亏折累万，加以讼案牵缠，力将不支，幸藉致公堂陈文锡大佬仗义扶助，唤起全坎洪门人为后援，最后既有致公堂全盘承受，易名为大汉日报"⑤。

此讼案最终致洪门致公堂出面，接手该报并更名为"大汉日报"，之后其一直作为温哥华洪门致公堂的机关报。当时崔通约顶不住保皇会的攻击，曾求助于香港的《中国日报》，其时《中国日报》的主笔正是冯自由。崔通约也提到了冯自由因此"言于孙文，孙始由巴黎通函于余"，孙文与崔通约两人

① 参见沈云龙：《康有为评传》，台北：传记文学杂志社 1969 年版，第 44 ~ 45 页。
② 李东海：《加拿大华侨史》，加拿大：加拿大自由出版社 1967 年版，第 289 ~ 296 页。同时参见冯自由：《华侨革命开国史》，上海：商务印书馆 1947 年版，第 109 页。1908—1909 年，徐勤因与同党刘士骥争夺广西天平山矿产，遂派何其武刺杀刘士骥，刘士骥 1909 年 5 月 27 日于广州被刺。
③ 崔通约当时也以此事作为攻击保皇会的武器之一。于 1915 年 9 月 13 日的《大汉日报》第 1 版上崔自记两事："一则工党毁埠 [1907 年 9 月 7 日始的排亚暴乱（anti-Oriental riots）]，当时华英报主镇静的立场，反对迁离 Chinatown 旧址。一则刘士骥为广西振华公司招股，华英报决其利尽祸见，新报（《日新报》，笔者注）为之尽力揄扬，在当日华英报之人微言轻，宜乎多数梓里皆见我为罪矣。"
④ 崔通约：《沧海生平：中华民国开国史之亲历》，上海：沧海出版社 1935 年版，第 73、83 页。又，《予果何罪于坎拿大梓里乎》，《大汉日报》，1915 年 9 月 13 日第 1 版。
⑤ 崔通约：《沧海生平：中华民国开国史之亲历》，上海：沧海出版社 1935 年版，第 13、73、83 页；曹建武：《洪门参加辛亥革命史实》，《大汉公报》，1978 年 10 月 27 日第 3 版。

书信还曾往来颇密。①

1909 年末此案终结后，崔通约介绍颜志炎为该报总编辑，自己去旧金山就《中西日报》席。而《华英日报》曾在冯自由 1910 年 5 月自香港来接手前一度停刊。

以上为《华英日报》从创刊到终结的情形。还有几个关于《华英日报》的小细节，本文一并在此说明：

1. 《华英日报》的创刊时间与地点

目前，加拿大官方记录《华英日报》的创刊时间是 1907 年。② 但从上文引崔通约及冯自由的记载来看，《华英日报》创刊于 1906 年 12 月初。③

虽然现存的《大汉公报》的影印件没有《华英日报》时期的，④ 但从现存 1914 年 8 月 1 日起的《大汉日报》到 1915 年 10 月 23 日的最后一期，其第一版刊头右侧一直登载有英文信息及创刊时间的方框栏，"THE ONLY CHINESE DAILY PUBLISHED IN CANADA ESTABLISHED 1906" 文字赫然。其时又是崔通约主持笔政，所以，这个时间如此登载，是为确实。

这里要说明的是，自 1915 年 11 月 6 日《大汉日报》改为《大汉公报》，报头重新设计，中文、英文都没有出现创刊时间。本文查到，创刊时间的重出晚到 1941 年 4 月 17 日，在当日第六版的《汉声》栏目下出现了英文的方框栏，书有 "THE CHINESE TIMES established in 1907, is the oldest Chinese newspaper in Vancouver"。1907 年这一时间遂一直现于该栏目，至 1992 年 10 月 3 日《大汉公报》停刊。⑤ 加拿大官方 1907 年之说，恐源于此。

当年的《华英日报》最早的创办地点按照冯自由的说法，设于英属加拿

---

① 崔通约：《崔通约与孙文断绝关系之原因》，《大汉日报》，1915 年 7 月 29 日第 2 版。

② 参见 The University of British Columbia Library 制作的《大汉公报》的微缩胶卷首页文字说明。1971 年 11 月，《大汉公报》社将存档的所有旧报纸转给了 The University of British Columbia Library 制作微缩胶卷，提到的创刊时间为 1907 年。

③ 在 1914—1915 年的《大汉日报》中，他多次提到了他来加的时间，如署名通约《予之教育经验及主义》，《大汉日报》，1914 年 8 月 14 日第 1 版："至千九百六年底，受华英报聘而来加"等。

④ National Library of Canada. Union List of Canadian Newspaper Held by Canadian Libraries. *Ottawa*，1977，pp. 53，395. The University of British Columbia Library 制作的《大汉公报》的微缩胶卷首页文字说明："第一张始自 1914 年 8 月 1 日。" Multicultural Canada 网站链接的《大汉公报》从 1915 年始，缺 1914 年的部分。

⑤ Kay J. Anderson 提到第一份中文报纸 *The Chinese Times* 于 1894 年由 Ying Wang Bo Publishing Co. 出版发行。Kay J. Anderson. *Vancouver's Chinatown：Racial Discourse in Canada*，1875 – 1980. Montreal：McGill-Queen's University Press，1991，p. 79.

大之云高华埠哈士定街（Hastings St.）一百号。但到了 1914 年的《大汉日报》影印件，地址已是卡路街 443—445 号（443 - 445 Carrall St.）。1939 年 9 月 1 日，迁入片打东街 1 号（1 Pender St. E.），直至停刊。

2. 《华英日报》的归属

很多加拿大华人史都将《华英日报》、《大汉公报》写成两份报纸。① 《华英日报》本为温哥华基督教美以美会创办，在 1909 年底才由洪门致公堂接管。从现存的 1914—1915 年《大汉日报》的影印件看，每日刊头左栏都有"本报为加属洪门总机关"字样，与《华英日报》的初创教会性质不同了。但即使按《大汉公报》创刊于 1907 年这一时间，《华英日报》时期的的确确也是被包括在内的。所以，《华英日报》准确的说法应是《大汉公报》的前身。

3. 《华英日报》的停刊、《大汉日报》重启时间

《华英日报》的停刊时间，现今大部分的说法为 1908 年。② 李东海提到《华英日报》"于光绪三十四年（1908）停版"，还提到了《华英日报》停版后，域多利击楫社同人原拟集资承购该报印机，创办革命宣传报纸，后未能成功。云埠革命分子及洪门数位先进，以私人承购，创办《大陆报》于云埠，但经济短绌，不数月而停版，时在宣统元年（1909）五六月。③ 崔通约与冯自由从未提到过《大陆报》，因此李东海提到的《大陆报》不知何凭据。

但是，据崔通约自传及《大汉日报》上零星的记载来看，1908 年崔通约还在加拿大，而且报纸依然存在。另外还有几条旁证也证明至 1909 年《华英日报》并未停刊。其一是孙中山在 1909 年 11 月 12 日给吴稚晖的信中提到了《华英日报》，可见当时《华英日报》依然存在。④ 其二是据当时为旧金山《少年中国晨报》的创办者之一温雄飞的回忆文章中记，《少年中国晨报》前

---

① 李东海：《加拿大华侨史》，加拿大：加拿大自由出版社 1967 年版，第 288、348～350 页；沈云龙：《康有为评传》，台北：传记文学杂志社 1969 年版；戈公振：《中国报学史》，北京：生活·读书·新知三联书店 1955 年版等。

② 如李东海《加拿大华侨史》记，颇有代表性。

③ 李东海：《加拿大华侨史》，加拿大：加拿大自由出版社 1967 年版，第 349 页。李东海于 1950 年来加拿大，长期在维多利亚定居，曾任维多利亚中文学校校长、《新民国报》主编，费时十年以维多利亚、温哥华两地为中心搜集资料，遍访故人，写就《加拿大华侨史》。

④ 中国国民党"中央"委员会党史史料编纂委员会编：《国父全集》（第三册），台北："中央"文物供应社 1973 年版，第 95 页："……此种疑惑，最妙莫如由新世纪用同人字样，一函至美西四报馆，即《大同》、《美洲少年》、《中西》及云哥华之《华英》，及檀香山三报馆……"

了其创刊不久即产生了许多反响，其中提到了温哥华崔通约来信要订阅。① 温
文又记当时孙中山在美东（孙中山 1909 年 11 月到达纽约）曾经看到《美洲少
年》，并写信给当时的旧金山同盟会负责人李是男，提到他在杂志上看到了
崔通约，让李是男保持警惕云云。② 其三是据《国父年谱》，孙中山 1909 年 11
月到达纽约，1910 年 1 月 11 日到达旧金山，2 月 27 日在旧金山成立美西同盟
会，崔通约即加入，成为同盟会员。③ 所以崔通约到美国的时间绝不会早于
1909 年 7 月，或晚于 1910 年 2 月。④

至于崔通约所说的，在他离开之前洪门就接管了《华英日报》，并改为
《大汉日报》，但是《大汉日报》其实没有马上接任出版。《大汉日报》第二
任主笔冯自由记他于庚戌（民国前二年，即 1910）正月得书……遂辞退《中
国日报》社长及同盟会分会会长二职，遂效毛遂之自荐。庚戌五月抵云高华，
时《大汉日报》已出版半月。⑤ 可见《大汉日报》创刊是在 1910 年 4 月间。
而崔通约自传提到他于 1909 年冬临走时将编辑交给了颜志炎，但又云他走后
《华英日报》随即停刊。颜志炎则未提及冯自由来加后的情况。从 1909 年底
到 1910 年 4 月《大汉日报》重出，其间有 5 个月左右的空白期，这期间是否
为李东海所谓《大陆报》的刊行时期，尚需更多的史料证实。

综上所述，《华英日报》于 1906 年 12 月由温哥华基督教会华人周天霖、
周耀初创办，崔通约为主笔，地点为哈士定街一百号。办刊宗旨是启发民智，

---

① 温雄飞：《中国同盟会在美国成立经过》，中国人民政治协商会议全国委员会文史资料研究委
员会编：《辛亥革命回忆录》（第八集），北京：文史资料出版社 1982 年版，第 354 页。记“温哥华崔
通约来信，他自称也是同志，汇款订报一份，并称数月后拟来美国，晤面非遥。我们都不认识此人，
更不知他是否是同志，独黄超五略知多少，说：此人原是教会人，又是康有为的学生，但所知亦仅此
而已。我们有些人后来相信他是个同志，因此在新闻栏中登载一则简讯，说崔通约有数月来美国之讯
等语”。

② 温雄飞：《中国同盟会在美国成立经过》，中国人民政治协商会议全国委员会文史资料研究委
员会编：《辛亥革命回忆录》（第八集），北京：文史资料出版社 1982 年版，第 355 页。孙云：“某期
《美洲少年》上载有崔通约不日来美国之讯，此人从前的确是我们的同志，但后来他似有异图，你们
亦不必揭穿他的行为，仍旧可以以同志称呼，但不要把内部事情告诉他，免致泄漏，贻误大事。”

③ 罗家伦主编：《国父年谱》，台北：中国国民党“中央”委员会党史史料编纂委员会 1985 年
版，第 377 页。

④ 冯自由：《华侨革命开国史》五《美洲之部》，上海：商务印书馆 1947 年版，第 66 页：“美
西同盟会……（1910 年）正月十八日宣告成立。总理亲为主盟人，初次宣誓入会者，有李是男、黄芸
苏、黄伯耀……崔通约……”

⑤ 冯自由：《华侨革命开国史》，上海：商务印书馆 1947 年版，第 105 页。

同情排满革命。1909 年底停刊。①

二、崔通约与 1911—1915 年的《大汉日报》及报纸的政治倾向

1911 年 12 月崔通约从旧金山重回温哥华，重任《大汉日报》（*The Chinese Daily Times*）主笔，于 1915 年 8 月辞任回国。

崔通约离开《华英日报》后，在 1910 年 5 月至 1911 年 7 月间，冯自由担任《大汉日报》主笔。这段时间正是辛亥革命爆发之前加拿大洪门致公堂成立革命救国筹饷局、变产救国阶段，也是《大汉日报》作为洪门机关报鼓吹革命最突出的时期。② 而崔通约本人同期在旧金山，为伍盘照基督教会报刊《中西日报》记者；同时出任美西同盟会机关刊物《少年中国晨报》编辑，并参加了孙中山在其地成立的美西同盟会。③

1911 年 7 月，冯自由应孙中山之召辞去《大汉日报》之职，8 月赴旧金山协调同盟会与旧金山洪门致公堂的纠纷。④ 未几武昌起义成功。崔通约受聘仍回《大汉日报》：

> 辛亥武昌起义，吾党革命算告一段落，我其时仍留金门，仍兼中西少年两报席外夜间教书，中山尚在美东纽约……由美抵沪时，各界争相欢迎，程德全亲来迎作南京临时总统，我这时亦接南京一个"克"字电码，促我归国，但我不甚乐观，只淡然置之，惟一般同志，莫不弹冠待庆，争相买轮就道，咸认一举功成，因此，与少年报派意见相左，适温哥华大汉日报记者冯自由

① 由于报纸本身资料依然缺乏，所见的关于《华英日报》从创刊到停刊的情况大致如上。有些情况，如两报对簿公堂的情形，崔通约自传及洪门前辈曹建武都未作详细记录。温哥华洪门接收《华英日报》全盘家底一事，尚需更多的史料厘清。

② 参见冯自由：《革命逸史》卷一《黄花岗一役旅加拿大华侨助饷记》，长沙：商务印书馆 1940 年版，第 329～330 页；冯自由：《华侨革命开国史》，上海：商务印书馆 1947 年版，第 105 页；冯自由：《革命逸史》卷三《加拿大同盟会史略》，长沙：商务印书馆 1940 年版，第 322 页。

③ 崔通约在《沧海生平：中华民国开国史之亲历》中说他为正编辑，李是男为副编辑，见第 84 页。参见冯自由：《华侨革命开国史》五《美洲之部》，上海：商务印书馆 1947 年版，第 68 页；冯自由：《革命逸史》卷四《美洲革命党报述略》，长沙：商务印书馆 1940 年版，第 134 页；《大汉日报》，1914 年 7 月 30 日第 1 版、1915 年 8 月 2 日第 1 版；崔通约：《沧海生平：中华民国开国史之亲历》，上海：沧海出版社 1935 年版，第 94～95 页。

④ 参见冯自由：《革命逸史》卷一《黄花岗一役旅加拿大华侨助饷记》，长沙：商务印书馆 1940 年版，第 329～330 页；冯自由：《华侨革命开国史》，上海：商务印书馆 1947 年版，第 105 页；冯自由：《革命逸史》卷三《加拿大同盟会史略》，长沙：商务印书馆 1940 年版，第 322 页。

辞职，函予回继任……辛亥十二月，又携家人离美再到温哥华作冯妇矣……①

与崔通约当年赴加拿大时的情状作对比，此次崔通约并未对辛亥革命首义成功显示出兴奋与热情。由于1914年8月1日前的《大汉日报》缺失，我们只能看到崔通约在1914年8月到1915年时《大汉日报》的情况。查阅这一时期的报纸，《大汉日报》显然与辛亥革命前鼓吹排满革命救国的倾向不同，呈现的是拥护袁世凯、反对革命的宗旨。不仅如此，《大汉公报》与新创刊的国民党机关报《新民国报》又延续了革命前的笔战状态。崔通约自言："辛亥以前，与党派政府战；辛亥以后，则与伪革党孙黄战。"②《大汉公报》前后迥异的倾向性，典型地反映出了辛亥革命后海外革命与维新两大政治势力蜕变、重组的真实状况。

这种情况，也与民初国内各政党雨后春笋般地生成、演化、裂变的乱象相同。"自武昌革命军起，到民国临时政府成立，几个月间，革命派的同盟会和立宪派的宪友会，都起了绝大的变化……但是最大的变化，还是两派的'化分'和'化合'。……直到第一次正式国会成立的前后，又划分成革命派与立宪派对立的两个大党。"革命派一方，由于同盟会一派中的少年党员自认革命元勋，"妄自骄功，举动暴烈，干部领袖，不能节制，同盟会便为人所诟病"。其麾下的一些团体"化分"出来，与非同盟会团体逐渐"化合"，生成了由张謇、章炳麟等人成立的共和党，以国权党自居，拥护袁世凯；而同盟会则称民权党，后"化合"成了国民党，掣肘袁世凯。两党互相诋诟为御用党和暴民党。③

在加拿大，温哥华与域多利也折射出国内的"化分"和"化合"。"清朝的覆灭并未成为中国稳固而现代化的先声。取而代之的是持续数年的一个党争、分裂、暴力的局面，也影响到了加拿大的中国社区……影响到了加拿大尤其是最大的温哥华和域多利华人社区，不仅恶化了旧有的冲突，又添了新

---

① 崔通约：《沧海生平：中华民国开国史之亲历》，上海：沧海出版社1935年版，第85~86页。

② 崔通约：《本报年来战胜乱党之回顾》，《大汉公报》，1914年9月26日第1版。

③ 李剑农：《中国近百年政治史》，台北：商务印书馆1971年版，第365~366页。两者在北京参议院中议席都不够半数。其时还有小党派统一共和党、民主党、统一党等。统一共和党后与同盟会化合成了国民党。而民主党、统一党后又与共和党联合成立了进步党。

的矛盾。"① 革命前原有的革命与保皇两派，在革命后也都发生了变化。从革命一方言，洪门与同盟会出现了分裂。革命前，"同盟会员一律加入洪门会籍……与洪门合作无间"②。可是革命后，洪门从革命派中分化出来，与民国后改为宪政会的保皇会一道，"出于个人及党派间的争执或政治主张的不同，反对国民党"③。

"自民国成立以至对日抗战，加拿大洪门与国民党之处境颇为尴尬，彼此不与谋，即言论上亦时起冲突。"李东海在写洪门致公堂与国民党长达三十余年的摩擦和对立时，委婉地指出"影响侨社若干公益与救国运动不能顺利进行。……人与人之间虽能忠诚合作，但党与党间门户之见迄今仍无法消除"④。

辛亥革命前期，孙中山提倡排满革命，曾依仗北美洪门在华侨中的影响力，利用报纸，启发海外洪门重拾"反清复明"之宗旨，推动建立洪门筹饷局，利用洪门筹得巨款。民国肇始，洪门反清目的已达、国体已更，洪门宗旨乃更为"稳固共和、共谋发展"。《大汉日报》刊头一直为"本报为加属致公堂总机关，今已驱除满虏，建立民国，当谋稳固共和政府"；改为《大汉公报》后，刊头文字为"本报为加属致公堂总机关，前为我大汉人民除束缚，今为我大汉人民谋幸福"，都以"谋民族共同发展"为宗旨。民国元年（1912）四月，袁世凯接任临时大总统，发行国民券，温域两地洪门踊跃认购，支持共和政府渡过财政危机。自民国四年（1915）二月起，在与日本签订"二十一条"之前，温域及加拿大各地洪门联合各宗姓会所发起华侨救亡会，捐军款、认购公债以备对日宣战。⑤

海外洪门对民国开国贡献至伟，功成后却未获民国政府崇德报功之荣勋。以革命党一方的角度，革命前与洪门只为暂时的联合。"民国肇建，满清既亡，会党的革命宗旨已达，任务自了，因而也就失去了它的功能。"⑥ 尽管在

---

① 笔者译自 Harry Con, Ronald J. Con, Graham Johnson, Edgar Wickberg, William E. Willmott. *From China to Canada: A History of the Chinese Communities in Canada*. Toronto：McClelland and Stewart, 1988, pp. 103 – 104.

② 参看李东海：《加拿大华侨史》，加拿大：加拿大自由出版社 1967 年版，第 252、296、305 页。

③ Harry Con, Ronald J. Con, Graham Johnson, Edgar Wickberg, William E. Willmott. *From China to Canada: A History of the Chinese Communities in Canada*. Toronto：McClelland and Stewart, 1988, p. 104.

④ 参看李东海：《加拿大华侨史》，加拿大：加拿大自由出版社 1967 年版，第 252 页。

⑤ 李东海：《加拿大华侨史》，加拿大：加拿大自由出版社 1967 年版，第 460 页。由于李写作的背景为 20 世纪 60 年代，那时的国共情势，对于这段历史在革命话语之下是很难直书真相的。

⑥ 庄正：《国父革命与洪门会党》，台北：正中书局 1981 年版，第 246 页。

孙中山被选为临时大总统时，他曾命冯自由任稽勋局长，专来表彰革命期间为革命作出贡献的个人与团体，但是事实上加拿大及海外各洪门从未得到一纸旌义状，更遑论偿还筹饷了。孙中山、冯自由、胡汉民饱受洪门人士诟病，① "昔日为革命毁家纾难，不避艰险之忠贞同志，误以先生为不念旧情，有人私自怨怼"②。

民初海外洪门致公堂的不满还有组织上的原因，主要有二：一是洪门人申请身份的转变，由秘密组织转为公开社团注册立案未获批准；③ 后于 1913 年 12 月 26 日袁世凯批准云哥华、域多利、蓝顿、钮威市缅士打四地立案。二是改堂为党事，孙中山要求各地洪门加入中华革命党引起洪门人士不满，④ 认为这是消灭洪门，改变洪门的宗旨。这第二点是导致海外洪门致公堂在民国成立初年，尤其是二次革命后与孙中山的国民党产生分裂的主要原因。⑤

有史家指出，"加拿大和美国致公堂大佬们对孙中山及国民党的怨恨，似乎是致公堂与国民党摩擦的初衷，这些摩擦在 1911—1923 年尤为激烈，在随后的若干年内定期反复"⑥。现存的 1914—1915 年的《大汉日报》，记录了加拿大洪门致公堂反对中华革命党、民国维持会及三次革命等的言论。当年的旧金山洪门五洲致公堂，革命后曾与孙中山临时政府有短暂的蜜月期，成立了中华民国总公会，但最终还是走向了分裂，这与加拿大洪门的影响不无关系。

---

① 刘伟森主编的《全美党史》（第 319 页）记孙中山选为临时大总统后，只发给了旧金山黄三德、李是男、黄伯耀、郑占南等最优等旌义状。另，简建平：《中国洪门在加拿大》，温哥华：中国洪门民治党驻加拿大总支部 1989 年版，第 24 页。又，吴伦霓霞、陈胜粦、郭景荣、罗立新编：《孙中山在港澳与海外活动史迹》，香港：中山大学孙中山研究所、香港中文大学联合书院 1986 年版，第 146 页。

② 刘伟森主编：《全美党史》（下册），台北：海宇文化事业有限公司 2009 年版，第 319 页；冯自由：《革命逸史》卷四《美洲革命党报述略》，长沙：商务印书馆 1940 年版，第 134 页；冯自由：《革命逸史》卷一《自序》，长沙：商务印书馆 1940 年版，第 7 页。

③ 《大汉日报》，1914 年 9 月 16—20 日第 3 版全文刊载了自 1913 年 12 月 26 日，温哥华、域多利等地洪门获准立案，并成为正式团体的公告。参看简建平：《中国洪门在加拿大》，温哥华：中国洪门民治党驻加拿大总支部 1989 年版，第 30 页。

④ 1912 年 1 月 1 日，孙中山就任临时大总统，旧金山美洲致公堂同时改名为"中华民国总公会"。见刘伟森主编：《全美党史》（下册），台北：海宇文化事业有限公司 2009 年版，第 319 页。

⑤ 本文作者到多伦多地区洪门民治党达权社调查时，此地的洪门当时也有同样的观点。至民国十二年（1923）洪门正式定名为"中国民治党"。

⑥ 本文作者译自 Harry Con, Ronald J. Con, Graham Johnson, Edgar Wickberg, William E. Willmott. *From China to Canada：A History of the Chinese Communities in Canada.* Toronto：McClelland and Stewart, 1988，pp. 103 – 104.

革命前的《大汉公报》主笔冯自由，时在加拿大、美国旧金山，以洪门前辈高级职员的地位发动两地洪门人士为革命筹得巨饷。而到了1915年6月，旧金山全美洲洪门总堂革出冯自由，与国民党分裂。① 崔通约评论"冯为反复无耻小人，何足与道，吾甚望唐琼昌、黄三德、赵昱诸君，再进一步，抛弃倒袁政策，毋为黄兴、林森之浪客所误，相与提携，同谋救国之策"②。6月30日，《大汉日报》照登旧金山洪门布告《洪门宣布冯自由被革之罪状》③，重申洪门"维党救国"之责任，可见当年不仅温哥华洪门致公堂对孙中山及国民党继续革命的主张不予认同，而且全加拿大洪门致公堂对此都不予认同。④

报界曾经是辛亥革命前维新、革命两派宣扬政治主张的主媒介。武昌起义，报界担负起了启发民智、唤起海内外兴亡忧患之角色与责任，功不可没。革命后的海外报界，如戈公振所言："华侨报纸之言论，大率在前清分为维新与革命两派，光复后，维新、革命，均失其标帜，色彩渐淡。未几洪宪事起，乃又分为拥袁与倒袁两派。"⑤《大汉日报》是加拿大洪门致公堂的机关报，洪门的拥袁立场直接影响了《大汉公报》的倾向性。同时，崔通约本人对于革命的态度、立场的转变也直接造成了《大汉公报》的倾向性的改变。

崔通约本人于革命前后立场骤变，甚至在革命后加入了中国共和党。⑥ 他思想的转变与离开《华英日报》赴美国旧金山相关联，故将二者简叙于此。

一是芋头风波一事，他在《中西日报》时曾与保皇会报纸《世界日报》对有关基督教是否为政党一事展开笔战。两者"始之以笔战，继之以斗殴"⑦，崔通约举例说对方记者梁朝杰抱残守缺，如出产芋头的台山人食"芋"不化。梁朝杰理屈词穷，便故意将崔通约的攻击说成是对整个台山新宁

① 《大汉日报》，1915年6月14日第3版。1914年2月冯自由自言为了讨袁募捐发动三次革命后再度赴美任美洲致公堂（中华民国总公堂）会长，机关报《大同日报》主笔。1915年7月4日，国民党美洲支部在旧金山举行第一次全美洲恳亲大会的前夕，冯自由离开了。冯自由：《革命逸史》（第三辑），台北：商务印书馆1965年版，第390页。

② 《大汉日报》，1915年6月19日第3版。林森事指1915年2—4月国民党美洲支部总长林森与黄伯耀为讨袁募捐，周游古巴及北美东，曾驻足多伦多、蒙特利尔与域多利。见《大汉日报》，1915年4月14日第1版。

③ 《大汉日报》，1915年6月30日第3版。

④ 本文作者采访过多伦多洪门民治党吴培芳前辈，亦如是说。

⑤ 戈公振：《中国报学史》，北京：生活·读书·新知三联书店1955年版，第252页。

⑥ 《大汉日报》，1915年7月5日第2、3版。

⑦ 沈云龙：《康有为评传》，台北：传记文学杂志社1969年版，第44~45页。

人的诋毁，怂恿新宁宁阳会馆要求《中西日报》停刊，甚至纠集 250 人暴力围攻《中西日报》报馆，致使警察出动并逮捕了其中 8 人。很快此事获得澄清，新宁人反而因此看清了保皇会的真面目。最终《中西日报》获胜，崔通约因而获得了"革命芋头崔通约"之名。① 此事固然如他本人所言，"我所异于革命派者，独醉心于基督教"，以捍卫基督教为己任。② 但另一方面，可看出崔通约对中国最终要进行民主革命、走向共和制的认同态度。

二是海外革命文字狱一事。崔通约是在 1910 年 2 月孙中山来旧金山组织同盟会时加入其中的，也是《少年中国晨报》的编辑，③ 并与朱卓文参加过全美各地游说、为革命筹款的活动。有感于筹饷活动："此间同盟会员，人数渐众，品流杂糅，参差不齐，浮浇之人，因利乘便"④，他写了四章七绝，表达失望与不满。今日重读崔通约的诗文，⑤ 从诗中可见，崔通约对当时筹饷局中人滥用筹款谋己之私、对孙中山的个人崇拜以及同盟会组织松散等有看法或不抱希望。因此当年发生了所谓"海外革命文字狱"一事——旧金山同盟会开除了崔通约。

崔通约与孙中山早已相识，同龄之人，都已近不惑之年。此时他看到孙中山"最利用无阅历之少年"，发动的是李是男、黄伯耀一班年轻人，而孙中山对崔通约也心存戒心，⑥ 开除崔通约的缘由因诗之故固有之，又有怀疑崔通约为清廷的密探之借口。时任《少年中国晨报》的另一编辑伍澄宇记"究未能证实其为此报告，不过是一种怀疑而已"。而孙中山则抱着"宁可错杀一千"的看法，最终登报开除了崔通约。⑦ "同盟会对于犯法党员，重者判处死

---

① 参见 Chen Shehong. *Being Chinese, Becoming Chinese American.* Champaign: University of Illinois Press, 2002, pp. 27 – 31；崔通约：《沧海生平：中华民国开国史之亲历》，上海：沧海出版社 1935 年版，第 83 ~ 84 页；伍澄宇：《伍平一先生革命言行录》，阳明学会 1920 年版，第 14 ~ 15 页。

② 崔通约：《沧海生平：中华民国开国史之亲历》，上海：沧海出版社 1935 年版，第 70 页。

③ 崔通约：《沧海生平：中华民国开国史之亲历》，上海：沧海出版社 1935 年版，第 84 页。

④ 崔通约：《崔通约与孙文断绝关系之原因》，《大汉日报》，1915 年 7 月 29 日第 2 版。

⑤ 崔通约：《崔通约与孙文断绝关系之原因》，《大汉日报》，1915 年 7 月 29 日第 2 版。《崔通约与孙文断绝关系之原因》：①话到党人姓字香，一年忙过一年忙，英雄竞爨莲花舌，是否纷争利市场。②生平不喜因人热，到处都称作客凉，领袖何时生我土，国亡种灭倍心伤。③怪我天生血肉躯，几分意气未消除，茫茫归去殊难忍，冷眼双双望太虚。④桑港流离四载余，深闺作嫁负居诸，牢骚欲吐将何用，莫若时还读我书。

⑥ 崔通约：《崔通约与孙文断绝关系之原因》，《大汉日报》，1915 年 7 月 29 日第 2 版。

⑦ 因当时崔与清廷的领事们平日颇有交往，孙中山就怀疑崔有告密之嫌。见伍澄宇：《伍平一先生革命言行录》，阳明学会 1920 年版，第 14 ~ 15 页；又见广东省委员会文史资料研究委员会编：《孙中山与辛亥革命史料专辑》，广州：广东人民出版社 1981 年版，第 56 ~ 60 页。

刑，并无逐之例，有之自崔通约始。"[1] 孙中山的处置办法不依旧盟规，"以示薄惩"[2]。似也说明此事的证据不确凿，理由不充分。表面上看是崔通约违反了盟规，实际上却反映出崔通约本人与孙中山的分歧之处，即崔通约的革命"宗旨不正"，对同盟会行动及手段的不认同、不追随，这才是真正的原因。[3]

崔通约旧金山投身同盟会革命活动的经历，应成为他思想转变的现实基础。1912年中国共和党成立，崔通约成为共和党员，他曾声称："本党以共和命名，除乱党外，如致公堂、宪政党等，必当融洽……内外地之共和党，皆恪守一致之稳健党纲……政党必须以监督政府、指导舆论为前提，所持破坏手段，则失去政党资格矣。"[4] 因此，作为共和党员，他拥护袁世凯，希望袁世凯借"实行军国主义"的实力，维持稳健，主张建设：

> 仆于项城无所爱憎，但佩服其能从实地做功夫。绝无伟人之空虚理想，卓荦中若维持秩序，注意军备、整理财政、振兴小学教育，皆治我国今日之最大急务。其最受党人及趋重外潮者所轰击，莫如引用旧人一事。……仆虽未敢如何主张，惟在前清时代，对于政府持消极的观念；在今日时代，对于政府持积极的观念，无他，一则绝望，一则无限希望也。……欲救此垂危之中国，舍实行军国主义外无他途，此记者之深契项城，鄙中山鄙所谓民党之真意也。[5]

---

① 冯自由：《华侨革命开国史》五《美洲之部》，上海：商务印书馆1947年版，第68页。另，冯自由：《革命逸史》卷四《美洲革命党报述略》，长沙：商务印书馆1940年版，第134页：在1911年冯离开后，数月延聘崔通约为主笔。崔初为康门下，后为同盟会员，曾任旧金山《少年中国晨报》的记者，因行为不端及宗旨不正，被同盟会驱逐出党。

② 崔通约：《崔通约与孙文断绝关系之原因》，《大汉日报》，1915年7月29日第2版。

③ 崔通约：《崔通约与孙文断绝关系之原因》，《大汉日报》，1915年7月29日第2版。此文中记载了当时开会时黄伯耀草拟通告，但特意让孙中山亲笔抄录一事，以示效力。最后这张亲笔告示又由当日排印的手民偷偷交给了崔通约，可见对此事处理上的不合规范。

④ 《大汉日报》1915年7月5日的第2、3版报道了崔通约其时为温哥华共和党主席，组织本地共和党进行了第三次郊游活动。中国共和党成立于1912年5月，此是崔组织的第三次郊游，可见他早已是共和党的一员。由于《大汉日报》资料缺乏，无法确定他加入该党及组织温哥华分部的时间及经过。

⑤ 崔通约：《读甲寅杂志第一号通讯有感》，《大汉日报》，1914年10月13日第1、2版。

此段议论与梁启超《袁世凯之解剖》中阐述的拥袁缘由异曲同工，① 代表了当时主张用非继续革命的方式来建国的民主派呼声。

冯自由记崔通约："民二年秋各省讨袁失败，崔乃挟嫌唆使致公堂中人反对民党以媚袁世凯，而致公堂中人未得南京临时大总统府颁给旌义奖状，早怀不满，致使遂为金壬所惑。"② 将区区旌义状之事及个人私怨来放大崔通约对于加拿大洪门的影响，不仅矮化了洪门与崔通约两方在政治势力中的独立、平等地位，也回避或试图掩盖二者与孙中山在政治立场问题上的真正冲突。崔通约强调"辛亥以前，仆所认定者，革命是而保皇非。……辛亥以后，仆所认定者，建设是而破坏非。曩虽同志，今则不屈不挠而宁愿以身集矢者，有所由也"③。崔通约也好，洪门也好，这是在革命后对中国政治时局的看法。应该说，二者殊途同归：肯定辛亥革命，拥护共和国体，反对二次或三次革命。这形成了《大汉日报》的办报宗旨与倾向。

这一历史时期的特殊性还在于，中国共和伊始，弱国政府又遭遇到第一次世界大战的开战，以及与日本"二十一条"卖国条约的签署的情势。党争不止的乱世又掺入民族救国图存的危机。其时加拿大温哥华埠的华人也组织起救亡会，呼吁爱国募捐。同时，《大汉日报》呼吁停止政见之争，一致对外。希望借此次战争契机，中国民众能上下一心，消弭党争，共同抵御外侮。崔通约自言："记者由破坏而建设，以提倡革命最激烈之人，一变而为反对革命最激烈之人，岂有他哉，诚以外患岌岌，更不容有革命二字以自促其亡也。"④ 他还选登惟心的文章"凡政争之于国家，将生绝大之危险者，则两方面各弃旧嫌，握手联欢，共维国家之大局"⑤。"五九国耻"后，又有"国民……而忘国家之大耻奇辱乎"⑥，他认为此时革命动荡，无疑使国家雪上加霜、创巨痛深。

---

① 参见梁启超：《饮冰室合集》之三十四，北京：中华书局1936年版，第4～19页。其中有："其一曰，在袁氏统治下之中国。其能进步与否虽不敢知，然苟无袁氏，则中国现状且不能维持，前途更何堪设想。其二曰，袁氏之为人。不能使人满意固也，然国中能与袁氏代之者何人，其人是否能优于袁氏。此两种感想者，非惟外国人共有之，吾国人亦多有之。即鄙人数年来亦以怀抱此种感想之故，乃不惜竭吾力力，且牺牲一切，以谋辅翼袁氏。"
② 冯自由：《革命逸史》卷四《美洲革命党报述略》，长沙：商务印书馆1940年版，第134页。
③ 崔通约：《抉乱党报谩骂之心理》，《大汉日报》，1914年8月31日第1版。
④ 崔通约：《三次革命乎?》，《大汉日报》，1915年5月22日。
⑤ 惟心：《政见与国难》，《大汉日报》，1914年8月26日第1版。
⑥ 《大汉日报》，1915年7月7日第1版。

当年在域多利，国民党的机关报《新民国报》于 1911 年 10 月 10 日创刊，① 随即与《大汉公报》展开了长达数年的笔战。今查《大汉日报》1914 年 8 月 21 日的《乱党如其稳健何》等文，可窥当日延续数年的激战。"记者日接乱党匿名恐吓之书，盈筐累匣……今乱党一日二十四时，无时无刻不痛骂者，不外袁黎正副两总统，记者自况，益自勉矣，安得乱党机关，日日有记者崔通约三字乎？予日望之。"即使如此，崔通约还是坚持"吾人为爱国故，拼铁肩以担任之而已，夫又何辞"？② 《呜呼妖报》③ 文也说："虽笔枪墨枪所不辞也。"

此时孙中山与日本密签卖国条约事也被揭发出来，崔通约心怀忧惧："以时局如此艰难，国家如此危急，而其党人顽迷闭塞，终底不悟，真不可思议矣。"④ 1914 年 9 月 2 日和 3 日又发"译论"专栏，援引东京《时事新报》、上海《德文新报》、北京《英文京报》，用加大黑体字强调"凡革命恶果，如举国破产，列强瓜分之惨祸，概置不顾，是得谓之爱国乎"、"为孙黄较袁总统更能体察民意，岂有此理乎"⑤，并且揭发《新民国报》毁人私德，谤人家事。《孙文卖国之信谳》、《咄咄卖国书竟为日人齿冷》等篇，写出"只有两言可以概括……曰骂政府、骂对党而已。求其能推倒现政府，虽卖国于人亦不辞，求其能压服彼对党，虽同种相残亦不惜"。他还将党魁比成朝鲜的卖国贼李完用，"一则甘效高丽之李完用，一则为李完用无数之应声虫"⑥。崔通约凌厉的辩词风格，我们从中也可感悟一二。

对于国民党人的报战，还有一个现象值得我们关注，那就是国民党人的"暴民"革命手段。崔通约对国民党的攻击，不仅批评其"知破坏而忘建设，只爱党而忘国家"⑦，同样也在抨击其民主素质低下。虽然表面上看此次笔战与以往的报界风格一样，依然情不自禁地回到了党争的老路径上。但是，在崔通约一方，还是以笔为枪应战，然而国民党人一方则在此之外还组织了一

---

① 李东海：《加拿大华侨史》，加拿大：加拿大自由出版社 1967 年版，第 306 页。本文作者采访《新民国报》最后一任总编辑徐新汉，得到确切时间。

② 崔通约：《沧海生平：中华民国开国史之亲历》，上海：沧海出版社 1935 年版，第 13、73、83 页；曹建武：《洪门参加辛亥革命史实》，《大汉公报》，1978 年 10 月 27 日第 3 版。

③ 《大汉日报》，1915 年 2 月 18 日第 1 版。

④ 崔通约：《抉乱党报谩骂之心理》，《大汉日报》，1914 年 8 月 31 日第 1 版。

⑤ 崔通约：《洞见乱党真相之外论》，《大汉日报》，1914 年 9 月 2、3 日第 1 版。

⑥ 崔通约：《华侨对于共和道德之沦丧》，《大汉日报》，1915 年 2 月 16 日第 1 版。

⑦ 《大汉日报》，1914 年 7 月 30 日第 1 版。

系列手段暴烈、行动极端的事件。

温域二埠的国民党员大多数是年轻人，或是土生华人的新一代，很多是同盟会前身击楫社的成员。[1]《大汉日报》多次报道了他们在街头演讲或捣毁袁世凯派驻官员等暴力事件。1915年5月9日，袁世凯接受日本"二十一条"后，年轻的国民党人在街头公开演讲，《大汉日报》以"暴徒演说为警官驱逐"为题，称"本埠有国民党之暴徒，往往聚众滋事，煽惑华侨，藉名谋叛政府，实则从中敛钱，各饱私囊"以及"妖言惑众者可诛"。[2]

崔通约早已是基督教徒，民国二年（1923）在温哥华与基督教人士合作创办了中国基督教会，[3] 他也参与传道工作。他自称一直鼓励后进，可是，教会中的年轻人也成为反保守、亲革命的另一力量。这些年轻人多是主张革命、反对传统的。1914年9月16日，温域两地中华会馆、致公堂及同姓会馆为袁世凯生辰志庆，但是域多利致公堂的长红标语被泼墨涂污，并书"杀猿"二字。[4] 后访查到是域多利某教会信徒所为，而且此教会"多附和同盟会者"[5]。

温哥华的中华会馆在冯自由时代曾经借选举安插同盟会员，1914年8月5日中华会馆国民党员刘儒塑等人又一次当选，故《大汉日报》与此届中华会馆新董值刘儒塑借印刷错字而互相发难，10月14日又以"本埠中华会馆之责任何在"[6]、"中华会馆开除本报选举何故"[7] 为题攻讦。

崔通约的处境也因激进的国民党人的方式而难堪。他委屈地倾诉《大汉日报》"不图外人亦目本报为袁总统机关耶"、"日本字报不骂海外其他汉字报，而独向本报责备"。[8] 可见崔通约及《大汉日报》的处境。

"一战"的温哥华，经济萧条，华工大量失业，被迫回国谋生；《大汉日报》1915年由十个版面改为四个版面，遂导致崔通约于1915年8月辞职回国。在《沧海生平：中华民国开国史之亲历》中，崔通约总结自己的回国原因："……所以少年报说四我（原文印刷错误，应为"我四"）面楚歌，我在

---

[1] 李东海：《加拿大华侨史》，加拿大：加拿大自由出版社1967年版，第298页。

[2] 《大汉日报》，1915年5月12日第3版。

[3] 崔通约：《沧海生平：中华民国开国史之亲历》，上海：沧海出版社1935年版，第74页。书中写成中华基督教会，而时间记为第一次来温三年后。本文作者查报纸，应为中国基督教会，时间也有误，应是第二次来温时创办的。

[4] 《大汉日报》，1914年9月18日第3版。旧金山中华会馆也遇到暴力袭馆，见刘伟森主编：《全美党史》（上册），台北：海宇文化事业有限公司2009年版，第273页。

[5] 《大汉日报》，1914年9月26日第3版。

[6] 《大汉日报》，1914年10月14日第3版。

[7] 《大汉日报》，1915年9月9日第1版。

[8] 《大汉日报》，1914年9月29日第2版。

大汉报直答以八面楚歌，不为豪强，不是卑怯，虽大汉报至今仍存在，但当时不幸欧洲发生大战，华侨工商界一落千丈，大汉报处此非常的恶劣环境，安得不受影响……予所以略筹些船费，于民国四年六七月间……离坎拿大而归国作上海寓公。新闻事业，暂告结束。"[1] 1915年8月5日，崔通约在报上发表了回国声明，并于1915年8月10日离开温哥华。

崔通约在离任前，从7月24日起到8月10日止，《大汉日报》先后刊登了《域埠致公堂送崔通约》、《记者在域埠致公总堂之演词》、《予果何罪于坎拿大梓里乎》、《崔通约与孙文断绝关系之原因》[2] 等消息与文章，大致将自己从《华英日报》到《大汉日报》的历程进行了回顾，有回忆，有辩解，有性情抒发，给予加拿大之《大汉日报》生涯以终句。崔通约本人回沪后曾在上海创办中华基督教会。1928年他再次赴美，主持《中西日报》笔政。1929年出任旧金山洪门致公堂《公论晨报》主笔。1932年再次回上海，直至1936年逝世。他于1935年出版了自传《沧海生平：中华民国开国史之亲历》，记录了他的主要历程。

《大汉日报》在他回国不久，于1915年11月6日停止使用"大汉日报"之名，正式更名为"大汉公报"。因而结束了《大汉公报》这一加拿大早期中文报纸以"华英日报"、"大汉日报"为名称的时期。

三、结　论

从《华英日报》到《大汉日报》的办报宗旨的转变，加拿大洪门致公堂对辛亥革命前推翻清廷、革命后稳健共和宗旨的转变是其主因，加以两任其主笔的崔通约在辛亥革命前后对革命看法的变化。同时，崔通约的政治抉择也典型地反映出那一时代的海内外知识精英在探索和拯救国家命运时的摇摆与复杂的思想历程，以及以天下为己任的担当与爱国热忱。无论革命与保守，有识之士正因为当时处于"三千年未有之大变局时刻"的形势下，"念国家之阽危，懔然有栋折榱崩之惧"[3]，一为伸张一己一党之见，一为唤起国民心智，使得一纸媒介，扮演了时代变革中的一个重大角色。

---

① 崔通约：《沧海生平：中华民国开国史之亲历》，上海：沧海出版社1935年版，第86页。

② 据伍澄字：《伍平一先生革命言行录》，阳明学会1920年版，第55页。此篇曾于1915年秋在上海出单行本。崔在上海被薛大可以五千元收买而出版。

③ 戈公振：《中国报学史》，北京：生活·读书·新知三联书店1955年版，第177页。

七一侨耻
—— 试论《大汉公报》对华人身份建构的思索（1923—1947）①

吴　华　徐学清

　　20 世纪 20—40 年代对于侨居加拿大的华人来说是一个至关重要的历史时期，这二十余年见证了"四三苛例"的实施与废除，② 也见证了华人对加拿大政府和"主流"社会种族歧视不懈怠的抗争。华人的抗争为我们留下丰富的资料去考察被边缘化的华人作为少数族裔在受歧视、被排异的社会环境中思考"我们是谁"、"我们为加拿大做了什么"、"我们有什么样的权利"。对这些问题的答案的记载让我们可以去梳理华裔族群对族群集合身份的建构，认知那时的华人对自己在居留国身份和地位的认定。

　　正如斯图亚特·霍尔指出的那样，决定"我们是谁"并不像人们以为的那样透明或是确定无疑，"或许我们不应当把身份的认定想象为一个业已完成的事实。……身份建构应当是一种'生产'（production），而且是永远不会完成，始终处于产生过程之中，自始至终在话语表达之内而不是在其外建构实现的"。如果身份建构确然是"在话语表达之内实现的"，那么话语的语境便

---

　　① 对《大汉公报》的研究项目，本文作者得到休伦大学学院和约克大学文科学院的研究基金的资助，特此鸣谢。本文刊登在《世界华文文学论坛》2010 年第 3 期。
　　② 1923 年排华法案《华人移民条例》经加拿大国会三读通过，1947 年该法案又经国会辩论后废除。《华人移民条例》颁布了四十三条禁令，当时旅居加国的华人将此法案称为"四三苛例"。关于"四三苛例"的内容及其对加拿大华人政治、社会生活的影响，参见 Harry Con，Ronald J. Con，Graham Johnson，Edgar Wickberg，William E. Willmott. *From China to Canada：A History of the Chinese Communities in Canada.* Toronto：McClelland and Stewart，1988；David Chuenyan Lai. *Chinatowns：Towns Within Cities in Canada.* Vancouver：The University of British Columbia Press，1988；Peter S. Li. *The Chinese in Canada.* Toronto：Oxford University Press，1988；Kay J. Anderson. *Vancouver's Chinatown：Racial Discourse in Canada*，1875 – 1980. Montreal：McGill-Queen's University Press，1991；Wing Chung Ng. *The Chinese in Vancouver*，1945 – 1980：*The Pursuit of Identity and Power.* Vancouver：The University of British Columbia Press，1999.

和讲述的内容同样重要，因为"无论我们说什么，都是置于某一特定语境，都是被定位（positioned）的"。因而话语的语境要求我们去分析、研究说话人是谁、对谁说、说什么、在什么场景（场合）中说。换言之，解析身份建构必须考察"外力怎样给我们定位，我们怎样给自身定位"①。

本文对加拿大华人身份建构的探讨便集中于一个特定的语境，即一个特定的说话人（《大汉公报》），一个特定的话题（居留加拿大的华裔侨民对加拿大"七一"国庆日所持的态度），一个特定的历史时期（1923—1947 年排华法案"四三苛例"实行期）。通过描述《大汉公报》二十四年来对"七一"的论述，我们希望能够更好地、更透彻地理解加拿大华人如何界定和认识"我们是谁"。

选择《大汉公报》是出于两个主要原因。一是因为《大汉公报》的长寿。《大汉公报》自 1907 年创刊到 1992 年停刊，共连续发行了 85 年之久。② 这 85 年间，《大汉公报》和它所代言的华人社区一起经历了众多具有划时代意义的变革、变化，如从客居他乡的华侨到永居加国的华人，从式微的单身汉社团到生机勃勃的华人社区，从被排斥到被接纳。二是因为《大汉公报》是华人社区的代言人，它不仅仅单纯地反映了旅居温哥华的华人的意愿，而且还积极参与了华裔族群的身份建构，替华人社区说出"我们是谁"、"我们做了什么"、"我们要做什么"和"我们要求什么"。

在阅读数十年的《大汉公报》时，我们主要关注的是该报的《专论》、《言论》等社论/政论栏和《汉声》文学专栏。我们认为前者是反映《大汉公报》及其代言的华人社区立场的"公众话语"，而后者是让我们得以窥测个人情感、意见和意愿的"私人话语"。

---

① Stuart Hall. Cultural Identity and Diaspora. Jana Evans Braziel, Anita Mannur eds.. *Theorizing Diaspora: A Reader*. Malden, MA: Blackwell Pub., 2003, pp. 234, 237.

② 《大汉公报》的创刊时间至今尚有争议。Kay J. Anderson 认为该报初刊于 1894 年，见 Kay J. Anderson. *Vancouver's Chinatown: Racial Discourse in Canada*, 1875 – 1980. Montreal: McGill-Queen's University Press, 1991, p. 79；李东海提出 1907 年之说，见李东海：《加拿大华侨史》，加拿大：加拿大自由出版社 1967 年版，第 349～350 页；而冯爱群提出 1910 年之说，见冯爱群：《华侨报业史》（第二版），台北：学生书局 1976 年版，第 125 页。我们接受《大汉公报》自己的说法，把创刊时间定为 1907 年，见明心：《本报创刊与乔迁史略》，《大汉公报》，1939 年 9 月 16 日第 1 版。《大汉公报》简介可参见徐学清、吴华：《从客居到永居——试论〈大汉公报〉中对"家"的观念论述的变化（1915—1954）》；程爱民、赵文书主编：《跨国语境下的美洲华裔文学与文化研究》，南京：南京大学出版社 2011 年版，第 329～336 页。

一、《大汉公报》的"侨耻"论

排华法案《华人移民条例》是在 1923 年 6 月 30 日由加拿大议院通过的，并于次日，即 7 月 1 日生效，而 7 月 1 日恰逢加拿大国庆（Dominion Day，自治领日）。法案一通过，加拿大各地的华人社区便启动抗议活动。1923 年 6 月下旬，国会辩论法案之时和 1924 年 6 月法案通过一周年之际，《大汉公报》都刊登了反对法案的文章。1924 年 5 月 6 日，不列颠哥伦比亚省（简称比西省）省会维多利亚的中华会馆代表当地的众多华人社团向全加拿大的华人发出呼吁，将 7 月 1 日加拿大国庆日定为"七一侨耻纪念日"（后简称"七一侨耻"或"侨耻"），并在全国发动侨耻日抗议活动。作为对维多利亚中华会馆呼吁的响应，《大汉公报》在排华法案实施的 24 年间的 13 年中，每逢七一前后都刊登有关排华法案的文字，抗议加拿大政府和"主流"社会对华人族群和华人个体的种族歧视和不公平待遇。① 那 24 年中，《大汉公报》的"侨耻"话语成为一个仪式化（ritual and ritualized）的族群抗议活动。

对《大汉公报》"侨耻"抗议的研读，我们发现抗议文字可分为两类话语（discourses），即抒发个人感慨的"私人话语"和阐述社区立场的"公众话语"。这两种话语在形式、语言、语调、语气以及出现的栏目等方面都有明显的不同。"私人话语"大多是以诗歌的形式和诗的语言写就的。② 它们体现的情感和运用的修辞手法比较个体化、个性化，常常是直抒肺腑，不假雕琢，使得当时和后来的读者能够对作者积蓄已久的伤痛、积怨、愤怒以至于无助、无奈感同身受。而"公众话语"无一例外都是政论体文章，使用的文字都是文言文或半文半白杂糅，比"私人话语"更为庄重，更强调有理有据有节的逻辑性，在语气上也更咄咄逼人。从版式栏目上看，"私人话语"一般都刊登

---

① 附表列出《大汉公报》1923—1947 年"侨耻"话语的时间、形式及话题。24 年中，"侨耻"抗议中断过两次，一次是在 1929—1932 年，另一次是在 1939—1945 年。第二次中断很容易理解，那时正值第二次世界大战，国际和国内的政局及政治关系的变化让"侨耻"让位于"国难"。而 1929—1932 年的中断比较令人费解，我们需要时日对它作深入的研究。

② 列入"私人话语"类的 11 篇文章有 3 篇不是诗歌创作，它们是 1937 年 6 月 30 日明心的《"七一侨耻纪念"：国难/侨耻》，1938 年 6 月 30 日明心的《国难与侨耻》和 1946 年 6 月 29 日洪公的《"七一感言"：侨耻（加拿大/加人忘恩负义）》。这三篇都是用文言文书写的政论体文章，在修辞、风格、宗旨和内容诸方面均与"公众话语"类的社论文章相似。实际上，明心和洪公也撰写了许多《大汉公报》的社论，他们可能就是《大汉公报》编辑部的成员。

在文学专栏之中，而"公众话语"则出现在头版头条的社论栏，显然被放置在一个更重要、更有权威和"权势"的版面。①

从内容上看，两类话语有相同之处，都是诉说苦难、宣泄愤怒。然而，在它们诉说的主题、主旨和传递的信息方面，我们还是可以体察和发现不同之处的。下面的例子可以揭示"私人话语"和"公众话语"的异同：

> 客路劳劳岁月更，频来苛例倍心惊。自愧国弱强难敌，目击时艰剑欲鸣。征我税金成凤恨，怪他注册又施行。男儿勿作温柔度，追灭夷人气始平。②

> ……是日也，即吾侨最羞辱痛苦惭愧之日。而七一侨耻之纪念，于以起焉。……吾侨到此，不外以开疆辟土，营工食力，绝无作奸犯科之行。所谓如加人之假文明以智术棍骗，而剥人利权者，无有也。结党羽以违法掳人，刑迫认罪者，无有也。恃国威以捣烂公法，破败人道者，更无有也。实为世界最驯良之国民，亦为旅侨最实践之分子。更为最有功于加属之侨民也。不料加人不念我前侨诸公关山凿地，辟林筑埠之劳。牺牲几多性命，丧尽几多英雄，以破此岚瘴寒瘴，始成交通广达之墟。乃竟酷施此万国国际所无之苛例，独加于吾侨。……更何以对厥开辟此土侨公乎?③

上面两个例子都表达了不平则鸣的愤慨和唤起华裔侨民抗争的意图，但前者（私人话语）侧重的是"税金"、"注册"等频来的"苛例"带给华侨的羞辱，而后者（公众话语）强调的是加人忘恩负义、以怨报德的无耻。"侨耻"便被赋予华人的屈辱（humiliation）和加人的无耻（shame）双重内涵。随着时间的推移，"侨耻"话语又出现了新的话题，如因抗争无效而生的无助的悲怆：

---

① 直至 1950 年《大汉公报》才把社论移到较靠后的位置上（第七版），我们猜测《大汉公报》可能采用了英文报纸的版面编排方法，把头版头条的位置给予当日最重要的新闻，而代表报纸立场的社论则通常放置在较后的版面，以表示本报立场只是一家之言，而且无意以"先入为主"去引导读者。

② 周开轩：《"七一纪念耻念有感"：侨耻与抗议》，《大汉公报》，1924 年 6 月 20 日第 11 版。

③ 硕：《"七一侨耻之愤言"：华人之贡献与加人之忘恩负义》，《大汉公报》，1925 年 6 月 30 日第 1 版。

计自施行之后，届指忽已十年。吾人在此十年中年年此日，停业纪念。有如闭户痛哭，口口声声，各自勉励，如何努力湔雪。而忽忽已过十年，空留一种之悲痛陈迹。依然照样葫芦，诚不知再待几世几年，乃能解此束缚，湔雪此耻辱也。悲夫。①

《大汉公报》刊登的另一篇抗议文章更是直言不讳地将客居加拿大的华侨比作生活在纳粹德国的犹太人，指出和犹太人一样，华人族群的成员也受到了歧视和虐待，华人社区的人口也在急剧减少。② 这一比拟准确无误地表达了当时华侨深切感受到的悲愤和几近无奈的失望。

故国的政治也在"侨耻"话语中露出头角。例如，当日本入侵东三省的消息传来后，新的耻辱加进"侨耻"话语。强加给客居加拿大的华侨的耻辱和因祖国国土受到侵犯国人感受的屈辱被联系在一起，"侨耻"与"国难"密不可分。祖国的领土和主权再次受到外国强权的践踏，中国的国力因政治、社会动乱而进一步削弱，祖国对旅居海外的侨民所能提供的政治庇护和道义支持也随之减少，雪洗侨耻的希望更加渺茫。③ "国难"与"侨耻"之间这一紧密相连，而且是因果相关的联系在1936—1938年的"七一侨耻"社论里一再出现。和前几年的"侨耻"话语不同的是，在这一轮诉说里，先前的无助的悲哀减轻了，取而代之的是高涨的民族主义热忱。《大汉公报》呼吁全加华裔侨民投身救国运动并劝告华侨先救国难后洗侨耻，因为救国是自救的前提，救国是真正的自救。④

《大汉公报》每年一度的抗议话语间或也会奏响寻求和解的音符，1927年6月25日的社论就是一个极好的例子。1927年是加拿大建国60周年，用社论撰写者的话说，那年"七一"是加拿大的"钻石年"。温哥华市政府邀请华人社区参加国庆纪念庆典。但是，由于旅加华侨因"四三苛例"故抵制"七一"庆祝活动，是否接受市政府的邀请对温哥华的华人社区来说便成了一

① 署名"记者"的《"七一耻何时雪"：国难/侨耻》，《大汉公报》，1933年6月30日和7月3日第1版；元的《"七一侨耻"：国难/侨耻（加拿大/加人忘恩负义）》，《大汉公报》，1935年6月29日和7月2日第1版，书写了同样的无助和无奈。

② 《域多利中华会馆为七一侨耻纪念告侨胞》，《大汉公报》，1935年6月29日第7版。域多利即维多利亚，比西省的省会。

③ 《域多利中华会馆为七一侨耻纪念告侨胞》，《大汉公报》，1935年6月29日第7版。

④ 见《大汉公报》1936年、1937年和1938年6月30日的社论（第1版），1937年和1938年6月30日的侨耻纪念文章（第9版），1938年7月4日的《"侨耻感咏"：国难/侨耻》诗歌（第9版）。

个颇为棘手的、有争议的话题。《大汉公报》倡议参与，它的社论指出"交际"不同于"交涉"。当两个国家牵扯进纠纷之时，国家要进行"交涉"斡旋，而两国民众加入对方组织的社交活动，如婚礼、葬礼或周年纪念等，他们参与的是民间的"交际"。抗议排华法案的"侨耻"活动属于"交涉"范畴，而参加"七一"庆祝则是"交际"性的活动，"交涉"和"交际"两者可以并行不悖。[1]"二战"期间，参与和和解是华侨和居住国加拿大关系论的主旋律。《大汉公报》敦促其读者放弃前嫌，购买加拿大发行的胜利公债，支持加拿大的反法西斯战争，并以上述行动表示华裔侨民对加拿大政府和人民的原宥。[2]《大汉公报》还报道了比西省列姐和补禄两镇的西人为"联络华人感情"而举行的"中国日"活动，[3] 当近镇的华人参加庆祝"七一"的游行，[4] 以及华裔青年自觉自愿从军，和加拿大人并肩战斗。[5] 值得注意的是，在1939—1945年"七一"前后，反对加拿大歧视和苛待华人的"侨耻"抗议销声匿迹了。彼时的沉寂意义深远，可以说是"无声胜有声"[6]。

二、"侨耻"论与华人身份的建构

《大汉公报》的"七一侨耻"话语向我们传递了什么信息？它告诉了我们什么？首先，"侨耻"话语，特别是那些"私人话语"的文字是华裔侨民宣泄悲愤和不满的渠道；更重要的是，"七一侨耻"话语展示给我们当时的华人是怎样界定自身的身份，怎样建构其身份并把身份的建构与认同广而告之的。在身份认知与表达方面，代表社区立场的"公众话语"对我们来讲，更有意思，也更有意义。

族群身份的产生和认定可以看作一场错综复杂的探戈舞，参与其中的有

---

[1] 建武：《"侨耻纪念与参与庆坎国庆"：交涉与交际》（言论），《大汉公报》，1927年6月25日第1版。

[2] 见《大汉公报》对1941年5月30日、6月20日和1942年2月24日推销胜利公债的报道，1942年10月28日洪公撰写的《我劝华侨多买加拿大第二期胜利公债》的社论。

[3] 见《大汉公报》1942年2月1日和3月4日《各埠新闻》栏的消息。

[4] 见《大汉公报》1944年7月4日《各埠新闻》栏的消息。

[5] 见《大汉公报》1940年7月11日，1942年2月6日、12日和6月30日《各埠新闻》栏的消息。

[6] 抗议的沉寂可能是源于华侨原谅与和解的意愿。另一个可能是华侨希望借助他们帮助加拿大及其盟国赢得战争的努力换取加拿大对华人歧视政策的改变。显然，他们又失望了：在1946年6月29日《七一感言》的署名文章中，指责加拿大忘恩负义、以怨报德的"侨耻"说又出现了。见洪公：《"七一感言"：侨耻（加拿大/加人忘恩负义）》，《大汉公报》，1946年6月29日第7版。

两个"舞伴",即外部和内部的力量/行动者,而外力与内力本身又是"许多因素交织而成的复杂的界面"①。一个国家的"主流"社会或种族族群和该国家的统治阶层(即国家/政府)通常有着合作的关系,或者国家/政府就是其代表或代言人。"主流"社会或种族族群可以任意并轻易地进入社会政治身份建构的"polyglossia"②,"构建不平等的关系并将其合法化;……以建立一个可维持并运行的'种族'等级制度"③。这一由外力和外部建构的身份实质上是一个假借政治权势强加于人的身份标志(act of identity imposition)。④ 身份建构可以摆脱"强势政治的描述"⑤,由内力从内部建构。对于在社会中和政治上被边缘化的群体,自身建构的身份标志使得这样的群体可以表述他们究竟是谁,而他们的表述其实就是对强加给他们的身份标志的抗议和异议。弱势群体的抗争本身就是一个争取政治力量和政治权益的行动。

《大汉公报》的"侨耻日"抗议正是留居加拿大的华人对身份建构的权利诉求。《大汉公报》告诉它的读者旅加华人是什么人,他们做了什么,他们受到了什么样的待遇,作为一个群体他们对不公正的待遇应当作出怎样的反应。我们看到,不同历史时期,华人的身份/权利诉求不一样。前期的"侨耻"话语着重于倾诉华人个体和群体所受到的排斥、拒绝和不公正的对待,

---

① Amy Ling. Cultural Cross-Dressing in Mona in the Promised Land. Rocío G. Davis, Sämi Ludwig eds. . *Asian American Literature in the International Context*: *Readings on Fiction*, *Poetry*, *and Performance*. Münster, Hamburg-London: Lit Verlag, 2002, p. 227.

② Robbie B. H. Goh. The Culture of Asian Diasporas: Integrating/Interrogating (Im) migration. Robbie B. H. Goh, Shawn Wong eds. . *Asian Diasporas*: *Cultures*, *Identities*, *Representations*. Hong Kong: Hong Kong University Press, 2004, p. 5.

③ Susan Judith, Ship Jewish. Canadian, or Québécois? Notes on a Diasporic Identity. Carl E. James, Adrienne Shadd eds. . *Talking about Identity*: *Encounters in Race*, *Ethnicity*, *and Language*. Toronto: Between the Lines, 2001, p. 27.

④ Kay J. Anderson 在她的 *Vancouver's Chinatown*: *Racial Discourse in Canada*, 1875 - 1980 一书中通过对温哥华的唐人街的研究揭示了外力强加的身份标志是怎样产生、运行和维持的。她认为"在加拿大,华人被视为一个'不同'的人群,实际上,异化华人的做法是体现欧洲白人社会的信念与官方行为的'文化概念'的实化的例子。直至今日,北美和澳大利亚的唐人街仍是那一'文化概念'的具体的、物质的显像"。见 Kay J. Anderson. *Vancouver's Chinatown*: *Racial Discourse in Canada*, 1875 - 1980. Montreal: McGill-Queen's University Press, 1991, p. 10. 我们赞成 Wing Chung Ng 的意见:作为少数族裔的华人,他们和"主流"族群的关系确实是"不对称的",所以 Kay J. Anderson 的论述从种族关系理论层面看,有一定的道理和意义,然而 Anderson 的研究方法完全忽视了华人的主体性/能动性的重要作用。Wing Chung Ng 对 Anderson 的批评,见 Wing Chung Ng. *The Chinese in Vancouver*, 1945 - 1980: *The Pursuit of Identity and Power*. Vancouver: University of British Columbia Press, 1999, pp. 6 - 7. 我们认为 Anderson 的研究是"identity imposition"的实例。

⑤ Rocío G. Davis. Everyone's Story: Narrative You in Chitra Bannerjee Divakaruni's "The Word Love". *Asian American Literature in the International Context*. Hamburg-London: Lit Verlag, 2002, p. 174.

华人最大、最迫切的感受是屈辱和失望。这样的诉求是在说："你们对我们不公，我们受到侮辱了。"此类抗议文字实际上就是"屈辱话语"。在后来的诉求中，华人的声音变得更自信、更肯定、更大胆。《大汉公报》的社论文章开始告诉其读者去反思我们是谁，我们为加拿大和加拿大人做了什么，加拿大和加拿大人是怎样对待我们的。这时，抗议文字在主题和情绪上都与前不同了：由于加拿大和加拿大人对华人的歧视和不公，他们是在恩将仇报，是他们不知羞耻。从"我们受辱"到"他们无耻"，主题和情绪的变化体现了话语实质的变化。变化的一个重要因素是自身形象的嬗变：《大汉公报》追溯前侨诸公"关山凿地，辟林筑埠"的丰功伟绩，诉说我辈华侨奉公守法，"营工食力"的辛苦勤劳，就是要向华人灌输身为华裔的自豪感和"有付出就有回报"的合法、合理要求。《大汉公报》的"侨耻"话语大声疾呼：我们不再是孤苦无助的中国佬，我们再也不会一味地哭诉过去的不公。我们的前辈为建设加拿大作出了巨大贡献，我们这一辈也为加拿大的繁荣富强而辛勤劳作，我们是加拿大的守法居民，我们有权在加拿大留居生活，我们有权拥有居留加拿大的其他族群所享有的权益。加拿大亏欠了华人，现在我们要向加拿大讨回我们应得、应有的权益。

"恩将仇报"、"加人无耻"的抗议话语是加拿大华人发出的积极的、充满自信的身份诉求（identity claim）。这样的诉求在从"华侨"到"加籍华人"，从"客居"到"永居"的身份变迁过程中是具有深远意义的。

从客居到永居

——试论《大汉公报》中对"家"的观念论述的变化（1915—1954）①

徐学清　吴　华

　　"家"这一概念，"最直接的意义包含家长秩序，性别的辈分，庇护所，养育和保护的私人的活动范围"②。与旅行相对立，通常人们把家理解成"稳定地、固定地、深深地扎根在某一地方"。但是在过去的一个世纪中，对于家和家乡的观念在移民文学中发生了深刻的变化，无论是在英语文学、华文文学，还是在离散理论中，对"家"的描写和阐述已经逐渐历史化、民族化、政治化和多元化。它本身的内涵也早已跨越了传统意义上的家了。在以大规模的移民、旅行为特征的经济全球化的时代，家的意识已经双重地或多元地在居留地和老家之间徘徊，原本"归属"的家已经可以离开具体的物质的形态，成为文化精神上的形而上的家，用阿姆斯特朗的话来说就是"最强有力的家是我们到任何地方都能带在脑子里的家"③。

　　本文旨在通过对加拿大温哥华市华文报纸《大汉公报》的专论、社论以及文学专栏《汉声》里作品的研究，分析加拿大华人在 20 世纪上半叶对"家"和"家国"的看法和认识，考察《大汉公报》是如何来表现华人的"家"的观念的发展变化的。在进入主题之前，本文先简略介绍《大汉公报》

---

　　①　对《大汉公报》的研究，本文作者得到约克大学文科学院和休伦大学学院的研究基金的资助。本文是在 2009 年 7 月由南京大学主办的"美国华裔文学国际研讨会"上的发言，并收入程爱民、赵文书主编的《跨国语境下的美洲华裔文学与文化研究》（南京：南京大学出版社 2011 年版）一书。

　　②　Rosemary Marangoly George. *The Politics of Home*. Berkeley and Los Angeles：University of California Press，1999，p. 1.

　　③　Nancy Armstrong. *Desire and Domestic Fiction*. Toronto：Oxford University Press，1987，p. 251.

的文化及历史背景。

《大汉公报》是加拿大最早创立的华文报纸之一，历史最为悠久。它于1907年在温哥华创办，最初名字是《华英日报》，由辛亥革命时期著名的华侨革命报人崔通约（1864—1936）主持笔政，办报起因为愤清朝政治黑暗，民族不振，其宗旨为"鼓吹革命，以扫除专制实行民主为职志"①。1914年改名为《大汉日报》，1915年11月6日改名为《大汉公报》，直至1992年。在这漫长的85年中，《大汉公报》宛如历史的见证人，忠实地记录下了加拿大华人在20世纪近一百年的风雨飘摇、饱经沧桑的艰难历程，以及20世纪北美和东亚风云诡谲的时代车轮的轨迹。毫无疑问，它的经久性使它成为加拿大最有影响力和代表性的华文报纸。

《大汉公报》是加拿大洪门致公堂的机关报。洪门是中国的秘密帮会之一，"洪"取自于明太祖朱元璋洪武年号的"洪"，始祖洪英带领五个弟子与清廷抗战，洪英殉难后嘱五个弟子投奔郑成功，与其共同抗清。② 洪门的最终目的是反清复明，特别强调会员对组织的效忠，尤以义气为重。洪门主要在福建、广东及长江流域一带活动，随着淘金热的兴起，洪门会员逐渐蔓延至南洋及美洲各地。

加拿大的洪门致公堂创建于1863年，③ 该组织在孙中山领导的推翻清朝、建立中华民国的辛亥革命中作出了举足轻重的贡献，包括斥资卖楼、筹集巨款、支持革命，故孙中山有言："华侨为革命之母。"国民政府主席林森曾说过："若纪念孙中山，要先纪念洪门。"④ 正是因为加拿大和美国的洪门对孙中山及其领导的革命的倾囊相助。

作为加拿大洪门的机关报，《大汉公报》始终以洪门的三大信条为旗帜，即"以义气团结，以忠诚救国，以侠义除奸"。建报八十多年中，它切切实实地为团结华侨，促进华侨团体之间的交流，建立华侨社区团体和学校，弘扬中华文化，维护华侨自身利益而努力宣传抗争；同时，无论是和平还是战争年代，它都尽自己的力量来资助祖国，从来没有中断过。那么，在洪门和加拿大华侨眼中，家和祖国是什么样的概念？在他们心里占据着什么样的位置？

---

① 明心：《本报创刊与乔迁史略》，《大汉公报》，1939年9月16日第1版。
② 华采：《谈洪门》，《大汉公报》，1941年5月6日第1版。
③ 颜志炎：《党史：驻加拿大洪门史略》，《大汉公报》，1947年3月31日第2版。
④ 洪公：《旅加洪人革命运动光荣史中黄花节之回溯（五）》，《大汉公报》，1941年4月4日第4版。

与所居留的加拿大之间又是什么样的关系？下面我们将从 1915—1923 年、1924—1947 年和 1947—1954 年三个阶段来分析《大汉公报》所反映出来的华人"家"的观念。

一、他乡为客（1915—1923）

在早期的华人中，以客居身份自称的极为普遍。华人到加拿大可以追溯到 1858 年的淘金热时期，到 1880 年修建加拿大太平洋铁路时，加拿大西部的英属哥伦比亚省的华人人口已达到一万多。当横贯全加拿大的铁路建完后，所有的华工突然变成失业大军，有的选择回国，有的则去了美国，更多的则流散在加拿大各地自己寻找工作和出路。由于当时加拿大白人种族歧视的心态和政府排华的政策（包括"人头税"），华人在这一时期的生活极其艰难，所能找到的是白人不愿意做的社会最底层的工作，因此暂时的逗留的意念十分强烈。这一时期华人在加拿大的主要目的就是赚钱养活国内的亲人，他们唯一的精神支柱是在家乡苦苦等待着他们的父母亲、妻子和幼儿，与家的维系在这段时期也最为牢固，留居国加拿大在他们的观念中只是临时的住所，暂时住在这里只是实现目标的手段，一旦目标达到，便要衣锦还乡，叶落归根，并没有想到要融入这个社会，在这里重新建立一个家。① 而与亲人们远隔重洋，经年累月不能相见的忧愁便化为浓重的乡情，渗透在《大汉公报》的字里行间。在抒发情感心声的文学专栏《汉声》中，几乎每一期都充斥着怀乡、思乡的诗。在这些诗句里，作者明确地表达了"客居"加拿大的思想，比如刘希楷写于 1917 年的《客旅书怀》：

> 作客离乡几岁年，点金无术更凄然；
> 落花尽把愁心惹，芳草徒将归思牵；
> 远望神州云匝地，家国伤怀夜不眠。②

---

① 柯京清心在《对满地可埠致公堂与国民打架之献议》一文中写道："回思吾人出门之初，用尽巨资，割开亲爱家庭，远涉重洋，遍尝辛苦。税关苛验，忍受种种耻辱，而意旨何在？曰：谋生计也。为工为商各擅所长，本其来时之初意而行。三年两载，积钱回家，上慰高堂，下慰妻子。家庭团叙，其乐何如？"见《大汉公报》，1934 年 2 月 15 日第 1 版。
② 刘希楷：《客旅书怀·二首》，《大汉公报》，1917 年 5 月 19 日第 9 版。

这首诗以平白的语言直接抒发作者自己居留加拿大的目的（作客）与无奈（点金无术），因为钱还没有挣足，不得不忍受思乡愁做他乡客，但是家国永远在心头萦回梦绕，那是华人所心属和最后的归宿。

这段时期恰逢国内政治风云变幻，《大汉公报》以它自己的党报立场向加拿大华人及时报道了国内民初的社会政局的变化（包括五四运动等国内政治大事），并针砭时政，显示了报馆人员作为中华子民对祖国国事的热切关注和忧国忧民的爱国情怀。虽然身在海外，无法直接参与，但是他们对国内时局的紧密跟踪和关怀，证实了祖国在他们心目中处于无可取代的地位，表现了他们的参与感和责任感，因为那是自己真正的家国。

在解释华人与家乡、祖国割不断的血缘联系时，《大汉公报》后来的一些文章用比较的方法来回答这一问题，他们认为汉族比世界上任何民族都重视自己与家乡、家族和祖国之间坚固的维系，这一维系是中华文化的一个部分，"和欧洲人有所不同。我们在海外居留，无论经过多少年月，总想有一天回到祖国的怀抱……中国人向外移民，和欧洲人不同，我们的迁徙，是暂时的，无论他国物质文明怎样纸醉金迷，华侨终究有一天要归国"①。而这种不同的根本原因是"我中华民国国民多为轩辕帝胄之子孙，有四千余年辉煌历史之文化，见称于世"②。在加的华人不仅深为中华文化感到骄傲，并且不遗余力地为下一代传授文化，正是文化的传递，使中华民族的家国观念非常强烈。《大汉公报》有很多讨论华侨学校教育的文章，突出强调学习中国文化的重要性，认为共享悠久的历史和代代相传的丰富的文化传统，能把华夏子孙的精神世界系在一起。而一个能免受耻辱使人尊重的华侨，就应该流淌着充足的中华文化血液。

二、忍辱抗争（1924—1947）

对于华人来说，这是一个身心双重忍辱负重的时期，他们不仅在加拿大饱受屈辱和歧视，而且与在大洋另一边的家庭非人道地被硬性分隔，不能团聚长达 23 年。1923 年加拿大政府出台排华法案《华人移民条例》，颁布禁令共四十三条，禁止外交官、商人、学生以外的华人携家属入境，被华人称为

---

① 李国钦、徐泽予：《九百万华侨的贡献与其前途（一）》，《大汉公报》，1945 年 1 月 22 日第 1 版。
② 孤风：《祖国文化与华侨社会宴会》（社评），《大汉公报》，1949 年 5 月 30 日第 1 版。

"四三苛例",维多利亚中华会馆由是把加拿大的国庆节7月1日定为"侨耻纪念日"。① 几乎每年这个时候,《大汉公报》都发表"七一侨耻"社论、论说或者感言,抗议加拿大政府这一种族歧视的排华法案,号召华人齐心协力,为争取自己的平等移民权利不懈抗争,不达目的决不罢休。纵览这一时期的《大汉公报》关于"七一侨耻"的各类文章,大致可以归为三大内容:①历数旅加华人对加拿大所作出的贡献,指责加国人忘恩负义;②批评当时中国政府的软弱和无能,不能保护侨居海外华人的根本利益,导致华侨在居住国受尽耻辱;③寻找自身的原因。②

值得注意的是,此时的华人已经开始有了在加拿大建立自己第二个家的意念,认为作为在加拿大的居住者,他们有权利要求加拿大政府废除种族歧视的排华法案,让远在太平洋另一边的妻小过来团聚,保持家庭的完整,获得作为人的基本权利。

尽管加拿大华侨在这一时期被歧视,但是《大汉公报》在纪念侨耻的同时,也登发文章庆祝加拿大的国庆,用以表明作为加拿大的居民,华侨与加国其他国民一样遵纪守法,履行义务,用以突出排华法案的不公正和非人性。建武的《"侨耻纪念与参与庆坎国庆":交涉与交际》一文便是这一类文章的代表。③

第二次世界大战爆发后,在加拿大出生的华裔后代踊跃地加入加拿大军队,参加反法西斯战争,有的甚至献出了宝贵的生命。当地华侨则响应加拿大政府的号召,积极购买胜利公债,《大汉公报》多次以社论形式论述购买公债的重要性和华侨介入反法西斯战争的责任。④ 华人在帮助加拿大政府的同时,仍然不忘与种族歧视的抗争。华裔土生青年在参军的同时,要求政府给予他们公民选举权和公民的一切权利,认为义务跟权利应该并行不悖。⑤ 在全

---

① Kay J. Anderson. *Vancouver's Chinatown*:*Racial Discourse in Canada*,1875 – 1980. Montreal:McGill-Queen's University Press,1991,p. 141;李东海:《加拿大华侨史》,加拿大:加拿大自由出版社1967年版,第361~364页。

② 对《大汉公报》"七一侨耻"话语的讨论,参见吴华、徐学清:《七一侨耻——试论〈大汉公报〉对华人身份建构的思索(1923—1947)》,《世界华文文学论坛》2010年第3期,第9~13页。

③ 见建武:《"侨耻纪念与参与庆坎国庆":交涉与交际》(言论),《大汉公报》,1927年6月25日第1版。

④ 见《域埠胜利公债华人支会宣言》,《大汉公报》,1941年6月3日第1版;洪公:《为推销胜利公债演讲》,《大汉公报》,1941年6月20日第1版。

⑤ 见《华裔青年会昨致会馆函》,《大汉公报》,1944年8月24日第1版;简建平:《华裔军人会的任务》,《大汉公报》,1946年7月5日第2版。

力以赴支持居住国政府的反法西斯战争的同时，华侨还组织了华侨救国劝募公债委员会，倾囊相捐援助国内的抗日战争，并发起了救济中国伤兵难民"一碗饭"的筹赈运动。①

显然在这一时期，因为受到不公正的待遇，华侨的公民权利的意识大为增强，他们开始把这块已经抛洒了无数血汗的土地作为自己的第二个家，并且不懈地为争取自己的权利和尊严作持久的斗争。

三、双重家国（1947—1954）

第二次世界大战使加拿大政府和人民改变了对华人的态度，首先是因为中国和美国、英国、加拿大在战争中是反法西斯战争的盟国，抗日战争极大地提高了中国在国际上的地位；同时华裔对加拿大政府尽自己力量不计宿怨的全力支持，包括华裔后代自愿加入加拿大远征正规军赴太平洋各地战场浴血奋战，华裔居民购买国库券，从事慈善工作；加之战争让人们对人性进行深刻的反省，使加拿大人对华人的好感急剧增加，开始检查自己对华侨的排斥和歧视的态度与法律。加拿大政府中具有民主意识和同情心的议员们也积极促动政府重新考虑华侨对"四三苛例"的申诉和抗议，长达 24 年的排华法案终于在 1947 年被废除了。

《大汉公报》对此过程作了追踪报道，包括众议院辩论中国移民条例的报道，一方面著文欢迎加拿大政府迈出的这一回归人性、尊重人权的重要一步；另一方面继续要求政府进一步改进对华人的移民政策，将加拿大土生的华裔青年和入籍华裔所享有的一切公民权利扩大到所有旅加华人，让所有在加拿大生活的华侨有在家的感觉。②

随着禁令的废除，大批的家属因此而赴加拿大。在祖国传统文化教育下长大的青年不可避免地与土生的加拿大华裔青年产生了文化冲突，甚至发生了群殴事件，令年长一些的华侨十分痛心。《大汉公报》因此发表文章，既从"连枝同杆"同为中国人的角度，也从在居住国遵纪守法的角度呼吁华侨青年"宜兄宜弟"，"勉为良好国民"。更有意思的是，在这篇题为"为华区青年械

---

① 详见《驻云高华加拿大华侨劝募救国公债总分会卖物筹款救济祖国伤兵难民举行一碗饭大运动》，《大汉公报》，1939 年 9 月 6 日第 8 版。

② 见洪公：《七一回忆感言》（社论），《大汉公报》，1947 年 6 月 30 日第 1 版。

斗事敬告青年及父老"的社论中，作者还提出了"世界人"的概念，表明了作者的"家"的意识不仅双重地而且多元地在居留地和老家之间徘徊。①

比较典型的是 1954 年《大汉公报》的新年社论《新年和乐观献给侨胞大众》的献辞："并愿望各侨胞在加拿大国慈善保护下，得到安居乐业，从今天起，努力进取，为本国为祖国作出一番新气象的事业出来，开建美洲殖民史的新纪元。"② 居留地加拿大和祖国在这里并列在一起，华侨所归属的已经是两个国家。爱德华·赛义德曾写道："我还没有感觉到绝对地只属于一个国家……充满深情地想着老家是所有我能做到的。"③ 然而在加拿大华侨，尤其是第一代移民心里的天平上，祖国的分量永远比居住国还要重。面对加拿大土生的华裔后代熟稔西方文化、生疏祖国文化的现实，《大汉公报》不遗余力地强调华裔青年教育，宣传中华文化课的重要性，④ 力图在华侨后裔的心中深植祖国的文化，使老家/故乡的概念在文化的传递中保持永久的生命力。

四、小　结

1915—1954 年的《大汉公报》，历历再现了加拿大华侨从客居到定居成为加拿大的社会成员的曲折复杂的历史过程。在这一过程中，加拿大华裔身上体现出来的用拉威和斯威登布格的话来说，是一种"双重关系或双重忠诚"，"双重忠诚"表现在"他们与目前所居留地的紧密关系和他们持续不断地卷入'家乡'的事务"。⑤《大汉公报》所展现的"错位的和拔根而起的个人们是如何把他们所随身而带的文化和信仰移植到他们的新家的"⑥，为理论界对于离散理论的深化，更为群体越来越大的华人移民的研究提供了极有价值的第一手的原始资料。

---

① 《为华区青年械斗事敬告青年及父老》（社论），《大汉公报》，1954 年 1 月 27 日第 3 版。
② 《新年和乐观献给侨胞大众（上）》（社论），《大汉公报》，1954 年 1 月 5 日第 1 版。
③ Edward W. Said. 125th Anniversary Issue：Patriotism. *The Nation*，1991，Vol. 253，No. 3，p. 116.
④ 见《华裔青年应走的途径（一、二、三）》（社论），《大汉公报》，1951 年 3 月 8、9、10 日第 7 版。
⑤ Smadar Lavie，Ted Swedenburg. Introduction. *Diaspora，and Geographies of Identity*. London：Duke University Press，1996，p. 14.
⑥ Vijay Agnew. Community and Home. *Diaspora，Memory，and Identity：A Search for Home*. Toronto：University of Toronto Press，2005，p. 187.

试论前期加拿大华人文学活动的多重意义
——从阅书报社、征诗、征联到粤剧、白话剧①

梁丽芳

一、引　言

19 世纪中叶，来自广东珠江三角洲侨乡，特别是四邑（台山、开平、恩平、新会）一带的华人，随着淘金热到达加拿大。从 1880—1885 年，成千上万的华人从侨乡经香港被招揽到加拿大参与修建太平洋铁路，对加拿大全国整体的发展有很大的贡献。但是，1885 年铁路建成之后他们旋即被解雇。横加在华人身上的人头税，从 1885 年的 50 元激增到 1904 年的 500 元，1923—1947 年还全面实施禁止华人入境政策，造成华人第一次的隔离。"二战"后，华人因参战而使得加拿大政府解除入境禁令，以为日子将会好转，岂料 1949—1971 年，侨乡家人来不了，有家归不得，甚至因错误的华侨政策家破人亡，备受歧视，这是华人承受的第二次隔离。② 但是，长期的隔离与屈辱没有挫败他们，凭着顽强的求生本能和适应能力，他们在逆境中依然利用自身的文化资源，在主流文化的覆盖之下，在华人社区建立起富有特色的文化场域。

我曾在拙文《试论岭南人对加拿大华文文学的起源及形成的贡献》③ 中谈到，华人文学在加拿大的发展可以大致分为前后两期。前期为淘金年代的 1850—1967 年，因为移民多为广东人，岭南文化成为主导。1967 年之后，计

---

① 本文刊登在《华文文学》2011 年第 6 期。
② 黑燕：《台山侨乡血泪史》，1952 年。
③ 梁丽芳：《试论岭南人对加拿大华文文学的起源及形成的贡献》，《世界华文文学论坛》2010年第 3 期，第 3～8 页。

第
一
部
分

57

分移民法纳入大量来自香港和其他地方的华人，唐人街的文化景观开始改变，土生一代亦渐露苗头，是为后期。我又提到岭南来的移民在华人文学上奠基性的贡献往往被原籍国和移居国双重边缘化、他者化，并指出认为他们都是目不识丁的劳工这个偏见的谬误。例如，在历史悠久的权威报纸《大汉公报》（1907—1992）所提供的文学表达空间上，岭南人已经发表了可观的粤剧班本、粤讴、古体诗等雅俗共存的创作。在新发掘的资料的基础上，本文将梳理 19 世纪中叶到 1967 年，加拿大离散华人最为突出的群体性文学活动——阅书报社、征诗、征联、书店、国学讲座、粤剧和白话剧等，并探讨其扮演的多重角色与意义。

前期华人的文学活动之所以活跃，跟他们在侨乡的教育背景，特定历史时期的浓烈民族主义，与主流社会的语言隔阂，系统性被歧视、被隔离，男女比例严重失衡等几个因素是分不开的。首先，从淘金年代到 20 世纪初，华人在侨乡与"金山"之间的来往已经两三代了，用侨汇建成的新式中学（比如 1909 年建成的台山中学，即后来的台山一中）在侨乡陆续出现，华侨子弟到其他著名大学求学的甚多，他们不少是后来唐人街文化活动的参与者。其次，从晚清到抗战时期，中国形势内忧外患，在爱国主义的影响下，海外侨民一般倾向于坚守祖国文化传统。再次，与主流社会在语言上的隔阂，是造成华文创作不被接受的主因，即使到今天语言的差异仍是中外文化交流中的一个重大挑战。最后，加拿大歧视性的移民政策，限制中国妇女入境，以防止华人人口增长。根据资料显示，1887 年的男女比例是 70∶1，1921 年是 25∶1，1941 年是 10∶1，虽然陆续改善，仍然严重失衡，① 加上在规定高昂的人头税和全面禁止华人入境后，妻儿不能来加团聚，华人社区遂成为名副其实的"单身男子社区"（bachelor community）。这些单身华人男子除了工作，精神出路何去何从？从哪儿获得感情的发泄呢？赌博、嫖妓、吸鸦片等陋习，无奈地在华人社区中蔓延。打开 20 世纪二三十年代的《大汉公报》，经常看到梅毒医疗信息，图文并茂，令人不忍。在唐人街，除了以姓氏、宗族、籍贯等组成的众多侨社之外，为了文化表达，为了调剂身心，为了凝聚力量，有时更为了借助群体力量完成某个义举，各种文化活动和组织遂应运而生。

---

① 以上资料，来自 David Chuenyan Lai. *Chinatowns*: *Towns Within Cities in Canada*. Vancouver: University of British Columbia Press, 1988, p. 60; Ching Ma. *Chinese Pioneers*. Vancouver: Versatile Publishing Company Ltd. , 1979, p. 57.

华人早期的文学活动可以归纳为个人的与群体的两大类，本文侧重于后者。我尝试把前期华人群体性的文学活动分为三种形式：一是教育传播形式，二是唱和形式，三是表演形式。现表述如下：

二、教育传播形式：阅书报社、国学讲座、书店

（一）阅书报社

对于大多不谙英语的华人来说，华文报纸对他们的生活特别重要。亦因为如此，华文报纸对他们的影响立竿见影。具有前瞻视野的梁启超（1873—1929）于光绪二十九年（1903）来温哥华视察和演讲，停留两个月，创立了《日新报》，它是华人在加拿大创办的第一份华文报纸。民国成立前，洪门把教会创办的《华英日报》接过来，创立《大汉日报》，1915年改为《大汉公报》。在此时期，加拿大有多份华文报纸先后成立：维多利亚的《新民国报》、多伦多的《醒华报》和《洪钟报》、温尼辟的《三民日报》，以及温哥华的《加拿大晨报》、《侨声日报》、《中兴日报》等。到了20世纪60年代，华文报纸前后共创立了十一家之多。① 从提供生活资讯需要到政治宣传需要，华文报纸在间接推动了中国革命的同时，也担当了中加之间的信息和文化交流的桥梁。这些报纸，均不乏文艺栏目。根据研究，在革命热情高涨的北伐和抗战期间，每一家报纸日销量均达数千份。② 1941年，全加拿大华人只有34 627人，③ 每份报纸销量数千份这个数字是相当惊人的。这个数字无疑颠覆了前期华人目不识丁的偏见。即使有部分报纸寄到外地，亦足见当时华人的阅报率之高，以及他们对时事的高度关注。

阅读书报是20世纪上半叶华人社区以文会友的一种聚会方式。《大汉公报》1914年8月9日报道："温哥华向有阅书报社设立。各教会团体订立章程者，自李陇西堂始。"可见李氏乃是加拿大首创阅书报社的同姓团体，而且，温哥华在1914年之前已经有阅书报社了。阅书报社并非短期现象，从1910—1951年，《大汉公报》上出现的阅书报社，据笔者的不完全统计有李陇西堂

---

① 李东海：《加拿大华侨史》，加拿大：加拿大自由出版社1967年版，第348页。
② 李东海：《加拿大华侨史》，加拿大：加拿大自由出版社1967年版，第348页。
③ David Chuenyan Lai. *Chinatowns*: *Towns Within Cities in Canada*. Vancouver: University of British Columbia Press, 1988, p. 60.

第一部分

59

阅书报社、培英阅书报社、洪门致公堂阅书报社、爱群社、育英书社、方言阅报社、五常阅报社、歧光阅报社、民星阅报社、冈州阅书报社等。种种迹象显示，不少社团都设有阅书报社。这些阅书报社使工余者不失宝贵光阴，又可以减少聚赌风气。它们除了提供谈文说艺的场所外，还经常举办演讲会，提高人文素质。例如育英书社举办的中英夜义学和洪门致公堂阅书报社举办的演讲会等，都吸引了不少人参加。①

报纸对于加拿大华人文学的发展发挥了很大的推动作用，《大汉公报》20世纪前十年的文学版面《大汉杂录》以及20世纪20年代改版的《汉声》，就经常登载坊间小说、散文、历史典故，加上古诗、粤讴、南音等作品，积累起来，数量不少。如果没有报纸，发表园地归于虚无，精神寄托和艺术追求便无法体现。

（二）国学讲座

19世纪末和20世纪初来加拿大的华人，很多曾在乡间师塾接受教育，有一定的国学底子。他们到金山后，无奈从事与教育不相称的工作。工作之余，仍然不放弃中华古典文化的学习。《大汉公报》1936年6月23日的招生广告透露，温哥华有国学函授书院。该院由诗人徐子乐担任教授，课目有尺牍、诗、词、对联、论述经史。每月上课三次，每星期发广义一次，质疑问题，随时答复。每月学费2元5角。徐子乐生于加拿大维多利亚市（生年不详），六岁随父回中国，接受华文教育。他曾考入水陆师学堂，亲历战役，后回加拿大。1951年，出任三藩市《世界日报》编辑，并主持"文艺集谭"。不久，回温哥华任《大汉公报》编辑。他善于诗词，尤其擅长七言对联。除了创办国学讲座课程，还经常主持征诗和对联比赛，并任评委。从连接中华文化渊源的角度来看，国学知识的讲授是加拿大华人企图保留其文化传统和文化认同的重要表征。

（三）书店

唐人街的书店，对于离散华人来说，是精神食粮的提供站，是保持、传承中华文化的代理。据笔者不完全的统计，从1920—1960年的《大汉公报》广告栏目中，在温哥华先后出现的书店有华英书报公司、白羊楼书庄、华新书局、人民书店、群青书局和群益书店等。此外，有些经营杂货的商店也销

---

① 《大汉公报》，1927年1月25日。

售书籍和杂志。

从书店广告列出的书目种类可知当时华人社区的需要和阅读趣味，除了英语入门和医疗常识性书籍外，文学方面有坊间小说、武侠小说、古典小说、诗词选集、历史演义、言情小说等。从书目可以反映出这个时段加拿大的华人读者与中国大城市读者的文学阅读几乎同步，而且种类繁多。例如《大汉公报》1941 年 2 月 1 日这一天的广告列有林语堂的《瞬息京华》，张恨水的《秦淮世家》、《欢喜冤家》和《美人恩》等书目；翻译读物方面，包括林琴南的《茶花女》和《福尔摩斯探案》等；来自香港的都市言情小说《风流妈姐》和《省港澳老千揭秘史》之类的流行读物也相当普遍。至于杂志方面，有《良友画报》、《中华画报》、《东方画刊》、《今日中国》、《天下画报》和反映第二次世界大战的《二次世界大战画辑》。在同一天的广告页内，还有蒋介石著的《蒋介石全集》，售价 3 元 4 角。此外，书店的唱片种类繁多，几乎都以广东人喜爱的粤曲为主。华人书店到如今依然扮演了同样的角色。

三、唱和形式：征诗、征联、诗社

从 20 世纪上半叶的《大汉公报》中，我们发现华人社区经常举办征诗、征联比赛。这些活动有时是全国性的，有时甚至是国际性的。可见，古体诗的写作，通过《大汉公报》的平台，把各地的海外游子紧紧地联结起来，形成一个全国乃至跨国的文化网。

值得注意的是，他们的征诗活动与原籍国的命运紧紧连在一起。1915 年 6 月 16 日这一天，《大汉公报》登载征求好诗，标明了目的：

欲与诸侨胞究研国事起见，使天下英才同具忧国心者，假吟诗而作不平也。每期评定后，编印诗集，仿李太白诗集样本，俾后世学者传诵，便知中国今日之国势与人心，有诗才诸君，喜嗜吟留名者，当速整笔枪墨炮，以救中国而兴共和。

又说首期的题目是"中国现象"，第二期的题目是"华侨苦况"，由《大汉公报》前编辑冯自由（1882—1958）评阅。这次征诗的冠军奖金 15 元，获奖者高达 100 名。奖金如此优厚（当时许多工作的月薪是 30 元），预期参加者如此之踊跃，可见写古体诗是华人社区的一项重要活动。战后，征诗的兴趣依然浓厚。《大汉公报》1951 年 7 月 26 日曾刊登回应征诗八首，投稿作者有来自爱德蒙顿、温尼辟的，更有南美洲秘鲁的。他们利用"叠前韵"的方式，跨地域唱和。可见征诗活动在几十年间，成为加拿大全国甚至跨国文学交流的一个平台。

对联写得好，是古体诗写得好的一个前提。对对联是中国传统文人喜爱的活动。唐人街的酒楼也参与并资助这类活动，可见华人兴致之高，也间接反映了他们缺乏家庭温暖，借诗句以遣寂寥。《大汉公报》1921 年 5 月 21 日报道，温哥华唐人街的西湖酒楼举办征联活动，担任评委的是宁阳（台山旧名）会馆主席黄怀新，告示说全榜有百名，登报十名，十名之内有赏，十名之外，加赏茶票。也有以个人公司的名义征联的，例如《大汉公报》1930 年 4 月 2 日报道，温哥华巩贞信总报局举办第五期征联活动。巩贞信是个活跃人物，也是个诗人，这次征联，评审者有经常在《大汉公报》发表作品的诗人陈心存（来自蒙特利尔）和许鲁门（来自温哥华）。巩贞信总报局在 1931 年 7 月 29 日又举办了第六期征联活动，评审是在三藩市任《中西日报》主笔的名报人崔通约（1864—1936），可见征联是跨国性的活动。崔通约本是温哥华《华英日报》的首任编辑，因为登载捉拿保皇党的消息，与《日新报》论战打官司一年多，以致财政短缺，转赴三藩市。

诗社是文人墨客的团体。民国初年，维多利亚的文学爱好者曾经成立黄梅诗社，这可能是加拿大华人最早的诗社。[①] 这个诗社的资料尚待发掘。规模最大的诗社无疑是大汉诗社。1951 年，《大汉公报》在 9 月 16 日、9 月 27 日、10 月 16 日分别在《诗界》栏目发表的七言律诗，标题都提到大汉诗社。种种迹象显示，这个诗社囊括了大量经常投寄古体诗到该报的各方人士。1957 年《大汉公报》社编辑的《大汉公报诗词汇编》，收集了数千首古典诗词，除了加拿大作者外，还有来自南美、太平洋岛屿等地的，这无疑是跨国文学活动的铁证。

五四新文学运动席卷中华大地，但是，生活在海外的离散华人似乎不为所动，继续沿用古体诗的文学形式。这个现象如果要解释的话，可以说他们习惯了之前带来的文学形式，也可以说他们通过之前带来的文学形式表达一

---

① 李东海：《加拿大华侨史》，加拿大：加拿大自由出版社 1967 年版，第 213 页。

种文化依恋和认同。古体诗是中国文学的瑰宝，新文学的革新者们以打倒之姿态和声势把这个瑰宝匆匆否定，匆匆替换。现在，我们回头重新审视这一段急剧的历史时期，是否可以诘问：古体诗是否因激进的政治形势而过早地牺牲了，以致得不偿失呢？这些海外离散华人是否正因为没有直接参与其中，而更能够比较自然地延续古体诗的寿命呢？

四、表演形式：粤剧、白话剧

（一）粤剧

粤剧是集文学、音乐、表演于一身的综合体，是来自广东和香港的华人最为喜爱的娱乐方式，历久不衰。粤剧除了寓中华传统文化、文学、价值观于娱乐外，还在革命、抗战、赈灾、建校等事业上扮演了重要角色。在加拿大，粤剧的演出有两种运作方式，一种是从广东、香港、澳门或三藩市请来粤剧戏班演出，另一种是华人自组音乐社演出。前者是一种商业行为，通过公司的运作，请来戏班，演员要通过担保，遵守所订的条款，交付非劳工费用才能够入境，在排华时期尤其严格。戏班允许停留数个月。

华人音乐社自组戏班演出的方式比较自由且不受限制。对没有家庭的华人男子来说，为了驱除寂寞、交友兼自娱，音乐社是工余者的沙漠绿洲。凡华人聚居的城市，几乎都成立了音乐社。他们玩乐器，唱粤曲，演粤剧，甚有规模。

粤剧演出场地基本上是在唐人街。根据研究，1860—1885 年，先后有五家戏院出现在维多利亚。太平洋铁路 1885 年建成后，1886 年温哥华建埠，取代了维多利亚，粤剧也随之移到温哥华演出。[1] 进入 20 世纪，温哥华的戏院增多。据笔者不完全统计，几十年间在《大汉公报》先后出现的名字有升平戏院、高升戏院、国太平新戏院、大舞台戏院、远东戏院、醒侨戏院和振华声戏院。

粤剧演出的鼎盛状况似乎没有受到排华的影响，《大汉公报》1923 年 4月 25 日的广告透露，那天上演两场粤剧，可见观众的热爱程度，也可从中窥

---

[1] Karrie M. Sebryk, M. A. Thesis. *A History of Chinese Theatre in Victoria*. Victoria: University of Victoria Press, 1995, 引自伍荣仲、罗丽：《作为跨国商业的华埠粤剧：20 世纪初温哥华排华时期的新例证》，《中华戏曲》2008 年第 1 期，第 5 页。

见他们生活的苦闷和娱乐方式的缺乏。20世纪30年代后，粤剧因为大萧条以及"二战"而式微。《大汉公报》1944年1月17日报道，温哥华侨声剧团的执事说因为战时出入口手续繁难，不能聘请名伶从美国来温哥华演出，将不日停演。可见，除了排华政策之外，抗战也增加了排斥华人入境的理据。

跨国戏班式微后，华人音乐社在维持粤剧的演出方面起了重要作用。1934年成立的振华声戏院获得洪门以及其他侨社的支持，最为活跃，历史也最悠久。因为会员多属于洪门，人多势众，运作有规模，经常为社区庆典、节日、筹款演出，带动了温哥华粤剧演出的复兴。① 振华声演出频密，例如《大汉公报》1935年5月16日报道："19日晚上7点，在哥伦比亚街远东戏院（即原来的升平戏院）开演锣鼓戏。"1935年12月24日该报预告在25日演出《西蓬击掌》和《平贵别窑》。1936年1月9日该报预告15日演出头场《夜困曹府、高平取级》和二场《三娘教子》。演出的频密，可见一斑。

加拿大的华人为中国抗战积极筹款。他们认购公债，募捐款项购买飞机、武器、医药；他们救济受伤民众、孤儿、落难乡民；他们成立"捐献救国联合会"，以进行筹款，参与活动的义务工作人员甚多。② 抗战初期，振华声开始筹款演出，发扬爱国主义精神。例如1937年12月30日《大汉公报》报道，在29日白天演出《孤月泣禅林》，晚上演出《流氓皇帝》，并设有救难筹捐卖票处，列出捐者姓名和所捐数目，从二元到五元不等，捐款的人数众多。1938年2月5日该报报道，全班剧员演出《大闹梅知府》，并放映《淞沪战事》、《河北省被贼轰炸》和《上海巷战》等影片。可见，一个晚上的粤剧演出便体现了其在娱乐、文化、宣传、政治（抗战）、经济（筹款）、民族精神（爱国主义）等方面的多重功能。

有时，振华声也到温哥华外的城镇演出。例如1938年5月到维多利亚演出两个星期，剧目有《可怜秋后扇》，并注明普通位三毛，小童一毛五的票价。能够一连演出两个星期，可见当时观众的热爱程度。1938年5月21日《大汉公报》又报道，该社为菁莪学校筹款演出，可见它也担任了推动教育的角色。

---

① 伍荣仲、罗丽：《作为跨国商业的华埠粤剧：20世纪初温哥华排华时期的新例证》，《中华戏曲》2008年第1期，第24页。

② 宋家珩、董林夫：《中国与加拿大：中加关系的历史回顾》，济南：齐鲁出版社1993年版，第160~163页。

除了为中国救灾、抗战、教育筹款演出之外，振华声也为加拿大的普济慈善总会（United Way）和红十字会（Red Cross）演出（《大汉公报》，1939年12月7日）。《大汉公报》1939年12月20日报道，中华卫生会协助普济慈善总会和红十字会举行战时大募捐。可见，虽然华人受到排斥，他们仍旧履行居民的义务。他们的善举与所受到的歧视成为对加拿大社会极大的讽刺。

　　振华声为了提高表演艺术，1961年周年纪念演出《孟丽君》时，从香港礼聘粤剧名家黄滔师傅来加拿大专事教导。① 《侨声日报》1961年4月19日的社论说："振华声社之演戏，实含有联络中西人士感情，发展国民外交作用。"可见华人试图通过粤剧表演艺术与西方人士交流。黄滔师傅是第一个以粤剧导师身份移民加拿大的艺术家。2008年2月，95岁高龄的黄滔师傅接受了不列颠哥伦比亚大学人类学博物馆的邀请，亲临示范粤剧，并获得大学颁发的荣誉。之前，黄滔师傅接受邀请，为该博物馆收藏粤剧的戏曲服装作指导，对粤剧地位的提升贡献良多。

　　粤剧对文化传承和发扬贡献很大。粤剧把中华民族的故事流传给海外华人、他们的后代，以及其他人士。粤剧表演是公开的，各方人士都可以观看，比较容易交流。历史学家梅哲·马修斯（Major J. S. Matthews）在1947年写的回忆录中，记述他在1898年冬天某个雨夜跟随一个华人导游参观华埠上海街的一座戏院时，见到华人观众和设备简陋的戏台。② 当时究竟他能够了解多少，他的所谓简陋，是否就是粤剧简单抽象的布景，已不得而知。不管如何，这可能是加拿大主流人士对粤剧表演艺术的初步接触。粤剧的演出，主要的观众是华人，随着时间的推移，其他族裔人士，也来观赏。虽然他们不一定了解唱词，但是，主办者都试图通过翻译向不同背景的观众介绍剧情，以达到交流的效果。

　　粤剧在加拿大的发展仍然是个尚待研究的新领域。一些学者已经着手，其中不列颠哥伦比亚大学人类社会学教授罗碧丝（Elizabeth L. Johnson）对粤剧兴趣浓厚，而且甚有研究。③ 她本人会说广东话，经常看粤剧，与黄滔师傅很熟悉，在黄滔师傅的帮助下，收集了大量的戏服和相关戏曲资料，摆设在

---

① 《振华声社纪念演戏的认识》（社论），《侨声日报》，1961年4月19日。
② 引自伍荣仲、罗丽：《作为跨国商业的华埠粤剧：20世纪初温哥华排华时期的新例证》，《中华戏曲》2008年第1期，第18页。
③ 可参考 Elizabeth L. Johnson. Cantonese Opera in its Canadian Context: the Contemporary Vitality of an Old Tradition. *Theatre Research in Canada*, 1996, Vol. 17, No. 1.

该大学的人类学博物馆，对确立粤剧在加拿大的文化地位贡献很大。

既然粤剧在华人社区扮演了重要角色，那么，来自岭南的华人尝试写作粤剧班本，是最自然不过的了。从 1910—1950 年，《大汉公报》发表了不少粤剧班本。这些班本，题材很丰富，贴近生活，超越传统剧目的内容。有描述灾情的，有叙述洪门历史的，有政治讽刺的，有表现加拿大的人情和生活价值观的。例如，《时事惨剧》班本唱的是侨乡水灾后，灾民流离失所、盗贼横行的惨况（《大汉公报》，1914 年 8 月 6 日）；《义薄云天》班本唱的是洪门参加孙中山革命的过程及其贡献（《大汉公报》，1917 年 4 月 10 日）。

最为突出的一个粤剧班本是中西合璧夹杂着英语来唱的《自由婆探监被辱》（《大汉公报》，1919 年 3 月 19 日）。说的是自由婆（即浪荡女子）来探丈夫的监，被狱卒（丑角）故意为难。狱卒唱的是英语，甚有创意。20 世纪 60 年代香港学界与粤剧界也曾尝试用英语唱粤剧。原来，在 1919 年前后，加拿大华人社区已经出现夹杂英语的粤剧班本了。

至于京剧方面，1930 年 1 月 31 日梅兰芳（1894—1961）赴美国纽约演出，曾经过温哥华，在此做一天的短暂停留，虽然时间仓促，却受到华人的热烈欢迎。《大汉公报》记录他乘坐加拿大皇后号于当日下午一时抵达，接船者二十多人，侨领诗人司徒英石介绍他与各人握手相见，随即上车游览风景，下午三时到中华会馆参观，四时便上船到西雅图。1971 年以前中国台湾"国民政府"与加拿大交往密切。1962 年 10 月 17 日、18 日两晚，台北的复兴剧团接受美国西雅图 21 世纪展览会的邀请来演出，顺道来温哥华演出了平剧（即京剧）《貂蝉》。20 世纪 90 年代后，随着中国北方来的华人增加，京剧才逐渐蓬勃，这是后话。

（二）白话剧：早期华人的现代舞台

欧阳予倩（1889—1962）认为，1907 年由王钟声在上海组织的春阳社演出的《黑奴吁天录》是中国话剧之始。[①] 令人意想不到的是，因为接触西方戏剧，得风气之先，加拿大华人白话剧在 1910 年就活跃在唐人街了。从 1910 年到抗战期间，加拿大华人为了中国的天灾、抗战、建校等公益事业，不单在大城市唐人街演出白话剧，还到内陆城市演出，有时还连续演出两个星期，

---

① 欧阳予倩：《谈文明戏》，中国话剧运动史料集编委会编：《中国话剧运动五十年史料集，1907—1957》，香港：文化资料供应社 1978 年版，第 52 页。

可见观众的支持度不亚于粤剧。他们筹得的款项可上数千，以当时的币值来说，相当可观。他们演出的剧目甚多，可惜现存资料有限，有些剧目明显地渗入现代主题。根据《大汉公报》的记录可知，在 20 世纪上半叶，活跃在卑诗省，特别是温哥华的话剧团有以下几个：

1. 醒群社

醒群社是加国华人白话剧的鼻祖。顾名思义，该社成立的目的是唤醒民众，比五四的启蒙与救亡呼声还要早。根据《大汉公报》记录，1915 年 4 月 3 日，温哥华的醒群社在纳乃莫（Nanaimo）演出之后，再转到煤矿工人集中的金巴岭（Cumberland）的同庆戏院演出。同时，该社的张伯孺、汤百福二人演出前上台痛陈时事说："凡属国民，皆宜肩负救亡之任。"《大汉日报》4 月 5 日报道该晚的演出：

> 大有唤醒同胞，齐心救国之能力。洵为侨界目铎矣。观各演员，衣服华丽，妆扮时兴，台上画景，布幕得宜，登台诸君子，其道白也，口若悬河，洋洋盈耳，其唱情也，声音嘹亮，娓娓动听，诚为有艺有景，惟妙惟肖，每换景时，必在幕外加锣鼓，唱班本。

当时群情之汹涌，可见一斑。值得注意的是，现代白话剧加上唱班本的混合形式，以及换景时的锣鼓和班本演唱，既可帮助观众从粤剧过渡到白话剧，又非常实际地留住了观众，可谓灵活创新。

当天的《大汉公报》还报道同庆戏院只能容纳千人，此次演出却来了千多人，立于门外者甚众，场面令人激动。1911 年全加拿大华人有 27 861 人，卑诗省占了 70.5%，① 上千人出席，可见当时华人对救亡的迫切关怀。当晚，激情澎湃，演出后成立救亡会，是个值得怀念的历史时刻。十多天之后，即 1915 年 4 月 16 日，醒群社马不停蹄，为了筹备救亡会经费回到温哥华，在国太平新戏院开演《海国凄风》新剧。报载："入座观听者约数百人。"又说演员"粉墨登场，现身说法，惟妙惟肖。其中如张伯孺君之扮卖菜佣，汤百福之扮卖药先生，寓排斥倭寇奴于演说及唱曲之中，均令人忽笑忽怒，情态百变"。这次演出得款项 71 元 5 角，还附上捐赠五毛以上者的芳名。关于张伯

---

① David Chuenyan Lai. *Chinatowns: Towns Within Cities in Canada.* Vancouver: University of British Columbia Press, 1988, pp. 60 – 61.

孺的事迹现被人们知道的不多，冯自由到温哥华上任《大汉日报》（即后来的《大汉公报》）编辑一职之前，代理编辑就是张伯孺。张伯孺曾任夏威夷檀香山《新报》记者，与保皇党《新中国报》笔战经年，后随叔父到温哥华。①

醒群社还为温哥华华人基督教独立教会两周年纪念筹款开办夜校，在国太平新戏院演出该社的新剧本《父之过》（《大汉公报》，1915 年 4 月 20 日）。这个剧本是个现代剧目。报载该剧桥段离奇，"皆归本于新教育主义，不特足以开放眼帘，拓心胸，且足以启发神志，培养德性，有心世道者"。可见，醒群社是个现代意识浓厚的剧社，把加拿大（西方）的新教育理念加入剧本之中。得知四邑人在 1909 年就在侨乡建立现代化的台山中学，其他县争相仿效，这些启蒙白话剧显然是有功效的。

关于醒群社的会员，除了上面提到的张伯孺外，1915 年 6 月 6 日的《大汉公报》报道，作为白话剧鼻祖的醒群社的发起人之一黄日华决定回国，大家为他饯别，依依不舍。可见在中国与加拿大之间来往的华人之中，不乏以话剧救国为职志者，令人敬佩。

2. 青年会

《大汉公报》1914 年 8 月 10 日有一个令人感动和侧目的报道：

此间学生青年会，对于国家社会事业颇具热心。年前因国民捐事，曾献事演剧筹款，大为社会欢迎，集款至数千之巨，接济中央，其宏伟愿力，至甚可嘉。兹又闻拟办侨民夜校，及扩张青年会务，特因休假期间，联合男女学生，演出筹款，租借缅街（Main Street）皇家（royal）西人大戏院为剧场，决定本礼拜五六两晚开台连演，闻剧本之排演者为何君卓竞，剧本之内容，深为精致（详见续报）届时必有一番美观。令人拓心胸，刷新眼帘矣。想该会青年，皆学界中人，不惜牺牲求学宝贵的光阴，登场演剧，无非抱一种欲立立人欲达达人之观念，以图效劳于社会而已。愿侨胞一鉴其志。

联系《大汉公报》1914 年 8 月 9 日的报道可知，青年会演出的是一套四幕话剧，内容是关于一个爱国老妇的，以大义教导儿女敌国的阴险及其侦探的精密。第四幕，党人密谋起义，弟妹相遇，兄长被杀，女同志乔装成妇女，

---

① 参见蒋永敬主编：《华侨开国革命史料》，台北：正中书局 1977 年版，第 187 页。

肩挑煤炭，暗藏军器，继续前进。情节充满戏剧性，是一套集革命、斗智、亲情、暴力题材于一体的话剧。值得注意的是，排演者是革命知识分子何卓竞（原是《日新报》记者，后改向洪门），他在华人社区内显然扮演了启蒙导师的角色。

从上面《大汉公报》1914年8月10日的记录可以看到几个重要信息：第一，所说的"年前因国民捐事"，透露起码最晚于1913年加拿大华人已经开始演出白话剧了；第二，他们筹得的款项数千接济中央，当时是个非常巨大的数目；第三，该剧分幕演出，男女同台演出，可见受到西方不忌讳男女同台的影响；第四，他们演出前由"何卓竞先以粤语宣布，次由何盈基以英语宣布，即行开演"（《大汉日报》，1914年8月17日）。可见此次演出，观众除了华人之外，还有不懂华文的人士。该剧借用西人的戏院演出，很可能观众中有西方人士，也可能有不懂华文的土生华人。无论如何，此乃中加文化交流值得一记的事例。

侨社对于此次演出显然非常重视。1914年8月12日《大汉日报》的社论以"青年学生白话戏作用之关系"为题，肯定排演者的"苦心孤诣"，赞扬男女学生的毅力。

3. 育英社

育英社也是个很活跃的剧社。它的属下有阅书报社，还设有中英文夜义学，集演出、阅读、教育于一身。《大汉公报》1925年9月26日报道，育英社为了庆祝孔诞并筹夜义学经费，公演白话剧《冒临虎穴》，该剧共有三幕。内容说奸官见民女起猎心，青年身入虎穴救女。值得注意的是，此剧是粤剧和白话剧结合的表演形式。开场之前，由全埠学生唱孔圣歌，表达对中华传统文化的敬仰。幕外由男女学生唱国耻歌，以提醒观众的爱国意识。这样的爱国主义仪式程序完毕之后，由八岁女孩唱粤曲《夜吊白芙蓉》。演到奸官斗争时，幕外唱打倒帝国主义，可见当时台上台下打成一片的情景。之后，由女士唱粤曲急口令，为满足粤剧和白话剧观众的需要而作的努力非常明显。

1927年1月25日，育英社又为了筹办中英文夜义学在升平戏院演出话剧《咸水妹问吊》。首先由演员宣布演出的来由，解释剧意之后才开演。1927年1月27日报载，星期天下午演出两场，剧目是《烈女诛强徒》。第一幕演出时，幕外有打扬琴、唱急口令的；第二幕演出时，有人在幕外演说，伴以扬琴，可见中西合璧的表演形式。1928年6月28日，育英社第三次在大舞台演出，也是为中英文夜义学筹款，筹得四百多元，可见观众的热烈支持。

　　4. 现象社

　　现象社由侨校学生组成，活跃于 20 世纪二三十年代。《大汉公报》1925 年 7 月 3 日报道，现象社将于 7 月 5 日在唐人街升平戏院演出两场，为救济沪粤难民筹款。报道又说"幕外所唱班本，有《赵匡胤三下河东》、《罗成写书》、《浪子扫长堤》、《金山客痛陈时局》、《夜吊白芙蓉》、《勇救白芙蓉》，均为该社社员得意之曲"。可见，白话剧演出时，幕外还有粤曲演唱。1910—1925 年，白话剧和粤曲演唱结合的方式显然已经很普遍。

　　离散侨民向后代灌输对原籍国的爱国主义教育，视为天经地义，尤其是在原籍国遇到生死存亡的历史时刻，更是如此。以下，现象社便趁演出向观众发表救国宣言，措辞悲愤凌厉：

　　西恶肆虐，欺蔑中华，杀我青年学子四万万同胞……帝国主义之打破，不平等条约之弃废，租界之收回，税关税率之增加，领事裁判权之取消，洗刷半殖民地不美之名词，完成自由独立之国家，惟成功与否，端赖此次救国运动实力之厚薄为转移，同人等身羁海外，不能参与其役，与凶狠残暴西恶作铁血周旋……

　　现象社的活动不断，1935 年 2 月 14 日，《大汉公报》的启事透露，现象社在哈士定街（Hastings St.）的赉路戏院演出日夜两场，剧目为《仕林祭塔》和《难兄难弟》。

　　除了上述的白话剧团之外，温哥华还有由学生组成的菁莪剧社，该社不时为学校筹款演出（《大汉公报》，1930 年 5 月 9 日）。第二次世界大战时，救国会曾演出白话剧《儿女英雄》，筹款救济抗战难民。内容描述日军侵略造成同胞灾难的惨况。演出到第三幕时，"幕外学生唱《义勇军进行曲》、《大路歌》"（《大汉公报》，1938 年 7 月 8 日），气氛高昂，令人动容。这次演出，筹得款项 852 元 3 角，相当可观。如粤剧一样，一场白话剧的演出，扮演了娱乐、爱国主义、筹款的角色，民族和文化认同也同时获得彰显。

五、结　语

　　加拿大的华人，从 19 世纪中叶淘金年代开始，到人头税的有限入境年代，再到全面排华，承受了长期的歧视和屈辱。"二战"后，因为华人参军，获得了公民权，他们以为可以踏上坦途，岂料来自侨乡的错误政策导致了另一种歧视和屈辱。历史一错再错，捉弄人的命运。然而，所有这些都没有磨损他们追求生命价值的意志。阅书报社、征联、征诗、书店、国学讲座，以及粤剧和白话剧等活动频繁，颠覆了认为早期华人均目不识丁的偏颇看法。他们的活动具有多种意义：从调剂身心、传承祖裔文化认同，到筹款支持革命、赈灾、办学，再到为移居国购买债券，为红十字会筹款，等等，无一不显示离散华人的道德情操与人文精神。这些活动，在当时加拿大主流文化景观中被视为处在边缘不被承认的他者。从现今多元文化的语境来看，华文文学却实实在在是加拿大文学的一部分，也是其族裔文学的组成部分，虽然有语言隔阂，但是，不可否认，文化交流已经在进行中。对原籍国而言，以上这些活动乃中国文学的延伸和变异。除去华人单独被歧视排斥的经历，上述加拿大华人社区的文学（化）活动经验是否也可以用来理解其他少数族裔呢？

　　虽然目前资料（例如白话剧的剧本，如果有的话）仍缺，大多亦已经流失，但是，幸得遗留下来的华文报刊、古体诗和文献提供了重构加拿大华人早期文学活动的基础。本文所作的，只是阶段性的梳理，为学科建设添砖加瓦，更多的研究正在进行中。

世华散文地图中的枫林景象

——加拿大华文散文艺术成就初探①

喻大翔

　　枫叶不是果实，但它是季节的象征，是成熟的象征，也是收获的象征。我认为加拿大的华文散文是加华文学园地里所有文学体裁中最富有群体性创意的，也是艺术成就最高的，在整个世界华文散文的地图上独枫一林，独树一帜，已构建出层林初染的动人景象。

　　我阅读过东南亚各国的华文散文，也读过日本、澳大利亚和欧美许多国家或地区的华文散文，但没有一个国家的华文散文，除了怀念自己的故乡、自己的祖国外，还对居住国有这么强烈的认同感。他们的文本在历史的径度上尽管还有一些文化及制度上的不适，但总体来说，其认同感表现得十分明亮、透彻、感染人，让人觉得华文散文中的加拿大，是这个地球上最美丽的人间乐园，让我们这些远在加拿大之外的一般华文读者，也神往于加国与母国之间，很少游移、分裂、尴尬与矛盾，这是前所未见的文学奇迹，是作为健全的地球村人在加拿大这个特殊国度里四海为家的人文精神之显现。

　　这首先得益于华人移民心态的转变，曾晓文的《属树叶的女人》与《不再说漂泊》透露了这种转变的历程。1995 年那会儿，她认定了自己"属树叶"，而树在故乡，"我恍然觉得自己将终生与树叶为伴了"②。2007 年，她从美国来到加拿大，送走了好几轮春夏秋冬，写下《不再说漂泊》，从无根无依的千年流浪里苏醒过来，很理性又很形象地对她那一族人说："我们要做的不

---

　　① 本文是 2010 年 7 月在由暨南大学、约克大学和加拿大中国笔会联合主办的"加拿大华裔/华文文学国际学术研讨会"上的发言，并获首届加拿大华裔/华文文学论文奖佳作奖。
　　② 曾晓文：《属树叶的女人》，《中央日报》，1995 年 7 月 2 日。

是一枚飘零的树叶，而是一棵树，把根扎在泥土里，这样才会活得舒展。"①
这树不是插枝，要么是从故土里分蘖出来的，要么是从东方的大树上飘扬而
来的。其实，比曾晓文更早调整心态的加华作家大有人在，他们的作品中的
非"移民监"、主人公姿态、对加国社会与自然的欣赏、对所看到和所经历的
一切的自豪感，就是形象的宣示。

1989 年 2 月 14 日，潘铭燊刚从香港"连根拔起"，"抛故国来新国，将
以此地为家。我要对这里的一草一木培养感情，也要关心此地的选举和经
济"。② 他的主人公精神早就酝酿好了，因此，当有人以自投罗网的心态以为
移民加拿大是坐牢的时候，他幽了一默，说假如加拿大是监牢，那么它是世
界上最大的监牢、最美丽的监牢、最模范的监牢，许多人"等待那一天载欣
载奔进入牢房"。值得深思的是，正是好几代像省督林思齐和"本地朋友"这
样的华人，对加拿大有如"祖国、乐土、乌托邦"般的挚爱，且一直以来有
对"一切新生活新纪元新社会新方式新气象"③ 的期待，所以才有一个又一
个、一群又一群的华人，沿着东方的海岸线漫游到他们的理想之国，并在这
里扎根、成长、开花、结果和奉献！

在许多加华散文的字里行间，加拿大清澈的河流、湛蓝的海水、紫红的
杜鹃、嫩黄的郁金香、憨态的松鼠、雪白的群山与火红的枫叶都能融化成天、
地、人合奏的乐章，就像他们在中国文化与哲学里曾经存在的、曾经希望的
一样和谐、美妙。文野长弓在自家后园里与松鼠同乐后写道：

如此动人的情景，岂非源于枫叶国人珍惜澄湛的大自然和淳朴的人性而
造就芸芸众生的大千世界万物皆有灵性，纵然小到松鼠或鸟儿，同样享有与
人平等的尊严而不会无端被幽禁或伤害的一种力量！④

汪文勤更将加拿大这块土地作为一种生命，狂热到像人一样是相互地进
入。"我生命中的加拿大"，"我是情不自禁地投入到他的怀抱中，也就是从那

---

① 曾晓文：《不再说漂泊》，《星岛日报》，2007 年 1 月 22 日。
② 潘铭燊：《初来重到》，《温哥华书简》，香港：中国学社 1989 年版，第 2～3 页。
③ 潘铭燊：《移民监》，《温哥华杂碎》，加拿大：枫桥出版社 1991 年版，第 6～7 页。
④ 文野长弓：《与松鼠同乐》，刘慧琴主编：《枫雪篇——"加华作协"会员作品集》，温哥华：
加拿大华裔作家协会 2006 年版，第 7 页。

一刻起，我的心中就有了永远的枫叶情结"。① 她另一篇文章《温哥华的海》，描述"那海沉醉在它自己波光潋滟中，生长着它自己的梦。当巨浪一朵一朵吐露芬芳的时候，等在海边的人，变成石头，彻底的安静和单纯，用石头的样子，成为海不可或缺的一部分"②。她赞美自然之力量、之广大、之柔美、之永恒，并最后将之人化，将"人"海化，将三者同化为一体。这当然是一个象征，"海"的意象已无所谓东与西、人与自然、过去与现在了。

人生有诸多难以逃避的悲剧，令人感动的是，在加华老作家冬青的眼里，即便老伴不幸去世了，梦魂永难回到故土，他对四季如画的加国仍充满热恋，对卑诗省的菲莎河仍依依难舍：

去年妻子病逝，她葬在海景墓园。墓地的位置刚好朝向菲莎河。从斜坡上，远看天际白云深处，水天相接，隐约可见，江水悠悠。她出生于中国南方的珠江流域，期间流离迁徙，经历半个世纪；而归骨于加拿大西部的菲莎河畔，生死两地，两个国度，两条河流，相隔太平洋对岸数千里了。

人生长恨，江水悠悠！③

冬青20世纪20年代就在大陆开始写作，老资格难免背负沉重的老传统，但冬青的《菲莎河之恋》所思在老伴，所恋则重在居住了二十多年的枫叶之国。虽人生长恨水长东，文章不免有埋骨异乡的伤感，不免有叶落不能归根的怅憾，但菲莎河朝夕日午的美丽，尤其"两个国度，两条河流"的互在、互等与互换，使他不再沉迷于一代又一代的老华侨"哪儿也没有家乡好"④的狭隘乡土观中，更没有流浪汉或弃儿的生不逢时和仰天长叹！的确，《菲莎河之恋》几乎将所有的笔墨都献给了四季如梦的加国河流，与河流有关的回忆与思念，这种天涯乃我家、孤坟不凄凉的世界人之豁达，就是主人的姿态，是"我"在、"我"有、"我"骄傲的心灵，这在以前的华文散文里并不多见。

---

① 汪文勤：《枫叶情结》，刘慧琴主编：《枫雪篇——"加华作协"会员作品集》，温哥华：加拿大华裔作家协会2006年版，第55页。

② 汪文勤：《温哥华的海》，刘慧琴主编：《枫雪篇——"加华作协"会员作品集》，温哥华：加拿大华裔作家协会2006年版，第57页。

③ 冬青：《菲莎河之恋》，陈浩泉主编：《白雪红枫——加华作家作品选·二集》，温哥华：加拿大华裔作家协会2003年版，第42页。

④ 艾青：《鹿回头》，《彩色的诗》，南京：江苏人民出版社1980年版，第57页。

除了上述内容，加华散文题材还涉及人类的生存状况与喜怒哀乐，移民的心路历程与经验，爱情、家庭与日常生活，对自然的观察、体验（包括旅行）与联想之种种，两岸四地、五湖四海、胸怀宽广、眼光开阔，且充满青春般开拓创造的激情，是这些文本的最大特色。

当代世界华文文学是散文的文学，也是散文的世纪。除中国大陆之外，我认为无论是台湾、香港、澳门，还是亚洲、欧洲与美洲，创作人数最众、文本最多、成就最高者，非散文莫属。加上交通便利、资讯发达、全球一村、网书互补，整个世界华文散文的艺术影响和艺术创造到了前所未有的历史成熟期与历史转折期。太成熟了也就太稳定、太老化了。这可能是全世界写作人运用最多的文体，不能不变化，不能不转折。这个转折是在旧与新、中与外、通与变、专与博的轨道上一步一步前行着的，而最重要的表现无非在内容上翻新地，在技巧上开新天，在整体上创造华文散文的高新境界。加华当代散文作家，不但是这个庞大艺术开拓队伍的一支，而且是重要的一支。它既有自己重要的作家，也有自己重要的成果，是任何一个国家和地区的华文散文都不可取代的。内容翻新已如前文所述，下面讨论加华散文近三十年来创获的独特艺术经验。

最值得肯定的有两点，都与散文的文体有关。一是吸收中外散文传统有益的东西，在某些散文文体的类型上已形成独特的美学风格。比如梁锡华，他的散文继承鲁迅、唐弢、梁实秋、钱钟书、王了一等人干预社会、塑造国民性格的路径，又于幽默中文野相间、滑稽突梯、中外相糅，加之出人意料的逆向思维，在来加国之前已建立起独擅一家的文风。我在十年前曾写过一篇《梁锡华散文论》①的专文，认为梁氏散文在 20 世纪能与鲁迅、唐弢、邓拓等人比肩而立，而瞿秋白、聂绀弩、邵燕祥等人的散文未必能与梁氏相拮抗。可惜，在梁锡华 20 世纪 90 年代中期移民加国之后我就很少看到他的散文了。

潘铭燊在创作上可以说是主攻散文，而更要紧的是，他至目前最重要的代表作就完成在 20 世纪 80 年代末至 90 年代初移民加拿大的四年左右。这四年是他散文的成熟期和丰收期，先后在加拿大等地出版了《车喧斋随笔》(1989)、《温哥华书简》（1989）、《温哥华杂碎》（1991）、《廉政论》

---

① 喻大翔：《梁锡华散文论》，《当代文坛》2000 年第 2 期。

（1991）、《人生边上补白》（1992）、《非花轩杂文》（1994）和《小鲜集》（1995）等数种，而《廉政论》和《人生边上补白》（尤其是后者），不但是他个人散文的巅峰，也是 20 世纪后半叶，包括中国大陆在内的世界华文散文的代表著作之一。他在文体上走了一条中间路线，也就是踏着鲁迅、梁锡华等人的散文之左道和周作人、梁实秋等人的随笔之右道，合拢了一条亦刚亦柔、亦庄亦谐、亦中亦英的新随笔。他的那些重要随笔里清新多变的比喻，融汇中外的征引与善良冷峻的幽默，为潘氏一家所有。我十多年前曾写过一篇长文《潘铭燊散文论》，讲潘氏随笔的比喻时用过一例，现在不妨再来分享一次：

最复杂奇巧的还是钱钟书所谓的"比喻有两柄而复具多边"①。两柄者，即同类同一喻体完全相反的两种性质也，"同此事物，援为比喻，或以褒，或以贬，或示喜，或示恶，词气迥异"②，多边者，即同一性质的多个侧面或多个层次也，"盖事物一而已，然非只一性一能，遂不限于一功一效。取臂者用心或别，着眼因殊，指（denotatum）同而旨（significatum）则异；故一事物之象可以子立应多，守常处变"③。潘氏深谙个中三昧，《假如妻子是一本书》中，将二格合为一体，运用非常成功。这篇杂文在整体结构上是一个大设喻，从英国桂冠诗人特拉顿与妻子的故事写起。那么，"假如妻子是一本书"，作者希望是什么书呢？"首先，她一定不能是年鉴"，这是一柄或一质。"年鉴取材都很枯燥，又充斥着统计数字，很像一个整日计较着家用、数算着柴米油盐的主妇"，此乃一边或一层；"而且，年鉴内容每年更换的其实不多，大部分是陈陈相同的，重复着去年、前年……的资料，好比一个话语层出不穷、唠唠叨叨都是那几句的长舌女人"，此又为一边或一层。"其次，她不能是一部多册书"或"一部特大本"，"她应该是一本百看不厌的书"，这是另一柄或另一质。"她要有哲理小品的深度、艺术书册的美感，概念丰富像辞典、吐属优雅像诗集，好比儿童读物那样真挚、流行小说那样纯情……"此一口气列下了六边或六层，尽展假设之种种可能。其实，此文还突破了钱钟书所谓

---

① 钱钟书：《管锥编》（第一册），北京：中华书局 1986 年版，第 39 页。
② 钱钟书：《管锥编》（第一册），北京：中华书局 1986 年版，第 37 页。
③ 钱钟书：《管锥编》（第一册），北京：中华书局 1986 年版，第 39 页。

的"二柄"说，结尾写道："从幻想回到现实，她至少该是一本烹饪书吧。"①这不是能与"年鉴"、"百看不厌的书"并列而立的第三柄又是什么？全文将人比成书，又将书比成人，再将人又比成书，反复回环，曲折有致，尽显多柄多边或异质多层之比喻功能，有十分诱人的交响乐般的艺术力量。②

还要特别指出的是，潘铭燊的《人生边上补白》③从题材到写法乃刻意仿效钱钟书的《写在人生边上》一书，但他绝不是毫无创意的模仿，而是处于正仿与戏仿之间，在题材、主题、手法等诸方面，有继承也有超越，是后现代风格散文的开风气之作，其艺术成就不在《写在人生边上》之下。潘铭燊挥洒了20世纪末加华散文史上璀璨的一笔，如木如林，火之焱之，值得世华文坛关注。

此外，就周作人、梁遇春、丰子恺、林语堂、梁实秋、钱钟书、台静农、邓拓、董桥等创下的动中法度、真切多情、随便自然、收放自如的一体随笔而言，加华文坛也不乏传人，像曾晓文、陈华英、陈浩泉、文野长弓和陈孟玲等都有上佳的作品。如曾晓文的那些专栏文章《爱情蠢事》、《爱情创可贴》、《爱情魔鬼词条》、《爱情是梦想屋，还是牢狱》、《活在别人的爱情里》、《美女被冤枉了之后》、《哪种情可以恒久》、《男性朋友》、《女性朋友》和《女人与衣服》等，我认为比她早期的散文和长篇散文要好，原因一方面是她深受过情感的伤害，醒转来后心灵重获解放，文笔也自由而随缘多了；另一方面是她深受海外华文报纸副刊专栏的影响，极其私人化和极其自由化的题材与写法，加上她在性情上的率真、随和与"爱着小人物的爱，忧伤着小人物的忧伤"（《环球华报》，2005年3月11日），她让自己的随笔成就了一个爱情的行吟者。她在不经意的复杂经历之后，对情感和爱情体悟深刻、洞察秋毫，却在自由自然、不动声色的随感随笔中流露出来，她的那些小品就格外亲和且令人感动，也具有了真切多情、收放自如的随笔文体特性。

二是一些散文突破了中华传统散文的文体局限，用诗歌、小说、戏剧、电影、新闻，甚至学术论文的方法写散文，最优秀的散文文本如诗、如小说，又如报告、论文等，且相当成熟与成功。笔者比较喜欢将这种兼有各种文艺

---

① 潘铭燊：《假如妻子是一本书》，《车喧斋随笔》，香港：中国学社1989年版，第102～103页。
② 喻大翔：《潘铭燊散文论》，《中国现代、当代文学研究》1996年第2期。
③ 潘铭燊：《人生边上补白》，加拿大：枫桥出版社1992年版。

体裁特征的文本称为兼体散文或兼类散文。

　　侧重于诗化写作的兼体散文。冯湘湘的《在水之湄》[①] 一书的许多篇章，汪文勤的《我的风雅颂》、《抱着地球听音乐》、《枫叶情结》和《温哥华的海》，陈华英的《薰衣草》，施淑仪的《玫瑰的日子》等，要么用童真般的青春和忧伤写多情、深情、失情与寻情，要么在快乐的刚野中抒发梦境般的理想，要么借花草寄托典雅、宁静与高贵等，都充满诗的绮丽弹性、意象与象征。我特别欣赏诗人丐心的一组作品《乘季节看花》、《感情手记》、《心在雪上灵感》、《银色的沙滩上》和《白鸟》，[②] 这是散文文体的实验，也可以说是文字艺术的先锋之作。它可以没有标点，也可以没有标准，没有惯常的词汇与句法，但它有意识流，有古老的佛学，有凌空的想象与超绝的比拟，在一幕幕音乐般的回旋中打通人与物的交流障碍，把我们带到细腻、复杂且深远的隐约之境。将虚幻的主观词语化，又将间接的词语意象化，以丰富人类心灵的散文表达，恐怕是这一组作品的最大突破。请看《心在雪上灵感》的首尾两段：

　　　　当遇到不寻常的低温，于午夜，我本无形的心迹，像栖迟在檐上那片寂寥，体会着寒色凛冽，渐而不支地凝固，被时间慢慢剖白出，如满幅哑然的手卷，裹上一叠清霜。
　　　　……
　　　　其实生命，是没有冷暖的飞翔，以年月荏苒为翅膀，在云水之间，随意妖媚千万遍。而人不过从心衍生出来，形象了七情，形象了六欲，当细看自己，也原是一刹系念，可于一夜露白。[③]

　　我们还能说它本质上是诗、形式上是散文吗？这组文本还需要更深入地研读才可看出它的前卫与创新在哪些层次上，但无疑，它的诗化、音乐化与蒙太奇化，它凌虚的飞翔，至少是我以前没有读到的。

　　侧重于小说和戏剧化写作的兼体散文。汪文勤的《凌晨两点马蹄湾》、陈

---

　　① 　冯湘湘：《在水之湄》，石家庄：河北教育出版社1996年版。
　　② 　以上诸篇均见刘慧琴主编的《枫雪篇——"加华作协"会员作品集》和陈浩泉主编的《白雪红枫——加华作家作品选·二集》。
　　③ 　丐心：《心在雪上灵感》，刘慧琴主编：《枫雪篇——"加华作协"会员作品集》，温哥华：加拿大华裔作家协会2006年版，第30页。

华英的《无声的鼓掌》、林楠的《岁月的涟漪》、周肇玲的《现代颜回乐》，① 以及宇秀的《永福里》②、曾晓文的《别了，America》③ 等，都是环境、情节、人物兼备的好小说。有的文本叙事婉曲，一波三折，不但情理兼备，且引人入胜。《岁月的涟漪》甚至塑造了一个有个性的人物老魏，又映现了一个荒诞的时代。《凌晨两点马蹄湾》从有故事到无结局，完全可视为一篇典型的后现代小说。

侧重于报告文学或新新闻小说写作的兼体散文。梁丽芳的《小镇餐馆》④、曹小莉的《老艺术家之死》和诺拉的《老兵》⑤ 等，都在真实的时空里编排悲壮、悲凉和悲哀的历史故事。

侧重于论文化写作的兼体散文。陶永强的《遥远的歌声》⑥、陈浩泉的《最短篇》、亚坚的《我醒来的时候，恐龙依然在那里》和林楠的《改换文化血脉和基因？——与安波舜先生商榷》⑦ 等，将文化的、理论的、批评的、专业的、抽象的思考形象化、艺术化，使理性的东西感性化，完全是一派学者之风，这在中国古典、英法小品和梁启超新文体以来的随笔里都不难见到。

可以毫不夸张地说，加华作家在兼体散文上的创新实验，是近三十年来在世界华文散文的各个国度里最富有新意的群体性创造，少数篇章甚至引领了整个世界华文散文文体创新的艺术潮流，有许多艺术经验值得各地华文散文家们借鉴。

当然，还有一些加华作家的散文止于文从字顺，离艺术性创造有相当一段距离，这在任何国家或地区的文学发展中都是难以避免的。我们期待着加华散文界更多的人有更好更大的收获，像灿烂而华美的枫叶所象征的秋天一样！

---

① 以上诸篇均见刘慧琴主编：《枫雪篇——"加华作协"会员作品集》，温哥华：加拿大华裔作家协会 2006 年版。

② 宇秀：《永福里》，融融、瑞琳主编：《一代飞鸿——北美中国大陆新移民作家短篇小说精选评述》，北京：中国文联出版社 2008 年版，第 682～691 页。

③ 曾晓文：《别了，America》，侠外主编：《事情理——北美华文作家散文精选》，创意联出版社 2006 年版。

④ 梁丽芳：《小镇餐馆》，刘慧琴主编：《枫雪篇——"加华作协"会员作品集》，温哥华：加拿大华裔作家协会 2006 年版，第 150 页。

⑤ 两篇均见陈浩泉主编：《白雪红枫——加华作家作品选·二集》，温哥华：加拿大华裔作家协会 2003 年版。

⑥ 陶永强：《遥远的歌声》，见陈浩泉主编：《白雪红枫——加华作家作品选·二集》，温哥华：加拿大华裔作家协会 2003 年版，第 266～268 页。

⑦ 以上诸篇均见刘慧琴主编：《枫雪篇——"加华作协"会员作品集》，温哥华：加拿大华裔作家协会 2006 年版。

Part ② 第二部分

金山想象与世界文学版图中的汉语族裔写作
——以严歌苓的《扶桑》和张翎的《金山》为例①

孔书玉

一、引　言

　　一部票房大片《唐山大地震》使加拿大华裔作家张翎为中国文学评论家和读者所熟悉。其实，冯小刚的电影与张翎的原小说《余震》几乎是两个时空、两种态度的文本。用张翎自己的话说，"一个是讲疼痛，一个是讲温暖"。一个是典型的现代主义的命题，用心理分析的话语和意象，讲人性可怕的一面，讲童年创伤对一个人生活的影响，所以《余震》是让人不安的。而《唐山大地震》则更多借助于前现代的感伤主义话语，是关于家庭伦理、社会变迁和大团圆的。文学与大众传媒这种不无反讽的改写与被改写的关系，在某种意义上，展现了当代汉语文学生产与消费的语境和意义呈现的困境，或多重时空错位。

　　张翎的另一部更为恢宏的作品《金山》则引发了一场涉及面甚广的争议。该书在大陆印行获奖不久，2010 年 11 月新浪网上就有署名"长江"的文章指控《金山》"使用"多部（加拿大）英文小说"最精彩的构思和情节内容"，是"一种搅拌式抄袭的写作方式"。② 对此各大华文传媒争相炒作，海

---

　　① 本文刊登于《华文文学》2012 年第 5 期。

　　② 2010 年 11 月 16 日，长江在网上发表了首篇文章《张翎〈金山〉等作品剽窃抄袭英文小说铁证如山》。作者指控，"在她的一个作品中多处使用别人著作中最精彩的构思和情节内容，在她多个作品中出现的精彩构思和情节内容都能从别人的著作中找到出处，这正是张翎的写作方式：一种搅拌式抄袭的写作方式"。其后，网上和传统媒体上又有多篇文章出现，代表性的有成兴邦的《灵感与构思：〈金山〉涉嫌剽窃抄袭〈妾的儿女〉的线索》（http：//opinion. nfdaily. cn/content/2010－12/27/content_18772179. htm）和《关于〈金山〉涉嫌剽窃抄袭〈残月楼〉的线索》（http：//opinion. nfdaily. cn/content/2010－12/26/content_18764331. htm）。

内外华人文学圈子也各立阵营，而更多的人则在观望、揣测。吊诡的是，论战中的绝大多数人并没有读过"被抄袭的"英文作品，而"被抄袭者"也因为他们大多数中文水平不够读懂《金山》而无法回应。这个反讽尴尬的境况随着《金山》英译本的出版有了新的进展：三位华裔作家崔维新、李群英和余兆昌 2011 年 10 月在加拿大以侵犯版权起诉企鹅出版社、张翎和英文译者 Nicky Harman。但他们的起诉是否能成立还有待联邦法院裁决。

这里我引用这个尚待查证的文学诉讼并非想讨论海外文学的政治——这包括海外华人写作圈子的种种内讧，中国文人传统的相轻以及人性中的妒忌，甚至近年来因华人英文写作和中国作家的国际市场引发的文化资源、文化资本的争夺，我是想以《金山》写作的合法性为切入点从另一个角度为当代汉语写作提出一个问题，即汉语作家如何介入族裔写作（ethnic writing/literature）。这里，我用族裔写作指代两个意思，一是从写作者的族裔身份和文化位置入手，指相对于主流社会和文化的少数民族（minority）边缘另类写作。该用法最初起源于北美学术研究界近几十年的少数族裔研究（ethnic studies），如亚美作家（Asian American Writers）的写作。而我在这里用来指像严歌苓、张翎这类在海外从事汉语写作的作家。某种意义上，她们的作品相对中国文学主流，或美国/加拿大文学主流是边缘的"族裔"写作。我用族裔写作的另一个意思是从作品内容着眼，指专注于某个少数民族生存、文化、习俗的作品和写作实践，这个意思有的学者用人种志/民族志来表达。近年来，西方学界不乏从这个角度来讨论中国电影，尤其对第五代导演作品的研究。而我在这里借用这个概念是想指出在文学写作中存在的一种类似的审美倾向和文化立场。

在本篇文章中，我将以严歌苓的长篇小说《扶桑》和张翎的近作《金山》为主要案例，讨论在文化全球化语境中海外汉语族裔的写作问题，及其对当代世界文学的意义和影响。在当今世界文学普及和文化全球化的背景下，《扶桑》和《金山》作为小说一出现，它们在文学市场上就有了一种微妙的定位。前者 20 世纪 90 年代中期先在台湾印刷发行并获重要奖项，同时期的大陆版本却影响不大。直至几年后英译本成为当地畅销小说，作者又裹挟海外获得的文化资产"衣锦回乡"，小说再次印行并畅销。而后者在大陆文学市场的推销一是借助《唐山大地震》的"余震"效应，二是借助作者张翎近年的声名鹊起——包括"抄袭案"负面新闻的轰动效应。国内几家出版社借着张翎 2010 年初获得第八届华语文学传媒大奖年度小说家奖的东风大卖其作品，而开始开拓中国文学的世界市场的国外出版商也积极参与。目前，《金山》已被企鹅出版社翻译成英文（*Gold Mountain Blues*）。

与此相应，两部小说在文学史上的定位也注定被放在一个双重的参照系中。也就是说，要正确评估《扶桑》和《金山》的成就，不仅要把它放在百年现代中国文学谱系中，而且要比照 20 世纪 70 年代以来北美乃至世界范围内的族裔文学的创作。而我用"族裔写作"这个在中国文学研究领域尚有些含混模糊的理论框架和概念的意图，正是强调在国际化、全球化的语境下，华裔作家的英文创作、海外汉语写作以及中国当代文学之间的某种接合与联系。

所以，在我进入对两部作品的分析之前，我先对北美族裔文学/写作中的金山想象作一个简单梳理，一方面可以更深入理解族裔写作的定义，另一方面也为文章的主体提供一个有效的参照系。

二、族裔文学/写作和金山想象的缘起

在文学史上，一些虚构的人文地理和小说世界常常因为某些杰作而比现实和历史中的地方更为生动、更为长久也更广为流传。比如波德莱尔的巴黎，乔伊斯的都柏林，福克纳的南方小镇，或者马尔克斯的马孔多。在中国，则有鲁迅的鲁镇，沈从文的湘西，莫言的高密东北乡和王安忆的上海。套用王德威在论述"故乡"在中国文学中的意义时所述，（它们）"不只是一地理上的位置，它更代表了作家（及未必与作家'谊属同乡'的读者）所向往的生活意义源头，以及作品叙事力量的启动媒介"①。

与以上的文学重镇不同，金山（Gold Mountain）是一个仍在被文学作品不断界定的文学草莽之地，而且参与这一文学拓荒工程的作家人数不少。从用英语写作的华裔加美作家汤亭亭（Maxine Hong Kingston）、余兆昌（Paul Yee），到以汉语写作为主的海外华人作家严歌苓，从加拿大的崔维新（Wayson Choy）到美国加州的邝丽莎（Lisa See）、赵健秀（Frank Chin），近四十年来金山被历史叙述和文学想象逐渐填充丰富，成为一个跨文化的文学重镇。

---

① 王德威：《想像中国的方法：历史·小说·叙事》，北京：生活·读书·新知三联书店 1998 年版，第 225 页。

虽然金山在众多书写中意义有所不同，表现形态也各异，但与很多其他文学建构一样，金山源于一段历史经验。19世纪下半叶和20世纪上半叶许多中国人，尤其是南方的广东等地的贫困农民为追求生活富裕的梦想，来到北美淘金。这个淘金既是字面意义上的开采金矿，也是更抽象意义上的物质富裕的美国梦。金山可指当时华人最早抵达也最多聚集的加州和美加西海岸，也泛指任何在大陆故乡之外的吸引一代又一代中国人背井离乡的海外发财之地。反讽的是，金山因此常常暗含一种贬义联想——这也是当年汤亭亭放弃用"金山勇士"作为其小说的英文标题的原因之一。金山的贬义不仅因为它与金钱物质的过分联系，更多的是因为它所暗示的金山客们在梦想的实现过程中所付出的极大的代价——生理上、心理上甚至物质和精神双重的错位（displacement）与疏离（alienation）。这与19世纪以来两个有着悠久传统但又非常不同的文明碰撞产生的对立和误解有关，与北美各族裔的复杂关系和冲突以及长达百年的制度化的种族歧视有关。金山的重重语意含混就在关于金山的想象和叙述中得到展开。下面是对英文族裔文学中有关金山的表述的简单梳理，目的不在于全面，而是试图通过几部坐标性质的作品来看金山想象发展的轨迹和不同侧面。

　　美华文学（American Chinese literature）及历史写作的集中出现应是在20世纪70年代，其政治、社会及文化背景是北美族裔意识的觉醒和人权运动的兴起。① 因此，美华文学及历史写作从产生之日起就有很强的政治性和历史意识。最早的美华文学选集是出现于1974年的《亚裔美国作家选集》（*Aii-ieeeee: An Anthology of Asian American Writers*），该书的编者之一就是后来一直激进地提倡亚美文化的赵健秀。赵健秀1989年获奖（American Book Award）的短篇小说集《中国佬太平洋及夫里斯科有限公司》（*The Chinaman Pacific and Frisco P. R. Co.*）中收录了八篇小说，从书名就可以看到华人移民的早期历史，也就是华人参与建设太平洋铁路的历史。其中有好几篇是从第二代、第三代华人的视角来对父辈和唐人街文化进行审视批判的。他们看到的是封闭、隔绝、疾病和死亡气息，是华裔男性在种族歧视历史背景下的被阉割化（去男性化）。他们没有可以认同的具有男性阳刚之气的父亲榜样可模仿，所

---

① 早前也有几部华裔作家写的以唐人街为背景的英文小说，如 C. Y. Lee 的《花鼓歌》（*Flower Drum Song*, 1957），Louis Chu 的《吃一碗茶》（*Eating a Bowl of Tea*, 1961），或者反歧视的族裔意识不强，或者生产的数量或影响有限，总之没有形成文学上的运动或趋势。

以故事中这些人物急于逃离这种令他们窒息的、静止不动的生活。美国学者黄秀玲（Sau-Ling Cynthia Wong）指出小说中流动性（mobility）的政治，它代表着在美国出生的第二代、第三代华人拥有了祖辈、父辈不曾想象到的奢侈和权利。而祖辈、父辈修成的太平洋铁路也因此带上双重含混的意义和态度。一方面，铁路象征着现代性，尤其是美国梦中对自由的向往和对西部的征服，它也成了第二代、第三代华人认同美国文化表达流动性的一个途径；但另一方面，铁路的既定轨迹也限制着这种流动性，或者可以理解成既定的社会界限和文化偏见仍然影响着华裔美国人的象征。①

美华文学在 20 世纪八九十年代出现了几部相当有影响力的作品，对亚裔文学成为今天世界文学中的重要组成部分和文化研究的显学起了重要的作用。主要人物及代表作有汤亭亭的《女战士》（*The Woman Warrior*，1976）、《金山勇士》（*China Men*，1980）和《孙行者》（*Tripmaster Monkey*：*His Fake Book*，1989），谭恩美的《喜福会》（*The Joy Luck Club*，1989）、《灶君娘娘》（*The Kitchen Wife's God*，1991）和《百种神秘感觉》（*The Hundred Secret Senses*，1995）等。事实上，除了文学，描写华裔美国人经验的另一个重要文类是以回忆录和传记形式出现的历史类叙事，比如邝丽莎的《金山》（*On Gold Mountain*：*The One Hundred Year Odyssey of My Chinese-American Family*，1995）就是以其祖辈、父辈在洛杉矶唐人街的家族生意为主线的一部美国华人史。

同期和稍后，在加拿大也出现了相似的文学创作实践。1991 年，由李孟平（Bennett Lee）和朱霭信（Jim Wong-Chu）合编的《多嘴鸟》（*Many - Mouthed Birds*），是第一部加华英文文学选集。随后，较有影响的有李群英（SKY Lee）的《残月楼》（*Disappearing Moon Café*，1990）、崔维新的《玉牡丹》（*Jade Peony*，1995）和郑霭玲（Denis Chong）的《妾的儿女》（*The Concubine's Children*，1994）。其中，郑霭玲以家族谱系形式出现的《妾的儿女》最为畅销，这种家族史的历史意识和叙事形式也成了美华文学的一个重要特点。

今天看来，过去二三十年的英文美华文学在以下几个方面开拓了世界文学的视野和形式：

首先，它对一段全球范围的现代性历史经验进行了挖掘与表述，尤其是

---

① Sau-Ling Cynthia Wong. *Politics of Mobility in Reading Asian American Literature*：*From Necessity to Extravagance*. Princeton，NJ：Princeton University Press，1993，pp. 146 – 153.

对现代社会文明发生遭遇碰撞时出现的文化差异以及种族歧视问题进行了人性意义上的挖掘。因为其中的历史经验如此真切和个人化，也就导致很强烈的主观叙述特质。在这一方面，无论是纯虚构的小说还是以"写实"为本的历史叙述都表现得十分清楚。我们看到，很多关于早期移民的历史书写都是以家族史的面目出现的，而且集中在家庭成员的私人生活和密切关系（intimacy）方面。而在文学方面，汤亭亭的小说更是以强烈的主观叙事和情感色彩独树一帜，在回忆与虚构、现实与神话之间叙述。而这种文类混杂的特质一方面表现了强烈的政治意识和历史材料在想象中的重要位置，比如很多作品中的家族照片、书信、身份证件都是"历史的痕迹与证据"。甚至在《女战士》一书中，有一整章完全是美国政府自1868—1978年歧视华裔移民的法律条文的实录。另一方面也使叙事者可以以后辈身份挖掘并反思家族的历史对自己这一代人生活观念、身份意识的影响，同时以个体化的人性刻画打破西方文化中对亚裔的原型以及异国情调化的歪曲。其意旨在于打破"客观历史"的幻影，指出族裔书写的人为性和建构性。

其次，这种历史经验的个人表述呈现在文学实绩上，除了大量"家族文学"的出现外，还在表现性别经验上有所突破。这一突破包括两个方面，一是比较明显地出现了大量的书写移民女性经验的作品。这一点可能与很大部分的作者都是女性，而且是20世纪六七十年代受女权主义思潮影响成长起来的女性有关。她们的写作常常发掘母女的关系，女性在父权文化中的共同命运，以及华裔女性在艰难的环境中体现出来的创造力和生存勇气。她们的作品打破了好莱坞或者一些英文流行小说中对东方女性"中国娃娃"或"日本艺妓"式的模式，凸显了亚裔女性人性的力量。二是描述在种族歧视的社会环境中，华裔男性中的那种"被阉割化"或说"去男性化"。汤亭亭的小说《金山勇士》中沉默的父亲、祖父和叔伯们虽然通过修铁路、开垦种植园以及从事无数普通的服务性工作成为美国社会的建设者，但在这个过程中他们的贡献并没有得到合理的补偿和承认，反而因为语言文化的障碍，他们的声音逐渐暗哑，他们在金山的遭遇就像前现代的中国女性一样，被放逐到边缘和被压迫的地位。而且华裔男性所受的身心影响，甚至在下一代身上也留下阴影。这种性别认识，就从人性被损伤、摧残和扭曲的角度上，有力地控诉了制度化的种族歧视。

再次，虽然美华文学建立在一种很具体的历史经验和很强烈的政治意识上，但其中最优秀的作品，如汤亭亭的小说都会突破其特殊性，在更高的道德和艺术层次上体现文学的魅力和力量，并在两种文化和想象之上建立一个第三类空间（the third space）。无论在字面还是象征的意义上，它们都可以被视为一种文化的"转译者"，有研究者已经指出"翻译是族裔转码（transcode）的比喻"①。真正的族裔文学并不是两种文化语言叠加起来的总和，而是产生了一种超越二元对立的新质。族裔文学中的故事讲述（storytelling）是一个重要的阐释和创造的过程，也是一个在不同的有对立关系的文化和意识形态之间商讨谈判（a process of negotiation and renegotiation）的过程。在这一过程中，"象征或类比"（metaphors or analogies）是一种重要的写作策略。汤亭亭的小说与一般的书写家族史的叙述之所以不同就在于她借助神话（myth/fantasy）的力量使其小说超越了不是华裔就是美国的二元界定，成为真正意义上的世界文学。② 的确，神话正是她小说叙事的一个重要策略。在《女战士》、《金山勇士》和《孙行者》等小说中，汤亭亭大量运用中国文化中的神话、传说，民间故事中的人物、风俗、意象和象征符号，比如花木兰的故事、唐敖和女人国、民间的抓周、女性的裹脚习俗，因为这些文化碎片在她的人物生活体验和身份构建中起着重要作用。但这种作用不是一般狭隘意义上的怀乡情结和中国元素，而是作为现实生活和个人经验的对比与隐喻。这些意象符号所积淀的历史与文化在给小说以厚度和丰富性的同时，又因其对人类普遍经验的观照和概括，而获得叙事上的"象征与类比"的作用，成为一种主题呈现的有效手段。如有学者提到，《金山勇士》中开篇的唐敖在女人国的经历是取自晚清小说《镜花缘》的一段，但汤亭亭在此用它喻示华裔男性在金山"被女性化"的痛苦经历，同时也反过来以这种经历批判中国封建父权制对女性的摧残，以及种族歧视对人性的严重损害。③ 神话的力量就在于它从现实具体的历史经验中生成，但又远远超越某一特定的情境，具有人类普遍的价值情感和真理性。

金山作为一个主观化的政治寓言和具体的历史经验的想象之物进入世界文学，并被后来人一再想象书写，也由于这些作品，金山并不是一般广泛意

① Martha J. Cutter. *Lost and Found in Translation: Contemporary Ethnic American Writing and the Politics of Language Diversity.* Chapel Hill: University of North Carolina Press, 2005, p. 4.

② E. D. Huntley. *Maxine Hong Kingston: A Critical Companion.* New York: Greenwood Press, 2001, pp. 126 – 127.

③ E. D. Huntley. *Maxine Hong Kingston: A Critical Companion.* New York: Greenwood Press, 2001, pp. 121 – 123.

义上的移民所去的新大陆，它有特定的历史所指和情感内容。因此，关于金山的想象就涉及了一个种族志书写的重要命题，即这个关于特定人种的历史由谁书写、写给谁看、谁是其中被观看的客体。这个问题我们在以上华裔第二、三代以英文写作的作家中已有初步认识，下面我们转向移居海外的用汉语写作的新移民作家。

三、跨界书写的东方主义奇观：严歌苓的《扶桑》

与以上所述的美华族裔文学遥相对应的是大陆 20 世纪八九十年代风起云涌的家族史、民族史写作和影像生产。尤以寻根文学和第五代导演及民俗电影为代表。莫言的《红高粱家族》、刘恒的《伏羲伏羲》、陈忠实的《白鹿原》突破了几十年来文学狭隘反映现实的状况，开创了把文学电影艺术之根探向民族、人种、文化和生存环境的新方向。这些作品本身很多也成了张艺谋和田壮壮等导演的灵感与素材，产生了一大批从《黄土地》到《菊豆》，从《盗马贼》到《炮打双灯》这样在国际影展上屡屡获奖的民俗电影。

二十年后回头再看，我们无疑可以看到这种常常以家族史出现的周蕾所谓的"自我种族志"（auto-ethnography）① 小说和电影，它们的产生既来自于文学艺术发展的内部要求，也和其生产消费的外部环境有着密切关系。这种把写作对象放置到一个时代久远、边缘荒僻甚至是模糊的时空，去探讨人性、民族性和生存的基本困境，本身就是对几十年来社会主义文学文化体制下写作和电影创作准则的一个反叛。而这种寻根的意义不只是小说电影中对民族之根的寻找，也是对文学电影之根的反思。这种"自我种族志"式的写作虽然在文学中发轫，但 20 世纪 80 年代文学艺术的普遍思潮和密切联系使其形态和影响在电影中得到最完美的表述和完成。《黄土地》的凌空出世使这种思潮和表现形式迅速得到港台及国外艺术界与评论界的关注，更重要的是得到文化企业的资本和人力资源的注入。接着就是张艺谋、陈凯歌、田壮壮以及何平等一系列民俗电影向世界推出一个以传统的、民俗的中国为核心影像的东方主义景观。

美国学者周蕾和她的著作《原始激情：视觉性、性欲、种族学和当代中

---

① Rey Chow. *Primitive Passion*: *Visuality*, *Sexuality*, *Ethnography*, *and Contemporary Chinese Cinema*. New York: Columbia University Press, 1995, pp. 80 – 81.

国电影》对中国研究所作出的一个重要的贡献就是从以往研究关注中国电影所表现的文化内部的民族社会问题这个思路跳出来，把中国电影制作、观赏和跨文化的人类学和种族学联系起来。① 她认为，中国当代小说和电影的这种种族志倾向和 20 世纪 80 年代末 90 年代初中国电影走向国际的现象之间是互为语境、互为依存的。准确地说，是中国作为一个东方的景观别具一格地呈现在各种国际影展、西方艺术影院，并赢得国外一小部分艺术电影影迷（学生、艺术家、文艺爱好者）的青睐。周蕾进一步指出这一文化现象的实质，"像种族学者一样，电影节观众希望获得对一个异己文化的深入知识和真实性，这是一种幻象，因为提供信息的本土人恰好也迫切地想提供能满足西方预期的证据"，他们渴望拿出的产品是被外国人的"视觉盛宴"而"计划、包装、推销的"。黄土地、大红灯笼、喜庆、哭丧等民俗仪式，构成民俗电影"自我东方主义"的景观。在西方影评人和观众的注视下，这些曾经的日常生活的习俗细节被奇观化、种族志化，"在多个方面，这些电影可以说构成一种新的种族志……张艺谋电影中的民俗很多是想象出来的……事物、人物和叙述并不在于自身，他们具有代表种族性的集体的幻觉的语意……这些种族细节（ethnic details）（完成了）张艺谋的中国神话建构"②。但是有意思的是，周蕾在大胆采用心理分析、女性主义、后殖民主义等理论和策略来描述这种文化现象后，指出"自我东方主义"（oriental's orientalism）也具有一种"挑战"的力量，具有一种"以毒攻毒"的抵制权力结构的批评可能。③

出版于 20 世纪 90 年代中叶的《扶桑》的写作背景与以上对中国文学和

---

① Rey Chow. *Primitive Passion*：*Visuality*，*Sexuality*，*Ethnography*，*and Contemporary Chinese Cinema*. New York：Columbia University Press，1995，pp. 80 – 81. 虽然尼克·布朗等学者批评周学术上的不严谨，认为"自我种族志"这个概念阻碍了人们对第五代电影的本来面貌进行清晰的批评性的理解，混淆了人类学研究中的"人种志电影"和中国 20 世纪八九十年代这些"显而易见的虚构性的故事片"。参见尼克·布朗著，陈犀禾、刘宇清译：《论西方的中国电影批评》，《当代电影》2005 年第 5 期。但周对这些"民俗电影"某些特性一针见血的洞察和描述还是有一定道理的，而且为许多研究者比如张英进等所接受和引用。如张就在其《中国民族电影》（*Chinese National Cinema*）中指出："在多数情况下，在中国人种志电影中，对乡土中国及其受苦受难的女性的描述从无意识层面触及西方文化记忆的基础，并且在西方观众中产生一种神秘的、不可思议的情感……绝大多数的中国人种志电影再次证实了中国的强势图像，以及'中国'在西方被接受的意义。"鲁小鹏也论述了中国新电影"为了迎合国际想象（共同体），将影片的视觉效果异国情调化、色情化和政治化"。

② Rey Chow. *Primitive Passion*：*Visuality*，*Sexuality*，*Ethnography*，*and Contemporary Chinese Cinema*. New York：Columbia University Press，1995，pp. 143 – 145.

③ Rey Chow. *Primitive Passion*：*Visuality*，*Sexuality*，*Ethnography*，*and Contemporary Chinese Cinema*. New York：Columbia University Press，1995，pp. 166 – 72.

电影的描述有异曲同工之处。1986 年写作出名后又出国的严歌苓是受电影影响最大，也是最早涉足电影的中国作家之一。同时，她也是很少的几位接受过国外专业写作训练的中国作家之一——她 20 世纪 90 年代初在芝加哥哥伦比亚艺术学院攻读过小说创作硕士学位。我称她的写作为跨界写作有两个含义，也与其作品生产语境相对应：一是指其创作中的电影艺术的影响及其作品与电影工业的关系。众所周知，严歌苓在国内的写作就从电影剧本创作开始——1980 年就发表了电影文学剧本《心弦》，而且她与电影的渊源一直未断，并延伸到好莱坞。① 在好莱坞，她与电影的联系也从未中断，不仅是她的作品被李安、陈冲改编成电影（《少女小渔》和《天浴》），严歌苓自己也身兼好莱坞编剧协会会员和奥斯卡最佳编剧奖评委。她这些年更是多次为国内外的著名导演写剧本、改编剧本。从《梅兰芳》到《铁犁花》再到《金陵十三钗》，影视作品甚丰。二是指她的中文写作有在中国台湾出版的背景。严歌苓出国后有相当一段时间其作品发表并赢得荣誉的基地是台湾报纸的文学副刊（包括台湾报纸的海外版），以及它们举办的各种文学奖项。严歌苓有意识地为这些报刊写作，而且很多作品在台湾结集出版，或在台湾屡次获奖。② 例如《扶桑》就是先在 1995 年获第十七届台湾联合报文学奖长篇小说首奖，于 1998 年才在大陆首印。除了台湾这个文学生产背景对她写作的潜在影响之外，严歌苓也是近几十年在海外获得名声的女性作家之一。她们的一个特点就是凭借天时地利赢得一定的海外市场，积累下包括英译本在内的文化资本。这些年来，随着中国的崛起，国际世界对中国的关注和兴趣越来越大，这些作家也有意识培植、发展这种跨界写作。《扶桑》的英译本 Lost Daughter of Happiness 于 2002 年出版，并获评 2002 年美国《洛杉矶时报》年度十大畅销书。而严歌苓更在 2006 年用英语写作并发表了第一部英文小说 The Banquet Bug（《赴宴者》）。

以上为严歌苓写作《扶桑》的语境，理解这一背景对理解该小说的叙事十分重要。事实上，从小说一出版，评论家和读者就都感觉到这部小说的"与众不同"，不管是从赞誉还是批评的角度。我认为该小说最大的特点，也

---

① 雅非：《在海外写作：作家严歌苓访谈录》，http：//www.douban.com/group/topic/3157380/。
② 严歌苓自己承认"前期写《扶桑》是为了拿一些奖项，为了给学院派的评审人看"。Lisa，"记 5 月 14 日，单向街，严歌苓与金陵十三钗讲座沙龙"，http：//www.douban.com/group/topic/19906780/。

可以说是作家有意为之的叙事策略就是东方主义奇观化。下面我主要从以下三方面剖析这一特征，并相应地对《扶桑》在族裔写作中的得失给予评估。一是题材的选择，二是叙事的特点，三是叙述的视点。

虽然《扶桑》的语言和叙事很独特，它的题材，即19世纪70年代旧金山的唐人街和当红名妓，对20世纪90年代的中国文学而言也不可谓不新鲜，但如果了解我上一部分介绍的英文族裔文学的金山书写背景，尤其其中对女性命运的关注是如何对抗长期以来好莱坞电影和流行文化中的东方主义的，就会客观一点评价它的原创性。事实上，细读小说之后我得到了很遗憾的结论：拨开作者设置的重重现代叙事的烟幕，这是一部用汉语写就的"自我东方主义"的作品。

首先从细节构思和小说语言看。对于周蕾指出的张艺谋的电影世界里充满了各种各样丰富的"东方主义"细节，比如建筑、服饰、表情达意的方式等，《扶桑》一书东方主义的实现也借助于对这些细节的奇观化乃至神化。这种东方主义奇观化首先表现在对唐人街，尤其是其妓院的描绘上。小说的一开篇就是扶桑的洗盆和她所在的笼格，她的"吃进十斤丝线"大袄和"残颓而俏丽"的小脚。随后又通过克里斯的偷窥和跟踪，我们看到了拍卖幼女、妓女带经接客、上街被围观，以及种族骚乱中被群奸的种种"奇观"。除了对唐人街妓院的浓墨重彩的描写外，令人印象深刻的还有海港之嘴广场中国地痞为争夺扶桑而引起的角斗，以及大勇最后受刑时与扶桑举行的"刑场上的婚礼"。从语言上看，严歌苓对这一切场面和细节的描绘也多采用电影语言，制造出典型的好莱坞奇观场景。看扶桑的出场：

这个款款从喃呢的竹床上站起，穿猩红大缎的就是你了……再稍抬高一点下颌，把你的嘴唇带到这点有限的光线里…… 这样就给我看清了你的整个脸蛋。没关系，你的嫌短嫌宽的脸型只会给人看成东方情调。你的每一个缺陷在你那时代的猎奇者眼里都是一个特色。①

尼克·布朗在解释张艺谋的电影时指出："张艺谋正在出卖老祖宗之前精心保护的文化财富，即中国文化中的妇女；这种出卖是通过向外国人展览由

---

① 该部分出现的页数除有注明外，都是指严歌苓：《扶桑》，北京：中国华侨出版社1996年版，第1～2页。

巩俐扮演的越界的妇女形象而实现的。"① 张艺谋"明目张胆地表现被性欲所裹挟的女性形象，女性的欲望将传统的克制的美德抛到一边。换句话说，这种对女性的展示，构成了富有的外国人对本土的女性形象进行窥淫的快乐。也就是说，张艺谋的这种展示是不圣洁的，他为了世界窥淫的眼睛，将中国的女性妓女化了"。虽然创作者可以辩白说这种"有意识的展示"本身就是对抗"窥淫的眼睛"——这里表现为严歌苓的元叙事的手法，但叙述者立场上的两面性使我们不得不质疑其叙事道德（morality of narrating）。

你想我为什么单单挑出你来写。你并不知道你被洋人史学家们记载下来，记载入一百六十部无人问津的圣弗朗西斯科华人的史书中。

问题的关键是，叙事者/潜在作者对这洋人写的史书持何种态度？她是否能用后现代主义的解构策略来颠覆这些叙述？答案是令人失望的。

准确地说，由于历史经验和由这些历史经验生出的政治意识的匮缺，严歌苓对她的主人公的生活经历、命运走向和情感发展脉络的把握是建立在"洋人史学家们"的"一百六十部无人问津的圣弗朗西斯科华人的史书"之上——这种叙述视点在开篇介绍扶桑的小脚时，叙事者以扶桑类比著名的"企街一百二十九号"，以展览小脚而被载入旧金山华人史册的女人就已经设定。

同时，叙事者用克里斯对扶桑的畸恋来解释故事动机。

我告诉你，正是这个少年对于你的这份天堂般的情分使我决定写你扶桑的故事。这情分在我的时代早已不存在。

在一百六十本圣弗朗西斯科的史志里，我拼命追寻克里斯和你这场情分的线索……除非有我这样能捕风捉影的人，能曲曲折折地追索出一个克里斯。

小说结尾，作者/叙事者再次自述：

① 尼克·布朗著，陈犀禾、刘宇清译：《论西方的中国电影批评》，《当代电影》2005 年第 5 期。

我告诉我的白人丈夫，我正在写有关你的事。他说太好了，这起码是我俩共同拥有的东西！这是我们俩共有的一段历史。这一百六十本书就是他到旧金山各个图书馆挖出来的。

洋人史书留下的空白，就由"我"对"普遍人性"的想象来填充，而这里的"我"只是一个洋人想象的空洞的"代言人"，因为她不拥有与洋人对话所必须拥有的自己的经验与语言。

94

有时，虽然你就这样近的在我面前，我却疑惑你其实不是我了解的你；你那时代的服饰、发型、首饰只是个假象，实质的你是很早很早以前的……不，比那还古老。实质的你属于人类的文明发育之前，概念形成之前的天真和自由的时代……因为每个男人在脱下所有衣服时，随你返归到了无概念的混沌和天真中去了。

这段引文可以概括作者对女主人公的刻画方式及赋予她一种不可解释的神秘色彩，用美国《出版家周刊》（*Publisher's Weekly*）书评的话，就是人物缺少现实基础而失去可信性。① 而严歌苓把她的人物从神女变成女神的过程正是通过种种叙事手段，包括书中另一个主要人物克里斯的终生迷恋和叙事者"我"的凝视来完成的。

后殖民研究中一个重要的议题就是凝视/观看的权力关系以及由此揭示的权力的非对称性概念。用此理论框架看《扶桑》一书中的人物关系、叙述视点与叙事结构，我们又面临一个吊诡的困境：一方面，严歌苓采用了一个十足的东方主义的观看情境，书中扶桑的种种魅力展现都是通过克里斯——一个十二岁的白人小嫖客的眼睛看到的。于是我们看到的是一个被恋爱中的人神化了的东方女神的形象。即使是在他偷窥这个妓女与其他无数男人的交易时，也看到了"那和谐是美丽的"，"那最低下的，最不受精神干涉的欢乐"（第57页）。甚至她被迫在经期工作这一残酷的现实也被歌咏，"你让他明白你如此享受了受难，你再次升起，完整丰硕"（第59页）。于是，这个男童"梦想中的自己比他本身高大得多"，"那昏暗牢笼中囚着一位奇异的东方女子

---

① http：//www.bookbrowse.com/reviews/index.cfm? book_number=760.

在等待他搭救"（第 10～11 页）。

另一方面，以严歌苓的聪慧，她并不是对西方文化中的东方主义建构毫无意识，她甚至有意识地在文本叙事中对这种凝视/观看的权力关系和与此相关的"阐释结"进行一种"元叙事"或者说"解构"式的呈现。

这时你看着二十世纪末的我，我这个写书匠。你想知道是不是同一缘由使我也来到这个叫金山的异国码头。……你知道我也在拍卖你。

作者在结尾处甚至仿效后现代文本为扶桑的暮年结局给出了多种"历史"版本，可是这种对叙事技巧的倚重恰恰暴露了其叙事道德的含混和历史经验的苍白。最后我们看到的竟然是好莱坞加中国文艺小说的结局，扶桑和克里斯各自为自己找到一段婚姻作掩护，好继续他们那段咫尺天涯心有灵犀的爱情。

她和即将被处死的大勇结婚便是把自己永远地保护起来了……以免她再被爱情侵扰伤害（第 252 页）。

他五十年的美满婚姻和家庭也证实了扶桑的高明：婚姻的确把他保护起来了，一生没再受爱情的侵扰（第 253 页）。

这种超越历史种族文化的"普世"爱情，更多的是作者一厢情愿的想象，缺乏现实的基础，尤其是 19 世纪末 20 世纪早期的历史现实。这种爱情神话在百老汇热卖的《西贡小姐》及其大大小小的好莱坞变种中早就被一再咏唱过、模仿过。从更广阔的文化传承上讲，它其实是在"重复与歌剧《蝴蝶夫人》从上个世纪早期就开始表现的主题相同的东方/西方二元对立的想象图景"①。这样看来，叙事者所声称的"所以我和我丈夫所拥有的历史绝不可能是共同的"（第 254 页）只是一句无力的空言。

所以，遗憾的结论是，严歌苓小说中的这种凝视/观看情境的设置只限于一种叙事姿态，是被抽空了内部颠覆力量的"后现代"的姿态，她并没有借此制造一个更好的"反讽"的批评距离。严歌苓没有足够的历史经验和政治

① 尼克·布朗著，陈犀禾、刘宇清译：《论西方的中国电影批评》，《当代电影》2005 年第 5 期。

立场对这种东方主义和种族"奇观"进行颠覆，像汤亭亭通过小说达到的那样，而相反的却似乎深深自恋于这种东方主义的异国情调的再次言说，结果就是与克里斯殊途同归的视点，即本书的另一个重要叙事视点"我"——事实上，她一而再再而三地让读者联想到她与作者严歌苓的经历与观点的相似——在很多方面认同并加强着与克里斯同样的东方主义视角，只是对"我"而言，这是一种"自我东方主义"。这也难怪在小说的结尾，"我"这样一个嫁给美国人的第五代移民作家的视点与七十五岁的汉学家克里斯"认识到的"合二为一了：

> 他想到扶桑就那样剪开了他和她，也剪开一切感情爱恋的牵累。或许扶桑从爱情中受的痛苦比肉体上的任何痛苦都深。他也有一片无限的自由，那片自由中他和扶桑无时无刻地进行他们那天堂的幽会。（第 252～253 页）

也许正是因为过分相信"跨国爱情"的力量并把它尊奉为叙事的全部与动力，《扶桑》无法对金山经验所蕴含的种种苦难、希望、歧视与抗争给予令人信服的有深度的表达，而这个本来很有挖掘潜力的族裔题材，却因为迎合潜在的大众读者（和学术评委），成了严歌苓勤奋多产的创作中一部令人遗憾的讨巧的作品。

四、金山想象中的文化转译：张翎的《金山》

作为中国历史现代化、全球化过程的一个重要部分，中国人大规模留学移居海外从 19 世纪中叶开始，经历了数个高潮。而这个历史体验也为中国现代作家所记录，成为现代文学的一个重要主题。从郁达夫的《沉沦》、老舍的《二马》到白先勇的《纽约客》、聂华苓的《桑青与桃红》，从台湾地区的於梨华、陈若曦、张系国，到大陆的《北京人在纽约》、《他乡明月》、《我的财富在澳洲》，现代文学的主流对留学移民的经验表述在表现现代人的离散漂泊意识的同时，也带有深重的海外淘金梦幻和民族主义情结，也就是陈若曦所说的海外作家的乡土性。虽然拥有看世界的自由，但仍局限于"写中国、中国人、中国事"①。这种"中国情结"（obsessed with China）与整个现代文学产生的环境和担负的社会责任有关。在这个意义上，海外以中国人为主体的中国文学的主流基本上是"乡土意识"，对现代性的表现狭隘且甚少突破。多数中国作家的"离愁别绪"还是狭隘的寻根情结、乡土情结，"海外奋斗"也是琐屑的实际的"打工文学"和"成功故事"。②只有少数作家，如聂华苓、马森、查建英、刘再复等，在一定程度上具备国际视野和世界情怀，把中国人的流动放到现代人类生存的普遍处境下加以表现，并对根和乡土作出不同的解释。

中国现当代文学对金山/新大陆的想象和书写与上述海外华文文学总的走向有关。从整个文学史看，虽然当代海外中文写作一直热闹纷繁，对新大陆和海外华人生活也有一定的表现，但常常拘于表层的个人体验，带有很大的即时性，缺少积淀和反思，而且创作比较分散，这与海外作家常因生存压力和读者匮缺而放弃写作有关，以至于无论个人还是创作群体常常缺少连续性，在文学史上分量并不是很重。比如至今缺少一部真正以金山为背景的中国海外移民的史诗性作品。这与前面简述的英文美华文学中对金山的构建不仅存在很大的距离，而且在身份认同、文化经验及表达的丰富性与想象力上也很少能与其对话。

正是在这一背景下，我们才能理解为什么关于《金山》的争议实际上暴露了一个更本质的问题，即中国文学与美华文学在表现移民和文化冲突主题上的隔阂现象，我们也才能对张翎的《金山》所作的贡献有一个客观的评估。

《金山》是张翎迄今为止最为宏大的写作计划，全文共八章，四十多万字。因为这是一部关于百年华人移民的史诗性作品，不同于张翎先前的多数作品，该书是建立在对史实和某些华人移民的共同经验的知性了解和积累之上的。据张翎自述，这部书酝酿二十余载，并经过多方面的实地考察和资料搜集。从书中附录的研究参考资料看，作者的确是花了一番功夫的。对于该书的这一特点，尤其是涉及一些华工历史的公共史料和共同经验的参考引用方面，我认为并非坏事，更无可指责，除非指控者能找到落实到具体段落篇

① See Hsing-Shen C. Gao. *Nativism Overseas*：*Contemporary Chinese Women Writers*. New York：State University of New York Press, 1993.

② 对海外中国文学的发展综述，见 Shuyu Kong 的 *Diaspora Literature* 一文，收录于 Joshua S. Mostow. *The Columbia Companion to Modern East Asian Literature*. New York：Columbia University Press, 2003, pp. 546 – 553.

章上的抄袭实据。张翎的研究和考察帮助她突破个人经验，反映了海外中文作家超越"一己所限"、"现实所限"而作出的努力，并借助想象的力量在更广阔、更丰富的历史文化视野下表现移民生活。

然而史实的占有和堆积并不等同于一部好的文学作品，所以正确评价这一作品的成就，乃至这部作品是否存在抄袭，问题的关键不是某些历史、某类人物是否有人已写过，而是张翎的《金山》整体上是否对某些熟识共睹的历史素材给予艺术上的重新创造，并建立起她自己的小说世界。具体到这本书，就是张翎的小说对已经存在的金山想象，包括中英文写作，起到怎样的建设性甚至是超越的作用。用这个标准来衡量，我认为《金山》对中国文学是有贡献的。《金山》这部小说借助两种文化、两个文学传统，高屋建瓴地构建了一个完整的金山想象，在填补了中国现代文学的一个空白的同时，也超越了中西方流行文化（包括畅销小说）中的原型想象。更重要的是，它开拓了汉语族裔写作的多处前沿，并勾连起英文和中文的族裔写作实践。

《金山》对族裔写作的第一个突破就是把金山经验放到百年中国人现代化过程的中心，通过方家五代漂泊海外和留居中国的两种经验的交叉书写，建构起金山这一既具体又抽象的现代中国的人文地理标志。

在方家五代的百年历史中，金山既是帮助他们摆脱贫困动乱的梦想之地，也是使他们失去根祇被主流隔离的无底深渊；既是剥夺他们尊严与身份的异乡，也是他们建立新生活和认同的此岸；既是引向财富幸福的通道，也是阻隔家人团聚的重岭。张翎对金山的观照，因为广采博取——她一方面在广东开平实地考察体验，另一方面在加拿大收集大量史料，而获得了一种双重的文化视点和丰富的情感内容。书中的金山经验既包括方家男人阿法、锦山、锦河在温哥华的做工，也包括方家的留守妇女麦氏、六指、锦绣在开平碉楼的盼望；既有阿法、六指的坚持、隐忍和希望，也有锦山、延龄的迷惑、失落和反叛；既是猫眼一辈子活在两个社会边缘没有名分、任人践踏的苦难身世，也是锦河曲曲折折穿越两种文化的千山万水，最后成为华裔加拿大英雄的心路历程。在某种意义上，张翎借《金山》打通了两个文学世界，把此岸与彼岸的关系与体验融合成一个家族抑或种族的故事。

张翎对两个世界的发掘都有与她之前的写作不同的可圈可点之处。在用中文写《金山》，写20世纪上半叶唐人街生活的方方面面时，张翎把史实和个体感受结合得很好，比如阿法在温哥华开洗衣店以及破产，其中与清政府、辛亥革命以及当地反华暴乱的隐约联系，若有若无，没有中国作家写家与国关系时用力过猛的问题。再比如写锦河在白人家庭做男佣所受的文化冲击和性的诱惑，写在加拿大成长的第二代移民延龄的成长经验，尤其与父母之间的冲突都在以往的英文美华文学作品中常常出现，但张翎的小说因其史诗性又给出这些具体经验的历史向度，即与中国人现代化历程的总体联系。比较英文美华文学，她又能把"金山客"的中国部分写得具体而生动。比如写"金山客"的衣锦还乡，尤其是他们设计、建筑开平碉楼的情节，充分挖掘了现实主义小说中客体的精神及象征意义，开平碉楼象征着"金山客"们试图保护和供养家人的心情，以及他们的家属长期忍受的等待和恐惧。这个用来防土匪强盗的碉楼先被流荡的日兵，后被造反的农民侵入抢劫的情节又把现代中国人所承受的创伤与灾难形象地刻画出来，迄今还没有其他英文作品能出其右。

这两个世界又是由一封封语气措辞都很恰当的方家家书串联起来的，这些家书成为小说描绘中国移民经验的标志文献。它们一方面作为连接叙事空隙也是历史时间间隔的手段，另一方面，又赋予人物即那些在历史书中面目模糊的早期移民和他们的女人以情感和个性化的特点。虽然这一形式不能说很有原创性——很多美华女作家都采用过这一形式，但张翎运用得很适当，赋予了这部立意甚高的种族小说以主观个体的声音。

《金山》对族裔写作的第二个突破就是把家族历史与种族历史有机融合，从一个新角度写出一部20世纪的中国现代化史诗。

20世纪末，中国文学涌现出一大批以写20世纪中国的民族史为目标的作品，包括前面所论及的寻根文学和民俗电影作品，学者们甚至将其归为一个流派：新历史小说。其特点就是用家族史写民族史，用魔幻现实主义代替社会写实主义。新历史小说主要以乡土中国为主体，如莫言的《红高粱家族》、《丰乳肥臀》以及《生死疲劳》，陈忠实的《白鹿原》，刘恒的《苍河白日梦》，余华的《活着》、《兄弟》等。在很多层面上，《金山》也与这种文学思潮异曲同工，其中的民族意识和历史线索是非常明显的，而用个人家族写时代民族的用意也是昭然若揭的。细心的读者可以看到，书中小至细节设计，如每一章节开头的年代、地点的交代，引用的历史资料如报纸新闻，出现的公众人物如李鸿章、梁启超、孙中山等，大到整体上的书中人物事件与历史事件的重合并行。主人公阿法在加拿大的经历就是早期所有移民劳工经验的缩影和集合：从修建太平洋铁路开始，到无偿被遣失业流落到温哥华岛，再到温哥华唐人街开洗衣店，到新西敏接手农庄，最后老年沦落到以不景气的烧腊店维生。其间种种个人恩怨、生意起落都与当时加拿大的种族关系、歧视政策息息相关，也有中国社会变迁作遥远的历史背景。同样，19 世纪 70 年代到 21 世纪的中国社会变迁也在广东开平和安乡自勉村（阿法的老家）得到具体的体现，更直接介入那些乡土人生。在这方面，张翎无疑深受中国现当代文学的影响。"作家不仅担负着个人灵感的期许，作家也对自身族裔文化历史有不可推卸的责任。"①

同时，对西方文化和英美文学（包括美华族裔文学）的熟习，又使张翎的作品立足在个人家庭上，并以文学的构思和形象来传达历史感。张翎的《金山》虽然有种族史的意义，但从作品的品质和构造看，它是一部构思缜密、形象生动的文学创作。在这方面，我觉得《妾的儿女》——被指为《金山》抄袭的原本之一——与《金山》并不太具有可比性。前者是以回忆录出现的历史类作品，不仅作者恪守真实，用纪实手法写自己的家族历史，而且常常直接用全知的、权威的叙事插入很多历史的交代。而《金山》则很少直接交代历史，它专注于人物故事的营造，并通过这种文学世界的建立达到一种与历史叙述不同的人文经验的表述。书中的大量人物并不是简化的历史或意识形态的载体。相反，张翎充分利用长篇小说的优势，把人物性格发展和命运变迁放在大时代的框架中，又给予有条不紊的有心理深度的详细刻画，创造了很多栩栩如生的人物。如顽固的麦氏，叛逆的延龄，隐忍大气的六指，由懦至勇的锦河，被金山击败的阿法、锦山，甚至次要人物猫眼、墨斗、阿元、区氏都各有特征。他们的身心交瘁的劳累与孤独，以及他们为之坚持的梦想的最后破灭几乎都触手可及。

这里我想特别强调的是，与中外多数写"金山客"的作品不同，张翎选取了"一个戴眼镜的年轻人"作她主人公阿法的原型灵感，"除了坚忍、刚烈、忠义这些预定的人物特质之外，我决定剥除他的无知，赋予他知识，或者说，赋予他对知识的向往。一个在乱世中背井离乡的男人，当他用知识打开的眼睛来巡视故乡和他乡时，那会是一种何等的疮痍"②。阿法和六指的知书达理含有传统中国人对知识的尊重和对民族国家的关心，虽是理想化的处

---

① 《〈金山〉作者反击"抄袭说"：这是一起攻击事件》，《环球华报》，2010 年 12 月 17 日。

② 张翎：《金山》（序），北京：北京十月文艺出版社 2009 年版，第 5 页。

理，但是合情合理，给了全书人物以灵魂。阿法给自己开的洗衣店以一个温文儒雅、颇有出处的"竹喧"来命名可以说是神来之笔，既写出阿法在传统民间儒家、道家教育中得到的那份文化感，又点出其迂腐的理想与充满种族歧视为生存而挣扎的唐人街是如何格格不入。这个细节也为后来阿法去见正在访加的李鸿章和冲动地折卖了店铺支持梁启超变法作了铺垫。与阿法所代表的附着儒教精神的早期移民人物相比，当代移民和留学生文学中那些虽受过高等教育却被北美的物质文明招降得一败涂地的王启明们则可悲地代表了某种传统和精神的丧失。

《金山》对族裔写作的第三个突破就是对文化的转译与对沟通的表现和诠释。

这一点我在上面的论述中已经给出了很多具体实例。在文本层面，这还体现在书中极富原创性且饶有象征意味的艾米和欧阳这两个人物和他们的关系的设置上。"公元 2004 年初夏，一个叫艾米史密斯的加拿大女人在一个叫欧阳云安的政府官员的陪同下，参拜了广东开平和安乡的方氏家族宗祠，发现族谱里关于方得法家族的记载……"①虽然以往的美华文学不乏移民后代回乡探亲、完成母/父愿的情节——如《喜福会》、《妾的儿女》，但常常只是结尾戛然而止的一笔，是第二、三代移民寻根经验的一种具体表现，并且鲜有与国内"史者"互动的情节。而《金山》中，艾米和欧阳是两个把故事贯穿起来，赋予其意义的关键人物，有叙事者的作用。我们看到，从楔子中艾米和欧阳出场开始，这两个有着不同背景但又被一个共同任务牵到一起的人物就寓意深刻，将贯穿全书。各个时期主要人物的历史遗迹和谜团就由艾米和欧阳共同挖掘并加以诠释。艾米作为一个 CBC（Canadian Born Chinese），一个回来寻根的华人后裔，她对祖先的语言和文化知识了解有限，所以她的寻根之旅必须有欧阳的陪伴和帮助才能完成。如果说艾米这个叙事者/人物作为在海外长大的第四代移民在先前的美华文学中多有出现，那么欧阳这个中国地方史家却是张翎的独创。他是一个务实但又幽默，知识渊博却又善解人意的地方政府官员，也是对地方史感兴趣的民间学者，而且其家族与方家有着很深的渊源。与他那些教书先生的前辈一样，是他耐心地不着痕迹地引导着"半唐番"艾米一步步接近和了解她的家族和历史。但同时，他也需要艾米的

① 张翎：《金山》，北京：北京十月文艺出版社 2009 年版，第 388 页。

帮助来了解方家在大洋彼岸的历史，以便给他的地方史写作一个完整的叙述。"方家的历史，我还有一个大洞需要填补。作为方得法第四代唯一的后裔，我对你成人以后的故事所知甚少。你能帮我，把这个洞填补起来吗？"① 而经过一点点的磨合，到书的结尾，他们已经成为默契的朋友，超越了各自开始时利用对方的实际打算而懂得了历史教给他们的真正任务，即沟通两种文化而写出同一本历史的责任。

正是在这个意义上，张翎的《金山》似乎在提示我们，无论是英文还是汉语写就的族裔文学，它们对世界文学应作的贡献乃是一种沟通，一种通过文化的转译和商讨达到的与过去的沟通，与他者的沟通。

20 世纪 70 年代开始的美华文学打破了英美主流文学传统的霸权，展现了英文族裔文学沟通多种文化语言的可能性，从而为世界文学作出了贡献；② 但用汉语写作的中国当代作家直至最近才跳出乡土国族的框架，对此努力有所回应。《扶桑》和《金山》从不同角度提出了汉语族裔写作的政治和文化意义这一问题，并用亲身实践给出各自初步的答案。

必须认识到，汉语族裔写作的成败与否固然与作家们对族裔经验的挖掘和反思有关，同时又与创作者和出版者们如何回应种种市场、官方或民间奖项的诱惑有关。以张翎为代表的汉语族裔写作也只能用文学实绩来证明她们有没有能力拓展中国文学的疆域，使身跨两种或多种文化的生活体验和文化视野的海外中文写作跻身于世界文学的行列。然而这种可能性正是海外中文写作的价值所在。

---

① 张翎：《金山》，北京：北京十月文艺出版社 2009 年版，第 446 页。
② 参见 Martha J. Cutter. *Lost and Found in Translation*：*Contemporary Ethnic American Writing and the Politics of Language Diversity*. Chapel Hill：University of North Carolina Press，2005.

从互文性看张翎与严歌苓之叙事特征与意义

林丹娅　朱郁文

　　北美华文文学是海外华文文学的一个重镇，不过毋庸讳言，当人们说起它时，可能更多地会把重心放在美华文学上。这是因为产生于 20 世纪 60 年代左右的"留学生文学"以其"独在异乡为异客"的漂泊感，浓郁的文化乡愁，包括种族歧视、学业、就业、婚姻等问题在内的生存困境与压力所造成的心理抑郁，以及对故国的精神感伤等，形成其独特的现实感与美学况味，引起华人世界深刻的震撼与共鸣。而创造出这个文学景观的大多是我们至今耳熟能详的美华女作家，如於梨华，她的《又见棕榈，又见棕榈》被认为是"留学生文学"的开山之作，她本人也以"无根一代的代言人"而蜚声文坛。而与於梨华堪称双璧的聂华苓，其代表作《失去的金铃子》、《桑青与桃红》等，通过对被命运强加予的放逐与逃遁，不断地出走与不断地流离失所，以至于身份错乱到难以自我确认，造成人物从文化角色到人格精神的分裂等的叙写，加固了"无根一代"的文学意象，使之成为特定的语言符码。应该说，她们以其特有的女性敏感与艺术领悟力在"留学生文学"中脱颖而出，其作品在华语世界盛传一时，余响至今。到了 20 世纪八九十年代，随着中国大陆的改革开放，留学海外成为大陆青年的一种可行性选择，而留学美国则成为首选。随着时间的推移、各国与中国双边开放力度的加大，可以看到的是，当年目的、身份、方式都较为单一的出洋留学群体，到后来实际上已不仅是留学生，而且是通过各种途径、渠道出洋从而获得居留国移民身份的群体，这既是产生"新移民文学"的社会土壤，也是"新移民文学"概念之所以能取代"留学生文学"概念的社会条件。

　　对于美华文坛来说，这样的大陆移民热潮至少给其带来两个显著的变化：一是美华文学队伍得到来自不同背景与数量上的补充，一直作为美华文学中坚力量的女作家群自然概莫能外；二是产生了以於梨华等为代表的"留学生文学"，况味完全不同于"新移民文学"。大致地说，与前辈留美作家相比，改革开放后涌向北美的大陆新移民作家，其心态与处境已大为不同。冷战的结束使他们的去国不再有身世之痛、断根之哀；地理上的全球村概念与文化上的全球化，使他们在异国他乡少了许多无奈与感伤的漂泊感；个体主观上的进取与文化自信，消解了包括生存在内的许多压力。扬东方文化之优势，打入美国主流文化与上层社会之中，成了他们敢有也敢做的野心与梦想。求知与冒险的积极心态，使他们对他文化的不适、隔膜，乃至对抗被降到最低程度与最短期限。从某种程度上，这可概括为"小说作者通过作品中的主人公开始流露出自觉的'世界公民'意识，冲破原有的种族、文化、国籍、故乡等固有的传统观念，表达出对地球越来越小、全球逐渐一体化等新观念的拥抱、认同和接受"①。反映在文学创作中，其主题、题材、话语、格调、价值观、审美观便有了完全的不同，无根一代与落叶归根的意念被认识美国、融入美国、落地生根、实现梦想、体现自我的诉求取代。这种诉求自然会影响到文学叙事的态度与方式。在美华新移民文学中，严歌苓应可以作为其突出代表，这是因为：其一，1987年赴美的她，正是经历了从留学到移民这个过程的大陆女作家；其二，她以旺盛的创作实力与叙事的创新力度，迅速成为新移民文学的个中翘楚。短篇小说《少女小渔》就是她作为大陆留美新移民作家后的成名作。② 这里要特别指出的是，《少女小渔》作为新移民文学的代表作，无论是从其取材与主题层面上，还是从其表现内容与精神气质上，显然已非昔日"留学生文学"内涵所指或所能囊括的了；不仅如此，就"新移民文学"本身来说，《少女小渔》所表现出的精神旨归与艺术品位，与同时期出现的另一类作品亦非同日而语，其至大相径庭。这一类作品在当年可谓风靡一时，如《北京人在纽约》、《曼哈顿的中国女人》、《闯荡美利坚》、《我的财富在澳洲》、《娶个外国女人当老婆》等，人们一定还对这类作品带来的新鲜冲击感与震撼感记忆犹新，一如《北京人在纽约》的主题曲至今仍萦绕在我们的耳畔一样。它们似乎从大洋彼岸传递一种令人既不安又新鲜刺激的信息，预示着种种前所未有的价值观的改变与物质化时代的到来。《少女小

---

① 倪立秋：《新移民小说研究》，上海：上海交通大学出版社 2009 年版，第 55 页。
② 《少女小渔》，原发于（台湾）《"中央"日报》，1992 年 4 月 3—5 日，后登于《台港文学选刊》1995 年第 9 期，获"第三届'中央'日报文学奖"小说类第二名，由作者改编的同名电影获"亚太地区国际电影节最佳影片奖"。

渔》的叙事虽然不脱离物质生存层面的现实需求，但它就如有识者所指出的那样，它的"立意是在探讨处于弱势地位的海外华人面对西方强势文明压迫的超越之道和打破种族文化隔阂的沟通之道，小说以形象化的描写给出这样一个答案：出路不在西方式的奋斗进取，而在于一种东方式的精神升华；小渔善良纯净的本性不仅洗涤了弱势文化处境下的龌龊与屈辱，而且沟通了不同种族文化背景、不同境遇下的人"①。小渔用假结婚骗取绿卡，有意味的是，这项既违法又违心的勾当，并非可以单方面由在居留国没有身份的小渔做成，它必须依靠于对方所提供的配合，于是我们惊奇地发现，这种合谋实际上已把双方身份的差异性与强弱势奇妙地扯平了，也就是说它把当事人都置放于同样的生存境遇中，从而使人物拥有了一个相对"平等"的环境。于是，在共同面临着罪与法的负压日子中，在小渔与她的假丈夫的关系中，作者才有可能如此"国际化"地在小渔身上施展其文化理想：对小渔如此勾当的鄙夷感也好，同情感也好，最后都会被她身上那种既有东方文明古国之传统的人情美，又有西方世界文化之理想的人性美取代。一面是底层边缘人的生存黑幕，一面是东方女性温暖的人性证明，她的介入使异域生活与文化形态都发生微妙的变化。严歌苓以此为起点，井喷式地创作了一系列小说作品，其长篇小说《扶桑》也是这种文化理念与叙事策略的代表作。扶桑这个意指东方、光明、神木的名字，② 被用来命名身份最低贱的华人娼妓，本身即充满作者观念性的表达：被强权掠夺下的沦落并没能剥夺她内在的高贵。扶桑的形象在东方传统母性糅合西方基督精神的基础上得以重构，这种中西文化交融的写法与《少女小渔》有异曲同工之妙。应该说，严歌苓小说应可作为新移民文学近期叙事成就的一个代表或方向标。在此认识的前提下，我们归纳出严歌苓叙事的几个特点。

其一，"一个女人的史诗"。《一个女人的史诗》（2006）是严歌苓的一部长篇小说，用其名来意指严歌苓叙事的一个"主题性"特征真是再合适不过了。其实从严歌苓众多小说的命名上也可窥见作者有意识或下意识地对叙事着落点的爱好或习惯性的选择。如《少女小渔》（1992）、《扶桑》（1996）、

---

① 杨匡汉、杨早主编：《六十年与六十部：共和国文学档案》，北京：生活·读书·新知三联书店 2009 年版，第 346 页。

② 《山海经·海外东经》上有"汤谷上有扶桑，十日所浴"，《淮南子·天文训》上有"日出于旸谷，浴于咸池，拂于扶桑"一说，扶桑为神木，是太阳栖身与升起的地方。到汉代东方朔的《海内十洲记》，扶桑指的就是东方一个美丽的仙境了。

《第九个寡妇》（2005）、《穗子物语》（2005）、《小姨多鹤》（2008）、《寄居者》（2009）等。叙事总是以纵贯女人的一生或人生的主要阶段来表现其爱恨情仇、操守或历史宿命的，女人被历史洪流裹挟却用自己之所执创造了自己的历史……《人寰》、《天浴》、《白蛇》、《谁家有女初长成》也大致如此。

其二，"边缘人的人生"。这是严歌苓的叙事关注点所在。她笔下的人物，大多处在包括经济、政治、文化、种族、阶级及两性关系上的边缘，大多属于少数族群或弱势群体。比如《女房东》中患绝症的房东、《天浴》中的知青文秀、《谁家有女初长成》中被拐卖的少女巧巧、《也是亚当，也是夏娃》中把身体当作生育工具出售的夏娃、《茉莉的最后一日》中拉丁裔老妪茉莉、《扶桑》中的妓女扶桑、《小姨多鹤》中的日本遗属多鹤、《第九个寡妇》中的寡妇王葡萄等。作者对这些边缘人群的刻画，甚为巧妙地让她们进入各种必然的叙事情节中。他们一方面用柔弱承受着周围人事施加于身上的一切重力，另一方面用坚韧向世人昭示一种令人敬畏的存在方式，以个体化的、私人化的方式在某种程度上消解了以西方文化中心或父权制中心为主要特征的社会主流意识，同时这样的叙事也从客观上起到了消解其中心话语的效果。

其三，与一些偏爱用女性形象隐喻民族寓言的作品相比，严歌苓在书写时不做"大历史"的代言者，她多从民间视角、边缘的文化思想、人性的精神、女性的柔情和孩子的眼睛进行叙事，避免用宏大叙事去拨开历史发展的脉络。在她的文本叙事中，明显表现出人物的"边缘"性、"阐述者"的无处不在，以及个体对公共权力的消解性或颠覆性等特征，由此亦可看出严歌苓对"大历史"线条的弱化以及对"个人史诗"书写的重视。当然，这与严歌苓所感同身受的海外女性所具有的"西方/东方、男性/女性"序列下的双重边缘身份有关，通过对此类边缘人物及其处世方式的设计，也体现出作者试图通过边缘人的行为来撼动主流文化的企图或期许。

综上所述，严歌苓的叙事无疑具有新历史主义特征，她以文学的形式对史书中所载事件的真实性和权威性提出质疑，对可能被史书遮蔽掉的事实进行打捞，把一段早已湮没的历史进行想象性的重构。关键不在于作者的重述能否把我们带回真实的历史现场，而在于这种方式是对正统/主流/官方历史书写的一种反驳、一种消解。其实，作者对任何一个历史文本的叙述都是怀疑的，因为在她看来："同一些历史事件、人物，经不同人以客观的、主观的、带偏见的、带情绪的陈述，显得像完全不同的故事。……由此想到，历史从来就不是真实的、客观的。"① "新历史小说"注重根据个人或家族的记忆表现民间历史，写普通人、小人物的命运，强调作家主体的介入，强调历史的偶然性和神秘性，带有不可知论与宿命论色彩。有学者将其特点概括为"叙事立场的民间化、历史视角的个人化、历史进程的偶然化、解读历史的欲望化和理想追求的隐寓化"②。严歌苓对历史的书写具有上述特点。比如《小姨多鹤》虽然以抗日战争、国共内战、"反右"、"文革"等为背景，但作者叙述的重点并不在民族矛盾、阶级对立、革命与反革命，而是将关注的重点放在人的情欲挣扎、人性的张力和人存在的困境上，重视偶然性和细节的真实，从完全陌生的角度来窥探历史变迁背后的人性奇观。应该说，新历史主义的叙事特征使严歌苓的叙事在"新移民文学"中独树一帜，同时它也表征着美华文学所抵达的一个指标。

现在，我们再来看加华文学。应该说，加华文学在北美华文文坛上一直是有自己的一席之地的，但毋庸讳言的是，它也总是被遮掩或笼罩在美华文学成就的影子之中。因此，近年来张翎创作的异军突起就有了多重意义。当然，首先我们要看张翎的创作究竟在文学的本体上显示出何种意义。

张翎的主要作品包括长篇小说《望月》（1998）、《交错的彼岸》（2001）、《邮购新娘》（2004）和不久前荣获中国首届"中山杯"华侨华人文学奖评委会特别大奖的《金山》（2009），以及中短篇小说集《雁过藻溪》、《盲约》、《尘世》等。同为海外新移民文学的实力派作家，张翎与严歌苓尽管成长背景、海外经历、创作道路完全不同，但她们作品的主题内涵和艺术风格仍有不少相似之处。比如，小说人物的跨国跨文化特征，超越国界和种族差异的博爱精神及人文关怀，对多元文化和多元价值观的肯定，对极端环境中人性的刻画，③对女性命运的特别关注，对富有悲剧色彩的人生的展示，女性视角下的历史叙述，等等。但两人在创作上更多体现的是个性与风格的差异。

同样是对女性命运的关注，严歌苓一般通过对一个女人性格和命运的刻

---

① 严歌苓：《主流与边缘》，庄园编：《女作家严歌苓研究》，汕头：汕头大学出版社 2006 年版，第 213 页。

② 李阳春、伍施乐：《颠覆与消解的历史言说——新历史主义小说创作特征论》，《中国文学研究》2007 年第 2 期。

③ 严歌苓的写作"想的更多的是在什么样的环境下，人性能走到极致。在非极致的环境中人性的某些东西可能会永远隐藏"。见舒晋瑜：《严歌苓：从舞蹈演员到作家》，《中国图书评论》2002 年第 10 期。张翎说："极致的残酷里就出现了人性的拷打，拷打中催生了小说的凄婉。"见张翎：《关于〈邮购新娘〉的一番闲话》（代后记），《邮购新娘》，北京：作家出版社 2004 年版，第 414 页。

画表现其身上的雌性魅力；而张翎多通过对女性家族的关注来描绘浸染了家族特征的女性的命运。《望月》描绘了孙氏三姐妹在他乡与故乡、物质与精神的撕扯中面临的生活困境和精神迷惑，期间也时隐时现着她们与家族前辈女性的精神联系。《交错的彼岸》则演绎了东西两大家族在历史变迁中的悲欢离合，其中一个家族史是通过对中国江南一丝绸大户几代女性后裔的飘零人生和情感磨砺的描绘来实现的，女性在其母系家族中的血脉联系不管世事如何变迁，始终源远流长、无法割断。所以，如果说严歌苓的小说可称作"一个女人的史诗"，那么张翎的小说则可叫作"一个家族的史诗"。张翎叙事的关注点不在女性之雌性光辉，而只是普通女子身上应该有的、可能有的性情和素养：患得患失，寻求依靠，灵与肉的挣扎与困顿，等等。她们有时也会钩心斗角、小肚鸡肠，有时也会大义凛然、不卑不亢、独立不羁，她们会在柴米油盐中形而下得有声有色，也会在诗书理想中高雅得超越世俗。另外，虽然严歌苓极力呈示给人们一种"地母"精神，但其作品中很少写到母女之间的关系；而张翎往往会在对女性家族史的追忆中凸显母女两代之间的精神联系，有相通也有隔膜。

在叙事的关注点上来看，相对于严歌苓小说中的"边缘人"，张翎多选择距离我们日常生活很近的普通男女作为主人公。她/他们不属于少数族群或弱势群体，最多有一种在异域文化中的困惑和不安。发生在她/他们身上的事情也是很普通的，是我们每个人都有可能遇到的，如留学、恋爱、结婚、夫妻摩擦、警察破案、异性之间的周旋、婚姻中的算计等。她/他们自私又不乏同情心，通常比较世故而有时又单纯可爱，有生活理想同时常常感到空虚无助……一个普通人可能有的矛盾，她/他们都会有。在她/他们身上，我们可以看到作者的影子，或者说可以感受到作者由所闻、所见、所经历而生发出的思想和观点的形象化表达，用莫言的话说就是"作者起码是调动了许多的亲身经验塑造了自己的主人公"①。作者对这些平凡人的刻画，无论是主观上还是客观上都没有消解、抵制中心/主流话语的意思，而似乎只是在展示像读者一样的人和人生，这使其作品更易引起共鸣，也更具生活质感。

从叙事的主题上来看，如果说严歌苓最根本的主题是"人性"，那么张翎作品的总主题可以说是"在原乡与异乡撕扯中的寻找与选择"。她说："我一

---

① 莫言：《写作就是回故乡》（序），《交错的彼岸》，天津：百花文艺出版社 2001 年版，第 3 页。

直在写，或者说要写的是一种状态，即'寻找'。我的场景有时在藻溪，有时在温州，有时在多伦多，有时在加州，就是说一个人的精神永远'在路上'，是寻找一种理想的精神家园的状态。可以是东方人到西方寻找，也可以是西方人到东方寻找，但这种寻找的状态是人类共通的。"① 这就涉及两个问题：一个是原乡与异乡的关系，另一个是人在这一对关系中的能动性选择。张翎的主要作品都涉及人物在故乡与异域两地的游走，常常会在这样一个模式下展开故事：一个家族的后辈（往往是女性）在开放的环境下留学或旅居加拿大，她们在逐渐接触和深入另一种文化时，由于"原乡"因子（张翎在创作中是通过自己的家乡温州、藻溪等传达出这些因子的）的浸染，常常与"异乡"精神发生碰撞、摩擦、冲突和抵牾，当然也有同情、交流和融入。不管是什么，人物在精神气质上都难以摆脱家族影响和故乡情结。当然，也许她们从未想要摆脱，也不想与一切他者过不去，只是难以割舍，只是想同时参照两种资源去寻求一种理想，去做一种选择。这就谈到第二个问题，小说中的人物游走于两地，其实本身就是一种主动地寻找和选择。正是对不同文化从不简单地肯定或否定，才使人物常常不确定自己和他人的追求和选择是否正确、是否值得。不过她们最终并不十分在乎，因为也许人生就是一个不断寻找和选择的过程。所以，比较来看，严歌苓传达出的信息似乎是："走到哪里，哪里就是故乡。"而张翎传达出的则是："无论走到哪里，故乡依然是故乡。"

　　这也引出相关的一个问题，即文化价值取向。严歌苓、张翎两人都体现出对多元文化和价值观念的承认和肯定。不同之处在于，严歌苓往往表现一个人在异族文化中的执着与坚韧，一方面吸纳对方的精髓，另一方面用对原乡文明的持守抵制对方的同化甚至同化对方，这一点在《少女小渔》、《扶桑》、《小姨多鹤》等作品中体现得尤为明显。而张翎在作品中表现的不是一个人与一种文化或一个种族的关系，而是东西两种文明的互融互斥，以及不同人代表的不同世界观与价值观念之间的碰撞和交流。比如在《邮购新娘》中，初到加拿大的江涓涓与黑人塔米之间就因不同的文化和教育背景而形成对立，却与牧师威尔逊有着某种精神上的相通。在张翎的作品里，我们看到的绝不仅仅是中国人对西方文明的向往，更有西方人（像《交错的彼岸》中的汉福雷家族、《邮购新娘》中的牧师威尔逊家族）对东方文化的痴迷。两种文化的巨大差异并不能阻碍各自熏染下的个人对另一种文化的神往和依恋。

① 　南航：《十年累积的喷发——张翎访谈录》，《文化交流》2007 年第 4 期。

赛义德说:"一切文化都是你中有我,我中有你,没有任何一种文化是孤立单纯的,所有的文化都是杂交性的、混成的、内部千差万别的。"① 从张翎的作品中我们感受到一种文化内部的复杂性和丰富性,一个人同异乡文化完全可以达到共鸣,融入其中。同时任何一个国家或个人,要走向世界,就不能固守某一种文化,必须以一种开放包容之心面对各种资源。

从历史的表现上来看,不同于严歌苓新历史主义的叙事,张翎主要通过对家族历史的回忆和梳理达到"寻根"的目的。这跟前面所讲的"寻找"主题是一致的。张翎在家族小说中用过去的历史作为现实生活的一种参照,因为"过去总是和我们在一起,它是我们现在的特有因素;它在我们的声音中回响,它在我们沉默的上空翱翔,阐明着为什么我们成为我们自己,为什么住在现在我们把它叫做'我们的家'的原因"②。出于这一观点,在参照中作者给小说人物现有的身份一种解释,同时对原乡文化和异族文化及二者之间的关系进行反思。小说对历史的叙述是跟现实生活的展开交错进行的,这就更加彰显了过去与现在之间的错综复杂、相互纠结。与新历史小说侧重对历史的主观重述从而表达一种新的历史观不同,张翎的家族小说侧重的是对原乡文化与家族精神的认同,只是在认同中并不构成对异乡文化精神的否定和拒绝,而是把不同文化和价值观作为自己成长与成熟的共同资源。这也是张翎的写作区别于此前表现异域漂泊中的无根感和文化乡愁的作品的关键所在。另外,相对于线型的历史叙事来说,为了与其叙事内涵与意图相呼应,张翎擅长运用时空交错的视角与手法,在空间上完成在家国和地域之间的横向跨越,在时间上完成在历史与现实之间的穿梭,以艺术的形式表达对故乡与异乡文化关系的思考,以及对自己文化身份的确认。

说起张翎不能不说到其作品中的女性叙事和性别意识,因为这代表着其叙事特征与意义的重要方面。张翎曾说到中篇小说《羊》的创作是源于要把那些"面目含糊,毫无个性地失落在历史和现实的夹缝里"的"没有名字的女孩子""从厚重的历史积尘里清洗出来的强烈欲望"③。正是这种自觉而又

---

① 爱德华·W.赛义德著,谢少波、韩刚等译:《赛义德自选集》,北京:中国社会科学出版社1999年版,第179页。

② Vijay Agnew. Introduction to Diaspora, Memory, and Identity. *Diaspora, Memory, and Identity: A Search for Home.* Toronto: University of Toronto Press, 2005, p. 3. 转引自徐学清:《何处是家园——谈加拿大华文长篇小说》,《华文文学》2006年第4期。

③ 张翎:《关于〈邮购新娘〉的一番闲话》(代后记),《邮购新娘》,北京:作家出版社2004年版,第412页。

清醒的女性主体意识和对女性命运的关注，构成了张翎女性题材小说创作灵感的源泉。尽管与大陆女作家创作的家族题材小说（如铁凝的《玫瑰门》、王安忆的《纪实与虚构》、张洁的《无字》、蒋韵的《栎树的囚徒》、徐小斌的《羽蛇》、张抗抗的《赤彤丹朱》、赵玫的《我们家族的女人》等）明显的反男性叙事不同，但张翎的家族小说同样以女性家族生活为描写对象，站在女性的视角审视历史与女性、男性与女性以及女性与女性之间的关系。同时，细致描绘现代女性在双重文化背景下的各种遭遇及其所带来的身心体验。作品中女性人物不管是什么样的身份和性情，有什么样的境遇和感受，都是通过女性自己的声音来传达的，其中的体验都是女性自己在触摸世界的过程中所获得的，带有女性自觉的主体意识。这一点也符合伍尔芙所讲的男女之间"本质的区别并不在于男人描写战争而女人描写生孩子这一事实，而在于每一性别的作者皆表现自身"①。张翎不落男性话语窠臼对女性"主体性"的真实展现，并不事先带有反男权的主观动机，但在客观上起到了打破男性"天然"的书写权利、消解男性叙事权威的作用。这与西方女性主义提倡的女性书写理论有着精神上的相通。美国知名人文学者詹明信（Fredric Jameson）指出："讲述一个人或个人经验的故事时最终包含了对整个集体本身的经验的艰难的叙述。"② 从这一角度来讲，张翎的写作事实上也铭刻了新移民女性的集体经验。

综合上述比较与分析，我们要指出的是，在华文写作传统与准备条件上一直稍逊于美华文学的加华文学，此前的创作大多处于"留学生文学"强大的基调与影响下，现在因为有了以张翎为代表的突围式的、异军突起式的叙事表现，不仅表征了加华文学近期叙事的一个指向与刻度，更表明了它的创造力与活力；不仅使之拥有可与美华文学相媲美的叙事品格与艺术格调，而最重要的是，这种以张翎叙事所表征的叙事独特性，可以与严歌苓的新历史叙事构成互文式的呼应、阐发与补充，它无疑丰富、丰满了北美华文文学的叙事视野、内涵与手法，增加了作家表现生活与自我的深度、广度与厚度，无疑也为北美华文文学品质的整体性提升作出了必要的和重要的贡献。

---

① 弗吉尼亚·伍尔芙：《妇女与创作》，玛丽·伊格尔顿著，胡敏等译：《女权主义文学理论》，长沙：湖南文艺出版社 1989 年版，第 395 页。

② 詹明信著，严锋译：《晚期资本主义的文化逻辑》，北京：生活·读书·新知三联书店 1997 年版，第 107 页。

底层移民家族小说的跨域书写①
——论张翎的长篇新作《金山》

江少川

读《金山》，读出的是山一般的坚实、厚重、笨拙，读出了山下深埋的矿藏，那矿的资料原来是一种精神。丹麦文学理论家丹纳说过，"文学价值的等级每一级都相当于精神生活的等级"，"文学作品的力量与寿命就是精神地层的力量与寿命"。②《金山》攀越的是相当高的一个等级，它在海外华文文学地图上新耸起一座界碑。

一、底层移民家族命运史

《金山》书写的底层移民家族史是一部深沉的苦难史、崇高的情感史，同时也是一曲民族的正气歌。

这部移民家族史首先是一部移民苦难史。从中外的历史资料中知悉，早期去北美修筑铁路的华工的历史是一段血泪斑斑的苦难历史。文学作品如何书写苦难，是横在作家面前的大难题。在中外文学之林中，书写苦难的作品并不少见，然而真正称得上经典的仍然屈指可数。如何再现先侨在异域谋生的艰难而漫长的伤痛家族史，无疑是对张翎严峻的挑战。当下一些写苦难的作品，往往在二元对立的格局下进行书写，受难者的对立面具体、明确，怨恨的对象所指自然是施暴者。美国诗人弗洛斯特将文学分成两类，悲哀的文

---

① 本文获 2010 年首届加拿大华裔/华文文学论文奖第三名，刊登于《世界华文文学》2010 年第 10 期，并收入中国世界华文文学学会主编：《直挂云帆济沧海——世界华文文学研究三十年论文集》，北京：中国文史出版社 2012 年版。

② 丹纳著，傅雷译：《艺术哲学》，北京：人民文学出版社 1963 年版，第 358 页。

学和抱怨的文学。前一类是关于人类永久的生存状况的文学，后一类带有某时某地的文学痕迹。① 张翎正是用一种饱蘸忧患的悲怆笔调在叙写哀伤的底层移民史，而非抱怨、怨恨或指向其他什么暴力。张翎认为：小说家的功能不是批判现实，而是呈现现实，没有粉饰、没有加进自己的主观意向地呈现。这正是《金山》的写作深度所在。张翎说："我不再打算叙述一段宏大的历史，淘金和修铁路只是背景，人头税和排华法也是背景，'二战'和'土改'更是背景，真正的前景只是一个在贫穷和无奈的坚硬生存状态中抵力钻出一条活路的方姓家族。"② 她不是写早期移民的血泪仇、民族恨，不是控诉。如果小说的主旨只是停留在对某事彼地的抱怨与批判，那么其艺术生命是有限的，这样一类悲伤作品并不具有普遍的、恒定的意义。《金山》所呈现的方得法、红毛等华工攀悬崖放炸药爆破奇寒封山、杀狗啃雪渡难关，与妻子相距万里、在艰难困境中苦候相守，方氏父子在异乡吃苦耐劳、坚忍顽强的品格，是对人的生存价值的肯定，也是对那时华工生存状态的审美观照与反思。

张翎不仅写出了方氏家族的悲苦生存状态，更重要的是写出了人物对苦难的态度。当下有的作家在叙写苦难时，或指向怨恨，或止于苦难，缺少艺术的升华，而方氏家族在极困厄的境遇中心存梦想，这种梦想是一种精神力量。如阿法远在金山，盼望的是广东开平家乡建起碉楼，盼望妻子六指来金山团聚，他流浪异乡几十年，执着地等候，临死这个夙愿也未实现，留下了永远的缺憾，他把这一遗愿传给了他的儿子。同样，天各一方，相守在故乡的六指也是一样终身苦候。福克纳认为：现在有些作家写作中精神上的东西已不复存在，而写作就是一种人类精神痛苦的劳动，应"从人类精神原料里创造出前所未有的东西"，"诗人的声音不必仅仅是人的记录，它可以是一根支柱，一根栋梁，使人永垂不朽，流芳百世"。③ 别林斯基在论述普希金时也曾赞扬他的诗："他不否定什么，也不诅咒什么，总是以爱和祝福来看待一切。他的忧愁本身，尽管是那样深沉，但总是异常的明朗和清晰；它医治着灵魂的苦难，心灵的创伤。"④ 的确如此，虽然方氏家族的男女们终身未能圆

---

① 引自弗洛斯特：《当代学者、评论家谈中国当代文学》，《中华读书报》，1999 年 9 月 29 日。
② 张翎：《金山》（序），北京：北京十月文艺出版社 2009 年版，第 5 页。
③ 福克纳：《在接受诺贝尔文学奖时的演说》，《诺贝尔文学奖获奖作家谈创作》，北京：北京大学出版社 1987 年版，192 页。
④ 别林斯基：《亚历山大·普希金的作品》，《别林斯基选集》，苏联国家文学出版社 1949 年版，第 583 页。

梦，留下了永远的遗憾，但这种遗憾是一种生命沉痛意识，它传达的是作家悲天悯人的情怀。

《金山》既是写移民家族的命运史，也是写人的情感史。它主要书写家族间人的情感，同时也涉及家族与家族之外的人的情感。在表现这种情感时，作家的价值取向如何呢？福克纳的观点值得深思："只应是心灵深处的亘古至今的真情实感，爱情、荣誉、同情、自豪、怜悯之心和牺牲精神，少了这些永恒的真情实感，任何故事必然是昙花一现，难以久存。"① 读《金山》时，我们能够感受到一种情感的震撼力，那就是崇高、博大的"爱"。由血缘维系的亲情永远是文学作品中永恒的主题，在方氏家族的亲情世界中，父母之爱、手足之情、子女情、兄弟情、祖孙情、夫妻情等，都表现得格外真挚感人。如小说中浓墨重彩书写的阿法与六指的夫妻情，阿法欲娶六指，要推掉母亲订的亲事，六指砍掉自己的第六个指头以表决心。新婚夜，阿法就起誓一定要和六指在金山团聚。而六指嫁到方家后，阿法只回过三次家，而最后一次一别就是 32 年，最后客死金山。这种忠贞相守是建立在真爱的基础上的，体现了中华伦理传统的美好品格。而锦河在父兄无力为老家寄钱照顾老小时，在异乡拼命干活，毅然挑起抚养全家的重担，这种家园意识、孝敬之心在小说中也得到淋漓尽致的展现。此外，麦氏的祖孙情、锦山与锦河的手足情、阿法与红毛的乡友情都有生动的展现。

尤其值得注意的是，《金山》书写的家族史是跨域史，必然会涉及种族之间的情感关系，小说中所展现的中国人与白种人、印第安人的深厚情谊使人难以忘怀。阿法修筑铁路时的工头白人瑞克·亨德森，在当时最险恶、困厄的时刻，他是"施难者"的一员，然而作家没有简单运用"二元"敌我对立模式设计人物关系。修路结束以后，阿法在温哥华偶遇瑞克，此后，两人成为终身好友，瑞克凭着白人与酒店经理的身份，不仅照顾阿法洗衣店的生意，还为他排忧解难，两人的友情还延续到下一代。这种友谊是不同种族之间的友谊，是超越肤色、超越民族的情谊。同样，小说中对阿法的长子锦山遇险后被印第安人搭救，以及他与印第安女孩桑丹丝那种两小无猜、纯真浪漫的爱情也书写得非常真挚动人。尤其是在过了半个世纪后，当已为祖母的桑丹丝重访少年时代的情郎时，对如今已老态龙钟的锦山的那段描写亦感人心怀。

---

① 福克纳：《在接受诺贝尔文学奖时的演说》，《诺贝尔文学奖获奖作家谈创作》，北京：北京大学出版社 1987 年版，第 191 页。

这种情感也是超越种族和肤色的。如丹纳说过的："人性中最有益的特征是爱。构成家庭之间的各种感情，父母子女的爱，兄弟姐妹的爱，或者是巩固的友谊，两个毫无血统关系的人的互相信任，彼此忠实——爱的对象越广大，我们觉得越崇高。"①

《金山》同时还是移民家族史的一曲民族正气歌。《金山》中的方家人，无论是在中国还是在金山，都是生活在底层的小人物。在那个风云变幻的时代，他们都不太弄得懂政治，但他们知晓一个简单朴素的道理：国富才能民强。阿法父子自幼就懂得：国家兴亡，匹夫有责。作家在阿法父子身上所表现的那种大义之举、浩然正气正是中华儿女民族精神、民族魂的体现。"位卑未敢忘忧国"，是小人物身上极为可贵的品格。阿法的长子出生时，本来已想好取名方睿，而此时他想起都察院门前泣血跪拜的台籍举人高喊的"还我河山"，遂当即决定给儿子取名叫锦山。在温哥华欢迎李鸿章访加的人群中，阿法高喊的是"重振大清江山"，而在温哥华听了维新派梁启超的讲演后，阿法毅然卖掉自己的洗衣店，将银票寄给了北美洲保皇党总部。阿法的次子锦河"二战"期间，在加拿大义无反顾地参加了欧洲反法西斯的志愿军部队，最后血洒疆场，牺牲在法兰西的土地上。如果说阿法的大义之举是出自于一种朴素的爱国主义精神，那么锦河则是为人类的正义、为世界的和平而献身。这可歌可泣的几笔在小说中只是轻轻带过，却如惊雷一声，具有震撼人心的威慑力。在当下很多作品抛弃浩然正气，津津乐道于编织、展示情欲与金钱的网络世界时，《金山》给我们送来的震撼心灵的精神力量与启示是弥足珍贵的。

二、移民家族的跨域空间叙事

作为叙事文学的小说，尤其是长篇小说，都离不开时间与空间两个维度。"空间在小说中（也可以说在文学中），是与时间同等重要的因素。"② 家族小说往往在某一特定空间展开其家族叙事，如福克纳的"约克纳塔法县"、莫言的"高密东北乡"，而张翎的移民家族史的空间叙事是跨域的，借用作家另一个长篇小说的书名，就是"交错的彼岸"。在跨域空间展开家族叙事，在家族

① 丹纳著，傅雷译：《艺术哲学》，北京：人民文学出版社1963年版。
② 吴晓东：《从卡夫卡到昆德拉》，北京：生活·读书·新知三联书店2003年版，第175页。

　　《金山》的空间叙事在原乡与异乡的跨域空间交错展开。金山与碉楼就是小说中的空间意象。这两个意象意蕴丰富，内涵多义。首先，它是地域的意象，物理层面的。金山是绵延北美的落基山脉，而碉楼实指广东开平，方氏家族的家乡，移民史正是在这两个相距万里的地理空间之中展开的。其次，它是精神的意象，金山是实现淘金梦之所在地，是寻找金钱、积攒财物之地，而碉楼是华工安身立命的家园，是安家立业的故乡。这两种空间互为参照，"一个基地只有参照另一个基地才能获得自身的意义"①。这种互为参照实际上表现为一种双向寻找、双向追寻。在《金山》中，就是漂流到金山的男人们，即华工到西方去寻找财富，而他们所要构建的精神家园仍然在故乡，构建的碉楼就是他们精神家园的象征，那里还有家族的另一半：女人与老小。简言之，这种双向寻找就是从原乡到异乡寻找物质财富，而在异乡又期盼回原乡构建精神的家园。金山与碉楼这两个空间意象互为构成原乡与异乡的远景图像，构成小说中双向寻找的张力。《金山》的家族苦难史正是在这种双向寻找中展开的。正因为有这种双向的寻找，小说没有停留在只是对苦难的叙述，而是通过这种互为的彼岸，形成交错的远方图景，成为"作家试图超越苦难，消解现实人生苦难沉重性的诗意的表达"②。而寻找的最终悲剧结局，正是小说艺术魅力之所在。

　　这两个空间意象还是人物命运的象征。作者笔下的金山是男人的世界，是男人谋生、闯荡天下的地方。阿法好不容易凑足钱接六指来金山，接来的却是小儿子锦河，正如六指对将要去金山的大儿子所说的"你阿弟迟早也是要走的；阿妈生一个男仔，就要送走一个。哪天阿妈生一个女孩，说不定还能留下来"。碉楼则是华工的女人留守的家园，相守故园的女人既未圆金山梦，与亲人团聚，更未等到支撑碉楼的栋梁——男人的回归，而最终，奋斗金山的男人、坚守碉楼的女人、孩子都撒手人寰。金山、碉楼至今依旧，而方氏家族的男人女人们早已远去，留下的是无尽的悲凉与沧桑。倒是艾米，这方家唯一的后人决定在碉楼举行婚礼给小说添上一抹亮色。

　　罗兰·巴特有个著名的命题："象征，即命运。"金山与碉楼就是方氏家族男人与女人命运的象征。

　　① 汪民安：《身体、空间与后现代》，南京：江苏人民出版社 2000 年版，第 192 页。
　　② 周保欣：《沉默的风景》，合肥：安徽教育出版社 2004 年版，第 78 页。

作家把方氏家族史浓缩在两个空间意象的框架中，金山与碉楼这两个空间意象的深层意蕴还在于它所揭示的人类生存状况的普遍意义。方氏家族在西方与中国的命运，华工先侨远走金山吃苦受难，留守的女人煎熬苦盼，是成千上万到西方淘金的华工的家族命运的写照，亦是广大底层人群生存状况的缩影：贫困、受难、挣扎、坚韧、期盼。金山与碉楼，既是写实的也是象征的，如果把金山作为梦想、离散的象征，那碉楼就是安家、栖居的象征，就此而言，移民的家族史就是去异乡追梦，以实现在原乡的"栖居"。评论家布赖论·福克纳有这样一段话："他帮助我们记住并且理解人类特殊的境况，因而就认识了人类普遍的状况，从而使我们变得更富有人性。"① 《金山》的空间意象的象征意义正在这里。

美国学者约瑟夫·弗兰克在其空间形式理论中提到"并置"的概念，就是"对意象和短语的空间编织"②。吴晓东认为"除了意象、短语的并置之外，也应该包括结构性并置"③。《金山》中的并置除了金山与碉楼的并置外，还包括发生在金山的故事与发生在碉楼的故事的结构性并置。这种结构打破了传统的时间流的叙事模式，再现生活在不同大小的具体空间的人的生存境况，而不同空间之间的互为参照、关联、纠结，可以帮助我们更加深刻地洞悉文本的整体深层意蕴。

三、小说叙事的诗化倾向

"情者文之经"，文学是情感的表达，而诗更是以抒发情感为生命。小说不是诗，它是一种叙事文体，但二者之间也有相通共融之处，它的情感蕴藏在小说的叙事与人物命运的发展轨迹中。优秀的小说往往在文学叙事的推进中营造一种境界，以寄寓真挚而有深度的情愫，引起人们深长的咀嚼与回味，这就是小说的诗化倾向。"抒情诗作为个别的诗歌体裁，独自存在着，同时又作为一种力量，深入到其他体裁中去。"④ 张翎的《金山》凝聚着"诗"意，其内蕴藏着诗的叙事、诗的情致。其诗化倾向表现在：

---

① 引自朱宾忠：《跨越时空的对话》，武汉：武汉大学出版社 2006 年版，第 54 页。

② 约瑟夫·弗兰克著，秦林芳编译：《现代小说中的空间形式》，北京：北京大学出版社 1991 年版，第 49 页。

③ 吴晓东：《从卡夫卡到昆德拉》，北京：生活·读书·新知三联书店 2003 年版，第 185 页。

④ 别林斯基著，满涛译：《别林斯基选集》，上海：上海文艺出版社 1963 年版，第 10～11 页。

其一，情节框架中的心灵抒写。细读《金山》，会发现这部长篇小说并没有一个很完整的故事情节贯穿，也没有传统的开头、发展、高潮与尾声相呼应。它写的是人的命运、人的平凡生活，作家其实是在有意淡化故事情节。《金山》写的是跨域家族史，就时间而言，它是现实与历史的对接，全书八章，每章都是这种时间对接结构；就空间而言，对历史生活的书写又是原乡与异乡空间的交错。移民家族故事只是一个框架，它的情节并不完整，小说的叙事是在时间的颠倒、对接，空间的拼接、交错中完成的。确切地说，是由被时间与空间切割成的生活片断（或曰块状布局）构成的，而将其串联起来的是方氏家族的人物。作家在某个特定的时空框架中似乎在集中表达一种心灵、情愫。朱光潜曾有过精辟的论述，"文学到了最高境界都必定是诗"，"第一流小说家不尽是会讲故事的人，第一流小说中的故事，大半是只像枯枝搭成的花架，用处只是撑持住一园锦绣灿烂、生气蓬勃的葛藤花卉。这些东西以外的东西就是小说中的诗"。① 《金山》有其情节框架，在一块块拼接的情节时空中，着意的是人的心灵品格。如阿法修铁路炸山洞表现的是坚韧，六指出嫁砍指表现的是勇敢，锦山与桑丹丝的恋情表现的是纯真，锦河的牺牲表现的是崇高，等等。正如伍尔芙所论述的："未来的小说应该成为一种诗化小说，它将采用现代人心灵的模式，来表现人与自然、人与命运的关系。"②

《金山》写人物是写意式的，注重写人的感觉、情绪，注重写心理、写性情，很少对人物的肖像、表情作平面、静止的描写与刻画，甚至连阿法父子长相如何，书中都几乎没有什么描摹，而是通过人物的心理世界、人物的性情揭示某种人性、诗情。如写六指出嫁坐花轿的一段："盖头底下的世界是一片黑暗，黑暗把所有的感觉都磨砺得敏锐了起来。她听得出抬轿的是哪几个人，她猜得出轿夫的青布鞋踩过的是哪几条路，她辨得出迎着轿子狂吠的是谁家的狗，她觉得出阳光在轿顶上一颠一洒的重量，她也闻得见轿子的布帘被围观的目光烧出的焦味，她甚至听得出迎亲的鼓乐队里有一根丝弦在怯怯地走着调。"这一段写坐在花轿上的六指，用了一组排比句写她的感觉，写她的五官对外界敏锐、细腻的感觉，其他如写锦山、锦河、瑞克、桑丹丝都用的是这种笔法。

① 朱光潜：《朱光潜美学文集》（第二卷），上海：上海文艺出版社1989年版，第248页。
② 伍尔芙：《狭窄的艺术之桥》，《小说与小说家》，上海：上海译文出版社1986年版，第215页。

其二，从平凡琐事中发掘情趣。《金山》写的是移民家族史，但张翎并不着意于宏大叙事、英雄传奇或种族大恨。她自觉追求一种诗的素质，她善于从普通、日常的生活中发掘诗意，营造意境。张翎说，我"不再打算叙述一段宏大的历史"，而是"进入一种客观平实的人生书写"。① 这种"客观平实的人生书写"，就是写一种几乎原生态的普通生活，并从中发掘某种情趣，将作家的一种诗意的体验融注于其中。"不要说现实生活没有诗意，诗人的本领在于他有足够的智慧能从惯见的平凡事物中见出引人入胜的侧面。"② 小说中有一节写锦山遇难被红番（印第安人）救起，他与红番的一段生活写得极富生活情趣和诗情画意。例如桑丹丝泡在河水里洗头，洗完头上岸，招招手，让锦山帮她梳辫子：

锦山吓了一跳。小时候，他曾趴在阿妈的肩膀上，揪散过阿妈的发髻。除了阿妈，他没有碰过任何一个女人的头发。他的心抖抖颤颤地说不啊，不要过去，可是他的心管不住他的腿。桑丹丝的手里仿佛有一根绳子，那绳子牵着他的腿，他就不由自主地走了过去，坐到桑丹丝身边。

桑丹丝的牛皮口袋里有一把牛骨梳子，梳子和刀一样地和他别着劲，桑丹丝唑唑地喊着疼。半晌，才终于把头发梳通了，竟磕磕绊绊地编起辫子来。

"你的头发，真黑，和我妈一样。"锦山说。

"我阿妈说，我们印第安人是不能离开自己的土地的。你怎么能离开你的阿妈呢？"

"我们中国人也是不能离开土地的。将来，我也是要回去见阿妈的。"锦山说。

一个是印第安少女，大方、纯真、情窦初开，一个是来自中国的少年，羞涩、胆怯、质朴，这一对少男少女在河边砍柴、洗头，以至于初试云雨的叙事，写的是生活小事，却把一对少男少女两小无猜、真纯美好的健康人性展现得极有情趣。其他如六指出嫁、阿法相遇金山云、锦河邂逅买菜女孩等叙事，也都有这样的特色。

这种情趣还表现在为人物的平凡琐事营造的自然风物的描写上，小说叙

---

① 张翎：《金山》，北京：北京十月文艺出版社 2009 年版，第 5 页。
② 爱克曼著，朱光潜译：《歌德谈话录》，北京：人民文学出版社 1982 年版，第 6 页。

事中的这种风景画、风俗画描写也是诗情的构成部分。《金山》的特色在于通过人物的眼睛与感觉看风景，尤其是从人物的跨域视角看异乡的风景、风物，从而形成一种"陌生化"的艺术效果，如从艾米的眼睛看碉楼的好奇，从阿法的眼睛看唐人街的新鲜，从锦山的眼睛看印第安部落的奇异，从锦河的眼睛看白人家庭的新奇等。通过这样的视角写风景，把人物与景、物交织为一体，营构诗的境界。

其三，语言的意象化描述。诗的语言是一种意象化的语言，一种审美符号，往往从主观的感觉、体验出发，捕捉自然界中常见的物象，赋予鲜活的灵气，摹写人物的感官印象，把主观感觉与客观物象交融一体，使意象化的描写诗化。在《金山》中，我们读到了作家这种自觉的诗化语言的追求。"只有在诗人的世界里，自然与生命有了契合，旷野与山岳能日夜喧谈，岩石能沉思，江河能絮语……风，土地，树木都有了性格。"[①] 且看以下几例：

1. 阿法站起来，只觉得天上生出了七七四十九个太阳，从路头到路尾，地上找不见一片阴影，心中亮堂，眼前阳光。

2. 六指停下针线，六指的指头凝固成一朵僵硬的花，而只有那半截指头，依旧颤篥不止，仿佛是一只受了惊的蜻蜓。

3. 山带来了铁路，洋带来了风帆。山成了水的脚，水成了山的翼。

4. 锦山臊得连脖子都红了，觉得一张脸能煮沸一河水。

5. 眼不见的时候，愁烦就变成了一片荆棘，拔了这根，又有那根，永远也除不干净。

综上几例，能发现如下特点：第一是精心从大自然中选取鲜活的物象。如太阳、花、蝴蝶、荆棘等，赋予其生命力，使所体验的感受与人物、景物相契合、相呼应。例1写阿法得知妻子六指生了一个男仔后的心情，这里以太阳为意象，而且是夸张后的"七七四十九个太阳"，以表现人物心中的亮堂与阳光，是一种直感似的感觉形态。例2，当六指听说欲把她嫁给阿法家做小时，正在做针线活的六指惊呆了，作家捕捉到"僵硬的花"与"一只受了惊的蜻蜓"两个意象，"僵硬的花"喻指手上的指头，而"一只受了惊的蜻蜓"

---

① 艾青：《诗论》，北京：人民文学出版社1980年版，第229页。

是那多余的半截指头，这个细节细微传神，出神入化，传达出六指惊讶、突然、无奈的心理。

第二是意象组合的画面美。例 2 就是由花与蜻蜓构成的一幅画。例 3 写的是一座新城的兴起，西边送来了万国的船只，东边的铁路穿过落基山脉，于是一座新的城市崛起了，它就是温哥华。这里铁路、风帆、山、水、脚、翼一串意象连用，凭借想象的升腾，构成了一幅饱含诗情的山水诗图画。

第三是激发想象。作者用意象语构成的诗境，蕴藏着丰富的意象场与审美空间，刺激读者的想象。如例 4 写锦山脸红得能煮沸一河水，例 5 写"愁烦就变成了一片荆棘，拔了这根，又有那根"，可见作者借用意象语言激发想象羽翼的能力。

张翎小说中的时间、空间与文化建构

——以《金山》为例①

蒲若茜　宋　阳

　　加拿大著名华文作家张翎于 20 世纪 90 年代中后期开始在海外写作，著有长篇小说《邮购新娘》、《交错的彼岸》、《望月》和中短篇小说集《雁过藻溪》、《盲约》等。至今，她已经荣获人民文学奖、华人文学奖、十月文学奖等诸多奖项。长篇小说《金山》（*Gold Mountain Blues*）是张翎 2009 年的新作。导演冯小刚曾说："《金山》中我不但读到了她一如既往的细腻深情，更读到了她笔挽千钧，让每一个中国人血脉贲张的力量。我因此向张翎艺术的深情和力量致敬。"② 作家莫言夸奖张翎的 "语言细腻而准确，尤其是写到女人内心感觉的地方，大有张爱玲之风"③。《人民文学》副主编李敬泽也力赞 "《金山》是传奇，是一部用坚实砖石构造起的传奇；《金山》是一部浩大的作品，它关乎中国经验中深沉无声的层面——中国的普通民众如何在近代以来的全球化进程中用血泪体认世界，由此孕育出对一个现代中国的坚定认同。每一个中国人都能从这部小说中、从几代中国人在故乡和异域之间的颠沛奋斗中感到共同的悲怆、共同的血气和情怀"④。

　　本文以张翎的长篇小说《金山》为研究对象，对书中的三个维度：时间、空间、文化进行分析，以期发现作家在时空和文化建构方面的写作策略和隐含的写作诉求。在强调多元文化共存的今天，分析海外华文作家的写作诉求

---

　　① 本文是 2010 年 7 月在由暨南大学、约克大学和加拿大中国笔会联合主办的 "加拿大华裔/华文文学国际学术研讨会"上的发言。
　　② 张翎：《金山》，北京：北京十月文艺出版社 2009 年版，封四。
　　③ 张翎：《金山》，北京：北京十月文艺出版社 2009 年版，封四。
　　④ 张翎：《金山》，北京：北京十月文艺出版社 2009 年版，封四。

和写作策略中透露出来的两种文化之间的接触、碰撞和交流，可以帮助我们更好地认识文化之间的异同，为促进多种文化的共同繁荣提供借鉴。

一

张翎的长篇小说一贯有着"对'史诗'的追求"，时间和空间的跨越都很大。①《金山》也是这种写作风格的延续。在时间维度上，它讲述了1872—2004年方氏家族五代人长达132年的经历。在空间维度上，《金山》横跨两大洲，借方家五代人的故事将中国广东开平的一个小村庄与万里之外的加拿大联系在一起。小说中每一次的场景转换都特地用黑色字体标示出具体的时间和地点，如第一章"金山梦"开始是"同治十一年至光绪五年（1872—1879），广东开平和安乡自勉村"，第二章"金山险"以"光绪五年至光绪七年（1879—1881），加拿大英属哥伦比亚省（卑诗省）"为开篇。由此，时间和空间两个维度的建构成为小说《金山》的叙事框架。

《金山》的主要时间脉络便是这个"在贫穷和无奈的坚硬生存状态中抵力钻出一条活路的方姓家族"的家族史。② 方家的第一代方元昌靠租田种地和杀猪养家，但是接连两年大旱，收成不好，家境愈发贫苦。他因意外拾获强盗的黄金而暴富，又因不幸染上了鸦片瘾而散尽家财，迫使儿子方得法不得不远涉重洋，到"金山"（加拿大）挣钱养家。方得法在落基山脉（Rocky Mountains）修筑过铁路，在鱼罐头厂做过苦工，三次经营洗衣店却因种种原因而失败，辛苦开拓的农庄最终也破产了。方家的第三代长子方锦山在"金山"工作时意外摔断了腿，只能靠曾经被迫做过妓女的妻子打工养家；次子方锦河在白人家庭做了多年的男佣，千辛万苦攒够了人头税，正打算接母亲过埠，偏巧加拿大政府颁布了《1885年华人移民法案》（Chinese Immigration Act of 1885），禁止华人入境；小女儿方锦绣一直在大陆生活，她在怀孕时因

<hr/>

① 饶芃子、蒲若茜：《新移民文学的崭新突破——评华人作家张翎"跨越边界"的小说创作》，《暨南学报》2004年第4期，第65页。

② 张翎：《金山》（序），北京：北京十月文艺出版社2009年版，第5页。

被日本士兵强暴而导致不育，在"土改"期间更不幸地与家人一起丧生。①出生在加拿大的第四代后人方延龄是锦山的女儿，她排斥家庭和传统文化，数次离家出走，一生渴求白人男友的真爱和主流社会的认可而不得。她的混血女儿艾米·史密斯（Amy Smith）年逾五十却一直独身，因在祖居国的所见所闻所感，最终在家族的碉楼中与男友喜结连理。

张翎在《金山》的"序言"中表示，这本书是献给"那些长眠在洛基山下的孤独灵魂"的礼物，书写的是他们那段"尘封多年且被人遮掩涂抹过"，却一直"存活在许多人重叠交错的记忆中"的历史。② 因此与张翎之前的作品相比，这部小说就益发具有厚重的历史感和沧桑感。小说的整个时间维度从1872—2004年，共132年。但是，张翎并不是将这百余年的时光平铺直叙，而是采用了历时与共时交织的书写方式，实现了过去和现今杂糅的时间建构。

在历时的维度上，小说先后讲述了方家五代人的经历：第一代方元昌，第二代方得法，第三代锦山、锦河和锦绣，第四代方延龄和第五代艾米。方家的故事与经历是对"许多人重叠交错的记忆"的描写与细化，它所投射出的社会历史背景是异常广阔的，一方面是中国近现代的历史画卷：鸦片战争、清政府各种不平等条约的签订、戊戌变法、辛亥革命、日军侵华、新中国解放、土地改革等历史事件；另一方面是加拿大华人劳工移民史：早期侨民被雇淘金、修筑铁路、开垦种植园、在鱼罐头厂做苦工、在白人家庭做男佣，从事各种各样白人不屑的艰苦工作，为加拿大的早期建设作出了真切而巨大的贡献，但他们被勒令交纳高额的人头税，被迫过着清苦的"单身汉"生活，还不时受到白人排华暴乱的伤害，一直渴求主流社会的接受和认可而不得……③认真对照书中方家各个人物的名字：锦山、锦河、锦绣、怀国、怀乡……我们就会发现，每一个人物都是与家国息息相关的。可见，方家的故

---

① 人头税（poll tax 或 head tax）是向每个人征收相同定额的税种。加拿大政府通过《1885年华人移民法案》（*Chinese Immigration Act of* 1885）向所有进入加拿大的华人征收50加元的人头税，其用意在阻挠底层华人在加拿大太平洋铁路完工后继续向加拿大移民，这个数字最后增加到500加元，相当于当时华人两年的工资。2006年6月22日，加拿大政府就带有种族歧视色彩的"人头税"政策向全加华人正式道歉，并宣布将向受害者进行象征性补偿。据估计，曾经付过人头税的华人约有8.1万人，税款总计2 300多万加元，至2006年仍在世的约剩下30人。

② 张翎：《金山》（序），北京：北京十月文艺出版社2009年版，第5~7页。

③ "单身汉"社会主要指美国及加拿大等国家中华人社区的一种社会现象，由于主流社会的排华法案纷纷禁止华人女性入境，并规定与华裔男子结婚的女性将失去公民权，在那一段历史时期，华人群体中男女比例严重失调，大部分早期移民都过着单身汉的生活。河南大学薛玉凤在《美国华裔文学之文化研究》一书中对这一现象进行过专门研究。

事既是个体和家族的独特经历，同时又是千万先侨及其家人的集体记忆和历史。这种书写方式产生的"历史根基"（historical embeddedness）能够强化书中的家族故事，将家族传奇（family saga）"提升至史诗的层面——华人海外飘零的史诗（epic of the Chinese Diaspora）"①。

在线性描述方家故事和更为广阔的中国近现代历史、加拿大华工移民史的同时，小说中还穿插了"2004 年艾米回乡所见所感"这个共时性的事件，包括"楔子"和"尾声"部分在内多达六次。艾米每一次进入家族的碉楼，每一个在碉楼中发现的旧物，都会给她带来对尘封多年的历史的了解和心灵上的触动与感悟：象牙质的大烟枪，使艾米对鸦片战争之后鸦片泛滥、毒害国民、民不聊生的历史背景有了认识；曾外祖父母之间多年往来的书信，道出了早期侨民为求生存，背井离乡、离妻别子、只身奔赴异国他乡艰辛劳作的无奈；曾外祖母的手书、夹袄和丝袜，向艾米诉说了被"金山客"留在家中、一辈子仅有几次夫妻相见机会的碉楼中的女人那悲惨、孤苦的故事。在这一次次的发现中，家族先人们在那样动乱、艰辛、残酷的生存环境下顽强、坚定的求生意志和一生分离的曾外祖父母之间的真挚情感都对艾米产生了影响，使她感受到了珍惜现在的生活和眼前人的重要性、必要性。因此，年逾五十却一直独身的她，在家族的碉楼中与男友喜结连理。在这里，我们发现，张翎通过书写在长达 132 年的历时的、线性的历史中不断出现的"2004 年艾米回乡所见所感"这个共时性、现时性的事件，将方氏家族史、中国近现代历史、加拿大华人劳工移民史与百余年后的今天融合在了一起，跨越了个人与家族、家族与国家、大洋此岸与彼岸、过去与现今的界限而构成了互文关系。

这种历时与共时交错的书写起到了将过去与现今并置（juxtaposition）甚至杂糅的效果，从而使得现今能从过去中吸取定位的力量，过去又通过现今获得历史的延续，实现了海外华人移民史在时间维度上的诗性建构。

二

分析《金山》空间建构的切入口就是书中多次出现的家族谱系的绘制。首先，小说的目录后就附了一幅张翎自己绘制的"方得法家族图谱"。其次，

---

① 蒲若茜：《华裔美国作家笔下的历史再现》，《暨南学报》（哲学社会科学版）2009 年第 4 期，第 68 页。

在艾米回乡时，接待人员欧阳也为她的家族画了一幅"简缩版的族谱"："欧阳就掏出纸笔，草草地画了一棵树，树上长着些层层叠叠的枝桠，枝桠上写了些字。"① 最值得注意的一次是锦山向艾米所作的方家各个家族成员的讲解：

> 外公见艾米听得一头雾水，就去拿了一张纸，一杆笔，在纸上画了一棵树。外公在树底下写了几个字"中国，广东"。又指着树干说，这就是外公的爸爸妈妈。然后又在树干上画出了三个枝头，说这条枝是外公我，这条枝是外公的弟弟，你的小外公。这条枝是外公的妹妹，你的姑婆。然后又在第一条枝上画出了另外一条小枝，说这是外公的女儿，你的妈妈。艾米接过笔，在那条小枝上又画了一条更小的枝，说这是我，艾米。②

这个多次出现的"家族谱系之树"（family tree）是理解《金山》空间建构的关键。树的根部，是作为原乡的广东开平；树的大部分枝杈代表着华侨，随风生长、伸展到异乡金山的各个角落：用生命修筑铁路的落基山脉、用汗水灌溉的新西敏士农场、用血泪浸润的温哥华鱼罐头厂、用苦心经营的维多利亚洗衣店……在这里，张翎实际上是借"家族谱系之树"勾勒了早期先侨的生存地图，她对空间的侧重和关注恰好体现了人文科学领域的"空间转向"。

"空间转向"这一说法来自亨利·列斐伏尔（Henri Lefebvre）、爱德华·索雅（Edward Soja）、迈克·克朗（Mike Crang）等学者向康德哲学所持的人类活动的"空洞容器说"（empty container）和源于启蒙主义的客观"同质延伸说"（homogeneous extension）等传统的空间观点提出的挑战，他们认为空间一方面是由不同的社会进程和人类干预形成的"产物"（production），另一方面又是影响、指导和限制人类在世界中其行为和方式是否可能的"力量"（force）。③

列斐伏尔曾指出，所有社会生产出的历史空间都是由"空间实践"（spatial practices）、"空间的呈现"（representations of space）和"呈现的空间"（spaces of representation）三个层面辩证混合而成的，分别通过"感知的"

---

① 张翎：《金山》，北京：北京十月文艺出版社2009年版，第355页。
② 张翎：《金山》，北京：北京十月文艺出版社2009年版，第436页。
③ 张子清：《华裔美国历史与社会现实生活的跨文化审视：华裔美国诗歌》，吴冰、王立礼主编：《华裔美国作家研究》，天津：南开大学出版社2009年版，第181页。

（perceived）、"设想的"（conceived）和"生存的"（lived）三种认知方式实现历史空间的"再现"（re-present）。[1] 张翎曾对笔者谈起《金山》，称其灵感之一来自于二十多年前在加拿大卡尔加里城外的一次郊游中她无意发现了许多中国先侨的墓碑。另一个灵感则源于她 2003 年于侨乡开平采风时在一座废弃的碉楼中的遭遇。可见，《金山》中的空间维度侧重描写的是个体的"生存的"认知方式和"呈现的空间"：开平自勉村这个小村庄、村中方家的大院和碉楼、落基山脉"三条半人命"炸通的铁路隧道……这每一个场域都是承载着中国侨民生活和奋斗经验的空间，都是先侨们"曾经生活过、苦干过又消失掉的地方"。[2] 正是因为有着书写"一段尘封多年且被人遮掩涂抹过的历史"的目的，张翎借书中的一个个人物描绘了一幅有别于官方地图、主流地图的先侨生存地图。这地图上的每个点都因麦氏、六指、方得法等个体的生活经历而鲜活无比、真实无比。由此，早期侨民不仅成为空间中的活动者，更成为特定空间的占有者和创造者。

这种重绘地图的诉求与福柯（Michel Foucault）和拉比诺（Paul Rabinow）的空间批评理论不谋而合：如果社会和文化空间是由人类生产出来的，那么我们就有可能重建人类空间，也能重建人类在世界中的存在。[3] 艺术作品正是艺术家为我们提供的重建人类社会和文化空间的载体之一。一方面，艺术家为其所塑造的艺术形象重建了一个他们所必需的社会与文化的空间；另一方面，欣赏者可以通过艺术作品将自我放置于其中，获得他们在现实生活中所无法得到的精神与情感的满足，重建在世界中的存在。张翎在《金山》中正是使用了这种写作策略，在创作之初她就怀着为那些在加拿大作出巨大贡献却不能够被认同的中国亡灵铸造一条回乡之路的强烈诉求，这条回乡之路的两端是她在《金山》中精心为主人公重建的两个核心空间——原乡广东开平和异乡加拿大"金山"。在这里，空间已不仅仅是一种叙事产物，更是一种影响、指导和限制人类行为和方式的巨大力量；它也不仅被视为政治、冲突和

① Philip E. Wegner. Spatial Criticism：Critical Geography，Space，Place and Textuality. Julian Wolfreys ed. . *Introducing Criticism at the 21ˢᵗ Century*. Edinburgh：Edinburgh University Press，2002，p. 182.

② 张翎：《金山》，北京：北京十月文艺出版社 2009 年版，第 145 页。

③ Philip E. Wegner. Spatial Criticism：Critical Geography，Space，Place and Textuality. Julian Wolfreys ed. . *Introducing Criticism at the 21ˢᵗ Century*. Edinburgh：Edinburgh University Press，2002，p. 185.

斗争的场所，还被视为争夺的对象本身。① 那些在海外生活和漂泊的华人在离乡中逐渐失去了生养他们的原乡，又无法获取异乡空间的占有，他们漂泊、游离的身体与灵魂都需要一个承载的容器，张翎精心拾取他们的点滴并一一放置于分别处于原乡与异乡的空间点上，从而达到了著名学者黄秀玲（Sau-Ling Cynthia Wong）所说的"这地图上的每一点都是中国人曾经生活过、苦干过又消失掉的地方，今天却被回忆救赎，放回地图上"的写作效果。②

而且，张翎在《金山》中建构出的两个核心空间——原乡广东开平和异乡加拿大"金山"——并不是截然对立、毫无联系的。"基地只有在同别的基地发生关系的过程中才能恰当地定位。一个基地只有参照另一个基地才能获得自身的意义。"③ 相对于原乡而言，金山是千万先侨心目中实现抱负、发家致富的梦想之地，也是他们历尽艰难、辛勤耕作的各个客观存在的具体场所的总括；在"金山"的侨民心中，原乡开平、广东、中国，一方面是自己和家人们所生活的一寸寸实在的土地，另一方面是他们在异质文化语境中饱受煎熬时引为慰藉的想象。正因为如此，原乡和异乡互为参照、紧密联系。使得"原乡和异乡的界限并不是那么泾渭分明……可以说是由'此'入'彼'，从'彼'到'此'，二者总是融合在一起的"④。

在《金山》的扉页中，张翎写道："那些长眠在洛基山下的孤独灵魂，已经搭乘着我的笔生出的长风，完成了一趟回乡的旅途——尽管是在一个世纪之后。"虽然小说的关注点在"一个人和他的家族命运上"，但过去和现今、原乡和异乡、家族史和更为宏大的族群史、社会场域，在书中彼此融合，形成了一首时空交错的史诗。

三

在《金山》中，张翎除了描写方氏家族的五代家族史外，还在其中穿插

---

① 张子清：《华裔美国历史与社会现实生活的跨文化审视：华裔美国诗歌》，吴冰、王立礼主编：《华裔美国作家研究》，天津：南开大学出版社2009年版，第185页。
② 张翎：《金山》，北京：北京十月文艺出版社2009年版，第145页。
③ Sau-Ling Cynthia Wong. *Reading Asian American Literature: From Necessity to Extravagance.* New Jersey: Princeton University Press, 1993, p. 102.
④ 饶芃子、蒲若茜：《新移民文学的崭新突破——评华人作家张翎"跨越边界"的小说创作》，《暨南学报》2004年第4期，第68页。

讲述了另外一个家族——欧阳家族。欧阳家族的几代人在方氏家族的成长历程中一直扮演着精神导师的角色。

欧阳家族的第一代欧阳明是方家第二代方得法的老师，他"不仅古书读得渊博，也曾跟着广州城里的一位耶稣教士学过西学，可谓学贯中西"[1]。除了书本知识，欧阳老师还常常讲解各个时政事件，培养学生们的爱国情怀。他对方得法一直非常关心和器重，方得法心中对欧阳老师也是充满了尊敬、信任之情。当被是否去金山"这个不成团也不成型却无所不在的想法撑得几乎爆炸"时，方得法"忍不住找了一趟欧阳明先生"。[2] 正是在欧阳老师的鼓励下，他才下定决心远涉重洋。二十多年后，方得法与欧阳老师在温哥华重逢，在老师的讲解下，方得法理解了梁启超在温哥华演讲的内容；也是在老师的影响下，方得法毅然决定将维系一家人命运的洗衣店卖出，将所得钱款捐给了北美洲的保皇党总部，以支持维新改宪。正如书中所说，"欧阳先生如同一颗星子在阿法的生命中光亮地闪过几闪"[3]。

欧阳家族的第二代欧阳玉山是方家第三代方锦绣和她丈夫阿元的老师。他"通晓天下事，平日里最受学生欢迎"[4]。同父亲欧阳明一样，欧阳玉山也是一位爱国志士，在他的影响下，锦绣和阿元在乡间开办了"百姓学堂"，以培育中国的"明日之光"。当知道学生锦绣因为丧子之痛而身形消瘦、意志消沉时，他匆忙赶去劝慰：

> 欧阳先生拿指头叩了叩桌子，说谁说你无用？锦绣你教出来的学生就是明天守国门的人。这一代人完了，国家就指望下一代了。你该振作起来，好好教你的书，教出几个血气英雄来，那才叫真正祭奠怀国呢。
> 锦绣不说话，脸色却渐渐地平和了。[5]

欧阳家族的第四代欧阳云安是研究开平碉楼历史的大学教授，被侨办指派接待方家的第五代后人艾米，并负责处理方家碉楼的托管事宜。他带领着艾米对方家家族史和广东移民文化进行了梳理，在她的文化认同过程中起着

---

① 张翎：《金山》，北京：北京十月文艺出版社2009年版，第18页。
② 张翎：《金山》，北京：北京十月文艺出版社2009年版，第26页。
③ 张翎：《金山》，北京：北京十月文艺出版社2009年版，第144页。
④ 张翎：《金山》，北京：北京十月文艺出版社2009年版，第340页。
⑤ 张翎：《金山》，北京：北京十月文艺出版社2009年版，第395页。

至关重要的作用。在小说中，对欧阳云安在艾米对家族和中国文化的认同过程中的作用描写得非常详细：

> 没想到，一天的行程变成了两天，两天的行程变成了三天。转眼她已经在开平待了五天了。那个姓欧阳的政府官员，硬是在她岩石一样贫瘠的想象力上擦出了火花，她的好奇心终于给引燃起来了。她开始考虑是否再次更改航班，在这里待足一个星期。
>
> 马克送机的时候，曾对满脸不情愿的艾米说也许这会成为你的寻根之旅。艾米冷冷一笑，说像我这样拥有零位父亲，零点五位母亲的人，根是生在岩石之上的半寸薄土里的，一眼就看清了，还需要寻吗？可是那日傍晚当她和欧阳云安在得贤居的楼梯脚里，意外地发现了那几十封书信，看见了她的外祖母抱着她的母亲站在无名河边微笑的照片时，根的感觉猝不及防地击中了她。①

如果将方家的第四代方延龄的人生际遇与方得法、方锦绣、艾米的经历进行对比阅读，我们不难发现，因为失去了欧阳家族的精神向导，延龄一生迷失、痛苦不堪：她出生在加拿大，仅年幼时随父母在开平住过两年。在学校，她常因自己中国人的身份而受到同学的羞辱；在家中，她排斥父母和祖父的教育，两次离家出走；在感情方面，她一生追寻白人男友的爱而屡屡失望。延龄的悲剧一方面根源于当时的社会背景：无论华裔等少数族裔如何希望融入主流文化，他们却一直摆脱不了被主流社会排斥和边缘化的境遇；另一方面，延龄受加拿大主流文化的影响而拒斥中国文化，因此她无法依靠中国文化来抗衡和抚平异质文化带给她的伤害。饱受两种文化间夹墙的痛苦后，她将心中的怨气一股脑儿撒到了中国文化身上："我的祖宗哪天也没保佑过我。我做中国人，吃了一辈子亏。"②

由此可见，欧阳家族在方氏家族几代人的成长过程中扮演了重要的角色：在迷失的时候指引方向，在消沉的时候给予希望，在困苦的时候提供帮助。在此，我们可以把欧阳家族看成中国文化的象征，正是源远流长、博大精深的母国与祖居国文化，成为方得法等第一代移民在加拿大白人主流社会中抵

---

① 张翎：《金山》，北京：北京十月文艺出版社 2009 年版，第 352～354 页。
② 张翎：《金山》，北京：北京十月文艺出版社 2009 年版，第 437 页。

制异质文化压迫的法宝；正是出于对祖国及祖国文化的挚爱，方家第二代才致力于民间教育，培养中国的"明日之光"；正是基于返乡之旅对家族和中国文化的逐步认同，第五代的艾米才最后找准了自己的真爱，在故乡的碉楼中完成了自己的终身大事。

中国传统文化延续了几千年，是华人身份构成的一部分。不论是第一代移民还是出生在异国的华裔后代，他们身上始终有中华文化血脉的涌动和母体文化基因的存在。例如第一代移民的代表方得法，他自青年时期就在加拿大生活和劳作，百年之后也是葬在了这片土地上。但是，方得法一直对千里之外的故国和中华传统文化念念不忘，并在对下一代的言传身教中将中华文化传承了下去。还有艾米这个出生在异国的华裔后代，尽管她是混血儿，母亲延龄又千方百计试图用白人主流文化来压制和剔除她身上的中国文化基因，但艾米最终仍然在源远流长、博大精深的母国与祖居国文化的影响下，建立了自己对中国文化和血缘身份的认同："她母亲期待她永远离开中国人的圈子，可是她却在大学里阴差阳错地选修了中文。现在，她又被一个中国人诱惑得几乎要对全世界承认，她身上具有一半的中国血统。"[①]

但我们应该看到，作为移居他乡的海外华人，他们对祖居国文化的认同与传承并非一成不变，而是在异质文化语境中发生了杂交和变异，正如方得法在温哥华见到欧阳明时的感受："在大门口阿法遇上了一个人，一个他熟知的人。只是这个熟知的人突然离开了他原本的那个生活背景，就像一个人突然被剥去了惯常的衣装，便显得不像他自己了。"[②]

著名华裔作家、批评家梁志英（Russell Leong）也曾感叹："我们都是文化边界的闯入者。"[③] 的确，不论是第一代移民还是出生在异国的华裔后代，他们都处在两种文化的夹缝中，而两种文化之间的接触、碰撞和交流必然会使原本稳定的、单一的文化发生变化和杂交。正如著名的亚裔美国文学学者黄秀玲所言："文化不是移民随身携带的一件行李；它不是静止不动的，而是随着新的环境不断地进行着自我修正。"[④]

---

① 张翎：《金山》，北京：北京十月文艺出版社 2009 年版，第 447 页。
② 张翎：《金山》，北京：北京十月文艺出版社 2009 年版，第 143 页。
③ 张子清：《华裔美国历史与社会现实生活的跨文化审视：华裔美国诗歌》，吴冰、王立礼主编：《华裔美国作家研究》，天津：南开大学出版社 2009 年版，第 466 页。
④ Sau-Ling Cynthia Wong. *Reading Asian American Literature*：*From Necessity to Extravagance*. New Jersey：Princeton University Press，1993，p. 43.

无论海外的华人文化如何改变，如何与异质文化杂交，族裔的文化脐带将会一直延续下去，无法轻易割断。从《金山》中可以看出，完全否定、放弃自己的华人文化只会导致文化身份认同上的残缺和失衡。以方延龄为代表的"香蕉人"为了完全融入白人社会而故意剔除身上的中华文化基因，或者试图用白人文化基因代替中国文化基因的努力都终归失败，绝对不会"像川剧变脸那样自然、神奇、快捷，不着痕迹"①。在异质文化语境中，当生存被文化地错置的时候，保留记忆深处的文化源头反而能使华人获得"一定程度的方向感和些许确定性"。

132

四

由此观之，张翎在小说《金山》中绘制了一个宏大的三维坐标系：过去和现今杂糅的时间维度，原乡和异乡融合的空间维度以及不断延续却时刻杂交、变化的文化维度。衡量和标定坐标的参数便是作为千万侨民家庭代表的方姓五代人的经历。通过这种书写，个人和家族经历就与更大的族群历史、社会场域以及文化内核相结合，形成坐标系上的一个个结点。正是在这种独特的时间叙述、空间叙述和文化叙述的交汇点中，个人和集体的身份属性才得以形成。

张翎是浙江温州人，早年毕业于复旦大学外文系，先后在加拿大的卡尔加里大学和美国的辛辛那提大学获得英国文学硕士学位和听力康复学硕士学位，现居住在加拿大的多伦多市。张翎曾对笔者幽默地形容她经常处于"两个箱子一个人"的状态：她提着满满的两个箱子来到一个地方，住了下来，箱子也空了；一段时间之后，她走向下一个地方，两只箱子又再度被装满。这个不停地清空、装满、再清空、再装满的动作透露了张翎的生活轨迹。温州、上海、卡尔加里、辛辛那提、多伦多：她一直处于一种在路上的、动态的生存状态，在不同历史、地域、文化间穿行。这种状态也正是所有海外华文作家最本然的生活处境，他们都置身于本土文化与异质文化相互纠缠、交织的生存环境之中，拥有多重的文化背景和文化身份。斯图亚特·霍尔（Stuart Hall）在《文化身份与族裔散居》一文中曾指出："我们都从特定的时

① 李贵苍：《文化的重量：解读当代华裔美国文学》，北京：人民文学出版社 2006 年版，第48 页。

间和地点写作和说话，所经由的历史和文化也是特定的。我们所说的话总是'在语境中'，是被定位的。"① 正是跨越国家、民族边界，多种族聚居，多元文化纠缠交织的现实生存语境，使张翎这样的海外华人作家特别注重表现过去和现今杂糅、原乡和异乡融合、文化延续却不断杂交变化而产生的身份属性。

由于海外华文作家身份的特殊，其观察与剖析世界的眼光与我国本土作家判然有别。在他们笔下，不仅有黑眼睛黑头发黄皮肤的华人或亚裔，也有金发碧眼的白人，还有褐色、棕色的印第安裔、西班牙裔，更有不同种族文化杂交产生的混血儿。以《金山》为例，除了华人之外，张翎还塑造了友善的白人亨德森夫妇、热情奔放的印第安少女桑丹丝等人物。值得注意的是，《金山》中的方家后人最后存活的几乎都是混血儿。小说开篇就指出，方家的后裔只剩了艾米一支，在随后的故事中，我们目睹了方氏家族的第二代、第三代和第四代的众多成员因为各种原因而消失或死亡，到了第五代仅有一位后人——那个"栗色头发棕色眼睛"的混血儿艾米。在小说的结尾，我们又意外地发现方家的另外一个后裔——锦山偶遇的印第安少女桑丹丝所生的保罗。赛义德（Edward W. Said）就认为"杂交性"（hybridity）是文化的本质特征："一切文化都你中有我，我中有你，没有任何文化是独立单纯的，所有的文化都是杂交性的，混成的，内部千差万别的。"② 艾米和保罗两个混血儿体现了种族和文化的杂交，也折射出了张翎对实现多种身份属性之间的平衡以及杂交的、世界性的身份属性的期待和向往。

2002 年，张翎在旧金山举行的"开花结果在海外——海外华人文学国际研讨会"的"作家论坛"中就提出，她的海外华文写作一直致力于"寻找跨越文化、种族、地域的人类共性"。无论是《望月》、《交错的彼岸》、《邮购新娘》，还是《金山》，张翎从来没有远离她对"跨越文化、种族、地域的人类共性"的寻找。而这种"人类共性"只能从跨越国家、地域的空间位置、历时延展上共时的考量的时间角度和混合交错的移民文化视角中寻得。因此，张翎才一而再再而三地在她的作品中描写由过去和现今杂糅、原乡和异乡融

① 斯图亚特·霍尔：《文化身份与族裔散居》，罗钢、刘象愚主编：《文化研究读本》，北京：中国社会科学出版社 2000 年版，第 209 页。

② Edward W. Said. *Reflections on Exile and Other Essays.* Boston：Harvard University Press，2000，p. 173.

合、文化延续却不断杂交变化而产生的身份属性。这种写作策略也反映出，包括张翎在内的许多海外华文作家不愿纠缠于文化归属的"非此/即彼"（either/or）的两难选择，也努力摆脱"既非/也非"（neither/nor）的文化边缘人的尴尬处境。① 他们所期盼向往的是在多种身份属性之间达到平衡，实现身份的"杂交"和世界性。

早在 20 世纪 80 年代末，华裔著名作家汤亭亭（Maxine Hong Kingston）就效仿歌德提出了"世界小说"的概念，对当时"伟大的美国小说"等国别文学观念形成了冲击。在今天，包括海外华文文学在内的离散文学等"世界性写作"正在为越来越多国家的写作者所身体力行。随着全球经济文化的发展，国家概念已变得渐渐模糊。作为族裔散居者，他们多是选择从脚下的土地出发，在不断地越界与回归中向世界公民的身份进发。这一转向为日后的研究提供了方向，而它所代表的对世界家园的关注和对全人类生存问题的思考是海外华文文学的终极价值之所在。

---

① 王琅琅：《美国亚裔文学的话语地位和话语策略》，《四川大学学报》2003 年第 5 期，第 84 页。

交错与融合

——从《交错的彼岸》看异质文化中他者身份的正确建构[①]

蒲雅竹

用莫言在"序言"《写作就是回故乡》中的观点来说，十年前出版的张翎的长篇小说《交错的彼岸》绝不简单，它可以说是一部家族小说，也可以说是一部地道的情爱小说，还可以说是一部寻根的小说，毫无疑问更是一部留学生小说。从表面上看，小说以女主人公黄蕙宁在加拿大的失踪案追溯了中国的金氏家族和大洋彼岸的汉福雷家族的兴衰和爱情故事，以及黄蕙宁姐妹和彼得对大洋彼岸的情感和她们的生活经历，从而揭示了彼此不同的文化传统。

经过了 21 世纪前十年中外交流的蓬勃发展后，当我们再来反视这部作品时就会发现它不仅仅是一部集合了侦探、爱情、家族等多种能引起读者极大兴趣的文学元素的小说，更具有一定的学术研究价值。

在笔者看来，小说中女主人公黄蕙宁代表了新一代中国移民在异国——更准确地说在大洋彼岸的北美对待生活、爱情、事业的人生态度及反思，从而完成了对自我身份形象的重新定位和认识。他们不同于 19 世纪的中国工人，仅仅是为了最基本的生存，背井离乡来到这片陌生的土地上任人像奴隶般对待而根本无暇思考和正视自己的身份和形象；也不似 20 世纪改革开放时期，尤其是 20 世纪 80 年代后的北美新华文文学中所反映的那批来到北美大陆的移民，在陈旧的二元对立思维模式的对比转换中思考认知着异域文化和

[①] 本文是 2010 年 7 月在由暨南大学、约克大学和加拿大中国笔会联合主办的"加拿大华裔/华文文学国际学术研讨会"上的发言，并获首届加拿大华裔/华文文学论文佳作奖。刊登于《四川大学学报》（哲学社会科学版）2010 年论丛（二）。

置身其中的自己的身份。如陈涵平总结的，北美新华文文学第一阶段的文本"突出地表现出刚出国门者犹豫徘徊的文化姿态，因为在国门初开时，刚刚开始异域之旅的人们依然笼罩在母族文化的深重影响之下，他们在'行走'中不可避免地要频频回望，凸显着对自身文化的审视、反思和依恋"①。而处在二元对立另一面的便是北美新华文文学发展的第二阶段，"它以丧失原有文化身份为起点，然后自愿进入西方这一异质文化环境，并在获得新的身份后又向原乡炫耀和展览这种具有'他性'的身份特质"②。

关于涉及的形象与他者身份，在此有必要首先进行一番理论的明确及梳理。用吕布奈尔的话说："形象是加入了文化的和情感的、客观的和主观的因素的个人的或集体的表现。"③ 巴柔还说过："所有的形象都源自一种自我意识（不管这种意识是多么微不足道），它是对一个与他者相比的我，一个与彼此相比的此在的意识。形象因而是一种文学的或非文学的表述，它表达了存在于两种不同的文化现实间能够说明符指关系的差距。"④ 因而在一定的文化背景中的自我形象都是通过"他者"来表现的。"'他者'的在场构成'自我'得以呈现的背景，这就是为什么人们常说'自我'无法自己定义自己，只能通过'他者'获得对自己的定义。"⑤ 当然，这种'他者'的反射表现是一个动态的过程。"'他者'不但可以充当呈现'自我'的背景，还可以与'自我'发生互动，甚至渗入'自我'的肌体，成为'自我'的一部分，从而造成'自我'的变异。"⑥

事实上，人类社会本身就是一个多元文化的集合体，不同文化间的互视、互动、交往和融合都应在平等的地位上进行，绝不应以优越或低劣的标准去衡量本土文化和异质文化。"异质文化之所以需要维护自身的自主性，是因为不管是弱势文化还是强势文化，在权利上都是平等的，没有一种文化有高于其他文化的优位性。"⑦ 赞成文化多元共存的文化相对主义就认为："事实上，正是由于差异的存在，各个文化体系之间，才有可能相互吸取、借鉴，并在

---

① 陈涵平：《北美新华文文学》，银川：宁夏人民出版社2006年版，第17页。
② 陈涵平：《北美新华文文学》，银川：宁夏人民出版社2006年版，第18页。
③ 孟华主编：《比较文学形象学》，北京：北京大学出版社2001年版，第112页。
④ 孟华主编：《比较文学形象学》，北京：北京大学出版社2001年版，第121页。
⑤ 曹顺庆：《比较文学学科理论研究》，成都：巴蜀书社2001年版，第312页。
⑥ 曹顺庆：《比较文学学科理论研究》，成都：巴蜀书社2001年版，第315页。
⑦ 曹顺庆：《比较文学学科理论研究》，成都：巴蜀书社2001年版，第293页。

相互比照中进一步发现自己。"① 而如陈涵平总结的，北美华文文学发展早期正是缺乏了这种文化间平等互视的态度，从而使其总是以不平等看待"他者"的眼光将异域环境和文化"他者化"，或是完全接纳异质文化，将自身的文化传统当作"他者"、"异己"来审视和批判。相应地，这一时期的作品中主人公身上所表现出来的个人形象或个人身份的建构不仅是单级的，而且作者所采用的写作手法也是单向地从主人公自我入手，在异质文化中去对照、反映及检视自己，从而达到构建自我形象及身份的目的。当然，通过这种途径构建出来的个人身份并不符合在多元文化相互平等、相互交融的背景下应有的正确的、积极的和双向融合的要求。因此，在当今世界进入多元文化交融并共同发展的新时代，在异质文化环境中生活的个人该用何种态度对待异质文化及本土文化，并正确构建自我形象和身份显得尤为重要。

陈涵平在专门探讨《交错的彼岸》一文中，以"理性思考的横向展开"作为标题，他强调"横向"正是注意到张翎通过一个全新的且更为完善合理的写作角度来填补早期北美华文文学在文化间平等互视及融合这一主题上发展的不足，即作者将小说中"种种复杂而丰富的内容承载在全然对称的线索结构中，即以太平洋为中轴，以中国和加拿大互为彼岸，以金氏家族和汉福雷家族为对应性的文化节点，以中西文化力量的相互作用为动态平衡，由此组成完整的对称结构来透视特定的文化意义"②。

至此，华文文学中反映的大洋两岸的中西文化间第一次有了双向的平等的交流与融合，而题目"交错的彼岸"已经暗示了这一层意义："对彼岸的向往不是单向的和残缺的，而是交错的和相互的，这种互为彼岸、互相审视的双向流程体现着内在意义上的平等与公正。"③ 通过陈涵平的梳理和归纳可知，《交错的彼岸》通过构建一个结构对称的故事并有意识地在小说中贯穿对称法则，来实现其"追求一种文化地位上的平等和文化交往上的融合"④ 的主旨。不过在笔者看来，对《交错的彼岸》还可以继续深入探讨其中的主人公是如何在文化交融的背景下，积极正确地构建"他者"的形象及身份的，这不仅是对该小说主旨的纵向深入，更具有现世和现实意义。

为了更有逻辑性地展开论述，笔者认为抓住两位主人公的爱情经历来分

---

① 乐黛云：《跨文化之桥》，北京：北京大学出版社2002年版，第45页。
② 张翎：《交错的彼岸》，天津：百花文艺出版社2000年版，第84页。
③ 张翎：《交错的彼岸》，天津：百花文艺出版社2000年版，第85页。
④ 张翎：《交错的彼岸》，天津：百花文艺出版社2000年版，第85页。

析不同文化培养出来的个体在面对这一人类共同主题时所经历的高潮和低谷，以及如何把握和构建个人形象及身份，是一个很好的切入点。这不仅是因为全篇小说是以爱情为主题的，而且小说的副标题"一个发生在大洋两岸的故事"在笔者看来更是蕴含了两层深意：一是虽然看似作者讲述的是关于大洋两岸两个家族的故事，而贯穿始终的终究是爱情故事。无论是多千差万别的文化，爱情都是人类本能的情感需求和主题，所以"故事"就是"一个"，它关于爱情，不过是发生在"大洋两岸"。二是既然强调"一个故事"，那么小说中展开的两个主人公不同的人生画卷总有它们的交点，而这个交点正是参与"破案"的女记者马姬，她深爱着男主人公彼得，又是点亮彼得内心对中国这块红色土地向往的安德鲁牧师的女儿，她参与女主人公黄蕙宁的"失踪案"，就自然地成了两个个体及两个家族发生的故事的连接点，让它们合二为一，也喻指了两种异质文化平等交往、相互融合为一体的主旨。

小说女主人公黄蕙宁（温妮）拥有独立鲜明的个性，她对爱情的态度保守又渴望，对于作出到大洋彼岸追寻生活和爱情的决定冲动却又坚定。对于自己在加拿大完全陌生的环境中以何种身份、何种面貌去对待工作、爱情，接纳自己的身份，蕙宁经历了一个迂回矛盾的过程，但最终她坚定自己是一个受自己国家文化传统熏陶出来的中国人，在异国文化环境中以应有的姿态和身份去慢慢蜕变，完善自我身份意识。这种在有意识的平等的文化交融中体现的他者形象才是正确的、积极的和发展完善的。

那么，蕙宁对于自己作为他者的身份的构建是如何一步步进行的呢？这个过程的误会、矛盾是如何发展的呢？这就需要我们深入到小说的叙述中去，抓住女主人公微妙但循序渐进的心理变化过程。

蕙宁从小就和姐姐萱宁、母亲金飞云昔日的恋人龙泉的儿子海狸子一起长大，并且和海狸子青梅竹马。不同于萱宁的怯懦无争和沉默，蕙宁得到了家庭的偏爱，性格更为坚毅，但也更加敏感、仔细。蕙宁和海狸子或许会发展成为令人称羡的恋人，但在大学入学前，蕙宁突然发现母亲和龙泉以前的关系，让她对自己的身份以及自己和海狸子的关系有了彻底的改观，"本来以为自己在戏里唱的是主角，其实自己也许从头到尾只是母亲精心设计的一件道具，是为母亲提供的一份情调……如此想开来，海狸子兴许也是他父亲设计的一件道具"①。至此，蕙宁青涩的还未开始的情感随着改填志愿到上海读

---

① 张翎：《交错的彼岸》，天津：百花文艺出版社 2000 年版，第 122 页。

书戛然而止。

　　大学里与谢克顿教授的结识直接导致了蕙宁后来去往加拿大，改变了自己人生的走向。蕙宁与谢克顿这段禁忌的感情同样只有开始和结局，缺失了中间过程。谢克顿深知彼此的无奈，"她是船，我是港，我们中间隔的是厚重的水。我并不是她的目的地，尽管她疲惫的时候就会过来歇息在我的肩上。我不能寻找，我只能等待"①。其实，他们中间隔的"厚重的水"便是当时彼此无法跨越的不同文化间的鸿沟。蕙宁去加拿大是在匆忙和懵懂间作出的决定。尽管仓促，但她态度坚决，"她急切地渴望逃离小城。可是在那个特定的历史时期，离开这个小城的唯一途径似乎是离开这个国家"②。就这样，蕙宁接受了已回国任教的谢克顿的邀请，前往加拿大。

　　事实上，蕙宁对于自己出国的动机，前方究竟要走的路并不清楚，因此随着飞机在大洋彼岸的降落，"蕙宁的心里突然无根无基地空荡了起来"③。她只是知道，多年后在异国与谢克顿的重逢已经完全生不出当年的那份感情，她选择了走出谢克顿的家，淹没在多伦多的闹市中。在那一刻，蕙宁完全丧失了自我身份的归属感，"她仿佛进入了一幅色彩、线条和形状都很纷乱的抽象派油画里，突然间生出了一种不知身在何处的惶惑"④。谢克顿对于蕙宁来说已成了一个象征符号，是过去在中国生活和在这方异土即将展开全新自我的接点。离开谢克顿，以后的一切对于蕙宁来说都是全新的开始，她的身份也将重新洗牌，如何认识和塑造全新的自己将伴随着她的生活展开，而这个过程中两段爱情的贯穿帮助了蕙宁认识构建自己在异质文化中的他者身份。

　　蕙宁与大金的爱情是蕙宁在最初凭借自己的努力打拼新生活的强劲动力。蕙宁将一路走来缺少过程的感情寄托在大金身上，"在大金身上她期待着一个徐徐展开循序渐进的过程，如同在花前月下欣赏一幅精致的山水长卷"⑤。但谢克顿的突然造访和姐姐萱宁的闯入让两人最终背道而驰。蕙宁本就独立的性格在这次情变之后似乎更加坚硬起来，而随着大金在蕙宁生活舞台中的退出，蕙宁失去了决心在异国生根发芽的精神支柱，身份似乎又开始无依无助起来。当她到陈约翰所在的医院做流产手术时，蕙宁的表现是那样的淡漠与

---

　　① 张翎：《交错的彼岸》，天津：百花文艺出版社 2000 年版，第 139 页。
　　② 张翎：《交错的彼岸》，天津：百花文艺出版社 2000 年版，第 156 页。
　　③ 张翎：《交错的彼岸》，天津：百花文艺出版社 2000 年版，第 185 页。
　　④ 张翎：《交错的彼岸》，天津：百花文艺出版社 2000 年版，第 195 页。
　　⑤ 张翎：《交错的彼岸》，天津：百花文艺出版社 2000 年版，第 211 页。

绝望。"温妮的目光穿过陈约翰，遥遥地落在病房的墙上，无声无息地散落开来，唇边竟有隐隐一丝笑意。那笑意如一股冰水，顺着脸庞蜿蜒流开，最后流入眼睛里，双眸便很是冰冷起来。"①

陈约翰便被这样一个背负着迷茫身份的蕙宁吸引了。透过蕙宁，"在那之前他从来不知道，人生的难处不在得着，也不在失落，而是在得着和失落中间的那个悬空地带"②。蕙宁此刻就处在寻求自我身份确立的迷茫阶段。幸运的是，蕙宁有良好的心理和从小受到外婆阿九和父亲母亲关怀的过去，对故乡的深深感情让她心中永远还有那么一块保留的归属地，当爱情远去之后，这些内心深处的力量便支撑着她走出迷境、跨越藩篱，使她重新振作起来继续做护士工作，和陈约翰一起关心艾滋病童。对异国生活和工作始终抱以积极心态的蕙宁终于成熟起来，对陈约翰和自己的认识也让我们看到了蕙宁在历经世事后对自己身份的平和审视。虽然蕙宁和约翰同是黑发黄肤的亚洲人，但"我们在两个完全不同的世界里出生长大，然后彼此相遇。我无法与他再走一遍他走过的路，他也无法与我再走一遍我走过的路"③。蕙宁已经能用成熟冷静的眼光来定位在异国环境中的自我身份，正确看待个人与个人的身份差距。

蕙宁一路走来，在从大洋此岸到大洋彼岸的生活中慢慢地沉淀，再缓缓稳稳地站起，她并没有被感情挫折击倒。在小说的结尾，众人寻找的蕙宁却回到了故乡的飞云江边，此刻黄蕙宁"失踪案"也真相大白，从中我们读出了张翎透过蕙宁所发出的积极讯号："我们长大了，我们的心也野了，想去看外边的世界。我们沿着一条叫东海的江河走出了大海，跨越了一个硕大无比的汪洋，在一条叫安大略的大湖旁边驻留。将来我和萱宁的孩子，是会在安大略湖畔居住繁衍，还是会继续前行，寻找一条更大更宽更适宜居住的河流呢？我不知道。我真的不知道。"④

尽管蕙宁一路波折，从最初带有一丝被迫懵懂地踏上大洋彼岸的土地，到经历了迷茫、徘徊，以一个他者的身份艰辛立足，再到咬牙坚持、辛苦打拼，然而最终她没有忘掉自己的根，也没有被异域文化完全同化改造。她依

① 张翎：《交错的彼岸》，天津：百花文艺出版社 2000 年版，第 227 页。
② 张翎：《交错的彼岸》，天津：百花文艺出版社 2000 年版，第 231 页。
③ 张翎：《交错的彼岸》，天津：百花文艺出版社 2000 年版，第 342 页。
④ 张翎：《交错的彼岸》，天津：百花文艺出版社 2000 年版，第 344~345 页。

靠在家乡的河边，清醒地看到自己在大洋彼岸将会走的路，甚至看到了后代很久很久后都会历经的路程。这便是一个积极正确的他者形象，因为它给我们带来的不是挫折、失望、厌恶，而是希望。

与蕙宁最初在异国文化环境中的被动不适不同，男主人公彼得因为受安德鲁牧师的影响，从小就受到中国文化和传统的熏陶，对中国这块广袤的土地产生了向往与好奇，充满了红色情结。彼得是一个温和的人，但他绝不怯懦。所以当他接到入伍通知时，尽管担心给家族抹黑，但在青梅竹马马姬的劝导鼓舞下，他毅然抛弃自己在国内养尊处优的身份，离乡背井，辗转流离。最终，他来到了中国，或许这也是他必然的选择。

彼得以韩弼德的中文名字来到了江苏一个叫姚桥的小镇。他不像蕙宁初到异国那样惊慌茫然，无根无基，而是完全显现出来到梦想之地的兴奋和归属感。他完全中国化的打扮装束，让他"粗粗一看竟与中国人无多大差异"①。除了外在打扮，"他如同一个昼夜思讯大海的孩童，终于来到了梦寐以求的海边，旁若无人地沉浸在对新世界的憧憬和欣喜里"②。从踏上梦想之地的那刻起，他就决定"要在这片土地上生活，他要用真实自然的笔触，写出那个被世界歪曲中伤误会了很久的中国"③。彼得主动地融入这个异国文化，希望这个还略显保守的国度的人们能接受他这样一个有着截然不同的文化传统的人。彼得对于自己的身份能理智的认识并积极地重新构建，因为"他惊奇地发现，他那带有口音的汉语如同脱缰的野马，在那块叫对话的田野里毫无阻隔地横冲直撞"④。

虽然彼得在人生的最后一段时间里回到国内并和马姬结了婚，但他生命中遇到的最重要的爱情和女人都是在中国。从他笃定中国就是他人生的根之所在时，他自然地就认定自己所有的生活（包括爱情）都会在这个梦想之地绽放，"当他开始策划东行的时候，他早已做好了在那里扎根的准备。他关于扎根的定义里自然包括结婚生子这样的内容——他深知他将来要娶的女人在哪里，他的心也会在哪里"⑤。当彼得来到姚桥的矿区时，他终于遇到了他的至爱——矿长的女儿沈小涓。小涓对金发碧眼但主动努力适应异国生活的彼

① 张翎：《交错的彼岸》，天津：百花文艺出版社2000年版，第177页。
② 张翎：《交错的彼岸》，天津：百花文艺出版社2000年版，第178页。
③ 张翎：《交错的彼岸》，天津：百花文艺出版社2000年版，第178页。
④ 张翎：《交错的彼岸》，天津：百花文艺出版社2000年版，第249页。
⑤ 张翎：《交错的彼岸》，天津：百花文艺出版社2000年版，第248页。

得在一开始是有一丝同情怜惜的。"小涓是在那一刻才知道一方水土养一方人这个道理的。由此想到这个决意要将自己的旧根一刀斩断,到中国来寻找新根的外国人,将来还会在外乡的土地上遇到多少难处,心里不觉地涌上了一股对她来说相当陌生的情绪。"① 但慢慢地,小涓的心开始被彼得牵动,两个年轻人的心也走到了一起。

后来,马姬来到中国探望彼得,她是带着深深的期望和志忐来的。她渴望将从小以来对彼得的感情释放出来,但她不得不缄默,因为她悲哀地发现彼得和小涓已经走到了一起,而彼得跟自己的心已渐行渐远。当他们站在长城的城墙之上,看到周围的景致时,"这样的景致使马姬和彼得同时产生了无边无际的联想,马姬想到了无边无际的贫瘠,彼得却想到了无边无际的希望"②。

尽管彼得和小涓两情相悦,但严格来讲这是一段并不完美的爱情。后来小涓意外死亡,彼得也最终回国养病,另娶马姬,再至去世。彼得再美好的憧憬也抵不过现实的多变和残酷。或许当我们为彼得和小涓不得善终的爱情而唏嘘嗟叹时,其实作者另设置了一道伏笔,传达出积极的讯号。那就是马姬圆了彼得写一本关于中国的书籍的梦想,接过他的研究素材,最终完成了《矿工的女儿》这部小说,让故事仍以给人希望的笔调延续下去。

《交错的彼岸》情节构思精巧,作者张翎透过细腻的笔法无处不在地传递大洋两岸两种不同文化的平等互视与交融。而在这样一个文化融合的大背景下,作者更关注的是生活其中的个体的情感、经历、生活、人生态度及如何面临本土文化和异质文化的碰撞,以及他们对自己在异质文化中体现出的他者身份的意识及如何进行正确构建的过程。不同于以往小说中流露出来的单向文化交流和文化优劣的态度,《交错的彼岸》中蕙宁和彼得在异国的经历和他们对待本土和异域文化的态度显示的是一种文化间互相包容、融合和生成积极正确的他者形象的讯号。在多元文化交融发展的今天,在异域文化环境中生存的新一代移民更应该从《交错的彼岸》得到更深更成熟的思考,认真探索自己的身份形象,做到正视自己的本土文化和异国文化,用明确积极的个人身份去迎接新环境的生活与挑战。

---

① 张翎:《交错的彼岸》,天津:百花文艺出版社 2000 年版,第 252 页。
② 张翎:《交错的彼岸》,天津:百花文艺出版社 2000 年版,第 262 页。

"藻溪"故事：叙事原型与文化隐喻①
——加华女作家张翎小说《雁过藻溪》的诠释与解读

钱　虹

　　张翎是近年来海外华文文坛上声誉鹊起的一位加华女作家，但她至今并非职业写手，而仍是一位"业余作者"。创作于她，似乎是一种不无诱惑的"擦边球"，而非职业化的赛场拼搏，这使她的小说多了几分从容挥洒、闲庭信步的意味。其实她的创作历程并非一马平川：早在 20 世纪 70 年代后期，她就是浙江小有名气的一位业余作者，"那时，张翎是温州一家小工厂的车床操作工，写作的灵感开始在内心隐隐萌动。她不满现状，期待着生活中某种重大变化的发生"②。不过除了"零零星星地发表过"类似《雷锋颂》等"铅印的文字"外，如今已难以找到她当年"有过一些狂妄的文学之梦"的痕迹了。③ 恢复高考后，她于 1979 年考入复旦大学，20 世纪 80 年代中期又出国留学，文学创作便戛然而止。

　　直到 20 世纪 90 年代后期，在经历了十多年赴大洋彼岸留学求安身立命

---

① 本文是 2010 年 7 月在由暨南大学、约克大学和加拿大中国笔会联合主办的"加拿大华裔/华文文学国际学术研讨会"上的发言。曾以"母系家族奥秘与女性命运浮沉：张翎小说的文学关键词解读"为题，刊载于《大同大学学报》2012 年第 3 期。
② 引自袁敏：《写在前面》（序言），《张翎小说精选》，上海：华东师范大学出版社 2009 年版，第 1 页。在序中曾提到"三十多年前"她任《东海》编辑时，去江山办文学笔会，与张翎的首次见面，印象极其深刻印象。
③ 据张翎在"后记"中叙述：她曾在美国某知名学府作交流期间，偶然在东亚图书馆发现了一本 1977 年国内出版的《浙江文艺》（原名《东海》），在其中看到了自己的少作《雷锋颂》，"这是我一生中第一段化为铅印的文字，写在不谙世事的豆蔻年华。""我的目光吃力地犁过岁月的积尘，在那些半是口号半是快板的僵硬文字中间穿行。"见张翎：《散乱在文字中间的闲话》（后记），《尘世》，南宁：广西人民出版社 2004 年版，第 194 页。

之处而又几乎居无定所的"流浪"生活后，① 她终于在加拿大多伦多的一间听力诊所谋到了"听力康复师"的职位，在拥有了一份相对稳定的工作的时候，文学再度开始向她频频招手。她很快就又成了令人刮目相看的"业余作者"。人到中年的她坚信："一个离开了青春的人不一定非得一头栽进衰败，其实青春和衰败中间还有着无限的空间和可能性，可以让人十分惬意地甚至有些偷生似的享受着大把大把的冷静和成熟。"② 于是，长篇小说《望月》、《交错的彼岸》、《邮购新娘》直至近年好评如潮的反映 19 世纪以来漂洋过海出国谋生的华工血泪史的《金山》，以及中短篇小说集《尘世》、《盲约》、《余震》及《雁过藻溪》等先后出版问世。

　　平心而论，这十多年来，大陆及台港澳地区文坛的文学创作似乎越来越陷入一个心浮气躁、急功近利的泥沼。而远离许多人趋之若鹜是非功利之漩涡的张翎，她那些从容淡定、精致缜密的"业余"小说作品显得别开生面，自然而又深邃，纯粹而又大气。正如 2009 年在北京召开的关于《金山》的作品研讨会上有人所指出的："在日益空乏寒窘、日益浮夸躁动的当下，《金山》以它几近'笨拙'的严谨扎实，以它对时代风云以及人物命运的贴心贴肺的把握，以它瓷实饱满而富于表现力的语言，以它的力量和深情，让我们眼前一亮。《金山》代表了海外华语文学写作的高度；《金山》，以及其他一批重要作品的出版，说明海外华语文学写作已经成为当代中国文学不可或缺的重要部分。"③ 于是，和严歌苓相似，她的作品，尤其是小说频频斩获各种文学奖项：如第七届和第八届十月文学奖（2001 和 2007），第二届世界华文文学优秀散文奖（2003），首届加拿大袁惠松文学奖（2005），第七届人民文学奖（2006），《中篇小说选刊》双年度优秀小说奖（2008）等。中篇小说《羊》、《雁过藻溪》和《余震》则分别进入中国小说学会 2003、2005、2007 年度排行榜。2010 年 4 月和 5 月，张翎更凭借长篇小说《金山》获得第八届华语文学传媒大奖年度小说家奖和中国小说学会主办的第三届中国小说学会学会奖

---

　　① 据张翎在《金山》中所说："在这之后的十几年里，我完成了两个相互毫无关联的学位。尝试过包括热狗销售员、翻译、教师、行政秘书以及听力康复医师在内的多种职业，在多个城市居住过，搬过近二十次家。记忆中似乎永远是手提着两只裹着跨省尘土的箱子，行色匆匆地行走在路上。"见张翎：《金山》，上海：华东师范大学出版社 2009 年版，第 2 页。

　　② 张翎：《散乱在文字中间的闲话》（后记），《尘世》，南宁：广西人民出版社 2004 年版，第 194 页。

　　③ 中国作家网，http：//www.chinawriter.com.cn/news/2009/2009-8-12/75515.html，2009 年 8 月 12 日。

的海外作家特别奖。

有人说，"张翎最擅长在'风月'里融进'风云'。从《望月》到《交错的彼岸》，再到《邮购新娘》，几乎都是一部中国现代史的别样演绎"①。确实，张翎的小说常常于虚构中包孕着时代风云、历史沧桑。然而，中篇小说《雁过藻溪》则似乎有些与众不同，它曾被加拿大《星岛日报》称作"是张翎最新一轮文学井喷中的首篇，在此之前，张翎的小说已经因文学性极强而引起专家关注，而《雁过藻溪》在此基础上，更向中国历史的纵深挺进，主题厚重。在她的创作道路上向前迈出一大步"②。而引起我对其注意的倒并不在"主题厚重"上，而是在其真假虚实甚至不无混沌的叙事之中，更能调动起人们关注作者"母系"家族及其女性命运浮沉的兴趣来。这正是本文解读《雁过藻溪》的出发点。

一、藻溪·母乡·"春枝"

打开这扇"母系"家族奥秘及其女性命运之门的密钥似乎就隐藏在小说的"题记"里：

谨将此书献给母亲和那条母亲的河

这一"题记"明白无误地告诉读者：这篇小说的人物原型、故事地点与作者的"母亲"及其文化母体，乃至生命的形成有着千丝万缕的同源关系。作者后来在《雁过藻溪》的"序"中作过如下交代：

藻溪是地名，也是一条河流的名字，在浙江省苍南县境内。藻溪是我母亲出生长大的地方，那里有她童年、少年乃至青春时期的许多印迹。那里埋藏着她的爷爷奶奶父亲母亲伯父伯母，还有许多她叫得出和叫不出名字的亲戚……

---

① 陈瑞琳：《遥看红尘缘起缘灭——解构旅加女作家张翎的小说》，中国作家网，http://www.chinawriter.com.cn/news/2009/2009–08–08/75301.html，2009年8月8日。

② 《多伦多著名华文作家张翎再登中国文学排行榜》，中国作家网，http://www.chinawriter.com/news/2006/2006–03–16/8/703851.shtml，2009年8月12日。

我和藻溪第一次真正的对视，发生在 1986 年初夏。那是在即将踏上遥远的留学旅程之时，遵照母亲的吩咐我回了一趟她的老家，为两年前去世的外婆扫墓。这是我平生第一次回到母亲的出生地。同去的亲戚领我去了一个破旧不堪的院落，对我说：这原来是你外公家族的宅院，后来成为粮食仓库，又被一场大火烧毁，只剩下这个门。我走上台阶，站在那扇很有几分岁月痕迹的旧门前，用指甲抠着门上的油漆。斑驳之处，隐隐露出几层不同的颜色。每一层颜色，大约都是一个年代。每一个年代大约都有一个故事。我发现我开始有了好奇。①

作者在此提及的当年对于老宅的亲眼目击与真切感受在《雁过藻溪》中化作了笔下人物末雁跨入"紫东院"后的直接观感与心灵触动，两者之间甚至有着惊人的重合度：

……老宅的破旧，原本也是意料之中的。末雁走上台阶，站在厚厚的木门前，用指甲抠着门上的油漆。最上面的一层是黑色的，斑驳之处，隐隐露出来的是朱红。朱红底下，是另外一层的朱红。那一层朱红底下，就不知还有没有别的朱红了。每一层颜色，大约都是一个年代。每一个年代都有一个故事，末雁急切地想走进那些故事。②

类似生活原型和"母系"家族衰亡及其身世沧桑与小说故事人物的高度重叠与契合的叙事，在张翎笔下其实并不多见。这让我们无论如何也忘不了"藻溪"这个地名以及与此相关的故事中的人物。

"藻溪"在张翎小说中的最先出现，是在稍早些时候发表并曾获 2006 年人民文学奖的小说《空巢》中。在这篇小说中，"藻溪"还只是个不太起眼的背景，起着点缀籍贯的作用：旅居海外的何田田在母亲亡故后为形单影只的父亲、退休教授何淳安找来照顾其饮食起居的保姆赵春枝时，问及她是哪里人，春枝答道：温州藻溪乡人。不过小说结尾，当垂垂老矣的父亲提出要娶春枝时，竟遭到儿女的反对。春枝离开后，难耐寂寞的父亲"失踪"了。

---

① 张翎：《追溯生命的源头》（序），《雁过藻溪》，上海：华东师范大学出版社 2009 年版，第 1~2 页。

② 张翎：《雁过藻溪》，上海：华东师范大学出版社 2009 年版，第 61 页。

最后，何田田是在"藻溪"寻到了怡然自得地在水边垂钓的父亲，"父亲甩竿的动作很是有力，仿佛在上演一出细节到位的戏文，钓鱼绳在空中留下一个弧形的划痕"；"父亲的全出戏文只有一个观众，就是春枝"。① 这里留下的"划痕"既是这个"老夫少妻姻缘"故事的结尾，似乎又是另一个"藻溪"故事的开头。那就是"藻溪女人"——"春枝"们的身世来历及其命运沉浮。之后，我们便读到了篇幅、容量皆大过《空巢》许多的《雁过藻溪》——一个真正意义上的"藻溪"故事，一个真假虚实掩映下的"母系"家族奥秘。

二、"冻土"·"烂苹果"·"还乡"

众所周知，小说是虚构的叙事艺术，在不同的作者笔下会虚构出截然不同的小说来。写小说的技法也是千变万化，但万变不离其宗的是，小说归根结底还在于其叙事性，即最终还是要落到其故事层面上。从这个意义上来说，《雁过藻溪》在张翎的小说中，尤其是她给自己的创作所划分的"南方阶段"的一系列作品②中，无疑是一个颇值得回味的叙事文本。

从表层故事看，《雁过藻溪》讲了一个"叶落归根"、"魂归故里"的女儿尽孝的故事。一个去国多年、在国外从事环境保护研究的女科学家宋末雁，为遵从已故母亲的遗愿，特地请假回国，奉送亡母的骨灰至其祖籍——藻溪安葬，完成母亲生前的夙愿。此行正好有女儿灵灵随行，这个从6岁起就在异国他乡长大、如今一副"外国做派"的炎黄子孙，对自己的"根系"和祖先显得十分生疏，然而在陪同母亲为亡故的外祖母安葬的过程中，"根"与家，在她心目中再也不是无足轻重的东西了。当接过财求伯送她的篾编的玩具房子后，她"突然被一种无法言喻的悲哀袭中。微笑如水退下，脸上就有了第一缕沧桑。那个玩具房子在最不经意间碰着了她的心，心隐隐地生疼，是那种有了空洞的疼。那空洞小得只有她自己知道，却又大得没有一样东西可以填补"③。于是，读者很快就发现：其实在奉行孝道、让亡母"魂归故

① 张翎：《空巢》，原载《人民文学》2005年第11期。此处引自《雁过藻溪》第211页。
② 《张翎讲述：我的边界，没有终点——加拿大华裔女作家张翎小说创作谈》，http：//home. cyol. com/10063873。
③ 张翎：《雁过藻溪》，上海：华东师范大学出版社2009年版，第40页。

里"的表层故事之中，还包孕着一个"寻根溯脉"、"认祖祭祖"的还乡故事。但读者很快就觉得这样来概括《雁过藻溪》的故事是远远不够的。"还乡"故事本身似乎也并不能带给读者多少新鲜感，30多年前的"新时期文学"中，王蒙的小说《春之声》就已经通过20世纪80年代初工程物理学家岳之峰的还乡之旅，把主人公随着急剧变化的时代风云大起大落的生命历程与命运浮沉连缀起来，对如梦似幻而又并非梦幻的现实与人生作了严肃反思。然而，《雁过藻溪》绝非一般意义上的"还乡"故事，它在"还乡"的外壳包裹之下另有其深刻含义，从小说的话语层面看，它蕴含的意思远远不止于作品提供的表层故事。

让我们从小说的开头来看其叙述策略与叙事视角。小说一开始交代："女儿灵灵考入多伦多大学商学院不久，李越明就正式向妻子宋末雁提出了离婚的要求——那天离他们结婚二十周年纪念日只相差了一个半月。"这是"叙述者"的全知视角，是一种不带任何情感色彩的客观叙述，告诉读者人到中年的末雁即将面临离婚的尴尬处境。而从"其实在那之前很长的一段日子里，越明早已不上末雁的床了"往后，叙述策略和叙事视角悄悄地发生了转换，开始从不动声色的"全知视角"转入"人物有限视角"（即"限知视角"），通过末雁的心理"内省"与冷眼观察来"聚焦"丈夫与自己分居已久的"冷战"关系：

> ……末雁知道越明在掐着指头计算着两个日期，一个是两人在同一个屋檐下分居两周年的日期，一个是女儿灵灵离家上大学的日期。随着这两个日期越来越近地朝他们涌流过来，她感觉到他的兴奋如同二月的土层，表面虽然还覆盖着稀薄的冰碴儿，地下却早蕴藏着万点春意了。她从他闪烁不定欲盖弥彰的目光里猜测到了他越狱般的期待。在他等待的那些日子里，她的眼神时常像狩猎者一样猝不及防地向他扑过来。速度太快太凶猛了，他根本来不及掩藏他的那截狐狸尾巴，就被她逮了个正着。看到他无处遁逃不知所措的狼狈样子，她几乎要失声大笑。
>
> 她恨他，有时能把他恨出一个洞来。
>
> 她恨他不是因为离婚本身，而是因为他们没有理由的离婚。①

---

① 张翎：《雁过藻溪》，上海：华东师范大学出版社2009年版，第18页。着重号为笔者所加，下同。

这一段关于末雁与丈夫之间貌合神离的夫妻关系及其紧张程度的描写采用的是"限知视角"，所谓"限知"，是叙述者用人物的意识替代自己的意识来聚焦，人物的感知本身亦构成了"视角"；又因为人物自己的视野有限度，所以又称为"人物有限视角"。这是对于"全知"叙事视角的一种补充和深入。与"全知全能"型传统小说不同，现代小说中的"全知"叙事视角并非无所不能，所以往往采取"全知视角"与"限知视角"交替充当"观察之眼"。如果说"全知视角"的叙事常常是不带情感色彩的客观叙述的话，那么，"限知视角"则是叙述者通过女主人公末雁的亲眼目击与心理"内省"来透视她对婚姻与丈夫的"绝望"，虽然这种人物感觉往往不可避免地带有强烈的情感色彩，甚至不无主观"猜测"，然而，我们从中还是不难体会末雁即将面临离婚时怒火中烧的真实反应：一是"她感觉到"丈夫迫不及待地盼望早日解除与她的婚姻关系；二是"她的眼神时常像狩猎者一样"捕捉并藐视丈夫的言行；三是"她恨他"，原因"不是因为离婚本身，而是因为他们没有理由的离婚"。对丈夫和婚姻的"绝望"本是末雁自身的内在情感，但这里叙事者将其外在化了，将之比喻为"冻土"，一片在冰雪覆盖下的坚硬土地。这一意象在文中虽是末雁形容丈夫李越明渴望"化冻"式解脱的，但纵观全文，其实这一意象用来隐喻末雁"还乡"后情感与生命的复苏真是再合适不过了：你看，"二月的土层，表面虽然还覆盖着稀薄的冰碴儿，地下却早蕴藏着万点春意了"，这不正隐喻了日后末雁的激情、欲望以及生命意识破土而出么？！

　　不过，在末雁即将离婚之际，"冻土"封闭了她的全身心，使她内心布满了"冰碴儿"，对婚姻和自我彻底丧失了自信。丈夫迫切地想离开她的原因，并非"红杏出墙"、"第三者插足"等外在因素，而是"这桩婚姻像一只自行发霉的苹果，是从心儿里往外烂，烂得毫无补救，兜都兜不住了。……这样的烂法宣布了末雁彻头彻尾的人老珠黄缺乏魅力"①。小说自始至终都未对女主人公作过肖像描写，然而透过"全知视角"的"内省"聚焦，在读者的最初印象中，人到中年的末雁，无疑是个"缺乏魅力"，尤其是缺少吸引男性的女性魅力的木讷干巴的中年女人。

　　她为何会成为这样一个"缺乏魅力"的中年女人？这关乎她的来世今生。

---

① 张翎：《雁过藻溪》，上海：华东师范大学出版社 2009 年版，第 19 页。

解开这一问题，需要一个契机。这个契机就是——大洋彼岸的母亲黄信月去世了，"母亲生前反复交代过……骨灰由长女末雁送回老家藻溪归入祖坟埋葬"①。

于是，一个捧亡母之骨灰赴其祖籍安葬的"还乡"故事便在意料之中顺理成章地呼之欲出了。

三、"门"·"墙"·"坚冰"

事业有成但"缺乏魅力"的末雁很快与丈夫离了婚，并携女儿开始了"还乡"之行：将亡母的骨灰送回原籍归入祖坟埋葬。但我们很快发现，其实为母送葬不过是"藻溪"故事的一个引信，或者只是浮于海上的冰山的一个尖角而已，其所包含的似乎更是一个回归人伦亲情家园及重新体认东方母体文化的内核。在藻溪，末雁不仅通过"还乡""再一次投身于母亲文化的怀抱来重新调整离婚所造成的紊乱的心理状态，建立新的精神支柱"②，而且，她在回归母乡前后对自己人生历程与成长经验的一连串隐含着个人高度隐私机密（从不为外人道）的回忆，就此牵出了母女两代身世之谜的根系与家族奥秘的藤蔓。于是，"还乡"的叙事便在叙述者与人物的"限知视角"的交替"聚焦"之下，徐徐展开了现实与历史、母亲与长女、家族命运与个人遭遇之间的复杂拼图。

对于末雁而言，"还乡"首先是对母女关系以及自己人生历程与成长经验的回顾与追思。五十年风雨人生的桩桩件件，正像离婚后末雁搬家时砸向前夫车尾的花瓶，成了"剪不断，理还乱"的一地碎片。而"还乡"正给了末雁捡拾这些人生碎片并将之拼贴起来，解开母女的身世之谜以及母系家族奥秘的契机。首先是家庭中母女长期疏远的别扭关系。对于生养自己并给自己取名"小改"的母亲，末雁与她生前其实是很隔膜的，正如她对父母形象的比喻："母亲是一扇门"，而宋运文——她的父亲对于她不过是"门里的景致"，"作为门的母亲是沉默而高深莫测的，而作为景致的父亲反而是一览无余温和容忍的"，③ 这种"温和容忍"不仅是那些求父亲办事的藻溪"乡党"

---

① 张翎：《雁过藻溪》，上海：华东师范大学出版社 2009 年版，第 23 页。
② 徐学清：《论张翎小说》，《华文文学》2006 年第 4 期。
③ 张翎：《雁过藻溪》，上海：华东师范大学出版社 2009 年版，第 22 页。

们对父亲的印象，其实也是末雁多年来对"父亲"的感觉，多少带着"见外"的生分："父亲对末雁向来是温和、克制甚至是回避的。"[①]"门"隔开了天地万物，也隔绝了母女之爱，一向沉默寡言的母亲，甚至令人不可思议地将童年时代的长女拒之"门"外：

　　在很多个夜晚，母亲会站在窗口，长久地一动不动地抱着妹妹，那时母亲眼里漾着月光，那光亮将妹妹从头到脚地裹了进去，却将世界挡在了外边。当然，世界的概念里也包括了末雁，甚至还有父亲。
　　有一次末雁突然萌生了想闯进这片光亮的意念。
　　那天母亲也是用同样的姿势抱着妹妹，末雁突然走过去，伸出一个手指，轻轻刮了一下妹妹的鼻子。母亲吃了一惊，眼神骤然乱了，月光碎碎地滚了一地。母亲闪过身去，将妹妹更紧地搂在了怀里。刹那间，末雁看见了母亲眼角那一丝来不及掩藏的厌恶。那天末雁哭着跑到了自己的屋里，翻开墙角那面生了一些水锈的小镜子，看见了镜子里那张雀斑丛生毫无灵气的脸。那一刻她确定了这张脸就是一堵高墙，隔开了母亲和她，一个在墙的这端，一个在墙的那端，永无会合之日。从那以后，这张脸不断地闯进她梦里梦外的一切空闲时刻，伴随着她走过了黑隧道般走也走不到头的青春岁月，直到中年才让她渐渐安息下来。[②]

　　这是末雁手捧母亲的骨灰盒在驱车赶赴藻溪途中关于母亲与自己之间关系的一段辛酸回忆。通过一个十岁小女孩（小改）的童年视角"聚焦"的母亲与自己的形象，清晰地告诉读者：母亲生前曾十分"厌恶"长女，把月光般的柔情只施予幼女；而童年的末雁从镜中看见自己的脸"雀斑丛生毫无灵气"，而她确定这一镜像"就是一堵高墙，隔开了母亲和她"，而且"永无会合之日"。在这里，"门"与"墙"显然不仅仅只是母女关系的比喻，它更是一种家族文化的隐喻，对于末雁来说，"还乡"是"破门而入"（她后来跨入母亲的祖居"紫东院"无疑正是一次"破门而入"，由此揭开了母亲隐藏了五十多年的身世秘密和"母系"家族衰亡的奥秘）；而对于亡母而言，指定长女为其回祖籍埋葬骨灰，用意倒更像是一种带有"拆墙欲出"意味的盖棺定

　　① 张翎：《雁过藻溪》，上海：华东师范大学出版社 2009 年版，第 26 页。
　　② 张翎：《雁过藻溪》，上海：华东师范大学出版社 2009 年版，第 25 ~ 26 页。

论（她与"堂兄"财求之间半个多世纪前达成的"交易"终于大白于天下，母亲的身世之谜、末雁的血缘之谜、"母系"家族的衰亡之谜等种种谜团皆迎刃而解）。所以，"门"与"墙"既隔绝了母女，又沟通着生者与死者，终于使她们最后彼此宽宥与相互理解。

末雁现在明白了，母亲一生为何如此沉默寡言。母亲的所有真性情，都已经被一个硕大无比的秘密，碾压成一片薄而坚硬的沉寂。那片沉寂底下也许有母爱，只是母爱在坚冰底下，末雁看得见的，只是坚冰。末雁的目光无法穿越坚冰，末雁的目光在还没有穿透坚冰的时候，就已经被坚冰凝固成了另外一坨坚冰。①

在这里，裹着"坚冰"的母亲与心如"冻土"的末雁形成了首尾呼应的彼此映照："冻土"—末雁、"坚冰"—母亲，母女两代人生前无法化解的"冰碴儿"，终于在祖籍藻溪阴阳两隔的内外"聚焦"下冰释前嫌。"还乡"使末雁不仅完成了母亲的心愿，捡拾起了丢失在母亲的沉默寡语之中的家族谱系，而且还成了女主人公寻找家族文化符码、修复人性天伦版图的精神之旅。

四、"失乐园"·"伊甸园"·"夏娃复活"

末雁手捧着母亲的骨灰盒抵达藻溪。回忆属于过去的历史，尽管不堪回首；而亲历则带着勘察家族谱系、修复人性天伦版图的使命，尽管并非自觉。葬母之行，使她与为亡母披麻戴孝以及教她入乡随俗当众哭丧的两个男人发生了不解之缘，终于使她早已干涸的泪泉淌出泪水来（"女人是水做的"，"还乡"前的末雁，什么都不缺，独独没有"泪水"）。一个是母亲的"堂兄"，表面上与母亲沾亲带故而实际上是"哄哄人的亲戚"财求伯；另一个则是财求伯的孙子，按辈分应该叫末雁"姑姑"的侄儿百川。正是这老少两代无论身份还是辈分都要比末雁低很多的两个男人，在末雁"还乡"期间，不仅改变了她此后的人生轨迹，而且还在她与灵灵的母女关系中投下了难以驱

---

① 张翎：《雁过藻溪》，上海：华东师范大学出版社 2009 年版，第 126 页。

除的阴影。

首先跃入末雁眼中的藻溪男人是亡母的"堂兄"财求伯，他是她"还乡"途中见到的给亡母下跪磕头的第一个乡下男人：

　　这时人群破开一个小口，流出一队身着孝服的人马来。领头的是个黑瘦的老头，走近来，见了末雁和灵灵，也不招呼，却"砰"的一声跪在地上，冲着末雁手中的骨灰盒，低低地将头磕了下去，口中喃喃说道："信月妹妹我来接你，接晚了……"后边的半句，是末雁顺着意思猜测出来的——老头的声音已如枯柴从正中折断了，丝丝缕缕的全是裂纹。末雁心想这大概就是妹妹说的那个财求伯了。

　　……正犹豫间，老头已经自己起身了，从怀里抖抖地掏出两片麻布条子来，换下了末雁和灵灵胳膊上的黑布条："近亲戴麻，远亲才戴黑。"末雁发现老头戴的是麻。[①]

　　此时的末雁做梦也想不到这个一身重孝、至悲至诚的黑瘦老头竟会是母亲和自己"失乐园"悲剧的始作俑者。他不仅对着亡母的骨灰盒行叩首跪拜之礼，而且还一手导演了藻溪乡亲以及末雁自己连带在国外长大的灵灵当众给亡亲遗像下跪哭灵的东方孝亲仪式。然而，五十多年前的财求正像《失乐园》中以强凌弱的撒旦，他当着上帝的面对一个落难女子犯下了不可饶恕的罪孽。此后数十年黄信月与末雁的种种不幸，甚至其孙子百川与"姑姑"发生"乱伦"关系，都与他当年的造孽脱不了干系。这个本是从小逃荒讨饭、被藻溪乡篾匠黄四收养的本名叫"狗"的四方有名的手艺工匠，当年乘人之危，在觊觎已久的藻溪大户人家的千金小姐黄信月大难临头之际，首先占有了这个"藻溪乡里唯一读过高中的女子"。所以，他五十多年后一手操办的不无滑稽的"哭灵"仪式其实更像是一场超度亡灵、清洗罪孽、请求死者宽恕的"赎罪"法事。末雁在母亲生前一直百思不得其解的身世之谜，也随着她跟随财求踏进母亲的故居紫东院，并在母亲的房间里捡起了一条褪尽鲜艳色彩的手绢之后觅到了答案，"末雁的心，突然痛了起来，不再是那种木然的钝痛，而是子弹从心里穿过爆出一个大洞那样的剧痛"[②]。她通过抽丝剥茧般的

---

① 张翎：《雁过藻溪》，上海：华东师范大学出版社 2009 年版，第 28 页。
② 张翎：《雁过藻溪》，上海：华东师范大学出版社 2009 年版，第 63 页。

察访最后分析出财求才是那个真正玷污母亲清白之身的男人时，她对这个与自己有着血缘关系，并且身上还留存着其遗传基因（那小脚趾头上的凸起物就是证明）的老头，心中只有悲愤。虽然已经事隔五十多年，但她对这个不仅毁了母亲一生的幸福与安宁，而且也使自己成为母亲生前最大的耻辱，从而失去母亲之爱、天伦之乐的生身父亲，并无宽恕之意。财求在末雁离开藻溪后半夜里突然中风，虽经多方抢救但半身瘫痪、无法言语的生命结局，多少也与《失乐园》中撒旦最后遭到天谴而变成了蛇的惩罚类似，隐含着对他当年作恶造孽的一种宿命式因果报应的惩戒。

如果说财求一手酿造了黄信月一生与末雁大半生"失乐园"悲剧的话，那么人到中年的末雁与侄儿百川之间的"乱伦"却又好似一出"伊甸园"喜剧，它最明显的成效是偷吃了禁果的夏娃——女人身体与生命的复活。"女性对自己身体的认知是女性界定自己身份、掌握自己的命运和自我赋权的一个重要的途径和组成部分。"[①] 如前所述，末雁是在身心处于"冻土"状态之下"还乡"的，此前很长一段时间内，她被"宣布"因"彻头彻尾的人老珠黄缺乏魅力"而与丈夫离了婚。然而在藻溪她却遇到了按辈分属于侄辈的见多识广的百川，"百川率直并带有些许野性的混合着诗人气质的个性，唤醒了末雁几十年来一直处在冬眠状态的激情和生命力"[②]。与高大健壮、目光锐利而又处处透露出风流倜傥、率性而为的诗人个性的文化人百川相比，末雁除了年龄之外，其实在对身外世界、社会变化、两性关系的认知度及其心理成熟度上都处于下风。所以，母乡与百川的相遇，无疑是她对自己作为女人的身体、欲望及女性魅力的再度启蒙与重新体认。在百川从言语挑逗到身体接触的一再"诱惑"之下，她对于男人的心理防线开始后退，"冻土"逐渐开融化解。在得到曾向她表示好感的德国同行汉斯·克林的确切死讯后，她本已脆弱的心理防线彻底崩塌，终于成了"伊甸园"内偷吃禁果的夏娃。从女性主义的理论视角而言，值得关注的倒并不是纠缠其中的道德伦理约束与两性情感宣泄之间的人性悖论，而是透过这一层姑侄"乱伦"之帷幕看到了一个充满女人魅力的末雁如凤凰涅槃般的再生，对于先前与前夫婚姻失败的"人老珠黄缺乏魅力"理由的全面颠覆，原先地下"蕴藏着万点春意"变作了春意盎然的"离离原上草"。

---

① 柏棣主编：《西方女性主义文学理论》，桂林：广西师范大学出版社 2007 年版，第 208 页。
② 徐学清：《论张翎小说》，《华文文学》2006 年第 4 期。

然而，藻溪毕竟不是伊甸园，何况亚当与夏娃偷吃禁果之后在上帝面前就有了负罪感。复活的夏娃——末雁与百川冠冕堂皇的"我们是哄哄人的亲戚，其实没有任何血缘关系"的伦理遮羞布偏偏被灵灵撞破，而她恰恰是观察到财求家族遗传基因密码的第一位发现者："妈妈你看百川哥哥的脚趾头，和你长得一样呢。"于是，末雁不仅看到了百川脚趾头上长着和自己相似的凸起物，而且还从百川口中得知"这是遗传，我们家的人，我爷爷、我爸爸、我，都长这球玩艺儿，还都在左脚"①。所以，在窥破母亲末雁与百川的"乱伦"秘密之后，恰是灵灵，这个受国外教育长大的少女却举起了装神弄鬼的大旗，搬出了已亡外祖母显灵的法眼，说看见"外婆就坐在门外哭"，以至于心中各怀鬼胎的"众人的脸都白了"。于是，犯下罪孽的，遭到了中风瘫痪的报应；误解亡母的，得到了真相大白的澄清。一切似乎本该有的都有了结局，但复活后的夏娃——末雁却在"还乡"结束时，遭到了"乱伦"的轮回报应：她失去了女儿灵灵的尊重与信任，母女关系出现了明显的裂痕，女儿用英文冷冷地对她说："请你别碰我。"一副与母亲划清界限、老死不相往来的架势，似乎预示着又一个母女失和的"失乐园"故事的开头。

所以，"藻溪"的故事还没有完，完不了。我们期待着。

五、结　语

《雁过藻溪》虽然只是张翎众多作品中的一部中篇小说，但其中所蕴含的叙事意蕴与文化隐喻是丰富而又深邃的。女主人公末雁的"还乡"故事，无论从故事层面还是话语层面的叙事转换，都具有草蛇伏线、终归一脉的精心构思，形成了层层勾连、环环相扣的艺术架构，值得我们运用各种各样的理论方法对其进行诠释和解读。

---

① 　张翎：《雁过藻溪》，上海：华东师范大学出版社 2009 年版，第 36 页。

论张翎小说的结构艺术①

胡德才

一

张翎的小说世界多彩多姿，令人流连忘返。在这里，东方与西方错综交织、历史与现实紧密相连、精神与物质互相撕扯、情感的创伤与理性的思考相伴相生。因此，走进张翎的小说世界是容易的，并且会立刻被这迷人的景致吸引，但若要理清这一艺术世界的基本脉络、把握住它的整体格局，却不是初次进入这个世界就能立即完成的，它往往需要再次甚至多次跨进这个世界。张翎的小说不是那种读一遍就使人不想再读的小说，它们经得住一读再读。张翎的小说世界包孕如此丰厚的历史意蕴、涉猎如此广博的社会内容、蕴含如此复杂的情感纠葛和人性思索，而又以恰当的形式、手法和语言表达得如此引人入胜，显然她是经过精心构思的。

李欧梵先生在谈到伟大作品的条件时曾说："我个人心慕的文学作品，都是在构思上博大精深的作品，也可以说是思想的深度和结构的幅度都很惊人的作品。"因此，他认为："伟大作品，必须是经过博大精深的构思后的产品。"② 在张翎的前两部长篇小说——《望月》和《交错的彼岸》问世后不

---

① 本文是 2010 年 7 月在由暨南大学、约克大学和加拿大中国笔会联合主办的"加拿大华裔/华文文学国际学术研讨会"上的发言，并获"首届加拿大华裔/华文文学论文奖"第二名。刊登于《文学评论》2010 年第 6 期，并收入胡德才主编：《多元文化共建的世界华文文学——第十六届世界华文文学国际学术研讨会论文集》，北京：中国华侨出版社 2011 年版和中国世界华文文学学会编：《直挂云帆济沧海——世界华文文学研究三十年论文集》，北京：中国文史出版社 2012 年版。

② 李欧梵：《中西文学的徊想》，台北：远景出版事业公司 1987 年版，第 57、65 页。

久，就有评论家称她是"海外女作家中少有的擅长在小说结构的高手"①。再加上随后的《邮购新娘》和《金山》，可以说，张翎的长篇小说在内容上是一部比一部厚重，结构上一部比一部繁复。巨大的时空跨度、错综的人物关系、繁复的结构艺术、"史诗"意蕴的追求构成了张翎小说的一大特色。

海外华文作家相对于国内作家而言，最为独特之处是"他们拥有自己人生经历中从国内到国外的双重经验"。刘登翰先生认为这是他们独具的文化优势，因此，"他们善于从自己由故国到异邦的双重人生经历中进行对比和总结，使自己跨域的文学书写具有比较开阔的视野和丰富的参照"②。对于张翎来说，一方面，地理位置的阻隔给她的文学创作提供了一段合适的审美距离，使她的书写更加从容淡定，也有了更多理性的内涵；另一方面，对于对"小说是说故事"③ 有着高度自觉而又对历史有些着迷的张翎来说，④ 这种从国内到国外的双重人生经验使她的小说在构思时就有了一种独特的视角，结构上体现为一种巨大的时空跨度，人物关系则错综复杂，气势上就有了几分恢宏和大气。张翎说，当她写完《金山》的时候，"我突然意识到，上帝把我放置在这块安静到几乎寂寞的土地上，也许另有目的。他让我在回望历史和故土的时候，有一个合宜的距离。这个距离给了我一种新的站姿和视角，让我看见了一些我原先不曾发觉的东西，我的世界因此而丰富"⑤。张翎的小说，总能让人感到一种新奇和意外，原因就在于她独特的视角、别出心裁的构思、横跨中西贯穿百年的恢宏与厚重、一个个意蕴丰厚而又引人入胜的故事以及古典韵味与现代气息相交融的典雅细腻的语言风格。《望月》中所演绎的一个个错综交织的情感故事，令人眼花缭乱；《交错的彼岸》里侦探小说式的悬念设置，新颖别致；《邮购新娘》以八个彼此独立又互相联系的故事形成一个有机整体的拼图式结构，自成一格；《金山》以"金山梦"为引子所展示的近一个半世纪以来海外华人为求生存、图发展所经历的悲欢离合、命运浮沉，

① 陈瑞琳：《风雨故人，交错彼岸——论张翎的长篇新作〈交错的彼岸〉》，《华文文学》2001年第3期。
② 刘登翰主编：《双重经验的跨域书写——20世纪美华文学史论》，上海：上海三联书店2007年版，第9～10页。
③ 福斯特著，苏炳文译：《小说面面观》，广州：花城出版社1984年版，第34页。
④ 张翎接受记者采访时谈到对中国当代文坛的看法时认为："整个文坛很注重实验性和市场性，却忽略了讲故事的能力。"万沐：《开花结果在彼岸——〈北美时报〉记者对加拿大华裔女作家张翎的采访》，《世界华文文学论坛》2005年第2期。
⑤ 张翎：《张翎小说精选四·金山》，上海：华东师范大学出版社2009年版，第8页。

显得深沉悲壮。张翎的四部长篇小说在结构上虽然各有特点，但所讲述的故事都具有巨大的时空跨度，时间上贯穿一世纪，空间上横跨两大洲，人物华洋杂陈，内容则以婚恋纠葛为主。其中《望月》和《邮购新娘》分别以主人公名篇，望月和邮购新娘江涓涓也是整部小说众多故事的引线，是小说结构布局的主干。这两部小说所叙述的跨越百年牵涉中外的新人旧事、爱恨情仇都与她们直接或间接相关，都因她们而串联起来，这种结构可以称为"串珠式"结构。《交错的彼岸》和《金山》则分别以小说中的两个次要人物——新闻记者马姬和社会学教授艾米对一起华人失踪案的调查、采访和对一座古旧碉楼的探访、溯源为线索，但失踪案的主人黄蕙宁和碉楼的主人方得法才是小说的主人公。小说随着调查采访和探访溯源的深入，引出了关于主人公及其家族和相关人物跨越百年从国内到国外的人生足迹、情感波澜和命运浮沉。小说的结局是黄蕙宁失踪案的水落石出和碉楼主人百年传奇故事的浮出水面，而作为小说引线人物的马姬和艾米也随着主体故事的结束而与自己心仪的伙伴走到了一起。小说在形式上构成了一个完整而又完美的封闭系统，这种结构可以称为"封套式"结构。

二

张翎的小说在结构上显然都是用过一番心思的，这从《望月》和《交错的彼岸》的副标题的设置（前者为"一个关于上海和多伦多的故事"，后者为"一个发生在大洋两岸的故事"）以及《邮购新娘》和《金山》的章节目录可以看出。《邮购新娘》除"引子"（多伦多：伤心都市——一个更像结尾的开头）和"尾声"（多伦多：归程——一个更像开头的结尾）外，中间八章是与主人公有关的八个分别发生在温州和多伦多的故事。《金山》除"楔子"和"尾声"外，中间八章分别为金山梦、金山险、金山约、金山乱、金山迹、金山缘、金山阻、金山怨。如果说，从整体上看，张翎的小说以结构错综繁复、具有史诗意蕴为特色，那么，其具体的结构形式又有两种类型，一是以《望月》、《邮购新娘》为代表的"串珠式"结构，另一种就是以《交错的彼岸》、《金山》为代表的"封套式"结构。

《望月》是张翎出国十年、搁笔十余年之后创作的第一部长篇小说。去国十年，张翎在异国他乡求学谋生、历经坎坷，其间两次回国，所见所闻，也使她感慨颇深。"他乡和故乡。物质和精神。我知道，我这一辈子，大概都会被这两种困惑撕扯着，永无解脱之时。于是，就有了《望月》这本书。"① 从某种意义来说，《望月》正是她去国十年生活、情感、思想积累的一次喷发，是饱蘸着泪水和心血谱写的华章，是孕育多时的产儿。小说以青年画家、富有的上海小姐望月移民加拿大、抵达多伦多并与前来接机的姐姐卷帘相见开篇，以望月和丈夫颜开平、艺术教授牙口、画家宋世昌之间的婚恋纠葛为主线，辅之以对孙氏三姐妹卷帘、望月、踏青及其周边人物的身世、家庭、留学经历、婚恋故事的叙述。小说在展开一群当代中国移民者在异国他乡的生活、情感遭遇与人生追求的同时，不时以电影闪回的形式，通过回忆、联想引领读者进入历史、回到过去。孙三圆家族的兴衰，颜氏家族的发迹，望月父母的婚变，牙口的中国故事及其同性恋恋情，望月、卷帘、踏青、李方舟、刘晰、星子、宋世昌、羊羊等一群移民者的留学经与婚恋史都在"现在的故事"的进展中巧妙地交织、穿插进来。从上海到多伦多，从 20 世纪前期、中期到后期，小说的时空跨度大、人物众多、线索纷繁，但叙述有条不紊、散而不乱，重要人物、事件的来龙去脉都有完整的交代。最后，羊羊回到了丈夫身边，刘晰踏上了归国的旅程，牙口重返宁静的牧场，李方舟献身于宗教慈善事业。而经历了许多人世的波折和情感的困惑与挣扎之后的望月则开始远离世俗功利而趋于宁静淡泊。到小说结尾的时候，望月决定离开丈夫，远离喧嚣的都市搬到了离宋世昌所在的班福艺术中心不远的乡镇农舍，并向志同道合的宋世昌发出了邀请。而就在望月的母亲临终之前，"荔枝阁"的老板黄明安带着儿子彼得从多伦多到达上海沁园来寻找因夫妻失和而暂住上海的妻子卷帘。黄明安手里捧着的一大束玫瑰花在冬天缺少颜色的背景里，"红得触目惊心，绚丽异常"。小说这样结尾，既暗示了卷帘与黄明安破裂感情的修复与弥合，也可看出小说在叙写了一个个千姿百态又千疮百孔的婚恋传奇后仍希望给人一丝心灵的慰藉的愿景。

与《望月》在构思上有相似之处的是《邮购新娘》，这两部小说的主人公——画家孙望月和服装设计师江涓涓都是心高气傲、有着自己的人生追求的女子，一个作为投资移民、一个作为邮购新娘来到多伦多。望月在国内有丈夫颜开平，在多伦多又遇到了牙口和宋世昌；江涓涓在国内有初恋情人沈

① 张翎：《张翎小说精选一·望月》，上海：华东师范大学出版社 2009 年版，第 2 页。

远，后作为咖啡店老板林颉明的未婚妻来到多伦多，又遇到了牧师保罗和干洗店老板薛东。两位年轻女性跨洋的人生追求和婚恋遭遇是小说情节的主线，而在作家的构思中，她们又是串联起小说中众多其他人物和故事的引线。因为望月的移民多伦多，就将上海的沁园和多伦多的"荔枝阁"联系起来。沁园的变迁、孙氏家族的沧桑历史、望月父母的婚变故事、孙氏三姐妹的童年与青春往事、邻里颜氏家族的今昔巨变和会聚于"荔枝阁"的一群移民者留学的艰辛、婚姻的波折、情感的遭遇、事业的追求都错综复杂地交织在一起。因此，海外华人评论家陈瑞琳称《望月》是"一部风格相当奇特的小说，奇就奇在她能将海外如火如荼的生活有意纳入在陈年旧事的烟雨中娓娓道来，从而超脱了新移民文学普遍的浮躁，熔铸了一种传统与现代奇妙交合的典雅风范"①。《邮购新娘》写江涓涓和加拿大老板隔洋约会、跨洋结婚，虽然江涓涓最终并没有当上新娘，但由此连接起了多伦多和温州城，并引发出一长串绵延百年横跨中西的爱情传奇。虽然这两部作品都是跨域故事，历史与现实相交织，但相对而言，《望月》的故事重心在现实中的多伦多，在望月以及相聚于"荔枝阁"的一群移民者的生活遭遇、情感经历和人生追求中。《邮购新娘》的故事重心则在历史上的温州，在百年温州的历史舞台上曾上演的一个个爱情传奇。在结构上，《望月》以三十八节的篇幅频繁跳跃于历史与现实之间，以近乎意识流的手法，将"过去的故事"零星地穿插于"现在的故事"之中。《邮购新娘》由"引子"、"尾声"和八章正文组成，"每个章节有其独立于其他章节的完整故事情节，而各个章节又与其他章节共同构成了全书的系统情节。如果整部小说展现的是一段上下贯穿一世纪、东西跨越两大洲的故事，那么每个章节就是这个大版图上的小方块。章节是以时空交错的方式排列，只有读完全书才能拼出一个完整的版图"②。其中，"引子"、"尾声"和首尾两章及中间的第四章大致叙述的是现在时态的发生在多伦多的故事，也就是关于邮购新娘江涓涓与加拿大老板林颉明隔洋约会、跨洋结婚、解除婚约、离加归国的故事。江涓涓的故事是小说情节的引线，也由她搭建起小说的结构框架。而主体部分有五章是过去时态的温州的故事，但又都与主人公江涓涓的身世、情感密切相关。第二章"一对中国母女的故事"是写江涓涓的祖母筱丹凤和母亲竹影两代越剧名伶的婚恋传奇；第三章"一个机

---

① 陈瑞琳：《风景这边独好——我看当代北美华文文坛》，《华文文学》2003 年第 1 期。
② 张翎：《张翎小说精选三·邮购新娘》，上海：华东师范大学出版社 2009 年版，第 1~2 页。

要秘书的故事"是写江涓涓的母亲竹影和丈夫江信初的秘书李猛子的婚外恋情；第五章"一对闹市艺术家的故事"是写江涓涓和青年画家沈远的初恋情缘；第六章"两个洋牧师的故事"是写江涓涓的精神引路人保罗·威尔逊和保罗祖父约翰·威尔逊的中国故事及其婚恋奇遇；第七章"一个漂亮保姆的故事"是写江涓涓的生母方雪花曲折的婚恋经历。而贯穿其中若隐若现的一个内在悬念就是主人公江涓涓的身世之谜。《邮购新娘》的这种繁复而新巧的"串珠式"结构，将跨地域、跨时代、多头绪而又有着内在关联的故事串联在一起，的确"很容易将读者绕在其中不能自拔"，但并不影响读者浓厚的阅读兴致。这一方面是"因为其中每一片叶子都十分耐人寻味。每走一程，你都会发现别有洞天"①；另一方面，"在阅读的过程里，悬念充当了毒品的角色，揪着读者一步一步、不知不觉地步入作者预先设定的结局"②。张翎作为天才的小说家，其讲故事的能力和技巧令你不能不佩服。

三

美国学者威廉·莱尔认为鲁迅小说在结构设计上的特点之一，是"运用'封套'"，即"把重复的因素放在一个故事或一个情节的开头和末尾，使这个重复因素起着戏剧开场和结束时幕布的作用"③。这种"封套式"结构，也就是圆形结构，如鲁迅小说《伤逝》即是典型的例子。钱钟书先生曾经强调文艺作品结构布局的"圆"形。他说："窃尝谓形之浑简完备者，无过于圆。"④ 他对能在古文中"起结呼应衔接，如圆之周而复始"者，极为赞赏。他又说："浪漫主义时期作者谓诗歌结构必作圆势，其形如环，自身回转。近人论小说、散文之善于谋篇者，线索皆近圆形，结局与开场复合。或以端末钩接，类蛇之自衔其尾，名之曰'蟠蛇章法'。"⑤ 因此，这种"封套式"的圆形结构，实为文艺作品结构之至美境界。张翎的小说在谋篇布局上显然对

① 赵稀方：《历史，性别与海派美学——评张翎的〈邮购新娘〉》，《世界华文文学论坛》2004年第1期。
② 张翎：《张翎小说精选三·邮购新娘》，上海：华东师范大学出版社2009年版，第2页。
③ 威廉·莱尔著，尹慧珉译：《故事的建筑师 语言的巧匠》，见乐黛云编：《国外鲁迅研究论集》，北京：北京大学出版社1981年版，第334页。
④ 钱钟书：《谈艺录》，北京：中华书局1984年版，第111页。
⑤ 钱钟书：《管锥编》（第一册），北京：中华书局1979年版，第229～230页。

此有着自觉的追求,《交错的彼岸》和《金山》可视为这种"封套式"结构的成功案例。

《交错的彼岸》以资深新闻记者马姬·汉福雷接手调查一起华人失踪案开篇,小说开场是马姬以第二人称"你"的形式对失踪的主人公黄蕙宁的身世、性情的推测和失踪原因的追问,并且交代警方派出了曾得过总督亲自颁发紫心勇士勋章的麦考利警长来负责这个案子。因此,莫言认为,"首先可以说这是一部侦探小说,因为它具备了侦探小说的一切条件"①。小说接下来是马姬对蕙宁失踪前的房东,蕙宁的母亲金飞云、姐姐萱宁、老师谢克顿等人进行调查。随着调查的进展,牵涉的人物越来越多,地域越来越广,小说进而展开了对跨越百年历史的中国南方布庄大王——金氏家族和美国加州酿酒业大亨——汉福雷家族沧桑变迁的叙述,以及对变迁中发生的几代人之间的婚恋纠葛的描写。其中黄蕙宁和海鲤子、谢克顿、大金、陈约翰之间的情缘、奇遇则是重要的情节、线索,由此将他乡与故乡、现实与历史、主人公的青涩初恋与海外情缘、父辈的婚恋错位与后辈的姻缘联系起来。而随着跨洋越海新老故事的展开,蕙宁失踪之谜也得以解开。最后,马姬和麦考利警长终于打探到了蕙宁的下落,而他们自身的关系也逐渐由工作伙伴发展为生活伙伴。小说结尾是黄蕙宁的长篇独白,正如徐学清所说,这"也可以读作是对小说开场时马姬种种疑问的回答。颇有意思的是,马姬的独白是直接对着蕙宁而诉,用的是第二人称'你';蕙宁则用第一人称'我'来陈述自己不辞而别的原因。一问一答,前后呼应,在艺术结构上完成两种文化的象征性对话"②。而在小说的结构形式上,从开篇蕙宁失踪、马姬与麦考利的初次合作以及马姬以第二人称口吻向蕙宁发问到结尾蕙宁失踪之谜破解、马姬与麦考利感情发展成熟和蕙宁以独白的形式回答她不辞而别的原因,这种首尾的一一呼应就构成了一个完整的封套。只是形式上的封闭并不意味着内容上的封闭,蕙宁与陈约翰的相遇与相知正预示着一个新的美丽故事的开始,因此,小说结构上的美感正来自其形式上的封闭性与内容上的开放性的相统一。

《金山》则是一部关于近现代史上海外华工生活题材的小说,它展示了华人近一个半世纪以来越洋过海、挣扎拼搏的奋斗史和血泪史,结构谨严、气势宏大、内容厚重、描写细腻,具有史诗般的意蕴,是同类题材创作中的集

---

① 莫言:《张翎小说精选二·交错的彼岸》,上海:华东师范大学出版社 2009 年版,第 2 页。
② 徐学清:《论张翎小说》,《华文文学》2006 年第 4 期。

大成之作，堪称北美华人移民题材小说创作史上的一块里程碑。小说中的故事开始于19世纪70年代，广东开平的农家少年方得法为了一个朦胧的黄金梦想随同村的金山伯红毛踏上了远赴金山的漫长旅程，紧随"金山梦"之后的是：方得法目睹和亲历了在太平洋铁路修筑时期，先侨在异国他乡艰难谋生、铤而走险以至命丧海外的"金山险"；方得法和结发妻子六指新婚之夜相许却终生未能履行的"金山约"；海外洋番结伙劫毁华人洗衣店和国内六指与锦河母子遭土匪绑架的"金山乱"；方得法长子方锦山和红番女孩桑丹丝、华人女子猫眼的海外奇缘所留下的"金山迹"；方得法次子方锦河和亨德森太太的"金山缘"；混乱的时局和战乱造成的"金山阻"；地理阻隔、战争风云、政治风波、人际矛盾、情感纠葛导致的"金山怨"。小说以一百多年来在中加两国以及国际上发生的重大社会政治事件为背景，以方得法及其家族在海内外的生存发展为主线，针线细密而又波澜壮阔地展开了对主人公及其家族成员海内外传奇人生的描写。重大的社会事件，如淘金潮、太平洋铁路的修建、排华风潮、戊戌维新、辛亥革命、第二次世界大战、解放战争、新中国成立、土地改革直至改革开放等既是小说故事发生的历史背景，也是人物悲欢离合、生死浮沉的重要依据与内在根源。张翎以历史学者般扎实的资料搜集、考辨工作为基础，以严谨的态度，几乎以编年史的方式展开了对海外华人百年金山梦的书写，有力地揭示出人物命运与时代和历史的深刻联系。

《金山》在艺术结构上是别出心裁的，上述小说所叙述的这些横跨海内外、纵贯一个多世纪错综交织的故事是放在方氏家族的第五代传人——一个有一半洋人血统的社会学教授艾米·史密斯代替母亲方延龄回广东开平老家签订关于托管古旧碉楼协议的一周时间里展开的。碉楼原是方得法远赴金山、妻儿遭土匪绑架之后为了家人的安全所建，在改革开放年代、人类跨入21世纪的时候，碉楼要申报世界文化遗产，当地政府恳请方得法健在的唯一外孙女方延龄回国签订托管协议。艾米就这样受年届八旬的母亲方延龄之托回到了广东开平。在海外出生、成长的艾米原想不过是例行公事，签完协议就可当天离开。没想到走进碉楼，随着负责接待的侨办领导欧阳云安富于诱导性的介绍和作为社会学学者职业的敏感与好奇，艾米逐渐对方氏家族的历史产生了浓厚的兴趣，并由此拂去历史的尘埃，揭开了方氏家族的百年传奇。到小说结尾的时候，艾米已完成了她实际意义上的"寻根之旅"，并约来男友马克，准备在协议签署之前，在自家的碉楼里举行一场婚礼。创作《金山》是张翎在脑海里孕育了20多年的计划，2003年，她随海外作家回国采风团到侨乡广东开平参观一种特殊的建筑——碉楼。这次参观成为她决定将这一创作计划付诸实施的新起点，这次参观也给了她新的灵感。《金山》以艾米探访碉楼引出碉楼主人及方氏家族跨洋、跨世纪的传奇故事，这样的构思和完整的"封套式"结构明显和作者当年参观碉楼并有所发现，进而产生好奇和思考有着内在的联系。

张翎的小说除了艺术结构错综繁复、具有巨大的时空跨度和史诗般的追求外，女性心理细腻的刻画、人性内涵的深刻解剖以及语言风格上古典韵味与现代气息的交融也是其艺术成就的突出表现，值得我们深入探讨和仔细品味。

精神的质感　情操的亮点
——简析《寻梦的人》展示的华文文学神采

林　楠

　　海外华文文学事实上的赫然崛起，令2009年秋、冬两季中国评论界对海外华文文学创作态势表现出前所未有的兴奋。面对《金山》、《寄居者》、《小姨多鹤》、《红浮萍》、《苏格兰短裙和三叶草》、《家住墨西哥湾》、《望断南飞雁》、《漂鸟》、《寻梦的人》，以及往年的《梦断得克萨斯》、《嫁得西风》、《羊群》、《追逐》、《香火》、《回流》、《不一样的天空》、《白雪红尘》、《推车的异乡人》、《席地而歌》等一大批力作的相继问世，评论家们并不缺少激情，然而话语却依然停留在华文文学如何界定这个层面上以及对与此相关的学术概念做一些必要性不太大的反复辩解。这凸显出华文文学研究的学科思想十分贫乏，理论积累严重不足。其文化眼光、学术观念亦显得陈旧而滞后。

　　2010年初，在权威文学网站上刊出的《评论家眼中的2009中国文坛》一文中，有人甚至发出如此浮泛的慨叹："……去年的海外华人创作格外引人注意，取得很大成绩，是因为他们的构思更精，心更沉静，汉语叙事能力更好，这是需要研究的。"

　　为数不少的研究者所持的观点是，将母文化主体环境之外形成的华文文学作品统称为华文文学。通常来讲，这应该是没有什么不可以的。但问题是，如果脱离了对作品本身的文化神韵和精神质地的深入开掘和探讨，过分地看重作者写作时身居何处，那还算是在探讨文学吗？这些现象的出现，反倒映衬出海外华文文学评论界鲜活的"在场"优势。

　　作为一种具有学科意义的特殊门类，华文文学批评也必须具有与此相应、相谐的特殊视角和观察点。至少它要求评论家须有开放的心胸和视野，并善于把东西方文化观念之精粹融合在一起之后形成的与以往不同的价值论观点，

第二部分

165

具体运用到华文文学的评论中来。

2009 年末，在"中山杯"华侨文学奖颁奖典礼上，加拿大作家张翎有一段获奖感言，讲得剔透而质朴。她说："……人生的一半在中国，一半在加拿大，在中国的人生经验，使得我得以从正面观察'金山'，在加拿大的人生经验则使我得以从另一面观察'金山'。两相参照，便得到了一个立体的'金山'。"她还说："上帝把我放置在这块安静得几乎寂寞的土地上，也许另有意图，让我在回望历史和故土的时候，有一个合宜的距离。这个距离给了我一种新的站姿和视角，让我看见了一些我原先不曾发觉的东西。"

可惜，这些道理一直没有被评论界真正理会。当下的评论家们基本上是站在中国的高台阶上向周边粗略性地环视一下，就开始发言了。

很遗憾，崛起的华文文学今天所面对的，就是这样一种理论研究的窘境。

阿木（刘慧琴）的散文集《寻梦的人》（香港大世界出版公司出版）或许提供了这样一个机会，让人们有可能从精神层面上实践一回沿着一个寻梦人"寻梦"的踪迹——（一半在中国）从中国故土出发，跨越重重障碍，跨越太平洋，到达梦之彼岸（一半在加拿大），并跟着她的脚步穿越梦的隧道，走进这个寻梦人的灵魂，去领略一种非比寻常的跨境域、跨文化的普通人在寻梦路途上的人生传奇，从而认识这位华文文学作家。亦如看到吉尔吉斯原野上漫向天涯的草浪，看到查密莉雅的红头纱，就能感觉艾特玛托夫一样，你会静下心来，打开《寻梦的人》，在字里行间，在这位寻梦人留下的足音里，去领略、感知真正的华文文学大海般深沉的情绪起伏和跳荡的脉搏。

她踏过的是这样的一条人生路径。

五十二年前。夏天。阳光灿烂着。

一个尚未离校的北京大学西语系的毕业生，穿着水色的短裙，徜徉在柳丝轻拂的未名湖畔，痴痴地望着湖水泛起浅笑般的圈圈涟漪，暗暗地在心里憧憬着自己的明天和未来……说来神奇，朦朦胧胧的一些想法还在心中漫溢的时候，命运之神已悄悄降临在她的身边。她被分配到中国作家协会。拿到通知书的那一刻，她竟以为自己在梦中……

这个梦，这个当年青年人共有的美梦，神奇般地落在了刘慧琴的身上。这个梦，在那个年代昂奋的精神旋律中飞扬着。

她报到后接手的第一项具体工作就是作为中国作家代表团的一名先遣工作人员赶赴印度首都新德里，去参与筹备亚洲作家会议。同时，她还担任中国作家代表团的随团翻译，与茅盾、周扬、老舍、叶圣陶、叶君健等一批著名大作家朝夕相处，一起出现在亚洲作家会议的各种场面上。

她的梦在花团锦簇中成熟着。一颗年轻人的心，就这样，在生活起始阶段，就骄傲得激荡不已。

八年后，依据一位重要人物的批示精神，中国社会科学院决定成立"外国文学研究所"，阿木随着《世界文学》编辑部一起调入这个新成立的研究所。

她干得兴高采烈。海明威、福克纳、斯蒂芬、泰戈尔、川端康成……一个个大作家的作品，通过刘慧琴和她的同伴们的手，送到读者面前。这使当时极度封闭的中国人，能透过《世界文学》这个窗口，向外部世界打量几眼。

然而，文化大革命爆发了，一场迅雷不及掩耳的政治运动席卷了全中国。社会科学院、《世界文学》在学术界、文化界首当其冲。刘慧琴是第一批被揪出来的"修正主义苗子"。她占了这个大革命运动所指向、所针对的三个明摆着的大问题：①业务骨干（自己还拼命往好干）；②有海外关系；③与茅盾、周扬、老舍等一大批"反革命修正主义分子"联系密切。因而她遭到轮番批斗。这不仅摧毁了她纯洁的心灵和人格尊严，同时也让她清醒地认识到，从此，属于她的一切一切，连同她的孩子，孩子的前程，所有梦想中的美好……统统完蛋了。

身后是连天烈焰，前程一片茫然……在极度惊恐中，她作出了最后的也是最艰难的抉择：出走。

1977年严冬，一个大雪纷飞的日子……此时此刻，她只有一个梦，能让孩子上大学，接受正规教育，能活出人的尊严。

她揣着好不容易从中国银行兑换出来的50美元，就这50美元，她还挨了银行外汇审批官员一通呵斥："你不是有亲戚在国外吗，要那么多美元干什么！"

四口人，持50美元漂洋过海，让她不寒而栗。就这样，她忐忑着拎了一箱行李，牵着孩子的手，出发了。没有谁送行，只有影子相随着。

她回眸，与祖国、与曾经的人生美梦，作最后的告别。充盈在眼眶中的泪水，网住了那曾经熟悉的一切，也网住了北京冬日里格外昏暗的天空。然后，她毅然转身，踏上了命运安排给她的这条艰难而曲折的寻梦之路。

飞机上，她问一位空姐在东京如何转机，空姐冷冷地回答："下飞机自己去问。"还是同机的一位日本中年男子侧过身来用英语对她说:"一上飞机我就注意到,你们是需要帮助的人,我带你们到转机的地方。"这位素不相识的日本男子,在东京机场带他们登上机场大巴,且一直把他们送到换乘飞机的安检处,才挥手告别……

上飞机不久就睡觉的小儿子,醒了喊饿,她不舍得,也不敢轻易动用仅有的 50 美元,只得把飞机上吃剩的、没舍得扔掉的一块蛋糕给他吃。

全程十多个小时的飞行和转机,母亲警觉的神经,无时无刻不在缠绕着她那颗忐忐忑忑的心。她要呵护孩子,她要问话,她要应对一切新的情况,她要神情自若,她要谈吐得体、大气……她甚至不敢离开座位。一点一滴的小事情,都不敢疏忽,她感觉到了什么是身心疲惫。好一次艰难、漫长的跨越。

母亲牵着孩子的手,在异域的土地上,蹒跚地跋涉着、挣扎着、奋斗着。

为了孩子,她把自己曾经的辉煌扔进太平洋,把学识、脸面、尊严……全都收藏进手袋里,在温哥华一家星级宾馆当夜班清洁工。

她把应该擦一遍的地方擦两遍,她必须做到优秀,做到无可挑剔。

透过天窗,她望见星星闪烁在自己的泪珠里……早晨 5 点下班赶到家里,儿子已滚落到地下,抱起儿子,给女儿掖好被角,马上检查女儿的作业,马上做早点,马上收拾屋子的角角落落,马上狼吞虎咽吃几口早饭……然后定好闹钟,才能(或者说才敢)闭一会儿眼睛。因为 9 点前,她必须赶到另一家公司上班。

刘慧琴在向生命的极限挑战!

为了孩子,她打两份甚至三份工,为了孩子,她每天只睡三至四个小时,为了孩子,她拿出身上仅有的七百元中的六百元为大女儿交英语学费。

孩子们理解妈妈,也心疼妈妈。大女儿以超强度的努力,获英语学习优秀成绩,赢得校长免学费的奖励。

圣诞节前夕,风雪交加,天已经很黑了,人们早已在壁炉前团聚了。路灯下,闪现着一个晚归者的脚步。瘦弱矮小的身躯正迈上一住户的台阶,在冷色的圣诞灯丛中摁响门铃。门开了,一位女子站在半掩的门里。

"夫人,圣诞快乐!我送来您家的报纸。"一声稚嫩的童音引起女士的好奇和同情,她打量孩子冻得红红的脸:"进来,进来暖暖,几岁啦?""不,我脚上踩了雪，会弄脏您的地板。我十岁啦。"

"十岁就当报童？这是你的第一份工作？来，来，进来说……"

"这是第二份工作了。"孩子明净的心灵促使他愿意把不能给妈妈说的话说给这位和妈妈一样慈祥的夫人。"第一份工作是为救助残障人士卖奖券。我募捐得多，还受到奖励呐。不过，我偷偷抹过眼泪……"

"为什么，孩子？"

"因为……因为和我差不多同样岁数的孩子拿着买来的玩具说说笑笑从我面前走过。我募捐时是面带笑容的，只是在没人的时候才抹眼泪。"夫人受了触动，额外付了小费："拿着。你真棒！早点儿回家吧，孩子。"

"好的。我这就回家。谢谢夫人。"

孩子告别出来，走下台阶，穿越茫茫的风雪夜，回到自己家中。

隔日，圣诞节。小报童把送报挣来的钱装进一只自制的小信封里，高高举过头顶，上前，交到妈妈手上："爱我疼我的妈妈，这是我给您的圣诞礼物。"从不在孩子面前落泪的母亲，这一次忍不住了。泪水决堤般涌出……

她不觉得苦吗？苦。她不觉累吗？累。但在苦和累的面前，她没有为自己选择、安排片刻的歇息，而是选择了为社会做义工。为了华文文学事业，她把工作之外的所有业余时间，全部奉献给了加拿大华裔作家协会。从编辑到财务，从一般会员到会长，从做账到填写财务报表，从编书、编会刊到主持国际性文学研讨会，事无巨细，一做就是十八年！人们见到的刘慧琴，时时刻刻都是情绪饱满、意气风发的样子。这是一种怎样的精神境界和人格力量啊！

是的，她总是把自己最灿烂的一面调整到最美、最佳状态，以留给孩子和同事，留给工作岗位上的每时、每刻、每秒。她以审美的眼光看待她过往的和眼前的处境，因为她牢牢记在心里的是，这种奋斗和付出，是为了一个梦，一个新的梦，一个她和孩子共同拥有的属于今天的、明天的和未来的梦。

心中溢满充实感。一股莫名的力量在支撑着她。

同事被她的笑容感染："你的性格真好啊。"

刘慧琴回答说，古希腊哲学家赫拉克利特是把性格和命运连在一起的。他有一句名言："性格即命运。"你看我的命运呢？

同事回答说，好，好，你的命运一定也好。

说这话的时候，正是在刘慧琴经受身心煎熬最甚的时候，儿子在一家餐馆打工，双手和前臂被洗碗水灼伤而红肿……那是她最心疼的儿子呀！

好的，让我们沿着这位同事的话意，把镜头切换到五十二年后的这个夏天。

此时此刻，刘慧琴正以一种特殊的身份坐在一间会议大厅的贵宾席上。两鬓虽已染霜，但光彩依旧。

2008 年，是加拿大大不列颠哥伦比亚省建省 150 周年。省政府表彰一批对建设本省作出特殊贡献的新、老移民。刘慧琴以一名单身母亲的坚强毅力，把三个孩子培养成才。大女儿是会计师，二女儿是计算机工程师，小儿子，那位可爱的报童、洗碗工，眼下已是一名有一定影响力的律师。三个孩子均在以自己的才智和责任心为社会大众服务。

这个特殊家庭的奋斗史，受到社会的关注。省政府专门拨款，为刘慧琴摄制了一部专题片。联邦、省、市三级政府官员和众多观众出席了表彰会和这部专题片的首映式。

从此岸到彼岸，从东方到西方，回望往昔，岁月漫漫，人生跋涉，犹如跨越重重峰峦。多少次迷茫过，多少次痛苦过，多少次艰难过，多少次挣扎过……但自由在身，人格标立，尊严无损。寻梦的人最终走进自己的梦乡，并最终实现了自己的美梦。

所有这一切经历，让她得以有机会从不同的角度、不一样的侧面，观察和审视这个世界和这个世界上的人事纷杂。

路德维希·维特根斯坦说过："每一位作家都有其精神成长的母地。"

这些彻骨的感悟，自然而然地融入她的创作。

我们审视这样一位作家的创作姿态，对华文文学神韵的感觉和把握，或许是一件很有意义的事情。

《寻梦的人》，阿木（刘慧琴）著，香港大世界出版公司 2009 年出版第一版，2010 年再版。与众多的跨境域、跨文化，以双重文化身份从事边缘性叙事的华文文学作家及其作品相比，《寻梦的人》是以一种更加从容、淡定的文化目光，去观察生活、审视生活、叙述生活、赞美生活。或者说作家把一切都赋予多维度的审美意义，并欣赏生活本身焕发出的火花和彩霞，从而去书写普通人都能触摸到、感觉到的身边存在着的平凡的美好，包括并不美好的。不论写什么，在阿木作品的字里行间，永远看不出丝毫的飘零、凄怨之感。

在作家的笔下，往昔的人生遭际，早已在岁月风涛的砥砺下内化为奋斗者、寻梦者身上的一种精神养分，溶进了对新生活的理解、礼赞，也溶进了对人的生命意义的重新思考。

当飞机穿出云层，慢慢降落，快到目的地了，温哥华城市越来越清晰。"快到家了！"欢欣的心情油然而生。

……

我生命中最初的二十年是在上海度过的……去国三十年，上海一直在我的梦里。

两年前我回到上海，沿着我脑海中的轨迹，去寻找往昔的记忆。我童年住过的那幢大厦已无了踪影……熙来攘往的行人不再是我熟悉的面孔。虽然我还能说流利的沪语，豫园一位老者却一眼认出我是海外归来的游客……我琢磨着"游客"的称呼，心中泛起了一丝惆怅。

"外滩公园"早已和沿江的堤岸大道融成一片，走到北头是上海市人民英雄纪念塔。黄埔江东岸是东方明珠、金茂大厦以及一下数不清的高楼大厦，只是西岸原来江海关的大钟依然不停地向前走，见证这个城市翻天覆地的变化。这是一个对我来说既亲切又陌生的地方，我需要重新去认识它，因为我曾经熟悉的一切已离我远去。我踯躅街头，这是一种夹杂着失落和兴奋、喜悦和惆怅交错的心情，找不到家的失落感。

飞机降落了。海关入口"Welcome Home"醒目的大字迎面而来。

汽车平稳有序地行驶在公路上。天格外湛蓝。当车停在屋前，芬芳的青草味，熟悉的泥土气息，变红的茱萸树叶，小松鼠，邻居家的小狗摇着尾巴跑过来，带着它主人的笑语"到家了"！

沉静在回忆中的我，这才回过味儿来，故园常在梦中……往日熟悉的一切已经逐渐淡出。三十年的耕耘，三十年的休养生息，已将我和这片土地连在一起，这里已是我的家了！（《这里已是我的家》）

《这里已是我的家》中的"家园"情结和"寻梦"情结，可谓全书总乐章的中心和弦、基础和弦，是书中几乎所有篇章始终围绕着的主旋律和总格调。这种格调，构成了阿木总体文学情绪下的非常个人化的风格——以母文化为视角，观察跨境域给人带来的心理变化；以异文化为基点，审视、建构不知你有没有留意到温哥华的地形，它像一只摊开的右掌，大拇指部位是市中心，而中指的尖端是阜斯大学。这只摊开的右掌所指的方向是亚洲，欢迎来自亚洲的朋友。看了这个地形，你会不由自主地发出会心的微笑，也许你会想，怪不得温哥华如此吸引着亚洲移民，地形本身就很友好。（《温哥华随想》）

作家以其独特的观察方式、思维方式、情感方式、叙事方式以及审美方式，在两种制度、两种截然不同的价值观念的大背景下，演绎并展示其精神魂魄从文化原乡到文化异乡，再从文化异乡返回文化原乡的过程中，素常的情绪格调及其深层精神质地的巨大变化，充分展现了从母文化剥离出来后，面对全新生存环境的淡定、从容、睿智和达观。

每一位走出来的人，无论走得多远，走出多久，内心深处总会保留着一块热乎乎的文化故土。这不仅不会影响他（她）接纳新的生活，恰恰相反，会给离散、漂泊的心灵增添一份自信，增添一份新的勇气和动力，以助其更好、更自如地进入新环境，熟悉新环境，甚至驾驭新环境。完成这种心理定位、情绪定位、观念定位之后，或者说具有了这样一种全新的文化态度之后，书写出来的有感而发的作品才是有血有肉、血脉贯通的。其文体面貌、语言姿态、文化神韵等，才统统属于纯粹的"华文文学"。这与那些"在境外写中国"或是写一些"出国旅游观光"式的作品，有着本质上的区别。

从文学审美的精神质地上去检视，从文学源于生活原则的深层次去剖析，毫无疑义，《寻梦的人》具有华文文学鲜明的文本意义。这一特点的具备，客观上已经超越了一本普通文学作品的艺术价值的讨论范畴。所以说阿木对华文文学本质神韵的标识和整体诗学话语体系的建构作出了独特贡献。

期望通过对《寻梦的人》展示的华文文学神采的剖析和审视，能够有助于在艺术层面上对华文文学的界定找到一个新的着眼点，也期望能够为华文文学的学科理论建树和文学批评提供一个新的视角和切入点。

亦舒笔下的加拿大华人发展史
——由华人地位及心态嬗变说起①

王朝晖

　　亦舒原名倪亦舒，1949 年生于上海，1955 年迁居香港，1991 年移民加拿大。其小说言语浅白、锋利风趣，三言两语切中时弊，鞭辟入里。自 20 世纪70 年代起，她在港台及海外华人地区便拥有为数众多的忠实读者群。在众多的华文文学作家中，移民加拿大已有数十年的香港著名作家亦舒可算是其中的领军人物了。

　　亦舒的小说作品前期多以香港商业文化为背景，描写在此背景下形成的现代香港知识女性对生活、社会、人类的理性思考。移民加拿大以后，她的一支彩笔开始伸展到了域外，加国历史的兴衰、华人奋斗的艰辛、移民者心态的变化等都成了她目光停留的聚焦点。几代华人、华侨的故事在她的笔下展开。《纵横四海》讲述华工漂泊异乡，为着微薄薪酬用血汗修筑加国铁路的故事；《洁如新》以华人洗衣店为背景，描写年青一代华人的感情生活；《西岸阳光充沛》描写香港人移民加国前后心态的变化；《少年不愁》以新一代在加国茁壮成长、接受并融入西方文化为主题。本文主要以上述四部小说为主，分析几代华人在加国的奋斗生活及心态的嬗变过程。

一、"二战"前后加拿大华人的社会地位——《纵横四海》

　　19 世纪 80 年代，加拿大开始兴建太平洋铁路。该路东起大西洋畔的蒙特

---

① 本文是 2010 年 7 月在由暨南大学、约克大学和加拿大中国笔会联合主办的"加拿大华裔/华文文学国际学术研讨会"上的发言，并获"首届加拿大华裔/华文文学论文奖"佳作奖。刊登于《时代文学》2011 年第 10 期。

利尔，西至太平洋岸的温哥华，全长 3 800 多公里。当地劳力短缺，华工们因吃苦耐劳、要价低廉而为白人雇主所青睐。1881 至 1884 年，共有 115 万名华工来到卑诗省修铁路。① 尽管当时的华人为加拿大作出了无可估量的贡献，但他们仍备遭歧视、迫害和辱骂。

在小说《纵横四海》中，主人公罗四海便是在这样的背景下几经波折漂洋过海，终于登上了陌生的温哥华的土地，来到了传说中的"金山"，成为被近代史教科书称为先侨、"猪仔"② 华工或苦力的那群人之一。

174

"金山"是在加拿大做苦力的华工对落基山脉的称呼，短短的两个字承载了多少梦想和希望，可它并未给前来劳作的华工带来美好的生活。早期来加拿大的华工大多来自中国广东沿海地区，他们大多是贫苦农民，文化水平不高，为生计所迫，被卖"猪仔"或自卖到北美当矿工或修建横贯加拿大东西的太平洋铁路。这些华工勤劳肯干、吃苦耐劳，为包工头、矿主、工厂主创造了巨额利润，而他们的工资却只有同类白人工人的一半。可以说，从踏上加拿大国土的第一天起，华工就受到了不平等的待遇。

罗四海是幸运的，他被先于他来到加拿大开洗衣房的华人王得胜收留，并于王得胜死后接手了洗衣房。他用心经营这家小店铺，还有了一点点积蓄。但是其他来到这块土地上的华工，际遇却远不如罗四海。中国劳工承担的是最艰巨的西段铁路的建筑。著名的法瑞瑟河谷从耶鲁镇到里屯的 58 英里路的路段，山体全是坚硬无比的花岗岩，直上直下。幽深的河谷激流飞溅，险象环生。他们要在悬崖峭壁上开凿出 15 条主要隧道，最长的一条有 1 600 英尺。工人们在几乎没有立足之地的绝壁上凿洞，搭上栈道以便点炮崩山。从 1882 年到 1883 年，中国劳工在这个地区凿石爆破，修筑涵洞 100 多个、桥梁 10 座，开凿隧洞几十公里。不少中国劳工死于爆破、塌方、暴风雪、疫病，甚至被出没在荒山野岭中的黑熊吞噬。据统计，在太平洋铁路修建期间，共有 3 000 多名华工丧命，平均每一英里铁轨下就埋葬着一位华人苦力的尸骨。③

小说通过罗四海的眼睛，描写了当时北美的铁路华工以及所有华人的遭遇："万多名华工，来到异乡，为着菲薄的薪酬，为外国人这条命脉铁路立下

---

① David Chuenyan Lai. *Chinatown：Towns Within Cities in Canada.* Vancouver：University of British Columbia Press, 1988, pp. 31 – 32.

② 粤语中对海外华工的称谓。

③ Margaret Cannon. *China Tide：The Revealing Story of the Hong Kong Exodus to Canada.* Toronto：Happer & Collins, 1989, p. 108.

汗马功劳，不少还赔上性命。可是，功成后，无一言、一字、一图记载。华人的血汗只似影子。"并且当铁路完工之后，铁路公司和政府拒绝履行诺言——出资将苦力们送回中国，而将他们留在当地，自生自灭。虽然罗四海的境遇比当时的华工强了许多倍，可其中的辛苦仍是难以想象的：洗衣店的工作起早摸黑不说，经常是"熨得满手起泡，尚未痊愈就浸到水中擦洗，一块一块烂肉永远出水，他见了人，不敢伸出手，怕人嫌脏"。此外，还得忍受白人社会的羞辱、歧视和镇压，"像所有的华工一样，他出卖的是苦力，所得的不过是温饱"。那样辛苦地熬过来，他们得到与劳动等比的报酬了吗？没有。据相关资料记载，1885年，当第一批华工回国时，他们在海外的全部汗水和辛劳仅仅够在国外维持生存和还清债务，而那些身无分文滞留在北美的华工，孤苦无助地沿街乞讨，没有来得及看一眼年迈的父母、多年未见的妻儿，就瞑目在异国土地上。

在罗四海的故事里没有生活优渥、无须担心柴米油盐的家明和玫瑰这些亦舒小说中美好而永恒的人物，他不是穿着熨挺的西服、有显赫殷实家底衬托、受高等教育、留洋归来、事业有成的那类人，他是千千万万再普通不过的小人物，但他的一生，他所在的大时代的背景却给人心灵的震撼，久久不能平复。中国人忍、仁、韧的特性在他身上得到了充分的体现。他和千千万万漂泊异域的华人一样，命运如蒲公英的种子随风跌宕，但稍有土壤便可生根发芽开出灿烂的花来，尽展生存压力之下人的抗压性可以去到多远的风采，亦舒在这里的立场做到不偏不倚，客观真实地写人写事，不露声色地透露华侨血泪史，哀而不伤。相比那些赤裸裸的揭露筑路史黑暗现实的文章，亦舒的《纵横四海》虽然没有那么多血淋淋的呼喊，境界却高了，能够更深层次地引发读者的共鸣。

二、"一战"后加拿大华人的社会地位与心态——《洁如新》

"一战"之后的加拿大华人仍被视为劣等民族，视为不宜在加拿大定居的异类。在太平洋铁路即将竣工、劳动力开始供大于求之际，排华的呼声便一日高过一日。那时候，同中国人做生意的商户都落在黑名单上，排华组织用白漆在中国人家门上打十字作记号。加拿大的对华移民政策也从自由移民改为限制移民，加征华工人头税，后来又进一步由限制入境改为禁止入境。20

世纪初期，加拿大甚至禁止华人从事诸如律师、药剂师、医生、公立学校教师等一系列专业性职业。① 当时的华人主要从事劳动强度大的洗衣工或菜园工等职业，正如小说《洁如新》开篇所道："大半个世纪之前，华侨不是做杂货店就是开设洗衣店。"

小说中王家的洗衣店在旧区角落位置，用很大的中英文红漆标识"洁如新"（Brand New）。这家洗衣店由太公创办，历史悠久，就连市政府的历史博物馆都有它发黄的旧照片。小店靠着公道的价格、出众的手法，成为唐人圈里的一个传奇。可是，店主的后代和在那期间长大成人的所有华人后裔一样，几乎全部受英文教育，以融入白人主流社会为奋斗目标：大伯从军回来苦读七年，成为外科医生；大姐长娟在十七岁时同爸妈发表宣言："我要上大学，我不会守住小店，我也不会嫁守小店的男人。"不，不，他们都不是骄傲的人，而是自小受人歧视、内伤严重的人，就像大伯一直耿耿于怀"洋人说我们吐口水喷湿熨衣服"。

"二战"中，加拿大和中国是并肩作战的盟友，500 余名加籍华裔加入了盟军，在亚洲地区作战，华人社区慷慨解囊，对战争进行捐助。这一切的付出使得华人在加拿大的地位也有了大幅度的提高。1947 年，卑诗省的华人重获选举权，同年，联邦议会废除了禁止华人入境的 1923 年法案。② 到 50 年代末，各省和联邦议会废除了所有针对加籍华人的歧视性条例。20 世纪 70 年代初，加拿大政府提出"多元文化理论"，这反映了其少数民族政策的全面重新定向。根据多元文化政策，华人因其勤勤恳恳、礼貌周全、讲究饮食的天性和高度的适应性而被誉为"模范民族"。华人和华人的文化，终于为主流文化所接受。从拒绝华人入境的 20 世纪二三十年代到对华人族群给予高度评价的 80 年代，加籍华人的处境早已今非昔比。昔日的华人绝大部分是目不识丁的苦力劳工，到 1981 年，华人（12.12 年）比其他加拿大人（11.56 年）平均受教育年限要长；有 29% 的华人进入大学，远远高于其他加拿大族群（16%）。③ 而完成高等教育的华人（17.5%）更是比其他加拿大族群

---

① Peter S. Li. *The Chinese in Canada*. Toronto：Oxford University Press, 1988, pp. 27 – 28.

② Peter S. Li. *The Chinese in Canada*. Toronto：Oxford University Press, 1988, p. 87.

③ Peter S. Li. The Economic Cost of Racism to Chinese – Canadians. *Canadian Ethnic Studies*, 1987, Vol. 19, No. 3, p. 10.

（7.9%）多出两倍以上。① 华人在教育和就业方面的成就必然导致经济上的改观。华人专业人员从当年的 1% 上升至华人就业总数的 18%。年青一代在西式教育下长大，他们聪敏、勤奋、努力，成功融入主流社会。如同小说中洗衣铺最年青的一代，最终都从小店飞了出去，成为执业会计师、新闻工作者、大学教师，成为社会栋梁。

三、移民心态的先后转变——《西岸阳光充沛》

"二战"后，加拿大对华移民政策逐渐放宽。自从联邦政府 20 世纪 70 年代推行多元文化主义政策以后，华人开始大规模移居该国。

20 世纪 70 年代，在加拿大经济繁荣、饭碗易谋之际，不少华人告别香江，来到加拿大求职。为数众多的香港移民于 80 年代接踵而至。这些因恐惧回归大陆而踏上不归路的港客别有一番风貌，他们的财力使加拿大白人开始对华人刮目相看。凭借雄厚的资金，华人经济已从过去以餐馆、洗衣、杂货为三大行业，发展到经营范围几乎遍及各个行业和领域，金融、保险、房地产、贸易、商业、服务业、餐饮业、制造业、成衣业、石油化工业、食品加工业乃至农业都有华人涉足。特别是房地产业，在华人移民对住宅、商业楼宇需求剧增的情况下，成为华人投资最集中的行业，1990 年仅香港的投资额就达 25 亿加元。② 于是，来到加拿大做房地产经纪或投资的人士也频频作为配角，出现在亦舒近年的小说中。

然而，自 1997 年香港回归中国后，来自香港的移民，数量出现明显的下降。许多香港人移民前属于中产阶层，他们通常是以投资移民或企业家移民的身份到加拿大寻求发展。但是他们来到加拿大后才发现，那里的经济状况并非想象中的那么繁荣，且就业机会很少，生意也很难做。在《西岸阳光充沛》中，当主人公宜室一家准备移民加拿大的时候，她丈夫的三叔刚放弃美国公民权回香港，他劝说温哥华"是一个小富翁退休的好地方"。这些已届中年的中产阶级在去加拿大之前，以为最多从头开始，做份粗工，只要生活安定也无所谓，可是毕竟已经是中年人了，哪里还扛得住这些青壮年做的苦工，

---

① 李胜生著，宗力译：《加拿大的华人与华人社会》，香港：三联书店（香港）有限公司 1992 年版，第 146 页。

② 参见《广东侨报》，1996 年 11 月 29 日。

只能辞职，"一年多我都没找到工作，救济金只发给曾经缴税人士"。终于"没有工作，买房子要全部付清，银行不肯贷款，已经去掉一半财产，剩下的七除八扣，飞机票、货柜运费，杂七杂八，没有车子也不行，三两年下来，无以为继，只得打道回府恢复旧职，留孩子在那边陪你三婶"，"坐食山崩，一日我发觉三婶将一元钞票都整齐地对角折上两次郑重收藏，便清楚知道，这是回来的时候了"。

与此形成鲜明对比的是，香港回归中国后由于实行"一国两制"的方针，社会秩序稳定、经济持续发展，并没有出现人们所担心的混乱局面。反而是先前只当彼邦鸟语花香的移民们，在经过重重审核来到加拿大后，才发现这里同自己想象中的生活差太远了，习惯了忙碌社交的华人们完全不适应这里闲散的生活，震惊过度，完全迷失自我——"他们都是同一个心态，走的时候好不匆忙，一副大祸将临的样子，到了那边，定下神来，回头一看，咦，怎么搞的，一点也没有陆沉的意思，风和日丽，马照跑，舞照跳，于是心痒难搔，忍不住打回头来看看你们这班人到底还有什么法宝……"于是，一些香港人在加拿大住满三年申请入籍成为该国公民后，便选择回到香港发展。有资料显示，截至 2005 年，"回流"的香港人已经达到 15 万。① 值得注意的是，受香港"回流"热潮的影响，许多富有的台湾移民也离开加拿大返回故土，他们当中的很多人把目光投向经济发展正呈现迅猛势头的中国大陆，转而到大陆投资做生意。正如专家分析的，中国经济发展是海外华人移民"回流"的动力，和中国相比，加拿大的社会活力明显不足。大多数人为了在事业上有更好发展、生活上稳定感更强，选择了"回流"，有 15% 的人移民加拿大不到一年就返回中国大陆了。

四、21 世纪加拿大华人新姿态——《少年不愁》

2001 年加拿大人口调查显示，华人已成为加拿大最大的少数族群，数量从 1996 年的 86 万上升到 2001 年的 102.94 万。

在加拿大出生的第二代华裔，他们基本上脱离了他们父辈或祖父辈的生存环境，所从事的职业也发生了根本性的变化，从高科技、政府、法律、教

---

① 参见香港《太阳报》，2005 年 4 月 29 日第 3 版。

育到工农商学兵的各个领域都有他们的身影。且看《少年不愁》一书，小主人公子都的爸爸是国际太空站工程人员，妈妈打理权威性的饮食杂志，这样高尚精彩的职业恐怕是最早移民到加拿大的华人连想都不敢想的。

新一代华人的心态相较老一辈华人也有了很大的变化，他们自立、自强，如遇歧视即刻反击，绝不像老一辈那样忍气吞声。如在《西岸阳光充沛》里，小瑟瑟受到洋童欺负，妈妈劝她息事宁人时，小瑟瑟会立即理论"中国妈妈却只会忍气吞声，完了还把孩子关在屋内，免得生事"，"这是原则问题，妈妈"。随着越来越多的华人高级知识分子移入加拿大，特别是最近几年的华人技术、企业及投资移民，知识层次高、适应能力强、活动空间大，很快融入主流社会，成为加拿大社会中一支不可低估的政治、科技及经济力量。"彼时祖先拖着猪尾前往金山，今日众人带着金山前去投资。"华人在加拿大社会中的形象及地位大大改观。另外，21世纪的中国国际形象的改善，国际地位的提高无不让在加拿大的华人们扬眉吐气，对中国的支持急剧升温，华人意识不断强化，如越来越多的华裔报名参加华裔小姐的竞选便是一例。旧时在加拿大的华人们忙不迭地要打入主流社会、摆脱华人身份，现在掉了一个转，大家都争着认自己是华人。正如子都妈妈所说："人与国同样要自己争气。"

通过《少年不愁》的王子都，我们不难为新一代的华裔作一个侧写：他们成熟、稳重，品学兼优，身上不乏东方传统文化的淳朴、优雅，却又兼具西方文明的开放、爽朗，可见中国人终于用他们的勤奋和努力建立起自己的形象和地位，使中华文明在加拿大多元文化的土壤中生根、结果。

亦舒的小说从来没有直接述说加拿大华人生活的沧桑巨变，她只把这一切作为背景，穿插在主人公的生活之中，随着故事的展开娓娓道来，举重若轻地刻画不同时代的生活，把读者直接拉进故事之中，让你亲身去体会主人公的喜怒哀乐，感受不同时代下的环境。她的描述尽管不像某些人那么浓墨重彩，但无疑是准确而生动的，让人更能深刻地感受历史的细枝末节，感受到自19世纪中叶至今，加拿大华人所经历的巨大社会文化变迁，加拿大华人群体面对文化霸权所进行的各种适应性改变与抗争，至现在终于在彼岸发挥他们的聪明才智，取得了巨大的成就。

"异族婚恋"与"后留学"阶段的北美新移民文学

——以曾晓文小说为例①

王列耀　李培培

自 20 世纪 80 年代以来，北美新移民文学异常活跃，日益凸显出新异的文学特质，不断为海外华文的文学版图增添新鲜的色彩。尤其是近十多年来，作为北美新移民文学重要组成部分的加拿大新移民文学，也呈现出蓬勃发展的气象；所谓的"多伦多作家群"与"温哥华作家群"携手，构成了一道璀璨夺目的文学风景。

曾晓文是加拿大新移民文学"多伦多作家群"中的一个代表作家，她执着于"张扬人道，挖掘人性"②的创作信念，以丰盈质感的文学叙事和优美灵性的文笔，创作了很多彰显人性和深度情感的小说。正如在接受陈启文访谈时，曾晓文所言，"《白日飘行》就是我本人的精神自传，移民加拿大之后'精神仍在成长'"③，并且会在新作品中凸显出来。

比较曾晓文留学美国创作的长篇小说《白日飘行》与旅加之后创作的长篇小说《夜还年轻》，以及中短篇小说《遣送》、《卡萨布兰卡百合》、《苏格兰短裙和三叶草》等，不难窥见曾晓文"精神"的成长与创作的变化，尤其是她在寻求突破过程中付出的艰辛与努力。以曾晓文小说为例，探究新移民文学"精神"的成长与创作的变化，有可能使我们观察到进入"后留学"阶

---

① 本文刊登于《中外论坛》2010 年第 6 期，并收入胡德才主编：《多元文化共建的世界华文文学——第十六届世界华文文学国际学术研讨会论文集》，北京：中国华侨出版社 2011 年版。

② 曾晓文：《〈遣送〉创作谈：被遣送的和被离弃的》，http://blog.sina.com.cn/s/blog_534c13f20100ia7g.html。

③ 陈启文、曾晓文：《我的精神仍在成长》，《文学界》2009 年第 6 期。

段的北美新移民文学的某些新特征与新内涵。

一、从"异族对抗"到"异族婚恋"

曾晓文醉心于创作繁复多样的爱情故事，她笔下的主人公，可以为爱而生也可以为爱毁灭，为爱痴迷也为爱疯狂；她笔下的女主人公，甚至可以被称为靠呼吸爱情空气而存活的女人。而随着时间与空间的转换，更由于作家"精神"的不断"成长"，可以发现，旅加之后，她精心叙说着的爱情故事正在发生某些变化：为爱痴迷的男女，既可以同为华人，也可以跨越族群；而且呈现出越来越频繁、自然地跨越族群的婚恋趋势；与此同时，婚恋的内涵也更加复杂或者更加丰富。

《白日飘行》描写的是华人女性在美国的"自强奋斗史"、"监狱囚禁史"，更是"美国梦破灭史"；它深深地打上了海外"伤痕文学"的烙印，投映出新移民文学在"留学阶段"所重笔表现的血泪斑斑奋斗史的影子。主人公舒嘉雯在美国历经婚变的痛苦、失语者的困窘和打工生活的磨难后，却痴心不改地追逐红尘中充满诱惑的"美国梦"，即在美国扎根并融入美国社会中，以求得生活的安定和社会的认可。但是一场遭人陷害的牢狱之灾，彻底粉碎了她绚烂的"美国梦"，最终"梦断"得克萨斯，逃离美国。《夜还年轻》讲述的是三位华人女性在探索真爱之路上的迷茫、失败、感悟与她们的成长。海伦娜、林茜溪和芹姨，都曾因爱情和婚姻而伤痕累累，却依然不放弃对真爱诚挚的追求，最终也都找到了属于自己的真爱。

这两部长篇小说，都重笔述说华人在海外的生活与情感，然而，它们在"异族"体认与形象的塑造上有着明显的差异。在《白日飘行》中，"异族"男女，尤其是"西人"，几乎都以负面的形象出现：譬如奸诈虚伪的看守萨莉，冷酷凶恶的监狱长万斯，庸俗无能而又无情的政府指派律师玛丽，漫不经心、不负责任的政府律师霍默和乘人之危、勒索律师费的金全；他们的敌意和冷漠渐渐吞噬着舒嘉雯曾饱含激情的灵魂，而她对于这些"负面人物"也充满了憎恨和对抗。到了《夜还年轻》，作家的叙述笔调变得舒缓与平和，"异族"人物，包括"西人"的性格也变得丰富多元：有的冷若坚冰，如多萝西；有的孤独自闭，如克莱；但也有温和善良的格兰特和勇敢真诚的米基。不同族群的人物，不再只以激烈对峙的方式存在；他们共生在一片国土之上，共同形成社会的种种网络；他们之间既有冲突、对立，也有和谐、共处；而且，更有相互吸引、互相爱慕，甚至可以上演为爱而生、为爱毁灭、为爱痴迷、为爱疯狂的婚恋故事。

在《白日飘行》中，婚恋故事主要还发生在华人之间：舒嘉雯以"陪读夫人"的身份到美国，投奔在纽约州雪色佳大学攻读博士的丈夫韩宇，但两个人的婚姻因为彼此的隔阂、冷漠和分歧产生裂痕，最后宣告结束。随后舒嘉雯与餐馆打工仔阿瑞共同谱写了一段患难与共的生死爱情故事。在《夜还年轻》、《遣送》、《中国妻子的日记》等小说中，"异族"婚恋则变得甚为"流行"。《夜还年轻》中的海伦娜，经历了与阿瑞分手的精神创痛和几场无疾而终的网络爱情，在对爱情几乎失去信心时，却遇到了一个真正的"灵魂伴侣"格兰特；格兰特两次破碎的婚姻在他内心刻上了两道深深的伤痕，却在海伦娜那里找到了愈合的良药。《遣送》讲的是得州的白裔移民警察本杰明与被遣送的囚犯——中国女子夏菡的爱情故事。本杰明遭妻子离弃，夏菡与丈夫结合又离异，他们这对"完美的陌生人"因为爱情的介入，成为"特别的知己"。《中国妻子的日记》中的埃迪，在台湾旅行了一个月返回纽约，得知自己深爱的华人妻子罗妮在回国探亲的船上溺水而死，从此陷入了黑暗与孤独之中。《苏格兰短裙和三叶草》中的肖恩，是个被爱人背叛的白人水手，蕾则是被亲情忽视和被爱情遗忘的中国女子；两个不同国家、不同肤色的人却有着同样的寂寞，两个渴望爱情的人相互靠近取暖，却不能走向婚姻，因为蕾的爱不能把肖恩从自闭与对"苏格兰短裙"病态的痴迷中拯救出来，而肖恩的前妻莎朗则是毁灭肖恩幸福的源头之一。《卡萨布兰卡百合》描写的则是一个东方女人和一个西方女人间的同性之恋：俪俪和蒙妮卡在肮脏、邪恶、单调、枯燥的监狱中相识并摩擦出了爱情的火花。蒙妮卡是一个遭受背叛的同性恋者，她为让女友波拉威尔成名而印制假币，自己锒铛入狱。俪俪是一个命运悲惨的东方女性，她不仅经常遭受丈夫的毒打，更在按摩院里备受侮辱、蒙冤入狱。这两个受尽伤害的女人，在肮脏与污浊的监狱中，产生了百合般纯洁的爱恋。

通过上述多元与多向发展的婚恋故事，我们可以发现，随着北美新移民文学从"留学阶段"走向"后留学阶段"，作家的生活空间与生活内容都发生了较大变化。作家精心叙说着的爱情故事，已经较为自然地从"同族婚恋"过渡到既有"同族婚恋"，又有"异族婚恋"的复杂"语境"；他们的创作心态，也从较为单一的族群对抗过渡到既有对抗又有纠缠与依恋的"对话"过程之中了。

二、从单向弱势到互为"弱势"

在北美新移民文学的"留学生阶段"，不乏涉及"异族婚恋"的文学叙述。但是，在这一阶段的文学叙说中，华人女性大多是为谋求生存、获取身份或者是另外一些欲求，甚至是为"感恩"而走入所谓的"婚恋"之中。在严歌苓的小说《少女小渔》中，年轻、漂亮的少女小渔为了取得合法身份，与67岁的意大利老头假结婚，婚姻仅仅是她获取美国身份的兑换券。在陈谦的小说《覆水》中，依群与年长自己三十岁的老德结婚，是因为老德可以为她治病并且能使她摆脱那苍茫无望的命运。在张翎的小说《警探理查逊》中，华人少女陈知更与被"自豪的警服"笼罩着的白人警探理查逊的婚恋，虽然充满着光明与希望——理查逊不在乎陈知更被强暴，还利用自己的特殊身份报复了抢劫犯，但是这仍然无法改变婚恋状态中的陈知更——一个柔弱如蜷缩着的"黑暗的羔羊"的弱者地位与弱势心态。总之，在"留学阶段"的这类"异族婚恋"中，华人女性往往都是弱势群体，婚姻更像是一桩被金钱奴役或者被利益驱动的交易。在这种婚恋关系（或者称为婚恋交易）中，作家更多着眼于华人女性自我的丧失与无奈，从而也就难以展现或无法展现婚恋中华人女性的深度情感与激情追寻。

旅加之后的曾晓文，虽然也写"留学生"的爱恋故事，但是小说中的华人女性不再是任人摆弄的弱势群体，而是勇于追求自我和真爱的独立个体，强烈吸引并且主导或者引导着作为爱恋对象的"异族"男性。在《苏格兰短裙和三叶草》中，追求"一叶永不落地的爱情"的蕾，大胆、热烈地向肖恩示爱，虽然最终没有把肖恩从病态的痴迷中拯救出来，却以一种"新女性"的姿态与追求，寻找到了新的职业、理想和人生。《中国妻子的日记》中的留学生黛米，拒绝做埃迪亡妻罗妮的替代品，委婉地拒绝了他的求爱，并与自己的爱人乔走到一起。《遣送》中的菡，勇敢地逃离了自己无爱的婚姻，与本杰明这个"完美的陌生人"陷入了忘我、忘境之恋。

在曾晓文笔下的这些"异族婚恋"中，已经难以见到华人女性的"单向弱势"，取而代之的是婚恋或者爱恋之中的男女的互为"弱势"——曾经高高在上的"西人"也同样在婚恋中呈现出一种"弱势"（或者称为相对弱势）。

在《夜还年轻》中，曾晓文已经注意叙说具有相对弱势的"异族"形象：房地产商克莱有一个患自闭症的哥哥和吸毒的儿子，自己也沉陷抑郁和"情感低能"的泥潭不能自拔；律师米基因为同性恋倾向，17岁便被父亲赶出家门，大胆承认自己的性取向后却被老板解雇；看似"光鲜亮丽又风情万种"的女人卡门内心却备受摧残——亲生母亲亲手杀死了父亲，养父母的婚姻再次失败和破碎，她由此也失去了对男人和爱情的信任。

《苏格兰短裙和三叶草》中的肖恩，是一个走不出"自闭"怪圈的水手，曾规劝蕾驱除家庭压力走向属于自己的新生活，自己却沉溺于病态畸形的色情幻想之中。在母亲的训斥、妻子的背叛与表妹安吉拉被害等一系列事情的打击之下，尤其目睹了妻子莎朗和自己的朋友弗雷德的无耻偷情后，他的心灵受到严重创伤，于是开始自卑、自闭、自弃。就社会关系而言，他是蕾的雇主，是蕾读书的资助人；但是，就情感与心灵关系而言，他却是蕾的抚慰对象、拯救对象。在《中国妻子的日记》中，沉默忧郁的埃迪深深沉迷在对中国妻子罗妮的爱恋中，妻子不幸身亡后，为了解读妻子的日记，埃迪跟随家庭教师黛米学习汉字。当黛米发现罗妮的日记本里炽热的爱恋全部是为了另外一个男人时，她善意地欺骗了埃迪：谎称罗妮是爱他的。这种善意的谎言，却给谦卑与哀伤的埃迪带来无限的"阳光"，成为安慰他的最好"良药"。中篇小说《遣送》里的白人警察本杰明自诩为"孤星之子"，有着孤傲的种族优越感，却无法挣脱"被父亲和妻子离弃"的自卑感与负罪感；他是遣送者也是被离弃者，排斥他人也伤害着自己，独自舔舐着被遗弃后的孤苦心灵；最终还是不可救药地爱上了一个"被遣送"的中国女人菡，成为爱情的精神囚徒，但也在菡那里寻求到了精神慰藉。《卡萨布兰卡百合》中的俪俪和蒙妮卡，隐藏着各自的伤痕与往事，在加拿大的监狱中，由陌生、陌路走到惺惺相惜，且彼此携手走向心灵与情感的秘密之地：在黑暗封闭的电梯里"蒙妮卡突然拥住身边恍恍惚惚的影子，那影子转瞬就化成了温暖柔软的肉体。两人交结在一起，像被埋进了极度黑暗、极度压抑的枯井，在垂死的一刻从对方的身体中疯狂地汲取源泉，随即浸润在了奔涌而出的水中……仿佛多年厮守的伴侣，她们立刻准确地把握了对方最隐秘又最敏感的所在，不由分说地把彼此推到了快乐的极点……"① 这段描写同性之恋的文字，像一朵孤弱的小花绽放在人性的暮色里，凄美鲜艳却充满生机。同性恋在许多国家不被认可，但是在加拿大和有些国家、地区，同性恋却获得法律的允许，已成为一种合法的婚恋方式。

在这些华人女性大胆示爱、大胆拒爱的"异族"婚恋中，在这些陷于情网的男男女女互为"弱势"的"异族"婚恋中，人性的复杂和心理的矛盾被表达得更加充分、更加淋漓尽致，人物形象也更加丰满、真实、生动。

三、"异族婚恋"与北美新移民文学的"后留学"阶段

"北美新移民文学"这个术语，现在已经颇为常见。但是，关于这个术语的界定及其内涵，这里还有必要进一步探讨与厘清。我们同意将"北美新移民文学"作为与"北美留学生文学"相区别的一个重要的文学术语（或称概念）：主要是指中国改革开放以后，从中国大陆到北美留学进而移居或者移民北美的所谓新移民作家的文学创作与批评。这样"北美新移民文学"不仅与20世纪五六十年代从台湾地区到北美留学进而移居或者移民北美的"北美留学生文学"有了明确的区别，也与20世纪80年代以后，从台湾和香港地区，或者其他国家到北美留学或者移居、移民的华人文学有了明确的区分。但是，作为一个特定的文学术语与概念，"北美新移民文学"不应该只有时间上限，而无下限；它应该与"北美留学生文学"（主要是指20世纪五六十年代由台湾地区赴北美的作家的文学创作与批评）一样，注意研究与界定其时间下限。否则，"北美新移民文学"将失去其作为一个特定的文学术语或概念的价值与意义。

"北美新移民文学"主要是指中国改革开放以后，从中国大陆到北美留学进而移居或者移民北美的所谓新移民作家的文学创作与批评。这是因为在这一特殊的作家群体中的大部分作家包括评论家，既有所谓的"'文革'经验者"，又有作为恢复高考后的幸运者，通过各自不同的途径或者原因得以"留学"北美；更为重要的是，在他们"去国"之时，中国还处在改革开放初期：国力不够强大，家人也无力给予经济上的支援。"留学"中的他们，大多有过

---

① 曾晓文：《卡萨布兰卡百合》，《安徽文学》2008年第4期。

"走下飞机",即"寻找餐馆""打洋工"、跑遍超市"拣"烂土豆等的"洋插队"经历。正是这种多重的磨难——历经苦难且坚忍不拔的奋斗与追求,才使得"北美新移民文学作家"脱颖而出;他们体验着、反映着一个特殊时代的生活方式与精神风貌,并且代表着、追寻着"一个时代"的文学特质与美学追求。

斗转星移,留学北美,进而移居或者移民北美的进程及其"故事",还在不断继续。但是,今天的中国不论是经济实力,还是国际地位,都远非改革之初可比。试看今日80后,甚至90后的留学生:他们不可能经历"文革"的苦难,更难以体验"前驱者""洋插队"时的多重痛苦;作为"小康"之后的留学生,他们中的大多数人已经可以由父母为他们预交学费、提供房租和生活费用。虽然他们也需要节俭、需要奋斗,更有许多难言的辛酸与苦痛,但是,无论从社会发展,还是从文学表现来看,他们都应该属于一个新的时代了。无论将会对80后、90后的北美留学生文学怎样命名("新新移民文学"?),他们体验、反映的都已经是一个更"新"时代的生活方式与精神风貌,并且代表的、追寻的是这个更"新"时代的文学特质与美学追求。

进一步界定"北美新移民文学"这个术语或概念,是为了更深入地研究"北美新移民文学"这一现象或者群体的发展与变化。从80年代到今天,其已经迈过了30年。从时间的跨度来看,正好等同于"中国现代文学30年"。在这样一个时间跨度中,"北美新移民文学"作家群的主体,已经历了"留学"与"后留学"这两个历史性阶段,而且随着"回流"之潮的兴起及其世界性商业化大潮的冲击,其还显示出某种正在"迈向"第三阶段的端倪。当然,对于这个"端倪",还需要假以时日,继续跟踪与观察,故暂且不论。

"北美新移民文学作家"作为所在国的少数族裔,而且还是"新"加入的少数族裔,处境的艰难与心灵的苦痛,在相当长的历史阶段中都是难以完全改善、彻底消解的。但是,由于经济状况、社会身份的重要差异,他们在"留学"阶段与"后留学"阶段的"阵痛",不论在"症状"方面,还是在"病因"方面,甚至在"痛楚"方面,都有着许多差异。值得注意的是,就外在身份而言,从"留学"阶段到步入"后留学"阶段,也许只需要数日、数月、数年;然而就内在心态而言,从"留学"阶段到步入"后留学"阶段,则可能需数年,甚至十数年、数十年;而且,即使作家的心态也"过渡"到了"后留学"阶段,他们依然会携带着"留学"阶段所有的"伤痕"与

"阵痛"，或以显性或以隐性的方式呈现在"后留学"阶段的文学之中。

即使如此，"后留学"阶段毕竟已经不是"留学"阶段；"后留学"阶段的文学，也不再简单的是"留学"阶段的文学。走过80年代，途经90年代，更有新时期10年的历练，这个代表着、追寻着"一个时代"的文学特质与美学追求的作家、批评家群体，已经携带着"留学"阶段的"伤痕"与"阵痛"成长为"后留学"阶段的"北美新移民文学作家"了。因此，"北美新移民文学作家"在"留学"阶段与"后留学"阶段的创作心态、艺术视野及其美学追求都会显现出，而且会继续显现出诸多同中之异。

在"留学"阶段，"北美新移民文学作家"不仅要为每日的生计、每月的房租、每学期的学费和正在攻读的学位，丢尽颜面、耗尽体能、绞尽脑汁；更因为手中持有的只是"学生签证"，不得不为自己"未明"的身份、出路而"夜以继日"地操心、惶恐——漂泊心态、弱势心态时时刻刻弥漫在他们的文学叙事之中。

在"后留学"阶段，"北美新移民文学作家"取得了学位，寻找到较为稳定的工作，有了家庭和住所，持有"工作签证"，许多人还"拿到"了"公民"身份；更为重要的是，随着他们逐渐地进入，或者是部分地进入所在国"中产阶级"的"生活序列"，尽管漂泊心态难以改观，弱势心态却已经有了微妙的变化——从"绝对弱势"走向"相对弱势"，甚至在某些局部还可能出现"相对优势"。曾晓文移居加拿大后对"异族婚恋"叙事的变化——不同族裔的男男女女，不再只以激烈对峙的方式存在，华人女性的单向弱势有所弱化，取而代之的是婚恋或者爱恋之中的男男女女的互为"弱势"。其所显示出的不仅是作家个人进入"后留学"阶段的某些变化与追求，也代表与反映出"北美新移民文学作家"群体在"后留学"阶段的某些变化与追求。文学叙事非常强调想象与幻想的重要作用，但是即使是文学中的想象与幻想，也不可能与作家创作心态的"蜕变"毫无关联。

与之相关联的是，"后留学"阶段的曾晓文，还有意无意地"舒缓"着曾经在"北美新移民文学"中，乃至北美华文小说中较为"流行"的作者、叙事者与"我"的"同一性"的叙事模式。"新移民文学作家"在"去国"之前，大多亲历过历史的"浩劫"，在异国他乡也大多有过"漂流"的辛酸与血泪。正如曾晓文所说："说它（《白日飘行》）是我本人的精神自传，应是比较准确的把握。"① "当我们开始写作时，出国后的一段经历是首选的无法避免的题材，这中间充满曲折磨难，心灵的挣扎与苦痛。"② 曾晓文的"梦断得克萨斯"系列，也显露过这种"同一性"的痕迹。各种各样亲历性的"故事"，显现在小说中，不仅具有极强的"写实性"，也具有较为明显的"自传性"。因而，在小说中，作者、叙事者与"我"，往往易于呈现出某种"同一性"；作家对作品中的"我"也不免有些"偏爱"，导致作品中的人物性格在某种程度上多少有些"平面化"与"单一化"。但是，在《苏格兰短裙和三叶草》、《卡萨布兰卡百合》等"后留学"阶段的作品中，作家已经较为自如地发挥着文学的"想象性"功能，在相当程度上，弱化了作品的"自传性"：作者、叙事者与"我"三者之间，既有些区别，又有些"隔膜"；作品中人物的性格，例如肖恩、俪俪和蒙妮卡等，似乎都生活在一个明暗交错的个体空间，就像一个个熟悉的陌生人，"看得见，参不透"，只有在"往返和盘旋之中"，才能"缓缓地打开""隐秘的心灵镜像"，展示出"丰饶的生命质感"。③

曾晓文在成长，"北美新移民文学"也在不断成长，"异族婚恋"只是观察这种成长趋势的一个窗口。我们希望有可能打开更多的窗口，解读更多的作家与作品，以便更深入地了解与阐述这种阶段性成长的"密码"，更好地观察与阐述步入"后留学"阶段的北美新移民文学的新特征与新内涵。

---

① 陈启文、曾晓文：《我的精神仍在成长》，《文学界》2009 年第 6 期。
② 曾晓文：《假如不在海外写作》，《侨报》副刊，2007 年 5 月 23 日。
③ 洪治纲：《个体自由与历史意志的隐秘对视——读陈河的〈夜巡〉》，《上海文学》2009 年第 1 期。

越 "界" 书写：熟悉的陌生人

——曾晓文、陈河小说比较研究之一①

王列耀

　　曾晓文与陈河都是加拿大新移民作家，都属于 "多伦多作家群"，也都有曾经在 "第三国" "漂流" 的辛酸苦难甚至传奇经历———一个在美国被监禁，一个在阿尔巴尼亚被绑架。他们又都极为 "发烧" 于小说创作，目前都处于小说创作的高峰期——不断有短篇、中篇以及长篇小说密集问世。

　　由于有多重的跨文化经验、"血迹斑斑" 的 "心理性伤痕"，他们的小说在题材选择上十分独特：陈河的 "被绑架者说" 系列，"重温" 着在阿尔巴尼亚的那场浴血动乱中，一个中国商人被绑架八天七夜的 "噩梦" 人生；曾晓文的 "梦断得克萨斯" 系列，叙说一个中国留学生 "穿越美国监狱" 的苦难经历，"故事" 之中，充满着惊险与血泪。

　　曾晓文与陈河的小说，具有较为鲜明的探索性，尤其是在《苏格兰短裙和三叶草》、《卡萨布兰卡百合》与《夜巡》、《西尼罗症》中，两位作家着力尝试着创造寻常生活中不寻常的文学人物：熟悉的陌生人。

一、纯粹的小人物与 "骨子里" 的小人物

　　比较曾晓文的《苏格兰短裙和三叶草》、《卡萨布兰卡百合》与陈河的《夜巡》、《西尼罗症》，可以发现，曾晓文的小说，写的都是纯粹的小人物；陈河的小说，写的都是表面上有些风光、体面，骨子里却仍然渗透出凄凉的

---

① 本文是 2010 年 7 月在由暨南大学、约克大学和加拿大中国笔会联合主办的 "加拿大华裔/华文文学国际学术研讨会" 上的发言。

小人物。

曾晓文善于描写纯粹的小人物：被遗弃者、被监禁者、生活与情感双重的漂泊者——他们生活孤苦、漂泊无依以及相互之间怜惜、"断臂"。《苏格兰短裙和三叶草》中的蕾，是一个"移民多伦多快两年"，"一直没有固定工作"，缺乏亲情、关爱的漂泊者；肖恩是一个遭母亲训斥、被爱人抛弃、患有"自闭症"的水手。虽然一个是华人雇工、一个是白人雇主，但相同的寂寞和互相的尊重，使他们从亲近走向亲昵。《卡萨布兰卡百合》中的蒙妮卡，是一个遭受背叛的同性恋者，为让女友波拉威尔成名而印制假币、锒铛入狱；俪俪是一个命运悲惨的东方女性，不仅经常遭受丈夫的毒打、戕害，更在按摩院里备受客人的侮辱，最终蒙冤入狱。监狱中的黑暗与冷漠，使两个不同肤色、不同背景的小人物惺惺相惜，互为依靠。

陈河似乎更善于写那些"骨子里"的小人物：表面上的监视者、中产者、安居者，实际上的被驱使者、被流放者，以及精神漂泊者、情感孤独者。

《夜巡》中的镇球，作为那个特殊时代的"治安联防队员"，可以"合法"地窥探别人的生活，他也曾经相当充分地运用过这种"合法性"。所以，在某种程度上，他充当着强权意志的"马前卒"。但是，"才十七岁"的他，也是一个被社会巨澜所裹挟的小人物、一个被驱使者，"在镇球的朋友和邻居的印象里，他那段时间变得沉默寡言"，当他发现深宅大院里那一丝光亮，他想到"这屋子里的人要遇上一点麻烦了"，"心里不知为何袭上一阵苦闷"。而且，一旦"权利"不再，他随时都会失掉这个"合法"身份，陷入与陈茶鹤一家相似的被监视、被窥探的处境。同时，镇球也是一个被扭曲者、被愚弄者。当他知道陈茶鹤的名字时，他"感觉心中立即有一只洁白的仙鹤迎着如雨的金色阳光飞去。他想起的是小时候用纸折成的一只纸鹤"。当镇球突然意识到自己的"合法"身份时，这种"感觉"立即就被堵塞了。在那个喧嚣狂热的社会巨澜中，他的正常情感，甚至正常思维，都遭到了被暂时"派定"的"身份"所带来的巨大压抑和扭曲，甚至是愚弄。

《西尼罗症》中的"我"，"财务状况尚可"，不必为一日三餐所困扰，可以"买一座房子"，"有时去钓鱼，有时会去图书馆、博物馆、美术馆"，俨然已有中产者、安居者的感觉。但是，"我"的心理状况仍然堪忧：既"不知如何和邻居的白人交往"，也不知如何安顿自己作为一个新移民的孤独心与漂泊感。因而，作为一个"移民加拿大的第二年"的"新客"，"我"在生活上，已经勉强步入了中产者、安居者，但在骨子里，依然是一个精神上的漂泊者，一个处在社会边缘的孤独者。

二、交错的心理指向：欲望与恐惧

在具有压抑感的时空之中生活，尤其是在一个并不熟悉的多元族群、多元文化的异域空间之中生活，不论是纯粹的小人物，还是"骨子"里的小人物，要想能够顽强地存活下去，心灵深处必然有着一种超乎寻常的个人欲望。这既是他们生命的内在驱动力，也是他们尚在艰难跋涉中的生命象征。

曾晓文更多写的是逆境之中的小人物，写他们在冷漠与残酷的处境中，那点可怜分分的欲望以及如影随形的恐惧。在《苏格兰短裙和三叶草》中，蕾与肖恩虽然肤色不同、生活处境不同，但是寂寞对他们身心的绞杀方式与摧残程度非常相似。他们都有母亲，但一个母亲只会伸手要钱，一个母亲只会开口训斥；他们都渴望着爱情，但一个被爱遗忘，一个被爱人背叛与抛弃。他们各自忍受着寂寞的煎熬，几乎每天都在自问自答："寂寞会杀人吗？""心中有了期待，才懂得寂寞。"他们的心中充满着来自生理与心理本能的欲望——对爱人与被爱的向往；对人与人相互靠近、相互温暖的渴望。蕾与肖恩，由于寂寞相同，爱好相同——爱书、爱花、爱草，向往"暧昧的诱惑"，"它们仿佛两块魔板，连接起肖恩的世界和我的世界"。但是，倾诉之后、亲昵之后，不期而至的是极度的恐惧——肖恩始终紧闭自己的卧室，逃避"我""与他的过分亲近，向婚姻靠拢"，直至仓皇逃匿——"辞退了'我'"并失去行踪。他宁愿在形形色色的色情杂志中自弃、自残，直至临终他还恐惧万分地呻吟着"请不要让我和这个世界再有任何牵连"，以致蕾也受到影响并哀叹："亲近，常是令人恐惧的。"

陈河更擅于写"顺境"之中的小人物，写在冷漠与平凡的社会中，其人性深处的模棱两可与自相矛盾的欲望与恐惧。

《夜巡》中的镇球，在"拥有了红袖章的合法性之后，尤其是碰上了身体丰腴的小鹤之后"，"隐秘的生理欲望于是被不可避免地点燃了，并导致了他对那个'北方男人'不依不饶的追踪"。"令人感佩的是，作者并没有赋予镇球更多的勇猛和无畏，而是让这个少年多少还心存一份潜在的畏惧。"小说结尾那充满神秘与象征意味的"一组红心同花顺子"，更强化了这种恐惧的意味。"所以，当老太太说他是一个没有教养的孩子，并且威逼他留下来陪她们玩牌时，他感到了'毛骨悚然'。"①

《西尼罗症》始终演绎着欲望和对诱惑的恐惧。"我"和妻子"看了几十套房子，都觉得一处不如一处"，因为在妻子的潜意识中，充满了对在"我"心灵深处如野草般生长着的欲望的恐惧。"她告诉我火车来了整个屋子都会震动。""再说她也不喜欢大湖，大湖里容易长水怪精灵，夜里跑到岸上来怎么办？""凡是我中意的房子我妻子总会找出不好的地方，可是我说这房子不合适，她倒是有了兴趣。""我"作为欲望的主体，欲望与恐惧，一开始就在潜意识中剑拔弩张地较量与拉锯。心灵深处期期艾艾地期盼着被诱惑：表面上对妻子不厌其烦的挑剔百般顺从，实际上，只是对在自己潜意识中蛇行着的那点欲望的恐惧。因此，"总是有一种想转身逃跑的欲望"。

雅·拉康认为："以欲望为基础的文体结构本身总是给人类欲望的客体打上一个不可能的印记。"② 这种说法，也许可以引申为，在欲望与恐惧复杂交错的文体结构中，欲望往往不可能实现，因而欲望表现得更加顽强，在欲望的身后，则是恐惧的蛇行。正是由于欲望与恐惧在作品中不懈地反复与纠结——既同行又对抗，所以才使得作家可以更加灵动、更加个性化地再现生活与心灵。

三、"欲望结构"中的内在要素：痴迷与隐晦

小说与传记的最大区别，在于小说可以最大限度地利用想象与虚构，"在人生的呈现中把不可言诠和交流之事推向极致"③。如果可以将曾晓文与陈河的这组小说归结为"欲望结构"的话，那么，在这个"欲望结构"中，作者将"不可言诠和交流之事""推向极致"的两个重要的内在因素就是痴迷与隐晦。

---

① 洪治纲：《个体自由与历史意志的隐秘对视——读陈河的〈夜巡〉》，《上海文学》2009 年第 1 期。

② 雅·拉康著，陈越译：《欲望及对〈哈姆雷特〉中欲望的阐释》，《世界电影》1996 年第 3 期。

③ 转引自格非：《塞壬的歌声》，上海：上海文艺出版社 2001 年版，第 52 页。原文为"写一部小说的意思就是通过表现人的生活把深广不可量度带向极致"。瓦尔特·本雅明著，陈永国、马海良编：《本雅明文选》，北京：中国社会科学出版社 1999 年版。

沉溺在欲望中的蒙妮卡，极为痴迷："手链只是一段精致的麻绳，穿过一朵小小的水粉色的玻璃花，在两端被打了个结儿。蒙妮卡认出那花是卡萨布兰卡百合。"

"认出"卡萨布兰卡百合花的蒙妮卡，为让深爱着的女友波拉威尔出人头地，不惜铤而走险印制假币。当大红大紫的波拉威尔，"马上要和里德结婚了，那个专演阳刚小生的电影明星"时，她在狱中依然沉溺在对欲望对象的痴迷之中。

肖恩对欲望的痴迷，近于畸形与病态。他无限地眷恋着那条曾经"挂在"餐馆墙上的莎朗的苏格兰短裙——甚至在与雷亲昵的前后，也不能释怀餐馆的那个"老位置"；堆积在紧闭的卧室中的"《花花公子》、《画廊》、《夜总会》"等"过去二十年出版的色情杂志"，也都暗暗地指向着对莎朗"丰乳肥臀"的痴迷。这似乎多少有些验印了雅·拉康在分析《哈姆雷特》时的一个论断：当"欲望的客体成了一个不可能得到的客体时，他才能再度成为他欲望的客体"①，因为莎朗的背叛与绝情，"这个客体已经赢得了一种更加绝对的存在"，成为肖恩痴迷之欲望的一种绝对动能。

肖恩的隐晦与痴迷如影随形。他把对莎朗痴迷的欲望，处心积虑地"隐蔽"为对那个挂有苏格兰短裙的餐馆的牵挂；他把对"丰乳肥臀"的迷恋，"隐蔽"为对"书本"的痴迷："每到一处城市，就要买几本书，搞得家里快成旧书店了。"如果说，肖恩的痴迷起源于他对"更加绝对的存在"的"欲望"，那么他的隐晦，则连接着他在"绝对"失望之后，那绝望者可怜的痴迷与对"绝对"的恐惧。以致与他亲近过、亲昵过的雷，也不得这样哀叹："对于我，他似乎永远是一个熟悉的陌生人。"

镇球"隐秘的心灵镜像"之一，就是对女性美的痴迷。"他灵魂出窍地看着""胸部突出，圆圆的脸绯红绯红"的鹤子姑娘，"就像是一枚木楔子深深打入了镇球的心头"。"他时刻都在等待着机会，等待着刮'红色台风'。"急不可待的他，终于等不及"红色台风"的再来，便上演了一场假公济私的"夜巡"。镇球"隐秘的心灵镜像"之二，就是逢事都要依托"合法性"：他为自己走火入魔的生理欲望，为自己揪心揪肝地对女性白瓷般肉体的痴迷，寻找了一个既隐晦又"合法"的说辞：忠于职守——对那个来历不明、行踪

① 雅·拉康著，陈越译：《欲望及对〈哈姆雷特〉中欲望的阐释》，《世界电影》1996年第3期。

诡异的"北方男人"必须一味地趁夜追寻。

在《西尼罗症》中的"我",居有屋、行有车,妻女平安,但是,却被内心的"精灵"折磨得寝食难安:"我这个人是个十分容易受诱惑的人。""内心其实有个凶猛的精灵关在里面。""它要是一闹起来,就要你的命了。"①搬家之前,欲望的顶端只是一种抽象的出轨幻想,随时伺机而动。乔迁之后,"欲望的客体"得到了具体化——有了一个可能"会上门拜访"的女邻居斯沃尼。"凶猛的精灵"就开始夺路狂奔,抽象的出轨就演化为"一个不可救药的幻想者"对一个"白人妇女"痴迷而又具体的幻想——"心里有点慌","心里老是惦记着","我感觉到白人妇女的肌肤像奶油一样细腻光滑,同时还闻到了她身上的气味"。

在"欲望结构"中的痴迷,总是与恐惧同构的。于是,"我"立即"发现","连我妻子都看出了这不正常","我觉得如果把我的病和湖边妇人连在一起,怕今后对我妻子解释不清楚"。在妻女的视野中,"凶猛的精灵"既要"远行",又要能够在恐惧的氛围中得以远行。隐晦就成为绝好的"装饰"与"保护色"。虽然在风景画中,"吸引我的还不是画的本身,而是画里的人像";在阿岗昆森林湖畔,吸引"我"的不是垂钓,而是那妇人的"美态带着将消逝的伤感","还带着一点病态"。但是,亲近"肉感"的斯沃尼的所有说法,都被表述为"参观画展"与"远行钓鱼"。西尼罗病毒的凶猛,也被"内化"为欲望的凶猛——这"病毒""对外来人敏感","已经在我身上潜伏了二年"。这些充满歧义性、隐晦性的文字,闪烁出源源不断的暧昧气息,成为叙事节奏、人物关系与人物心理始终处在紧张状态的重要催化剂。

四、越"界"书写:熟悉的陌生人

所谓越"界"书写,是指《苏格兰短裙和三叶草》、《卡萨布兰卡百合》与《夜巡》、《西尼罗症》这组作品,隐含着三个越"界"的尝试,在北美新移民文学中具有较强的探索性。

其一,试图"跨越"北美新移民文学,乃至北美华文小说中曾经共有的"悲情"模式——以辛酸、漂流为主调的写作模式。从黄运基的《异乡曲》、

---

① 陈河:《去斯可比的路》,《十月》2010年第2期。

白先勇的《芝加哥之死》到阎真的《白雪红尘》，虽然作者的年龄、背景，作品的创作时间有着较大差异，但是，"游子"的悲情书写是一脉相承的。他们的小说，极为真实地反映了"草根文学"、"留学生文学"、"新移民文学"三个创作群体在"旅美"初期的感觉与心态，为北美华文文学留下了重要的历史画卷，也提供了极为重要的创作经验。在此之后，许多北美华文作家，包括新移民作家，写出了许多震撼人心的作品。但是，随着时代的变化、时间的流逝，尤其是随着作家在新的国度的入籍、"扎根"，他们的境遇与心态也将变得越来越复杂，将来，也许还会更加复杂。《苏格兰短裙和三叶草》、《卡萨布兰卡百合》与《夜巡》、《西尼罗症》这组作品，既有游子的悲情，更有重笔书写游子的"多情"、游子的"同情"，甚至是游子的"纵情"——当然，这些游子，也已经不只是"去国"的游子了，还包括了游离于族群、家庭，游离于"常态"的"内心"的游子。

其二，试图"舒缓"北美新移民文学，乃至北美华文小说叙事中作者、叙事者与"我"的"同一性"模式。新移民作家在"去国"之前，大多亲历过历史的"浩劫"，在"异国他乡"也大多有过"漂流"的辛酸与血泪。这些亲历性的"故事"，显现在小说中，不仅具有极强的"写实性"，也具有较为明显的"自传性"。因而，在小说中，作者、叙事者与"我"，往往易于呈现出某种"同一性"。陈河的"被绑架者说"系列，曾晓文的"梦断得克萨斯"系列，也显露过这种"同一性"的痕迹。但是，在《苏格兰短裙和三叶草》、《卡萨布兰卡百合》与《夜巡》、《西尼罗症》这组作品中，作家较为充分地强化了"想象"的作用，在相当程度上弱化了作品的"自传性"。这使得作者、叙事者与"我"三者之间，既有些区别，又有些"隔膜"。

其三，有意挑战小说中"我"的性格的"单纯性"模式，人物的性格与心灵变得似乎有些"模糊"与"模棱两可"了。也许，是由于"悲情"与"同一性"，北美华文小说中"我"的性格一般较为"直观"、"扁平"，缺少复杂性与变化性。本雅明所谓的"不可言诠和交流之事"，也许不仅仅是指向故事情节，也可以指向人物的内心。《苏格兰短裙和三叶草》、《卡萨布兰卡百合》中的情节与人物，尤其是《夜巡》、《西尼罗症》中的情节与人物，例如肖恩、镇球等，似乎都生活在一个明暗交错的个体空间，就像一个个熟悉的陌生人，"看得见，参不透"，只有在"往返和盘旋之中"，才能"缓缓地打开""隐秘的心灵镜像",展示出"丰饶的生命质感"①。

所谓越"界"书写,也是指《苏格兰短裙和三叶草》、《卡萨布兰卡百合》与《夜巡》、《西尼罗症》这组作品,在"多族群书写"中所呈现出来的"越界"趋势。

新移民作家生活在多族群杂居的"新环境"中,能否做到如同书写华人的"自我"般地书写其他族群的"自我",是新生活中的新挑战,也将是"新移民文学"对世界华文写作的新贡献。张翎认为:"其实我认为人类的许多精神特质是共通的,所以我的作品中更多的是去关注超越种族、文化、肤色、地域等概念的人类共性。我的故事是纯粹的人和人之间的故事,而不是所谓外国人和中国人之间的故事。我笔下的'老外'首先是人,其次才是洋人。一切人类共通的真实精神特质,也同样在他们身上显现。"②《金山》等优秀作品,已经为此作出了许多成功的尝试。在《苏格兰短裙和三叶草》、《卡萨布兰卡百合》与《夜巡》、《西尼罗症》这组作品中,所谓熟悉的陌生人,既有华人,也有洋人,他们的熟悉与陌生,既是对华人而言,也是对洋人而言。因而,可以说"是纯粹的人和人之间的故事,而不是所谓外国人和中国人之间的故事",是作家在"多族群书写"中呈现出来的一种自我"越界"的趋势。

综上所述,尽管曾晓文描写得更多的是逆境中纯粹的小人物,陈河刻画得更多的是表面风光、"骨子里"凄凉的小人物,但他们都共同地指向了小人物内心深处的欲望与恐惧交错的心理结构;而且,在"多族群书写"的语境中,他们也揭示出了形成这一心理结构背后的两个重要的内在因素:痴迷与隐晦。加之,他们在揭示这一心理结构的同时,还隐含着三个越"界"的尝试:一是对以辛酸、漂流为主调的写作模式的跨越;二是对小说叙事中,作者、叙事者与"我"的"同一性"模式的"舒缓";三是对小说中"我"的性格"单纯性"的挑战。通过这样一种探索性的尝试,他们不仅塑造出了一个个"熟悉的陌生人",也展现出了新移民小说艺术上的新追求与美学风格的新趋向,因而特别值得我们观察与注意。

---

① 洪治纲:《个体自由与历史意志的隐秘对视——读陈河的〈夜巡〉》,《上海文学》2009 年第1 期。

② 万沐:《开花结果在彼岸——〈北美时报〉记者对加拿大华裔女作家张翎的采访》,《世界华文文学论坛》2005 年第 2 期。

读陈河小说《黑白电影里的城市》有感[①]

谭 湘

文学作为一种抒发情感的表达载体，在文体形式上的细致差别不过是一种所谓成熟的艺术形式所必备的格式化的渠道或者习惯。在用文学的方式表达一种情绪、挥洒某种情愫、宣泄心中诸般块垒，抑或演绎头脑里始终在意识与潜意识边缘上的白日梦样的症结的时候，我们实际上具体采用什么样约定俗成的具体格式，经常存在着相当的偶然，如时代的偶然、个人气质的偶然与经验的偶然。这些偶然的综合造就了作者在彼时彼地孕育出的文学文本的叙述脉络与语言样式，以文字凝固住了他一向在流动与转换之中的印象与情怀。正是因为这种文本选择中的偶然性，所以当读者反过来以文本为开端去反向揣摩作者创作动机与情感特征的时候，文学文本的文体意味所提供的线索，就既是重要又是被限制的了。

一个在童年时光里暗恋过阿尔巴尼亚电影《宁死不屈》中的女主角米拉的中国男人，在几十年以后这个国家的政治统治转换的经济动荡中，不期然地回到了那部电影的拍摄现场与历史故事的发生现场。他百感交集，他心旌摇荡，他如梦方醒，他恍然大悟。恍惚、朦胧与确认的发现过程与喜悦心情，使他像是在现实里做了一次打通自己前世今生的时空漫游，他将他真实的感慨与思绪用小说的形式作了一次抒发，形成了一个小说文本。

这是陈河的《黑白电影里的城市》所提供的让读者可以进行揣摩的反向索引，这个文本对于我们去怀想与体味作者的米拉情结，去实证主义地分析他童年梦中的电影与事实的对位与错位，可谓重要，又远非唯一。在这异域

---

① 本文是 2010 年 7 月在由暨南大学、约克大学和加拿大中国笔会联合主办的"加拿大华裔/华文文学国际学术研讨会"上的发言。刊登于《文学自由谈》2012 年第 5 期。

场景中的新奇感受被老套的故事结构涂抹并存有不少陈旧气息的时候，我们马上会考虑到一个仿佛是属于阅读文本意义之外的问题：作者为什么用了小说的形式而不是散文？

这种貌似蛮横的疑问实际上也是有自己内在的合理性的，那就是在现在的小说文本里我们看到了太多的实证主义的记录，看到了为了将自己实际的经验容纳到小说这种形式中而勉强地去制造情节的"用心"与"努力"。这个其实更适合用散文讲述的文学地理学、电影地理学的体验，作者一反曾经在内地当过专业文学创作者的习惯，用小说的形式传达出来，像是在淳朴的情感场上罩上了一层娴熟的恋爱老手、暴力战士的外衣。这件外衣虽然符合商业化的阅读要求，但是比较普通，看起来眼熟却并不十分新鲜，也可以说是并不完全合身。在既有的童年情结之上附加了爱情与性，附加了战争与牺牲，这种好莱坞式流行文本的编剧路数，实际上妨碍了甚至冲淡了作者对自己那种童年情怀的珍视，也使得平淡生活中令人震惊的死亡在故事里变得仿佛水到渠成一样失去了张力。作者在创作自述里说现实中女药剂师的死给了他很大的震撼。他将寄托着他的诸多情怀的伊丽达的死亡写成不出所料的正常——我在惋惜之余宁愿相信那是一种叙事语调，是作者有意为之的漫不经心或者曾经沧海。

《宁死不屈》的故事是一个英雄的悲剧。阿尔巴尼亚这一盏欧洲社会主义明灯却曾被我们一厢情愿地视为"世界上还有三分之二受苦人"之意义上的兄弟，"小独裁者"恩维尔·霍查也确乎曾经和中国很近，后来又很远。但是，"二战"中的苦难没有一个民族比中华民族所承受得更为深重，社会主义建设中我们曾无私地援助过太多太多的阿尔巴尼亚也绝没有我们饿死的人多！中国人自己的苦难，比阿尔巴尼亚人从德国人那里承受得要大得多，惨烈得多。我们自己其实是没有什么更多的资本去怜悯别人的。有些时候，怜悯确实是一种奢侈。我们在自己的可怜中所施予怜悯的对象，不仅占有了我们当年极其稀缺的物质，也占有了我们当年的少年儿童的精神，乃至在时过境迁以后的这种偶然发现还能给从那段历史中走出来的作者带来发现之后的欣喜与激动。在那样既奢侈又混沌还盲目的社会氛围里成长起来的我们、作者及由此而来的作者的童年情结，便形成了这一族群作为成年人的白日梦中的一种。这种在质地上属于散文品质的真实情怀，还有妨碍或者来不及更深入打磨的小说文本，从作者的创作自述里，我们都能看到端倪。

散文化的真实感情是陈河这部小说最原始的创作源泉，游记式的景象记录与日记式的默对内心是陈河这一艺术创作的最真实的出发点。此外的小说语言、人物对话、小说结构和小说情节，甚至小说中的人物关系，都并非这部小说最出彩的地方，我们甚至可以说其呈现出一种比较平庸的面目。苛刻一点说，实现童年梦想的偶然带来的激动之情，以及发现文学地理学、电影地理学，表达一种发现了自己的前缘今世般的激动，选择用小说这一文体实在不是最讨好的形式。我们认为单纯叙说实际的经验似乎不足以满足要有相当长度的细节呈现的需要，无意中却让小说的情节伤害了最初的情绪与激情，让有点老套、媚俗的男女关系与战斗噱头冲淡了作为创作动机的怀旧的心绪。事实上，小说中最具有打动人心的魅力的部分来源于现场的景色与感怀。一个又一个晨昏中的细节，马路上的被磨得光光的石头的细节，石头墙壁上错落有致的缝隙中的茅草的细节等，才是这部小说最具有神采的刻画。作者心目中的阿尔巴尼亚女英雄的形象和现实中他接触过的阿尔巴尼亚女药剂师的形象的重叠与交叉，与他在这小城的现实与历史中所望见的景致相合与相异。这样的情致，用站在真情实感的基础上的散文笔致书写出来的话，也许比小说会更有力量。在这里，小说的传奇性的结构需要和情节推进，在一定程度上伤害了作者充沛的现实情感的表达。

　　在现实中确有所感，在文学的真实契机启动的时刻，无论是用实话实说的散文，还是用结构故事的小说，文本形式的选择完全出于个人的习惯，用一种什么样的形式更合适于当下这份情感，也是作者自己的判断。不过，那种认为小说比散文大、小说的空间比散文要广阔得多、小说更艺术的观念在中国文坛上也是广有市场的。这在相当程度上影响了很多从事文学创作的人，好像要搞文学就要搞小说，不搞小说就始终距离文学很远。情感与情怀的文学表达，即使再勉为其难也要用小说来装点一番，其后果之一就是小说的读者群急剧萎缩。实际上在很多文学大家那里，文本的样式在很多时候都是模糊的，博尔赫斯、黑塞的许多写作，我们今天已经很难再给它们直接戴上小说或者散文这么简单的帽子了，关键是它们出自作者生命的真情，而不矫揉造作，不为了所谓结构而牺牲内容，不勉为其难，只自然而然。

　　不管怎么说，我们现在讨论的问题还在正常的艺术之为艺术、文学之为文学的范畴之内。事情只要还在这一步上，就至少说明这种表达在最基本的原始动力意义上是完全符合文学之为文学的最初意义的。作者的确是有话要说，而不是无病呻吟，不是闭门造车，不是我们所谓的文学现实中屡见不鲜的远离文学本质的现实功利主义之作。陈河等海外华文作家们正是在这个最基本的层面上为国内的中国文学带来了一缕清新的气息。陈河等华裔/华文作家置身海外，用以生活的钱是自己挣的而不是国家给的，也不存有通过写作谋个一官半职的念想。远离了这诸多的功名利禄，再从事文学，应当说，更容易回到文学的本意上。这也是大多数海外华裔/华文作家的作品比较值得一读的原因所在。他们的技巧和语言也许并不特别出色，但是他们至少是确有所感，没有许多内地专业作家们那种小说腔，没有商品订货式的制造气，也没有无病呻吟写不出硬写、每年必须发表多少字才能完成任务之类的"压力"。

　　陈河等海外华裔/华文作家之所以在近年来受到特别关注，其背景是中国内地文坛一些越来越背离文学本意的专业创作的苍白。相比之下，海外华裔/华文作家们的创作倒像是文学作者们源于生活的习作，虽然形式上或有不成熟乃至远离当下生活之虞，但是在本质上却属于文学的纯正品位。正是在这样的意义上，我们如果不苛求陈河小说中的传奇性和那些可有可无的对话，不特别纠缠那点性或暴力的噱头，其真实的文学情怀还是具备相当审美享受的。这是一个男人与生俱来就要经历的灵魂的冒险，更像浪漫的冒险。我们感动在中国文学的阅读经验中能有陈河这样的文本现象出现。

香港立场与移民感受

——论陈浩泉的小说创作①

刘 俊

陈浩泉原名陈维贤，笔名夏洛桑、哥舒鹰等，1949 年出生在中国内地，幼年自内地赴港，在香港成长并长期生活在香港，先后任职记者、报纸编辑、电视台编剧、出版社和杂志主编等，20 世纪 90 年代移民加拿大。陈浩泉现任华汉文化事业公司及维邦文化企业公司董事经理、总编辑，加拿大华裔作家协会会长。其已出版作品集 20 余部，包括诗集《日历纸上的诗行》、《海恋》；散文集《青果集》、《紫荆·枫叶》；小说集《青春的旅程》、《银海浪》、《萤火》、《海山遥遥》、《追情》（《扶桑之恋》）、《香港狂人》、《香港小姐》、《电视台风云》、《断鸢》、《香港九七》、《天涯何处是吾家》、《寻找伊甸园》等。

如果以小说为视角对陈浩泉的文学创作进行梳理和探究，我们不难发现，在他众多的小说作品中，香港立场和移民感受是两个比较突出的重要特点。

对于陈浩泉而言，香港立场是指他的小说基本上是以一个香港人的立场，来观察、思考和表现香港社会光怪陆离的现实，以及香港人的种种特殊境遇和心理。移民感受，则是指陈浩泉在他的小说中，通过表现"新移民"在面对移民新生活时所遭遇到的种种惨痛经历和复杂感受，以"感同身受"的方式表达他对中国人海外移民生活的深层思考，而在这一切的背后，体现的其实是陈浩泉对 20 世纪中国人现代命运的观察和沉思。

在香港作家中，陈浩泉是一个喜欢用"香港"来给自己的作品命名的作家，《香港小姐》、《香港狂人》和《香港九七》这三部以"香港"命名的长篇小说，不仅贯穿了陈浩泉小说创作的不同时期，而且其内容也串联起 20 世

---

① 本文刊登于《香港文学》2012 年第 4 期。

纪80年代到90年代香港历史的一种特殊风貌。这种对香港的情有独钟，正表明陈浩泉具有自觉的香港意识。而这种自觉的香港意识，再加上强烈的正义感，就使得陈浩泉的小说在表现香港社会、挖掘香港人心理方面，有着自己独特的观察视角和表现方式。

或许与陈浩泉做过记者有关，记者敏锐的洞察力、正直的公义性和敏感的政治意识，使得陈浩泉在自己的小说中，大多聚焦于揭露香港社会黑暗、表现社会公义、关心香港前途等领域。具体而言，陈浩泉的小说题材，基本集中在表现香港娱乐界的丑恶、展示正义人士在香港社会的悲剧命运、反映香港民众在"九七"回归来临之际的心理波动，以及因之而起的移民生活这四大领域。

对于香港娱乐界的黑暗，陈浩泉在众多的作品中对之进行了揭露和批判，香港娱乐界的种种丑态，在陈浩泉的笔下被淋漓尽致地呈现出来了。《受骗》中的廖雅丽，"她曾经听人家说，娱乐圈乌烟瘴气，复杂得很，就像一个大染缸一样，一跳进去，冒出头来的时候就不知给染成什么样子了"，虽然她自己努力把持着自己，想做到洁身自好，可是在拍了一部"名女人"的影片之后，她终于"深深体会到娱乐圈是一口大染缸"了。因为在片子中，导演将一个替身拍的暴露镜头嫁接到了她的"头"下，这使她在遭到父母的指责时百口莫辩——正如她父亲说的，"一般人哪知道是用替身拍的呀"，"人家以后就会叫你'肉弹'、'脱星'了，你就是跳进黄河也洗不清呀"。而这种在娱乐圈中被迫染上的"颜色"，"无处可以申诉，没有人会同情你"。不过，像廖雅丽这样在不知情的情况下被"染黑"、"染黄"还不算受害最深的，与她由替身演员代演暴露镜头相比，在《银色的毒箭》中的巴巴拉就没有那么"幸运"了。巴巴拉来自台北，怀着美好的明星梦来到香港。在香港，她也想凭着自己的努力，实现自己银色的明星梦——虽然在她之前，姐姐已经因为"不肯拍脱戏，也不肯出去'赚外快'"而在蹉跎了七年的青春之后铩羽而归，但她还是满怀希望地来到了香港，可是她在香港先是重蹈她姐姐的覆辙无戏可拍，后来通过"圣诞节舞会"认识了导演郁之澄后，她终于有了拍片的机会。可是郁导演让她试镜之后就没了下文，最后在同是来自台湾地区的李珍珍的开导下，她终于成了郁导演"砧板上的肉"——她"被'银色的毒箭'射中了，一管有毒的水银已注入她的身体中"。她原来想靠自己的本事和实力为姐姐失去的七年青春"报仇"，可是现在，不但"她'报仇'的梦破碎了"，就连她自己也"牺牲"了。

如果说廖雅丽和巴巴拉为了进入娱乐圈，付出了名誉受损和身体失贞的代价，那么，对于另一位同样来自台湾地区的已经置身娱乐圈的小明星杜欣欣来说，要想在香港娱乐圈混出名堂，也绝非易事。为了在丑恶而又残酷无情的香港社会"闯出一点名堂来"，她只好以假装自杀来制造新闻，以求获得拍片的机会，虽然她第一次自杀的"新闻价值"被电影公司利用，有了一次拍片的机会，并小获成功，可是当她的第二部片子票房不佳，她想故伎重演，再次以自杀的方式来引起人们的关注时，不但奇迹没再出现，而且还成为人们嘲笑的对象，连临时男友秦洋也离她而去。最终，她失踪了——"是再次自杀，还是去找那'大客户'？或者是回台湾去呢"。杜欣欣以悲凉的方式，给读者留下了一个既永远无解同时也答案自明的"谜"。

陈浩泉在小说中对香港娱乐圈的描写和揭露，其目的并不仅仅是要揭露演艺界不为人知的丑陋现实，而且是要借助这个最为"突出"和"典型"的领域，展示香港这个资本主义世界赤裸裸、血淋淋的法则是如何侵蚀着人们的灵魂和肉体，剥夺着人的基本尊严；人在金钱、物欲的诱惑下和权力、名位的挤迫下，人性中的种种"恶"被激活、被鼓荡、被发酵、被榨取。《齐人小生》中的余小壮，原本是梁师傅的徒弟，因勤奋上进，得到梁师傅的青睐，于是梁师傅不但将自己的女儿碧英许配给了余小壮，而且还将自己的跌打医馆传给了他。然而，在余小壮演电视剧成功后，他就在苏丝的诱惑下，背叛了自己的太太，甚至在苏丝找黑道中人"教训"碧英之后，他还为苏丝辩护——一个原本正派上进的青年，就这样被这个社会毁掉了。在陈浩泉的小说世界中，被毁掉的当然远不止一个余小壮，《明星与妓女》中的阿芳、《的士够格》中的蒙莉、《文艺脱星》中的余可儿，甚至《女玩家》中的韩湘芷（Candy），都是在香港这个资本主义的"大染缸"中，或被迫，或"自愿"，被"染黑"、"染黄"，最终被彻底毁掉的。

如果说短篇小说还只能以"横截面"的方式，从"一角"来揭示香港娱乐界的种种丑态，那么《香港小姐》这个长篇小说则是以"全景"的方式，全方位、立体化地展开了对香港社会选美、拍电影之类的"名利场"，是如何腐蚀和摧毁人性中美好的感情和基本的尊严的描述。小说以选美小姐汪翠娟与梁志达、柳秋生的感情纠葛为主线，辅以另两位选美小姐杨丽诗、麦施施与她们各自丈夫欧阳发、王世隆的情感故事，呈现了一幅香港社会名利争逐、灵肉冲突、爱恨情仇的"众生相"。汪翠娟在成为"选美狂"之前，与梁志达同居，可是在她参加"选美"后，她就开始疏远梁志达，在入选"香港小姐亚军"之后，更是视梁志达为"缠人"的包袱，而投入富家公子柳秋生的怀抱。同样参加选美比赛并入选"香港小姐冠军"的麦施施和入选第四名的杨丽诗，或成为富家公子王世隆的太太却惨遭丈夫移情别恋，或与丈夫欧阳发婚姻生变成为男星秦洋的情妇。他们的爱情和人生，都在金钱（入选"香港小姐"就有高额奖金）、名声（有望进入演艺界抱得大名）、欲望（富家公子的诱惑和英俊男星的引诱）的驱使下，滑向悲剧的深渊——不但感情受伤（麦施施）、家庭破裂（杨丽诗），而且容颜被毁、终遭抛弃（汪翠娟），连带汪翠娟过去的恋人梁志达也身陷囹圄。小说向人们昭示出"香港小姐"这一名称，在其诱人的光环背后，其实是自毁、毁人的"毒药"和"利器"。

从陈浩泉一系列描写香港娱乐圈、演艺界的作品中不难看出，对于香港社会光怪陆离的"名利场"（以娱乐界、演艺界为代表）吞噬、毁灭人性中善良、美好的一面却刺激、诱发人性中丑陋、卑琐的一面，陈浩泉是充满了批判精神的——这不但是陈浩泉小说表现的重点，也是他在小说中秉持的基本立场和价值选择。

对香港社会的种种丑恶现象，不遗余力、毫不留情地加以揭露和批判，是陈浩泉"香港"题材小说中非常重要的特点，这种揭露和批判虽然以娱乐圈、演艺圈为主要载体，但并不限于这一领域。在《飘飞》中，陈浩泉通过对"我"和王小琼觉得"'名校'这块招牌像一块大石，砸得我喘不过气来"，并最终导致"我"和王小琼双双从楼上"飘飞"去"天国"的描写，对香港的教育制度提出了批评和抗议。在长篇小说《香港狂人》中，陈浩泉借助青年知识分子余守义的形象，对香港社会的不公不义，进行了鞭辟入里的批判。余守义出身贫苦，却为人正直，富有正义感，在其成长的过程中，他曾经与富家女黎家慧有过甜蜜的初恋，可是这段纯洁的感情在贫富差距的鸿沟面前，最终无疾而终。大学阶段他又遇到了刘宛玲，两人彼此相爱，却因为余守义反对政府在没有和住户谈妥条件的情况下强行拆楼，被捕入狱，而失去了恋人，并被学校开除——此前他就曾为了船户上岸的问题，抗议政府并短期入狱。在香港社会的一再碰壁，使得余守义痛切地认识到自己已经被"警方认为是这个社会不受欢迎的人物"——而实际上，余守义的"不受欢迎"恰恰体现了香港社会的病态，因为，当香港社会"不欢迎"余守义这样的正直青年时，那只能证明这个拒绝正义的社会是不正常的——起码是不公平和不人道的。

余守义在大学选择读社会系，是"希望将来能为改造这个社会而尽自己的一点力"，可是他不但改变不了这个"不公平"的社会，自己反倒成了这个社会的牺牲品。正如余守义对香港社会的总结那样："这个世界就是这么现实无情的，人人都在争逐的就是金钱、权力、地位，为利、为名。也只有起码拥有这些东西的其中一样，才能对社会有点影响力。"在这样的香港社会，余守义这样"守义"的正直青年，注定只能成为"不受欢迎的人物"。

陈浩泉对香港社会光怪陆离、弱肉强食、不公不义现象的一再表现、反思和批判，表明他是个对香港社会保持清醒认识和自觉批判的思想者，是个同情被侮辱与被损害者的人道主义者。这样的一个思想者和人道主义者，自然对香港社会的发展和未来的前途，会投以全身心的关注。

"九七"回归是个对香港的历史进程产生重大影响的事件，其对香港社会、香港命运和每一位香港人的未来都会产生不可估量的影响。在中、英两国就香港回归问题进行谈判的过程中，每一位香港人都将在这一决定香港历史和未来走向的转折点面前，作出自己的选择。深爱香港的陈浩泉，用长篇小说的方式，对这一历史进程进行了文学记录，并在其中表达了自己的基本立场。小说《香港九七》以卓文田和赵敏的爱情故事为主线，通过他们以及周围人对香港"九七"回归的各种看法，串联出在"九七"回归前香港人对香港前途和个人前途的关切和思考。面对香港回归前许多香港人因为对未来缺乏安全感而忧心忡忡甚至打算移民的做法，卓文田却选择留在香港。"我是香港土生土长的，家人都在香港，我怎样离开呢？"对于回归后的香港，卓文田认为"将来的香港不至于没有我们的立足之地"。他的恋人赵敏想法与他不同，面对香港"九七"回归，她一心想出国，在移民一时无望的情况下，她选择了先出国留学然后再寻找机会留在国外。在曾经的倾慕者唐明森的帮助下，赵敏来到了英国。可是几个月的留学生活，却使赵敏"移民不成，书也没念好，又回到香港来了"，因为受挫而归，赵敏闭门不出，羞于见人，以至于姐姐赵宁甚至觉得她患了"自闭症"。而身为老板的丘智才虽然移民加拿大成功，可是丘太太的疑问，却使这种移民行为在还没有实现之前，就笼罩上了阴影："你说人要适应环境，那么，你就不能适应一九九七之后香港的环境吗？""一九九七之后，即使香港怎样变，相信也不会差得一塌糊涂吧！""你发梦也想着要移民，好像真的非走不可似的。其实，我真的不大想去。到了那边，人地生疏，鸡同鸭讲，我会活活闷死。"而留学英国的唐明森，学成后却回到香港——不但自己回来，而且还把在英国认识的马来西亚女朋友宾尼也带回了香港，因为"他眷恋着香港，而且对香港也有信心，'九七'问题并未在他心中形成阴影"。

卓文田对香港的坚守，唐明森对香港的回归，丘智才（及其家人）对离开香港的迷惘，以及自身离开香港的失败，都使赵敏（以及赵敏母亲等这样的普通香港人）意识到，香港才是他们真正的人生归宿和命运寄托，"九七"香港回归，既是大势所趋、历史必然，也不会妨碍香港的繁荣稳定，对香港回归后的前途的过分惊慌，其实大可不必。

但是，赵敏之前为了出国而和卓文田断绝了的爱情关系，在改变了对香港前途的认识之后，得以重新恢复，以赵敏为代表的普通香港人在香港"九七"回归之前所经历的焦虑和惊恐，也慢慢地得到平复，正如唐明森所说的那样："香港始终要回到中国的版图上，这是不可改变的现实，香港人不能不面对这个现实，逃逸、惶恐都是无济于事的，把希望寄托在英国人身上，那更是无知。"赵敏错误的"离港选择"和失败的"英国经历"，都证明了这一点。这使得当唐明森对她说这段话的时候，"她没有反驳的理由"。小说最后，她和卓文田恢复恋人关系，其实表明她已经回归香港，并将和卓文田一样，留在"九七"之后的香港。

如果说在《香港九七》之前，陈浩泉作品中的"香港立场"，主要体现在他对香港社会丑恶现象的揭露、批判和对香港下层民众和正义人士给予人道主义同情的话，那么到了《香港九七》，他的"香港立场"就转化为一种历史意识和理性精神，并以此面对香港的历史新变和重大转折。《香港九七》中包括卓文田、赵敏、赵宁、丘智才、唐明森等在内的普通香港民众，当"九七"香港回归已经摆上议事日程的时候，他们不但都表现出了高昂的政治热情，关心香港的前途，而且他们的共同心愿，都是对香港难以抑制的深情——在"联合声明"草签的时候，卓文田心潮澎湃，他意识到"从此刻开始，香港的命运真真正正地确定了，它将擦去殖民地这一个不光彩的名称"。而小说中的这段议论，正代表了以卓文田为代表的普通香港民众的共同心声："香港啊香港，五百多万人在你的怀抱中，他们的命运和你的命运联结在一起，他们对你寄予了所有的期望呀！香港，希望你有真正美好的未来……"

陈浩泉是爱香港的，他对香港的爱，不但表现为对香港丑恶和不公现象的厌恶，"哀其不幸"，而且也体现在他看待世界始终有一个香港立场，对于香港的历史、现状和未来，他都有自己独特的认识。在《香港九七》中卓文田的这段心理活动，于某种程度上也可以看作陈浩泉自己的感受：

香港，我对你实在既爱又恨。你是历史后遗症所产生的畸形怪胎，但你又是时代的宁馨儿，集世人的爱宠于一身。你的经济发展成为世界奇迹，弹丸之地的你，却是亚洲经济"四条龙"的其中一条。你的城市建设在亚洲是坐亚望冠；你的远东金融中心的地位无别的地方可以取代；你的现代化走在时代的前列……香港啊，你使我们香港人引以为傲，也使我们香港人落寞神伤！

香港"九七"回归，曾经引发了香港的"移民潮"。香港人的移民经验也在陈浩泉的小说世界中有所体现并成为他着重书写的另一个领域。不过，陈浩泉在描写香港人"移出"之前，先描画从东南亚返国的华侨在"文革"后从大陆"移入"香港的惨痛经历。《天涯何处是吾家》中描写的是"我"（关建山）在25年前"满怀热忱，对未来充满着美好的憧憬"，从东南亚回到祖国，可是在经历过"文革"之后，他却带着家人移居香港。然而"香港并不是一般人传说中的那样美好……她有繁华美丽的一面，也有暗淡艰辛的一面"，"在香港，吃的、穿的、玩的，什么都有，而且自由，没有一个地方比得上它。只要你有钱，这里的确是天堂。可是，对穷人和新移民来说，这里是不是天堂，那就如鱼饮水，冷暖自知了"。对于关建山和许梅夫妇来说，香港显然不是天堂，他们在香港的移民生活处处碰壁，十分艰辛，最后在生活压力下，许梅跳楼自杀，"我"的移民人生竟是一出触目惊心的悲剧。

从内地移居香港不易，那么从香港移居海外又是怎样的情形呢？陈浩泉在《寻找伊甸园》中，通过余丹逸、马茂成、徐原华、武凌等几家人的移民经历和移民感受，展示了20世纪中国人移民海外的种种遭际。余丹逸和方欣雁、马茂成和杨慧两对夫妇均来自香港，Alice和徐原华来自台湾地区，武凌和雪小林来自中国大陆。虽然他们出于不同的目的移民北美，来到幅员辽阔、风景优美的加拿大，但杨慧和马茂成在海外时婚姻出现危机，儿女教育出现问题；Alice和徐原华原本幸福和谐的家庭也出现了伦常灭门的惨剧；武凌和雪小林在海外成就了一段孽缘，在武凌之妻即将来北美前夕，雪小林死于武凌之手。中国人移民海外的经历，说起来真是一部"血泪史"，其惨烈程度，一点也不亚于关建山和许梅从内地移居香港时的遭遇。

在这些移民中，历经种种坎坷艰辛，最后"修成正果"过上平静生活的，是余丹逸和方欣雁一家。余丹逸能和太太在海外的移民生活中成功转型，与他们对海外移民生活的正确认识有很大的关系。在他们夫妇看来，既不必对海外移民生活抱不切实际的幻想，也无须在面对困难时怨天尤人，只要勤奋、踏实地面对生活，人生中的困难就会逐步解决，伊甸园就终将出现。

需要特别指出的是，《寻找伊甸园》中的余丹逸，其祖父和父亲，也是东南亚的华侨，他虽然出身在中国内地，却在去南洋寻父的过程中留在了香港。从某种意义上讲，他是先从中国内地移居香港。这使他的身上有了关建山的影子，然后又从香港移民去了北美。这样，从《天涯何处是吾家》到《寻找伊甸园》，陈浩泉实际上在自己的作品中，为我们画出了一条20世纪中国人"自我流放"的轨迹：从大陆到南洋，从南洋回流大陆，再从大陆到香港，从香港移民北美。

那么，为什么20世纪中国人要"自我流放"呢？《寻找伊甸园》中的余丹逸在回顾自己的家族"流放史"时，充满感触：

为什么从祖父到他，都是十来岁就得离乡别井，一家三代都在海外漂泊，如果加上自己的孩子，是四代了！四代人都得自我流放，与其说这是个人的悲哀、家族的悲哀，不如说是中国人的悲哀！

为什么我们的乐土不是在自己的故里，不是在九百六十万平方公里的海棠叶上，而是在异国他乡，在地球的另一个角落呢？吉卜赛是流浪的民族，中华民族又何尝不是呢？

从关建山和余丹逸等人的经历中不难看出，他们选择"移民"，其实是为了逃避——或逃避政治动乱（关建山、马茂成、余丹逸），或逃避两岸关系的不确定性（徐原华），或逃避贫穷（武凌、戈妮）。然而，他们逃避到北美大陆之后，才发现这片广袤的土地并不是他们心目中所期待的伊甸园，相反，北美的移民生活，反倒让他们遭遇了新的人生悲剧，天涯何处才是"流放的中国人"的家呢？

余丹逸最后找到了自己的答案——"个人身处何方并不重要，只要祖国在自己心中"，"心所安处是吾家"，"伊甸园早在我心中"。也就是说，陈浩泉通过余丹逸的人生总结，表达了他对20世纪中国人"自我流放"去"寻找伊甸园"的理解：他们其实是在保有自己祖国认同的前提下，去寻求心灵的平静和安宁。在这个过程中会有痛苦、会有挫折、会有各种艰辛，可是一旦获得内心的平静和安宁，也就意味着他们到达了"自我流放"的终点——那也就是他们要寻找的伊甸园。

从总体上看，陈浩泉的小说世界主要沿两个方向展开：一为表现香港社会，一为表现与香港有关的移民生活。他的香港立场的体现，基本可以概括为：在表现香港社会日常生活的小说中，陈浩泉的香港立场体现为批判性和人道主义色彩；在表现香港"九七"回归的小说中，陈浩泉的香港立场体现为民族性和理性精神；在表现20世纪华人移民的小说中，陈浩泉的香港立场体现为开放性和反思精神。香港生活可以说是陈浩泉小说的核心支点，移民感受则是陈浩泉小说的扩张和"外溢"。而立足香港，从表现香港到描写移民，成就了陈浩泉小说的独特性。

Part ③

第三部分

由离散到聚拢，从解扣到织锦

——加拿大华裔作家英文创作的主题演变①

马　佳

　　由于加拿大华人长期遭受主流社会的歧视和隔离，成为社会的边缘人，所以他们显现出集体的话语沉默（collective silence），不唯社会政治层面，文学上也是如此。华裔加拿大英文诗歌是 20 世纪 70 年代末才亮相于加拿大文坛，虽然加华作家英文小说的起源可以追溯到 19 世纪末水仙花姐妹的开山之作，但其势单力薄，不成气候。1979 年《难舍的稻米》② 为华裔作家英文创作的第一次集体亮相，接着，1991 年华裔作家的英文短篇小说和诗歌选《多嘴鸟》③，以更大规模的群体方式出现在加拿大英语文学界。1999 年华裔诗人作品集《云吞》④ 和 2003 年华裔作家英文短篇小说集《打锣》⑤，更令人耳目一新，蔚为大观。和 20 世纪 90 年代这些显示华裔作家英文写作集体实绩并行的，是加华作家英文长篇小说和文学类自传体作品的联袂出场，至今方兴未艾。以下的论述将四个要点串联起来，试图拼连起加华作家英语文学创作由离散到聚拢，从解扣到织锦这一主题演变的全景画面。

---

　　①　该文刊登于《华文文学》2010 年第 5 期。

　　②　Gunn Sean eds. . *Inalienable Rice*：*A Chinese and Japanese Canadian Anthology*. California：Intermedia Press，1979.

　　③　Bennett Lee，Jim Wong-Chu eds. . *Many-Mouthed Birds*：*Contemporary Writing by Chinese Canadians*. Seattle：University of Washington Press，1991.

　　④　Andy Quan，Jim Wong-Chu eds. . *Swallowing Clouds*：*An Anthology of Chinese Canadian Poetry*. Vancouver：Arsenal Pulp Press，1999.

　　⑤　Lien Chao ，Jim Wong-Chu eds. . *Strike the Wok*：*An Anthology of Contemporary Chinese Canadian Fiction*. Toronto：TSAR Publications，2003.

一、离散、漂流和聚合

从 20 世纪 30 年代第一份由华人主办的英文报纸①到 20 世纪 70 年代末《难舍的稻米》中华裔作家的英语文学创作的第一次集体亮相，对饱受主流社会排挤、被极度边缘化到不停息的抗争后终获尊严的加拿大华人来说，意义非凡。这不仅仅是文学意义上的，也是社会和政治层面上的。在 1991 年的《多嘴鸟》中，虽然有些作品转向对自我身份的审视和对祖裔文化的寻根访祖，呈现出更开阔的主题和意象，但不少仍继续着"离散和聚合"的主题。1999 年的《云吞》和 2003 年的《打锣》在主题意象上琳琅满目，但"离散和聚合"依然是厚重的一部分。在 20 世纪 90 年代崛起的用英语创作的文学性传记作品（主要是自传）和长篇小说中，包括个人诗集，这一主题也是无处不在。所以，总体而言，20 世纪 70 年代末到 21 世纪初这一时期，加华作家的英文创作集中体现了"离散和聚合"的主题。"离散"形式上是当年"淘金热"散去后，尤其是太平洋铁路完工后大量滞留在西岸维多利亚城一带的华工为生存不得不向北、向东的几乎是无目的地迁徙和游走，由此也带来了精神上的无所归依：回不得自己的祖国和家乡，同时又因语言的限制和文化的隔阂，以及白人主流社会强势下对华人不平等的待遇和歧视刁难，无法在居住国被认同，漂流、离散便成为唯一的可能。而"聚合"则是华人在历经千难万险、忍辱负重、终于站稳脚跟后的理性复苏和精神诉求：他们一方面以中国人特有的吃苦耐劳、聪明能干、顺从忍让的品性洗刷污名，一方面依靠互助式的社区团体，一次次地向主流社会解释、诉求、抗争。在这一过程中，不仅华人看到了聚合的力量，所谓的主流社会也不得不顺应时变，1982 年加拿大加入人权宪章，1988 年 7 月 21 日联邦政府颁布《加拿大多元文化法案》，开始全面推行多元文化政策：承认加拿大文化的多样性。历经苦难、不息抗争的加拿大华裔终于走出边缘的阴影，融入了社会的主体中，赢得了早就该属于自己的平等、自由和尊重。

在这个主题下，文学创作形成了一些固着的意象：金山和金子（淘金），筑路者和收骨者（太平洋铁路），苦力（罐头工、伐木工、男仆、女招待、散

---

① 1936 年 8 月 21 日，加拿大第一份由华人主办的英文报纸《加拿大云埠中华英文周报》（*Chinese News Weekly*）创刊。参见 Paul Yee. *Saltwater City*. Seattle：University of Washington Press, p. 92.

工等），唐人街（旅店、餐馆、剧院、大烟馆、妓院等），"耻辱日"（排华法于 1923 年 7 月 1 日实施），中餐馆（或中式咖啡馆），小生意人（洗衣房、杂货店、农场），商人（merchant）和买办（comprador/agent）。其中的一些不约而同地被当作作品的题目或书名的主体，如《残月楼》（李群英，1990），《巨龙咖啡店的子夜》① （方曼俏，2004），《钻石烧烤店》（弗雷德·华，2006）中的中式咖啡馆；《瓷器狗和中式洗衣房里其他的故事》（方曼俏，1997）中的洗衣房；余兆昌的两部儿童短篇小说集《金山传说：中国人在新大陆的故事》（1989）和《死者的金子和其他故事》（2002）中的金山和金子；《收骨人的儿子》（余兆昌，2003）中的收骨者等。

唐人街（中国城，华埠，Chinatown）是这个主题下最引人注目的综合意象。它不仅在众多的作品中成为华人四处漂流中建起的"碉楼"，疲乏衰竭的精神上的安慰和营养，也是传承族裔文明和与祖国交流的据点，以及和被偏见、歧视笼罩的社会抗争的营盘。从最初华人劳工在淘金和筑路时期在菲沙河谷一带简陋脏乱的集聚地，到维多利亚集居住、餐饮、商贸、社区中心于一体的城中之城，再到从西海岸到东海岸星星点点的以此为样板的核心华人社区，都成为异域北国中国文化形象的历史符号。它在很长时间内也被白人主流社会和印第安土著等其他族裔看作单身汉/"光棍"社会（bachelor society），背负着充满赌场、大烟馆、妓院的脏乱淫秽的骂名。它本身光怪陆离的杂糅，给同时接受这两种文化、成长于 20 世纪 70 年代末的加华英文作家提供了最能寄寓情感、最易于编织故事、最容易被读者接受的条件。唐人街成了一个坐标，它是华人最初漂洋过海、离家抛亲、相互依靠的安定处，又是淘金热散、筑路事毕、四处鸟兽状漂流、苍莽大地人迹罕少、四顾茫然、无所定向的暂时的歇脚地，如同蒙古人在茫茫草原上的敖包。第二代、第三代华裔曾经以走出唐人街作为一生的奋斗目标，但同时，唐人街又是他们脑际中萦绕不去的影像，尤其是在挣扎的困苦和竞争的依然不公，隐性的似乎无法翻越的宗族藩篱，时不时沉渣泛起的歧视后，对唐人街的回眸和一次经年之后的徜徉，又会与之有多少熨帖。我们在丹妮丝·郑（中文名"郑霭玲"）的作品《妾的儿女》（*The Concubine's Children*，1994），崔维新的《玉牡丹》（*The Jade Peony*，1995）、《纸影》（*Paper Shadows*，1999）、《全都事关紧要》

---

① 也被译为《午夜龙记》。

（*All That Matters*，2004），李群英的《残月楼》（*Disappearing Moon Café*，1990）中都可以找到各种佐证。

二、寻根访祖到身份认同

在 1991 年的《多嘴鸟》中，相比于在《难舍的稻米》中华裔作家作品所负载的公平、正义等道德政治寓意，除了有些作品继续沿袭着"离散和聚合"的主题外，更多作家转向了对自我身份的审视和对祖裔文化的寻根访祖，作品本身的文学表现力也在进一步加强。所以，《多嘴鸟》的出现是个标志性的事件，其实，从"离散和聚合"中替前辈伸张正义的呐喊，到清算社会道德的缺憾，暴晒殖民时期种族主义主导下赤裸裸的政治偏见，这些在道德正义标签下的情感宣泄，必然会带来反思，并寻找促成离散和漂流黑暗期的深层原因。对祖裔文化的寻根和对先辈祖国的回访溯源，便自然浮现。在弗雷德·华荣获加拿大总督文学奖的长篇散文诗《等待萨省》①（1985）中，描述了诗人中西混合、黄白杂糅的多重血缘，其父亲来自的遥远的东方国度，那个祖辈开始扎根的加拿大中部平原省风情万种的市镇"激流"镇，从成年知事起便追逐着父亲去寻觅究竟的实践。尽管四分之一的中国血统让他的肤色和容貌更接近白人，也很少受他人的白眼，但父辈家族的深刻烙印，年轻时内心深处自然涌动的身份认同的渴望，让他情不自禁地踏上了先辈从东方远渡至西域北国的旅程，从中期待找到异国身份认同后的解脱和舒缓。

加华英语作家的父辈和祖辈大多是来自中国南部沿海一带，特别集中于广东四邑（台山、开平、恩平、新会），所以，他们和许多后起的加华中文作家不同，有着特殊的"四邑情结"。这个情结在 20 世纪 70 年代末到 90 年代后期表现得尤为突出，直至延续到 21 世纪。如同唐人街（中国城）一样，"四邑情结"频频出现在他们作品的字里行间，乃至主题意象中，如 1995 年丹妮丝·郑的家族文学回忆录《妾的儿女》，崔维新的首部长篇小说《玉牡丹》。在《玉牡丹》中，加拿大土生土长的小儿子石龙一度对台山话深恶痛绝："我恨台山话。这种难讲的乡村土语让我舌头不听使唤。"黄明珍（Jan Wong）在自传《红色中国布鲁斯——我的毛时代至今的万里长征》②（1996）

---

① Fred Wah. *Waiting for Saskatchewan*. Winnipeg：Turnstone Press，1985.
② Jan Wang. *Red China Blues：My Long March from Mao to Now*. Toronto：Doubleday Canada，1996.

中写到，她1972年的红色中国之旅的首站便是她父亲的台山老家，有趣的是当时她既不知道父亲村子的名字，也不会讲普通话，更不会说当地的方言。但这些"不知道"和"不会"正是促使她只身寻访父亲祖国的动力。其实，驱使作者从加拿大到中国的万里长征的最大原动力在于，对于西方迷失的一代而言，她当时急欲在充满革命浪漫色彩的红色中国找到自己的身份认同。革命理想和为之献身的红色浪漫，是六七十年代经历了反越战的校园风暴，对资本帝国主义绝望后的西方愤青的最高目标。再如，2010年出版的方曼俏（Judy Fong Bates）的文学自传《找回记忆之年》（*The Year of Finding Memory*），以作者89岁父亲在多伦多士巴丹拿路（Spadina）的中区唐人街的自家屋子的地下室自杀开始。30年后，方曼俏来到广东开平祖辈的村子一探究竟。从亲戚的嘴里，她了解到了当年父辈曲折的往事。开平便成为她书中主要故事的源泉。

还有一个特别的现象，那便是对有些加华英语作家来说，他们的寻根并不是联系着访祖，而是就在唐人街完成的。资深而成就斐然的青少年文学作家余兆昌就经历了这一过程：

我意识到很长一段时间我羞于承认自己是华人，因为看上去就跟别人不一样。我尽最大的努力融入主流：……但就在那次中国城的青年大会后，我觉得自己在中国社区重生了，这成为我生命中最激动的时刻。我作为自愿者在中国城工作……我变得痴迷于中国城。……关键在于：我们这代加拿大华人能够从那种属于中国城的感觉中得到巨大的自信和力量。①

作者还谈到了促使他执着于在加拿大的中国城寻根的另一个深层原因：

我写作中的一个变化是我对中国文化的立场。回首我当时愤愤不平地寻找身份认同的岁月，我非常有意识地在这里，也就是加拿大找答案。我想对加拿大华人身份认同的问题找到一个"北美制造"的方案。……我想就在北美寻根，在这块土地上张扬我们的前辈，他们在我们之前来到这里，冒着生

---

① 见余兆昌在多伦多公立图书馆海伦·E. 斯泰伯（Helen E. Stubbs）纪念讲座上的演讲《我是怎么成为一个作家的》。见 Paul Yee. *Become a Writer*. Toronto：Toronto Public Library，2007.

命危险坚持下去。①

由余兆昌从寻根到身份认同的独特和曲折历程中，我们不难看出作者在北美的土地上，具体地说就是在中国城的历史文化中寻找加拿大华人自足成长之本的不懈努力。进一步而言，他其实是在给所有加拿大的第二代、第三代和更后代的华裔探索一条自我认同的独特路径。

在《玉牡丹》中，崔维新把笔触伸向一个移民家庭中三兄弟的精神和内心，揭示了他们如何在加拿大社会的生活模式和父辈传下来的中国传统的挣扎中找寻自己的身份认同。其中，中国的传统文化、宗教仪式借由祖母形象而生动地表现出来。

新锐小说家玛德莲·邓（Madeleine Thien，1974—　）的《不容置疑》以祖父"二战"中的曲折经历为主线，描写了战火中的流离失所和家族成员之间的纠葛交缠。她是家里唯一一个在加拿大出生的孩子，这就造成了她无障碍地接受新的环境，但同时在精神上却更接近出生在"异国"的父母、兄长和姐姐。如她自己所言，这其中的一个中心主题是身份认同。而赵廉的《虎女》，则通过对虎女这代中国人在 20 世纪后期中国政治风云变幻，传统价值和信仰随时被颠覆，以及女性依然被歧视的环境中的生活轨迹的描述，为日后虎女们艰难的身份认同寻找根源。

三、背向叛逆 VS 孤单迷茫

以刘绮芬（伊芙琳·刘，Evelyn Lau）、安迪·关（Andy Quan）、拉丽莎·赖（Larrisa Lai）、特瑞·吴（Terry Wu）等新生代作家为代表，华裔作家英文创作显现出第三个阶段的主题：背向和叛逆。

在"寻根访祖到身份认同"的过程中，产生了两种明显的分化：一是为中华文化和文明博大精深、源远流长的特质和至今生生不息、不断更新的巨大生命力所折服，如我们前述的余兆昌；二是部分甚至全盘地导致了背向中国传统文化的结局。一度甚嚣尘上的所谓中国传统文化的迷信和落后，不合时宜，糟粕叠加，才导致它长期被主流社会边缘化的说辞，加上 80 年代加拿

---

① 见余兆昌在多伦多公立图书馆海伦·E. 斯泰伯（Helen E. Stubbs）纪念讲座上的演讲《我是怎么成为一个作家的》。见 Paul Yee. *Become a Writer.* Toronto：Toronto Public Library，2007.

大社会的急剧转向，在多元文化的国策下更加趋向平等和公正，使得第二代、第三代华人在融入主流社会过程中，为生存和发展的需要，对中华传统毅然舍弃，具体表现为"香蕉仔"（banana boy）的类型：为漂白而剥离传统，抑或是青春期的个性的张扬，逃离家族和家庭的藩篱。

在 2000 年特瑞·吴的小说《香蕉仔》（Banana Boy）的"前言"中，作者称自己也是位"香蕉仔"："香蕉仔看上去并不是真正的华人。至少很多时候的行为并不像华人。他们都是 CBCs——加拿大出生的华人。他们像香蕉一样，外面是黄色的，但内里却是白色的。"[①]

小说中五位年轻有为的都市中产阶级的精英们不同程度地以雅皮士的方式享受着 20 世纪末美加现代都市的便利和优越，但同时，种族歧视和不平等的幽灵在他们成长的年代和日后跻身精英阶层后依然挥之不去。而来自家族和家庭背景的中国文化在他们身上打下的烙印又使得他们自觉或不自觉地和他们努力追求的西方主体文化价值进行着比照与对应，这种比照与对应强烈时所产生的肤色和情感撕裂的灼热和痛楚，让他们悲伤于自己永远无法企及的纯粹，即从里到外的纯白。他们既不能从根本上认同自己的族裔文化，甚至产生过背向和叛逆的强烈愿望，但又面临着不可能完全为主流文化所拥抱的尴尬。这样植根于内心的矛盾和无奈，使他们反过来产生了一种逃避、自虐的倾向。五位"香蕉仔"几乎人人都视酒吧买醉、夜总会放浪形骸和派对狂饮为生活中的不可或缺的部分，有的甚至将其当作生命之魂。

刘绮芬由于将自己雏妓和吸毒的经历反映在自传体小说《逃家女孩的日记》中，一夜之间成为媒体和公众的焦点人物。按照莫妮卡·雷顿（Monique Layton）的研究，当时的刘绮芬之所以成为雏妓的一个最主要的原因是她属于高危反叛的年龄组，作为大女儿，她承受着家庭巨大的压力；同时，她的家庭由母亲主导，父亲从属。[②] 刘绮芬在后来的散论集《敞开心扉》[③] 中的一篇《父亲形象》里，细述了青春期高危反叛的敏感时期，一个循循善诱同时又强大得足以依靠的父亲形象的缺失。她在该文的另一处还直接谈到了逃离家庭，

---

① 也有北美华人自称是"柚子人"，盖因柚子外皮颜色为黄色，而肉色或呈白色、淡黄色，或呈红色。

② 莫妮卡·雷顿：《1973—1975 年温哥华的妓女》，第 17~42 页，见 Monique Layton. *Prostitution in Vancouver* (1973–1975) – *Official and Unofficial Reports.* Vancouver：Department of Sociology & Anthropology of University of British Columbia.

③ Evelyn Lau. *Inside Out*：*Reflections On a Life So Far.* Toronto：Doubleday Canada, 2001.

背向中国文化，在有地位的父亲形象的中年男人那里寻觅安慰和安稳的诱因：

> 当我还是小孩子时，父母就不断地灌输给我这样的信念：因为你是华人，而他们是移民，我就总是会比别的加拿大人矮一截子，我应该加倍努力工作，加倍获得尊敬，才能被这个社会接受。这些理念被那些偶然但让人惊恐的发生在校园里、公车上、街上路过的陌生人那里的种族辱骂所加强。耻辱和逃脱的强力混合纠缠着我。我总是感到自己是局外人，把脸紧紧地贴在玻璃上，我渴望着加入那些站在聚光灯下、身处温暖内室的幸运儿。也许这就部分地解释了为什么我会从一开始就被拉扯着靠近那些表面生活没有污点而惹人尊敬的男人，并在他们的屋子里寻找到安宁。①

刘绮芬的创作无论是自传、诗歌还是小说，或者是散文，最重要的母题便是背向、叛逆和逃离。但如同孙悟空逃脱不了如来佛的手心，她和她笔下的许多人物依然会被温暖的聚光灯和高雅的公寓，象征着社会财富力量的成功男性吸引。所谓主流社会像是一块巨大的磁铁，在她们长时间拼命逃离而疲惫和屡屡碰壁后无所逃遁时，将她们再一点点拉回来。

温哥华的阴沉和多伦多的寒冷，是加拿大文化中的孤独因子的外化物象，一如加拿大的地广人稀，漫漫长冬造成了加拿大人离群索居的生存习惯和孤傲、冷漠、沉静的性情。于是，传统上以种族和肤色划分的家庭、家族和社区的一体化，在后起的多元文化的大环境下，几乎反讽般地得以加强，并进一步构成了族裔之间的明显的间隔性和排他性。除了唐人街，其实，我们还可以找到希腊街、小意大利、犹太人区、印度街等。在文化的表层面，这些以族裔划分的特色街区是大家和平相处、彼此参照的样板，是欣赏世界文化的窗口和旅游观光的景象，但在文化的深层次下，我们可以感觉到不同族裔在某种程度上的画地为牢，不同文化的自吟自夸，一如没有围墙的围城。所以，抖落掉族裔文化外衣后出逃的刘绮芬曾经远离阴沉的温哥华，去向美国和多伦多，但都被一一逼回，她还是那个抖瑟着不知去向的街头浪子，那个他者。特瑞·吴笔下的"香蕉仔"们东突西奔南下，但无论是渥太华的郁金香，还是加州的阳光、多伦多的酒吧，都无法安慰他们漂泊的心灵、难以归

① Evelyn Lau. *Inside Out*：*Reflections On a Life So Far*. Toronto：Doubleday Canada, 2001. pp. 71 – 72.

第三部分

219

宿的焦虑和迷茫。一句话，他们找不到家。

和赵廉一样，同样出生在中国大陆，成年后才移居加拿大的李彦，2009年的第二部英文长篇小说《雪百合》①，描述了曾经是新闻记者的现代知识女性 Lily（百合）调整自身、适应现代加拿大社会的曲折过程。Lily 当初移民加拿大源于她对白求恩高尚的理想主义的神往，她想在哺育了这样一个纯洁灵魂的国度实现新的自我认同。但一如"圣人在自己的家乡都是遭遇冷落的"，加拿大人普遍对白求恩报以惊诧、冷落甚至是不屑的态度。虽然 Mapleton 小镇的基督教的宗教气氛颇浓，但折射在她眼里的各色信徒却根本无法和想象中的如圣徒般的白求恩相吻合，和母亲长久的裂隙加上 Mapleton 的严冬更加剧了 Lily 的孤单、寂寞和心灵的无助。在理想和现实的极大反差中，Lily 能走出孤独的求索，找到信仰的归宿吗？小说那个戛然而止的结尾似乎并不能给我们肯定的答案。

四、贴着先锋性标签的精神突围

我们不妨借用"走出储衣柜"（出柜，out of closet）这个通常指公开同性恋身份的词汇来形容在先锋性标识下找寻精神突破口的作家群。的确，这些作家中的安迪·关、崔维新或是公开的同性恋，或是具有同性恋的倾向，另外还有运用结构主义手法的刘绮芬，兼具女权主义的李群英，集魔幻现实主义、后现代派（后殖民主义批判）等于一身的拉丽莎·赖，传统和现代派表现杂糅的玛德莲·邓。

崔维新在成名作《玉牡丹》中就描述了当时还不为社会所认可的同性恋的倾向和情愫。他的《南京》②（*Nanking*）以杰克·伦敦的笔法，揭开了一段父子的隐情：原来儿子的母亲是长期相依为命的"父亲"的姐姐，而他的真正父亲却和他加拿大的"父亲"有着难以启齿的同性恋关系。这是从一个全新的角度写早期华人的"单身社会"。《生死之间》（*Not Yet*，2009）是崔维新经历了死神召唤的文学自传。作者正文前的题词便是：献给所有明白爱无定则的人。如同不少在那个年代出生并成长的加华英语作家一样，他一直

---

① Yan Li. *Lily in the Snow*. Toronto：Women's Press，2009.

② Lien Chao，Jim Wong-Chu. *Strike the Work*：*An Anthology of Contemporary Chinese Canadian Fiction*. Toronto：TSAR Publications，2003.

在写自己，但《生死之间》之前的自己是过去的自己，而《生死之间》里的自己则是现在和未来的自己——一个走出回忆框架，走过死亡阴谷，走进自由境界的自己。

安迪·关乐于公开自己同性恋的身份，积极参加各类同性恋活动，并将其演化在写作之中。他的作品惯于探索性别取向和不同文化身份交互作用的方式，他的《月历男孩》是这一创作模式的典型实践。其中的一篇《移民》（Immigration）将前辈为摆脱贫困，寻求财富而渡尽劫波来到金山淘金的漂流历险和"我"为获得精神上的自由——找到同性恋的家园而离家出走、四处寻觅的过程平行地对应、展开，在物质满足和精神追求的对比中，见出两代华人漂流的质的不同。前辈在新大陆的筚路蓝缕，固然要忍受白人的白眼甚至侮辱，而"我"试图突围同性恋的性向，则要承受家庭、文化习俗和社会的有形无形的更多阻碍。在作者的第一本诗集《倾斜》中，无论是华人漂泊历程中的童年和家庭，同性恋、社区和成人礼，还是文字譬喻的漫游，都归结于诗人提出的问题：我们魂归何处，我们情属何方？

刘绮芬从《逃家女孩的日记》伊始，就一直在作精神的突围，先是逃家，逃避母亲和传统的紧箍咒，成名后又一直在逃离使她成名的道德阴影，甚至逃离她幼时一直向往的成功中年男人的大屋子。

相比之下，拉丽莎·赖就主动得多。她踏上文坛的第一脚就走出了传统加华英语作家的"储衣柜"，她灵动的精神、无限的想象、跳跃的文笔，加上从中国文学中从来都是坐"冷板凳"的鬼狐神怪中得到的灵感，使得《千年狐》、《咸鱼女孩》一如横空出世的精灵。她表现手法中的魔幻现实主义，加上都市主义、后殖民批判的思想，更凸显出主题的后现代性。

在陈泽桓的创作中既有传统现实主义的元素，又加入了后现代主义和后殖民主义的批判视角，其成名剧作《妈，爸，我在和白人女孩同居》，按照作者自己的说法，是表现了文化的割裂（cultural divide）。有论者评述道："陈泽桓的'英雄'挥舞着手里的双刃剑（shuriken）：他拒绝完全地顺从于父母的期待，但也拒绝加拿大社会同化的压力。在这个剧中，'加拿大的'既被讥讽为固有的理所当然的种族主义，又被当作冷漠和视而不见的象征。"① 从作者自己的经验来看，他深知即便对华裔来说，也存在着对白人等其他族裔的

---

① 安妮·诺斯费：《打碎马赛克》，见 Anne Nothof ed.. *Ethnicities*：*Plays from the New West*. Edmonton：NeWest Press，1999.

偏见。这种对自身民族弱点的反思的作品在加华英语作家中并不多见。

五、结语：聚拢背景下的斑斓织锦

从上述加华英语作家的主题演变的四个方面（离散、漂流和聚合，寻根访祖到身份认同，背向叛逆 VS 孤单迷茫，贴着先锋性标签的精神突围），我们可以看出，寻根访祖到身份认同几乎是所有加华英语作家的命题。以此为切点，不仅形成了早期加华英语作家日后作品主题的分流，也是 90 年代末开始的新生代同类作家各自在迷茫中寻找精神突破的起点。不管是找到了身上的中国文化之根（余兆昌），还是有意选择"去中国化"（刘绮芬），或者是在中西文化的夹缝中博弈（黄明珍），最终，中国元素依然是聚拢不同背景、不同身份、不同信仰的加华英语作家的坚韧纽带。在聚拢的背景下，我们看到了加华英语作家创作主题由单一到多元，从边缘到浸入主流的斑斓织锦。主题的演变，同时也印证了华裔作家英文创作走出祖辈、父辈阴影，拆除中国城的围城，以多元社会普遍接受的英文为便捷载体，以中国元素为经脉这些说法，建构起族裔、社群乃至整个社会之间精神交流、心灵交汇的情感通道，成为加拿大文学之树上的一根茁壮成长的新枝，改写着加拿大文学的版图。

从呐喊寻觅到斑斓的放歌

——论加华华裔文学中的诗歌创作[①]

马 佳

最早的加拿大华人诗歌可以追溯到 19 世纪中叶被囚禁在加拿大西海岸窄小的移民中心的禁闭间等待甄别的华工在墙上留下的诗句——被称为"墙壁上的诗/壁诗"（poems on the wall）。这或许是在他们邮寄回家的信函中表达孤独想念的诗篇，但这些控诉的诗篇一直被加拿大社会藏掖和忽视，直到 20 世纪 70 年代才经由英语媒介而"重见天日"。加拿大诗歌自 20 世纪 40 年代的"加拿大诗歌复兴运动"，到 60 年代的繁荣，再到 70 年代学术地位的建立，成为加拿大文学中的主流体裁。[②] 但在 20 世纪 70 年代之前，所有的诗人几乎都是白人，这种状况直到 70 年代末 80 年代初才有所改观。赵廉认为造成这种变化的原因有三个：一是加拿大的原住民对欧洲 500 年殖民统治的拒绝和抗议；二是加拿大少数族裔版图的扩大；三是 20 世纪 70 年代末到 80 年代初加拿大采取的多元文化政策对少数族裔文学创作的鼓励。[③] 在这样的背景下，加拿大华裔诗人也纷纷登场，并渐成气候，像朱霭信（Jim Wong-Chu）、关山（Sean Gunn）、余兆昌（Paul Yee）、黎云（Laiwan）、简穆·易思美（Jam Ismail）、弗雷德·华（Fred Wah）[④]、伍露西（Lucy Ng）、刘绮芬（Eve-

---

① 本文是 2010 年 7 月在由暨南大学、约克大学和加拿大中国笔会联合主办的"加拿大华裔/华文文学国际学术研讨会"上的发言，并获"首届加拿大华裔/华文文学论文奖"第一名。

② 关于诗歌部分的论述，见 George Woodcock（1912 – 1995）的 Carl F. Klinck ed.. *Literary History of Canada：Canadian Literature in English.* Toronto：University of Toronto Press，1976.

③ Lien Chao. *Beyond Silence：Chinese Canadian Literature in English.* Toronto：TSAR Publications，1997，p. 123.

④ 按 Fred Wah 的说法，他的爷爷的中文名字是关存礼，父亲为关富列，但本文还是沿用普遍接受的英译名。

lyn Lau）等。其中的弗雷德·华和刘绮芬等还多次获得各类重要的英文诗歌奖项，也有一些诗人因题材的新颖、形式或技巧的独特而进入主流批评界和媒体的视线。从 20 世纪 70 年代开始到 90 年代的第一阶段，华裔诗人的诗作大多围绕着 19 世纪中期由淘金热和修建太平洋铁路而构成的以"金山客"和苦力为特征的加拿大华人移民史，控诉当时白人主流社会的不公平，追溯亡灵的冤屈，表达后来者的愤懑和反思。20 世纪 90 年代末开始的第二阶段，以刘绮芬、安迪·关（Andy Quan）等为代表，其诗作不仅题材空间无限辽阔——从传统的抗辩主题，到街头雏妓，再到虐恋和同性恋，而且在立意和手法上也更多样化。进入 21 世纪以来，加华英文诗歌创作的主角多为 20 世纪 60 年代及 70 年代出生的人，如前述的刘绮芬（1971）、安迪·关（1969），以及之后会专节论述的陈伟民（Weyman Chan, 1962）、黎喜年（Larissa Lai, 1967）、黄锦儿（Rita Wong, 1968）等。他们在第二阶段题材的开阔、立意的多元和手法的多样之基础上，分别创立了独特的诗风。以下的论述，从两本加华作家的英语作品集入手，逐一介绍迄今为止主要的加华英语诗人，在勾勒加华英语诗歌创作全景的基础上，凸现其中题材、立意和手法上的特点。

一、《难舍的稻米》和《云吞》

1979 年《难舍的稻米》收录了三位华裔诗人的作品，他们分别是关山、朱霭信和余兆昌。1991 年的华裔作家选集《多嘴鸟》有更多的诗人入选，包括获得总督奖的弗雷德·华和获得总督奖提名奖的刘绮芬。1999 年安迪·关和朱霭信又合编了诗集《云吞》。书名 Swallowing Clouds 来源于广东话发音的两个汉字"吞"和"云"，而云吞又通常叫作馄饨，是中国珠江流域和长江流域日常享用的小食。在北美以广东一带移民为基础发展起来的华人社区、唐人街，其为中国饮食文化的标志性符号。编者之一的安迪·关认为，这种象征着中国人生活中的诗意和想象的食物也最能体现中国人的含蓄和谦逊：咸水清汤—云里雾里—囫囵吞下—马马虎虎。他欲借这样的颠覆意象来表达他对入选诗歌的肯定和赞赏。因为入选诗人包含了多重身份，探讨了各类主题，表现了双重和多重文化的现实，是真实生活的火花。

《云吞》是迄今为止最完备的加拿大华裔诗人的合集，共收集了 25 位身份、年龄不同，主题风格迥异的华裔诗人的作品，其中有全职的作家，有社会活动家，有学者、学生、编辑，也有医生、护理人员，还有邮递员。有一些已经建立起国内和国际的创作声望，像弗雷德·华、刘绮芬、余兆昌、朱霭信、黎喜年、赵廉等；有些驰骋在不同的写作领域，已经发表了一系列作品，像余兆昌、朱霭信、刘绮芬等；有的诗人的作品常常出现在各类文学期刊上，也有的只是刚刚起步。其中，不少作品曾经发表于女权主义杂志上，或者是男女同性恋刊物上。这凸显出他们的诗在突破惯常伦理、彰显精英意识方面的前瞻性和先锋性。有学者指出《云吞》中有明显的同性恋爱主题，并进而总结出包括同性恋爱在内的饮食情结、女权主义、文化归属等四个方面的母题。① 安迪·关认为，诗集中华裔诗人的共同点在于：他们以这样一种文学的方式表达自己，但在现今的加拿大社会却极少引起关注。他认为本质上，诗人都是被放逐者，即使诗作迈过了黄金期，但诗人依然表现出他们的另类，他们的独立遗世。

安迪·关还特别强调了加华诗人的种族和肤色导致的另一种社会的放逐。不少移民诗人的经历更让他们发出了强烈的疑问：我们到底当属何方？是祖辈、父辈所来自的厚重的黄土文明造就的神秘东方古国，还是生我养我的浩渺无垠的北美大地？在这里，文学意义上的被放逐和学术意识上的主动离散，不期相遇而重合。

以下择而言之的诗人，乃是按第一首诗作或第一部诗集发表的年份排列，并不限于入选《云吞》的诗人。他们无论性情、经历、职业，还是意念、手法、风格，都绝不雷同。

二、关山：让诗在节拍里舞蹈

关山是一位音乐家，所以他的诗非常注意乐感。他出生在温哥华，是第四代华裔。关山既是一个贝斯手，又是一位唐人街的社会活动家。他曾经是中华会馆董事会的成员，又是加拿大亚裔作家工作坊（The Asian Canadian Writers' Work Shop）和加拿大华裔作家工作坊（The Chinese Canadian Writ-

---

① 赵庆庆描述"收入诗集的25位诗人中，至少有6位明显以同性情爱为题材，至少有20首诗歌显示出这样的痕迹，约占诗集全部作品的1/6。该诗集的两位编者中的一位——安迪·关，就是一位公开身份的男同性恋者"。见赵庆庆：《永恒的母题 变迁的主流——首部加拿大华裔英语诗集〈云吞〉评析》，《华文文学》2007年第5期。

ers' Work Shop）的创始人之一。他的三首诗《方向》、《融化》和《流逝》
在《难舍的稻米》中按由短至长排列，他的第三首长诗又被收入 1991 年华裔
加拿大作家的作品集《多嘴鸟》里。看得出来他的诗歌有着强烈的节奏感和
浓烈的音乐色彩。比如在《流逝》中，他以表示节奏的"click"起始，又以
此结束。诗在行进中除了重复使用"click"，还穿插了其他类似表示节奏的
词，如 da，beep，bok - bok，bam，pow 等，听起来有着摇滚乐一般的效果，
这样的特点可能也受惠于诗人曾加盟过一支 folk - rock 乐队的经历。因此，很
明显，这首诗带着风格和形式上的实验性。

三、弗雷德·华：寻血液里的华裔之源

弗雷德·华（1939—　），60 年代中期就开始发表作品，这在加华英语
作家中纯属凤毛麟角；之后，他便一发不可收拾，从 20 世纪 70 年代开始到
21 世纪的头一个十年，诗作不断，保持着旺盛的创作力。目前，他是所有加
华英语诗人中作品最多、获奖最多、知名度最高的作家。1985 年，他以长篇
散文组诗《等待萨省》[①] 荣获加拿大总督文学奖的诗歌奖（这是加拿大文学
领域的最高奖项），在加华作家中可谓头名状元。他在音乐素养上和关山相
仿，喜欢演奏乐器，擅长萨克斯管，有诗坛"爵士乐手"的雅号。[②] 弗雷德
·华的祖父虽然是中国人，但他本人有着爱尔兰、苏格兰、瑞典的血统，所
以，外形上看上去更像北欧人，以至于他小时候一度并不认为自己是华裔。
他除了写诗，也写小说和论文，集诗人、小说家和评论家于一身。2011 年底，
弗雷德·华以自己在加拿大诗歌届的杰出成就和知名度，荣获"2012—2013
年加拿大国会荣誉诗人"（Canadian Parliamentary Poet Laureate）的称号。

弗雷德·华出生于萨斯喀彻温省（简称萨省）的激流镇（Swift Current），
在卑诗省靠近埃尔伯塔省和著名的班芙国家公园的柯塔纳地区（Kootenay Re-
gion）长大。他分别在不列颠哥伦比亚大学、新墨西哥大学（The University of
New Mexico）和纽约州立大学布法罗分校（New York State University，Buffalo
Campus）学习文学、音乐和语言学。毕业后，他又先后在塞尔柯克学院

---

① Fred Wah. *Waiting for Saskatchewan*. Winnipeg：Turnstone Press，1985.
② 参见赵庆庆：《郁郁哉，温哥华的华裔文学》，中国作家网，http：//www. chinawriter. com. cn/
bk/2005 - 09 - 27/22110. html.

（Selkirk College）、大卫·汤姆森大学中心（David Thompson University Centre）和卡尔加里大学（the University of Calgary）任教。

他的祖父关存礼因为 20 世纪初加拿大歧视华人移民的人头税和 1923 年的排华法案，无力将侨乡的妻室儿女接到加拿大，无奈之下，便和自己经营的中式咖啡馆中有着苏格兰和爱尔兰血统（Scots Irish）的出纳弗洛纶丝·坦波尔（Florence Trimble）结婚。弗雷德·华的父亲在加拿大出生，但在中国长大，拥有一半中国血统和一半爱尔兰—苏格兰血统。他的母亲原籍瑞典，6 岁来到加拿大。弗雷德·华丰富杂糅的血统明显地反映在其创作中，身份认同成为其诗歌最主要的主题，其中以《等待萨省》最为典型。2006 年散文诗体自传小说《钻石烧烤》① 依然延续了这一主题。

弗雷德·华的作品大多散见在各类文学期刊和小出版社中。他一直是《公开信》（Open Letter）杂志的主编。同时他还编辑《西海岸线》（West Coast Line），并和他人合作，负责世界上第一份网上文学刊物《激流》（Swift Current）。他迄今为止共有 17 部作品问世。按年代来分，其主要作品为《拉尔多》②、《树》③、《诗选：葬在烟湾的北欧之神》④、《自名伤悼》⑤、《抓住麻雀的尾巴》⑥、《等待萨省》、《思想之心的乐章》⑦、《目前为止》⑧、《家乡自在的小巷》⑨、《钻石烧烤》、《光的宣判》⑩ 和《是一扇门》⑪。

1980 年的《诗选：葬在烟湾的北欧之神》是诗人的早期作品集，从中我们可以读到诗人对自然景象、语言和记忆的歌咏；1981 年的《自名伤悼》被誉为最重要和最耐久的，来自最善于歌咏的 Tish⑫ 诗人的长诗；1991 年的

———————————

① Fred Wah. *Diamond Grill*. Edmonton：NeWest Press, 2006.

② Fred Wah. *Lardeau*. Toronto：Island Press, 1965.

③ Fred Wah. *Tree*. Vancouver：Vancouver Community Press, 1972.

④ Fred Wah. *Selected Poems：Loki is Buried at Smoky Creek*. Vancouver：Talonbooks, 1980.

⑤ Fred Wah. *Breathin'My Name with a Sigh*. Vancouver：Talonbooks, 1981.

⑥ Fred Wah. *Grasp the Sparrow's Tail*. Kyoto：Nagata Bunshodo, 1982. 这本诗集是作者专赠给家人和朋友的，只印了 300 册。

⑦ Fred Wah. *Music at the Heart of Thinking*. Red Deer：Red Deer College Press, 1987.

⑧ Fred Wah. *So Far*. Vancouver：Talonbooks, 1991.

⑨ Fred Wah. *Alley Ally Home Free*. Red Deer：Red Deer College Press, 1992.

⑩ Fred Wah. *Sentenced to Light*. Vancouver：Talonbooks, 2008.

⑪ Fred Wah. *Is a Door*. Vancouver：Talonbooks, 2009.

⑫ Tish 原本是指 1961 年由不列颠哥伦比亚大学的学生诗人创办的诗刊的名字，后来成为聚集在这个诗刊周围、认同一样的诗歌理论并形成具有某些共同特征的诗人团体的代称。Tish 在 20 世纪 60 年代开始的加拿大诗歌运动中很有影响力。

《目前为止》是 1990 年围绕着弗雷德·华当下作品的访谈，《蒙特利尔报》（*Montreal Gazette*）评论道：本书"将华的诗歌创作的探索引向本质"；1992 年《家乡自在的小巷》用那些如蓝调音乐般的即兴吟诵和出乎预料的双关语，探索了当代诗歌语言的各种可能性。诗集分为两辑，分别命名为"思想之心的乐章"和"艺术结"，第一辑是 1987 年同名诗集的延续。诗集在形式上（结构、句法、语法）的突破常规和对诗歌音乐性的偏爱，用诗人 Jam Ismail 的话说是，使得同行感觉到"是被音乐牵引着，听不到言辞"。

2006 年的《钻石烧烤》乍读之下，无论是遣词造句，还是篇章结构，都看似漫不经心，散乱随意：对话没有标点，标题可能连着正文，全书共分为 132 节，少则半页甚至三四行，大多一到两页，最多不超过三页，节与节之间不一定前后承接。但所有的描述都围绕着父亲的"钻石烧烤店"展开，所有情绪和思忖都指向种族、宗族和身份认同。有评论者这样生动地评价："《钻石烧烤》将记忆、菜谱、历史和叙述炒在一起，如此地可口和暖胃，就像是用钱可以买到的精心烹调的最好的酸辣汤。"①

2008 年的《光的宣判》是由意象—文本组合而成的系列诗行。诗集给读者提供了大容量的对话、优美的视觉感受和独特的方言文本。《光的宣判》是弗雷德·华和其他各类艺术家协作的结晶，包括混合媒体艺术家、表现艺术家、视觉艺术家、多媒体艺术家、电视艺术家、摄影家、画家、动画艺术家等。2009 年的《是一扇门》运用诗歌对"突然"的刻画能力去颠覆闭合（subvert closure）：突然的问题、突然的转变、突然的打开。写作充满即兴灵感，整个诗作的文本混合着旅行、探究、纪实。第一部分，伊萨多拉（Isadora Blue）沿着尤卡坦半岛的一个村落的海滨，看到了那些遭受飓风摧残的破碎之门。在其他三章中回荡着同样的主题，带着对杂糅和"中间性"（betweenness）的诗意探讨。整个诗作围绕着门的意象展开：门也许是晃荡着可以被踢开的，门可能是虚设的，门又可设计成滑动的。这部诗作获得了 2010 年卑诗省图书奖中的诗歌奖。

弗雷德·华以诗歌为主体的一系列创作实绩，贯穿始终的是由个人身份认同的挖掘继而延伸开去的对加拿大多种族、多族裔、多元文化社会群体的整体关注——一个和谐社会所需要的彼此的宽容、理解乃至悦纳。就像他在

---

① 见 *Diamond Grill* 的封底评论。

《钻石烧烤》里所做的那样，既写了白人对华人的歧视，也言及了华人对白人的不屑。这让我们想起 19 世纪和 20 世纪之交加华英语作家的先驱水仙花说过的："把我的右手给西方，把我的左手给东方。"这个跨越三个世纪 100 多年的文学母题（motif）向我们昭示着，追求族裔间的宽容理解、和睦相处依然任重道远。

四、朱霭信：唐人街的鬼魂和唐人街的精神

朱霭信（1949—　）生于香港，作为养子 4 岁时被婶婶带到加拿大，他在艺术学校完成了 4 年的学习，70 年代定居温哥华。作为诗人和编辑家的他和关山一样，也是加拿大亚裔作家工作坊的创办人之一。他迄今发表、出版了多部诗作，其中有 1986 年的自选集《唐人街鬼魂》①。他是《多嘴鸟》、《云吞》、《打锣》的主编之一，同时担任了多种文学艺术竞赛的评委，充当了很多文化工程项目的历史顾问，被称为加华英语文学的"教父"。

《唐人街鬼魂》以温哥华的唐人街为出发点，在含有讥讽、悲悯和伤逝的基调上歌吟了加拿大华人的历史、传统以及生存状态。开篇之作的题名为"传统"，描画了源自纪念屈原，而后又成了长江流域以及长江以南地区年节食物的粽子。以精描细琢剥开粽子的动作将加拿大华裔历史和中国传统巧妙地糅合在一起，突出两者内在的千丝万缕的联系。一首《孟尝养老院所见》（Scenes from the Mon Sheong Home for the Aged），描写了一位因白人工程师的失误而导致身体精神双重伤害的筑路华工。另一首类似的诗作《四叔》（Fourth Uncle）是"我"和一位维多利亚城华工亲戚的对白，这位单身老华工的最后梦想仅仅是死在华人墓地的近旁。讽刺诗《机会均等》（Equal Opportunity），以复调的形式、讥讽的手法，描述了早期华工从严格地被限制在最后的车厢，到规定只能坐在最前面的车厢，一直到最终可以自由地选择乘坐的车厢的变化过程，而这样一系列的变化，都是因为数次的交通意外死了白人之后才不得不作出的调整。诗中多有直接聚焦唐人街的隽永短章，如《片打东街》（Pender Street East）、《雨帘》（Curtain of Rain）。诗人也没忘记曾经长期在父权阴影下沉默忍耐的唐人街的传统女性，像《母亲》（Mother）

---

① Jim Wong-Chu. *Chinatown Ghosts.* Vancouver：Pulp Press，1986.

中所刻意表现的。

五、刘绮芬：逃家女孩的"俄狄浦斯之梦"

刘绮芬（1971—　）以自传《逃家女孩的日记》[①] 而一举成名，进而树立起和许多加华英语作家截然不同的叛逆女孩形象，但她并没有止于此，而是一发不可收拾，在诸如文学传记、散文、诗歌、短篇小说、长篇小说等众多的写作领域屡屡有所斩获。仅以诗歌为例，她迄今已发表了 5 本诗集《你非你所言》（1990）、《俄狄浦斯之梦》（1992）、《在奴隶屋下》[②]（1994）、《高音》[③] 和最近的《柔性地活着》[④]。还因《俄狄浦斯之梦》获得加拿大总督文学奖的提名，刘绮芬成为迄今为止这一奖项最年轻的入围者。

和前述回溯、反思早期华裔历史沧桑、种族歧视的朱霭信、余兆昌，以及执着于家族史和身份认同的弗雷德·华、伍露西等不同，刘绮芬在其诗歌创作中也一如她在自传和小说中的风格，逃离家庭背景、决绝族裔传统、背向中国文化。无疑，她是加拿大华裔诗歌创作第二阶段的典型。三本诗集皆围绕着女性性工作者（妓女）—男性顾客（嫖客）和施虐者—受虐者这样循环的主题展开。在表现形式上，也使用了类似于其他华裔诗人的"对话"方式，但具有个性特征的是"我—你"的对应模式。"我"是妓女、受虐者，而"你"则是嫖客、施虐者的指称。这一模式被同时赋予了道德的寓意，"我"的弱势无力，不得不依靠出卖身体和精神来维持生存，自然而然地和"你"常常的居高临下、随心所欲形成了强烈的对比、冲突。但"我—你"的对应模式对立的紧张程度在三本诗集中有所不同。如果说在《你非你所言》里，这一模式的对立以及作为叙述者的"我"愤愤不平的谴责频频带给读者以强烈的冲击感，那么在《俄狄浦斯之梦》中，"我—你"消弭为平等的生意伙伴关系，或者是女病人（因出卖身体的行为和精神、心理上的排斥所致）和她的精神医生的弗洛伊德式的爱恋。而在《在奴隶屋下》，"我—你"的对应模式更集中在施虐和受虐上。其实，这从诗集的题名便可联想到。在这里，

① Evelyn Lau. *Runaway：Diary of a Street Kid*. Toronto：Harper Collins, 1989.

② Evelyn Lau. *In the House of Slaves*. Toronto：Coach House Press, 1994.

③ Evelyn Lau. *Treble*. Vancouver：Polestar, 2005.

④ Evelyn Lau. *Living Under Plastic*. B. C.：Oolichan Books, 2010.

"我"、"你"的角色有了如人意料的转换，"我"成了彼此身体上的主宰——施虐者，而"你"或者男性的一方，虽然拥有经济上的支配权，但在 S&M（虐恋）的过程中却彻头彻尾地服从于前者。由此可见，《在奴隶屋下》已经跳出了诗人自己性经历的窠臼，而将性产业置于浪漫化的，甚至是审美的境地。故此，有评论者认为，刘绮芬诗中的人物都是类型化的。在创作技巧上，有评论者认为其作品中的复调叙述者、女性视角以及内心独白形成三足鼎立之势，建构起了作品中的自我主体。复调叙述者真实地再现了自我的成长，女性视角为女性主体赢得理解和同情，而内心独白中的挣扎栩栩如生地凸显出主体的反思。《你非你所言》是米尔顿·爱考恩人民诗歌奖（The Milton Acorn People's Poetry Award）的得主。[1]

《俄狄浦斯之梦》获得加拿大总督文学奖的提名。顾名思义，这本诗集运用了许多弗洛伊德式精神分析的情节和意象建构的氛围、轮廓。封底有评论两则，其一称：

忏悔式的，令人着迷的，满是智慧的，刘绮芬的诗描述了使人不快的性欲的、精神的潜在世界，这样的世界只有通过诗人特殊的能力打开并且治愈伤口后才能忍受。我被这些无法推开的诗所感动，所扰乱，所伤悼，同时我也被预警：这样的诗的产生并不是为着舒适的阅读，但却难以忘怀。[2]

布兰·佛赛特（Brian Fawcett）写道："这些诗歌是原始而愤怒的。它们同时携带着聪慧，串珠一般连接着不可思议的深邃一刻。在她主题的那些黑暗闪烁处，人们不该忘记自始至终有位作家在那里，一位惊世骇俗的天才。她比她所有前代的诗人都更有勇气。"

《在奴隶屋下》有些是散文诗，或者说是随笔式的联想回忆，像第一部分中的《无所发生》、《在奴隶屋下》、《你的花园堆满椅子和石头》等。本集的封底有肯萨拉（W. P. Kinsella）的评语："狂放果敢，充满想象力，刘绮芬继续扩展着她的艺术界域，用一种原创的和反正统的方式探索着未有标识的

---

① The Milton Acorn People's Poetry Award 是为纪念加拿大著名诗人米尔顿·爱考恩（Milton Acorn, March 30, 1923—August 20, 1986）而设。爱考恩是一位曾经蜚声加拿大诗坛的著名诗人，享有"人民诗人"的美誉。1987 年米尔顿·爱考恩人民诗歌奖设立，它每年被授予给那些杰出的"人民诗人"。

② 评论的作者是加拿大女性诗人、作家麦瑞琳·包伟玲（Marilyn Bowering）。

地界。"

2005 年的《高音》依然是以作者擅长的两性探究为母题，一如徐志摩诗所言"撑一支长篙，向青草更深处漫溯"，语调上趋于相对的冷静平和，带着同情、敏锐的情怀，在咏叹调般的反复吟咏中，使诗意、诗情更加内在和深入。诗集分为四个部分，分别是"红女人"（The Red Woman）、"四处游荡"（Travelling Nowhere）、"致命诱惑"（Fatal Attraction）和"家庭戏剧"（Family Drama）。但总体反响平平，其中的一些篇章被认为过于冗长、反复。

但 2010 年的《柔性地活着》却得到了多方好评，被认为是诗人对自己过去沉湎期间的两性关系和激情伤害这类主题的远离。在这本诗作中，我们看到刘绮芬在记忆和当下、过去和现实的编织中，着力勾勒出家族历史、病痛、死讯和逝去的哀恸。哀伤的调子里却蕴含着品质的力量和道德的信念，一扫以往的放浪、颓废。由此，《柔性地活着》获得了 2012 年的派特·洛瑟奖（Pat Lowther Award）。

其实，从接受学的角度来说，刘绮芬越是刻意"漂白"自己，越是吸引着读者的注意力和阅读兴趣。因为在《逃家女孩的日记》中那个穿梭在温哥华各色街巷的华裔雏妓的形象已经粘连在不少读者乃至评论者记忆的视网膜上，他们总是在诗人的早期形象和后续写作中不自觉地进行着对比和校正，以获得一种特殊的阅读满足。但《柔性地活着》也让读者看到，一位那么深恶痛绝于家庭父母、族裔背景的离经叛道者，有朝一日也会打开那扇被自己刻意锁闭的门扉，走入个人—家族历史记忆的深处，去探索那个梦魂牵绕的神秘地域。从这个意义上，刘绮芬既是瞬间闪耀的，又是持久悠远的。在以《逃家女孩的日记》为代表的第一期，她是加拿大文坛的奇峰突起；在以《俄狄浦斯之梦》为代表的第二期，部分印证着"最有潜力作家"的实力；而到了 21 世纪后，经历沉淀和转折，她以新的形象散发出新的魅力。以"传统族裔文化受害者"加"街头雏妓"的标签形象"闪亮"登场的刘绮芬，曾经一度让华裔社区感到蒙羞甚至不齿，而作者本人也曾恨恨地大声宣称自己并不属于任何特定的族裔，而是标准的加拿大作家。但时过境迁，这样的情形还在继续地悄悄改变着。出道时刚刚年届十八的新生代，现在业已进入而立之年，我们有理由期待着这位标新立异的华裔诗人、作家的下一个华丽转身。

六、赵廉：英中双语抒中西之情

赵廉（1950—　）的两本诗集里英中两种文字的并列出现显得别具一格。[1] 赵廉生于中国大陆，1984 年来到加拿大求学，后在约克大学获得英语文学的文学博士。她集诗歌、小说和评论于一身。虽然赵廉以英语写作为主，但亦有中文作品问世。在她 1997 年出版的英文评论著作《打破沉默：加拿大华裔英语文学》中，有专章评介加华英语诗人的创作。[2]

1997 年的诗集《枫溪情》[3] 是英中双语的长篇叙事诗。诗中叙述了一位女性从中国到加拿大四十年的漫漫路程。两种语言并列，彼此映照，讲述着一段联袂着困惑和绝望、梦想和希望的故事，衬映出一代人对自由生活和自由艺术表达的不懈追求。2004 年出版的另一部诗集《切肤之痛》[4]，同样用英中两种文字创作。诗集中，亚裔加拿大人所承受的语言切变、身份认同、整合融入的主题以不同的遭遇一一呈现。而这些遭遇本身又转变成加拿大多元文化中始终胶着的两个重要元素——"冲突"和"交融"的隐喻。

以加拿大英中双语诗人的身份，赵廉还参加了 2010 年上海世博会期间由加拿大蒙特利尔蓝色都市基金会主办的"蓝色都市诗歌翻译擂台——诗歌翻译朗诵会"（Blue Metropolis Translation Slam—International Poetry and Translation Event），和上海的于是女士现场翻译了加拿大诗人莫里兹（A. F. Moritz）的作品。在莫里兹本人朗诵了自己的诗歌后，两位译者即兴译诗中细微的差别和精妙的不同，引起了与会者的踊跃讨论。诗人、译者以及观众一起交流互动，分享了他们对莫里兹诗歌的理解以及在翻译过程中对文字、韵律节奏的把握。[5]

---

① 可以比较黎云（Laiwan）收入到《多嘴鸟》中的《语言霸权》一诗。

② Lien Chao. Dialogue：A Discursive Strategy in Chinese Canadian Poetry . in *Beyond Silence：Chinese Canadian Literature in English*. Toronto：TSAR Publications，1997.

③ Lien Chao. *Maples and the Stream：A Narrative Poem*. Toronto：TSAR Publications，1997.

④ Lien Chao. *More Than Skin Deep*. Toronto：TSAR Publications，2004.

⑤ 参见中国作家网，http：//www. chinawriter. com. cn，2010 年 9 月 17 日。

七、查佘温：东方不亮西方亮

查佘温（Sherwin Tjia，1975—　）被称作后现代、超现实主义诗人，他的诗作显现出粗糙和不规则的特征。他出生在多伦多的一个华裔家庭，现居蒙特利尔，既是诗人也是画家。他出版过连环漫画"名门之女"① 系列，以及诗集《文雅短章》② 和《世界是个失恋者》③。《文雅短章》显示了诗人在艺术手法上的不拘一格，其中既有传统的格式，又有创新的篇什，比如现成文本的重新组合《寻找珍宝》（Treasure Hunt），有的是抒情短诗《就那样悬挂着》（Hanging There Like That），描述美国著名抽象雕塑家亚历山大·卡尔德的"动态"作品；有的是编排成袖珍小说形式的叙事诗，如《在你知道它之前》（Before You Know It）；最后插入了他在后来的诗集《世界是个失恋者》中悉数采用的所谓的"伪俳句"。整个诗集表达了一种温柔亲切而又桀骜不驯的世界观。在《世界是个失恋者》中，由 1 600 个无韵脚的三行诗节构成，每行诗句通常只有两三个字母，每页由三行三列的诗节拼合，视觉上像是"炸薯条"。查佘温说他自己是在写伪俳句，因为俳句这个形式对他而言最不受拘束。"我会给一首诗写一个很酷的题目，但诗本身并不依赖于它，所以，我便去掉了这个捎客。"他如是评价自己的诗。诗的内容关乎情感和不安，发散着诗人的无边的思绪和细微的观察。无疑，《世界是个失恋者》最醒目的特点在于它的形式——诗集的装帧呈四方形，如同音乐 CD，如果加上设计怪异的封面（以一个头部占据二分之一强的大头人物为主），如此后现代的结构和写法在目前为止的华裔诗人中可谓无出其右者，同样，查佘温不像很多华裔诗人或自然或刻意表现出自己的族裔背景，如果不算他喜欢用的"伪俳句"，我们甚至看不出他的诗作中有任何的东方色彩。在我们选择论及的华裔诗人中，唯刘绮芬和他在创作手法和意象母题的选择上有一些相像。

---

① 　Sherwin Tjia. *Pedigree Girls*. Toronto：Insomniac Press，2001.
② 　Sherwin Tjia. *Gentle Fictions*. Toronto：Insomniac Press，2001.
③ 　Sherwin Tjia. *The World is a Heartbreaker*. Toronto：Coach House Books，2005.

八、安迪·关：让"走出储衣柜"的身体带着魂灵漫游

安迪·关（1969— ）的诗歌和小说惯于用探索性别取向和不同文化身份交互作用的方式，所以，他"走出储衣柜"，乐于公开自己同性恋的身份，并积极参加各类同性恋活动。这些举动便自然具备了文学性。他生于温哥华，是第三代华裔。安迪·关既是作家、诗人、歌手兼作曲家，也是社区活动爱好者。他先后在加拿大特伦特大学（Trent University）和约克大学读书。毕业后，他周游列国，后常住在澳大利亚的悉尼。曾热衷于摔跤，酷爱旅行。

《云吞》是由安迪·关和朱霭信合编的加拿大华裔诗人的选集。《倾斜》[①]是作者的第一本诗集，正好和他的第一部小说集《月历男孩》[②] 同年出版。2005 年他的另一本短篇小说集《六种体位：情色描写》[③] 写了同性恋的性和色欲。2007 年作者出了第二本诗集《枫树壁火》[④]。他的短篇小说集《月历男孩》、《六种体位：情色描写》等都涉及了同性恋题材，颇得评论界的关注。

《倾斜》通过对仪式—消散—发现—重生的回溯，歌吟了华裔的漂流史，同时也让我们看到了地球村轮廓下的种族、性别和日常生活。无论是华人漂移历程中的童年和家庭，还是同性恋、社区和成人礼，甚至是文字譬喻的漫游，都归结于诗人提出的问题：人归何方，情归何处？诗集显露了这个年轻诗人特有的机智、尖锐和从容。

2007 年的诗集《枫树壁火》建立在早期的记忆、性和文化之上，诗集标志着安迪·关诗歌创作的一个制高点。诗集分为三辑，即"相生相伴"（What We Live With）、"你所追随的"（All You Are After）和"朗诵你的诗"（Speaking Your Poetry Aloud）。《枫树壁火》描写了一个成长在温哥华唐人街的华裔孩子并不中规中矩的生活经历。诗人以年轻人自由无畏的精神去看世界，去看那些难忘的事件和时刻：小学里的规矩和同伴之间的争斗，年轻时对任何新鲜事物的尝试，诸多的第一——第一次听詹妮·米歇尔（Joni Mitch-

---

① Andy Quan. *Slant*. Roberts Creek, B. C.: Nightwood Editions, 2001.

② Andy Quan. *Calendar Boy*. Vancouver: New Star Books, 2001.

③ Andy Quan. *Six Positions*: *Sex Writing*. San Francisco: Green Candy Press, 2005.

④ Andy Quan. *Bowling Pin Fire*. Winnipeg: Signature Editions, 2007.

ell)① 的蓝调，第一次痛失朋友，第一次和男性共舞。诗集还表现了作者中年阶段最早的困惑，家庭的紧密缠绵和朋友的离散聚合，爱情的偶遇和忠诚，对地球上未知的一方旅行的兴奋和留恋，所有这些成为反思回忆的资本和内涵。

安迪·关的这两本主要诗集——《倾斜》和《枫树壁火》都或多或少地包含着中国元素。比如《倾斜》第一辑中的第一篇《在途中》（On Route）就回溯了家族的离散漂流，第二辑中的《成长的指环》（Growth Rings）也在童年少年的回忆中，展现了华裔的历史和社区文化。《枫树壁火》更是从一个华裔孩子的成长中串联起族裔文化之根。

九、陈伟民：以《洗衣房的噪声》走近总督文学奖

陈伟民（1962—　）2008 年以诗集《洗衣房的噪声》② 入围总督文学奖。他的创作以诗歌和短篇小说为主。陈伟民的父母是来自广东台山的移民，他自己出生于埃尔伯塔省的卡尔加里，职业是电子显微镜技师。2002 年，他的诗作《工作中》（At Work）为他赢得了国家杂志奖（The National Magazine Awards）诗歌类的银奖。他有两本诗集都已出版。2002 年的《朗月》③ 分为三辑——"我把这些动物还给你"、"屈从的信条"、"在星球间穿行"。诗作围绕着一个失去生母的华裔家庭展开，涉及了圣洁的天堂、赎罪回报、孩提记忆、迁徙行旅、个人之爱等意象和主题，用象征"阴"的月亮等中国元素营造出了一个沉郁而魔幻般的意境。诗集还具备了某种程度的自传性，因为诗集的开篇题词为：献给父母和他们的父母。在第一辑"我把这些动物还给你"中也有多篇诗体散文在散漫、悠长和缠绵的回忆中涉及诗人朦胧凄凉的身世——他早早离世的母亲、陪伴父亲回乡祭奠祖母的经历以及自己中文名字"伟民"的由来。所以有评论者认为"《朗月》感人至深地讲述了家族和伤逝的故事"（Robert Hilles 语）。《朗月》于 2003 年获得埃尔伯塔图书奖的诗歌奖等奖项。弗雷德·华在封底的短评中写道："当诗人在描述离散的悲苦

---

① 加拿大著名的民谣、摇滚乐、蓝调乐歌手和音乐家，同时也是诗人、画家和社会活动家，1943 年生于埃尔伯塔。

② Weyman Chan. *Noise from the Laundry*. Vancouver：Talonbooks，2008.

③ Weyman Chan. *Before a Blue Sky Moon*. Calgary：Frontenac House，2002.

时，'这里'总是一个不可能的'那里'。诗人在情感、辨析和言辞上的特点都表现在他对自我欲求的机智而敏锐的关注中。"陈伟民 2008 年的另一本诗集《洗衣房的噪声》中的诗如游走在时空造成的层层景象中——中国史前史、家庭的爱情和生存故事——以字里行间透着惆怅的描述引领读者寻觅漫游其间。诗中的先贤包括一只五千岁的带着点金石的农历兔、一个戴着太阳面具的长者、一个在超越死亡的黑暗图景下搜索星座的望远镜专家。他们谆谆告诫：只要我们敞开心扉，就能进入一个新世界。2010 年其最新诗集《皮下：对自我的警示》①似乎是要重新给诗歌下一个定义。诗人强调诗不是末日一刻狂喜的情绪宣泄，而是生存的文献和所思所想。对道德的观察、喻示和认定都流贯在诗人汪洋恣肆的诗意之下。

在前已言及的带有自传色彩并夹杂着诗体散文的诗集《朗月》中，陈伟民特意言及了他中文名字的来历。他出生的 20 世纪 60 年代，正是中国大陆各种各样的革命形式风起云涌的时刻，所以，他来自广东台山的父亲以革命的名义期待着自己儿子的"功成名就"。诗人还在一首诗中以三个汉字"人"、"大"、"天"的联系，显示出中国文字和文化的深远魅力。另外，《朗月》中不时涉及的父子的寻根访祖、台山的风俗仪式，配之以月亮阴郁的色调和母性的象征，使得整本诗集的中国元素异常突出。

至于他的成名作《洗衣房的噪声》，陈伟民在采访中则认为，它反映了他个人对世界的探索，也是他作为一个诗人寻找生命的希望，以及在神是什么的思考中的挣扎。多首诗涉及神灵，包括他的生肖兔子。他的诗多是一小片一小片的思潮累积，再集合而成，所以，这本诗集花了六年时间才得以完成。

十、黄锦儿：华裔女性诗人的全球目光

黄锦儿（1968—　）是位学院派诗人，其前期的诗作视野开阔，在贯穿始终的和平、爱和正义的普世价值的虔诚信念下不时地嵌入对历史、文化、种族等问题的内心独白，后期更是将批判的目光聚焦于全球化背景下人类的共同命题。她出生在卡尔加里，分别获得埃尔伯塔大学的英语硕士学位和不列颠哥伦比亚大学的档案学硕士学位，曾经在中国等地教授英语，现居温哥

---

① Weyman Chan. *Hypoderm: Notes to Myself.* Vancouver: Talonbooks, 2010.

华。除了写作,她同时也是社会活动人士和档案馆馆员。1997年她被授予加拿大亚裔作家工作坊新人奖。2002年她在西门菲沙大学以博士论文《无定的漂泊:从文学中亚裔的族裔性反思劳工》顺利毕业。现任教于艾米丽·卡尔大学(Emily Carr University)的艺术设计专业。除了和黎喜年合作的《女巫醒着》①,她还出版过诗集《智力问题》②,诗集分为四组,探测了童年、历史和欲望的雷区,穿行在家庭、种族和阶层的界域上。2007年的诗集《觅食》(Forage),获得了卑诗省的一项诗歌奖。诗人对现时国际政治版图和由它催生的不公正进行了辛辣批判,其中贯穿着诗人切中时弊的尖锐观点,比如公平正常的商业交往早已随着对原初殖民地毁灭性的打击而结束。1998年的诗集《智力问题》中命名为"转换"(Transidual)的一辑诗篇中,主要记录了诗人在中国的文化寻根之旅,它们是《中国人和非中国人》(Chinese & Not Chinese),《双唇之间的扬子,长江,想念之河》(Lips Shape Yangtze, Chang Jiang, River Longing)和《嘿,中国》(Hello, China)。

十一、黎喜年:齐泽克式的反讽和学院派的多元

黎喜年(1967—)以长篇小说见长。诗作的风格接近黄锦儿,彼此合作了长诗《女巫醒着》。早期诗作《八十年的沐浴》(Eighty Years Bathing)入选《多嘴鸟》,带有梦幻的回溯以及远古的迷离。黎喜年出生于美国加利福尼亚,在加拿大的纽芬兰长大。她在不列颠哥伦比亚大学获得学士学位,2006年在卡尔加里大学获博士学位。现任教于英属哥伦比亚大学英文系。同时她也为《加拿大文学》(Canadian Literature)编辑诗歌。她以小说创作见长,1995年的《千年狐》③入围1996年的加拿大小说新人奖④。2002年另一部长篇小说《咸鱼女孩》⑤也屡获奖项。

2008年和黄锦儿合作的长诗《女巫醒着》是由两位女诗人通过电子邮件的对话而构成,共分三辑,表现了两位诗人对性别、种族、阶级,以及地理、

---

① Rita Wong, Larissa Lai. *Sybil Unrest*. Burnaby, B. C.: LINE Books, 2008.

② Rita Wong. *Monkey Puzzle*. Vancouver: Press Gang, 1998.

③ Larissa Lai. *When Fox is a Thousand*. Vancouver: Press Gang, 1995.

④ 加拿大小说新人奖(Books in Canada First Novel Award),1976年创立,每年遴选出5篇以上上一年首次发表的长篇小说并进行入围角逐。

⑤ Larissa Lai. *Salt Fish Girl*. Toronto: Thomas Allen Publishers, 2002.

运动、权力和希望等多重话题的再思考。从 2003 年的香港开始，时值非典（SARS）爆发和美国对伊拉克进行入侵，诗集历经数年而就。两位诗人在聆听美国有线电视新闻网（CNN）、英国广播公司（BBS）的世界新闻，美国国务院，广告和 Jack FM 节目的同时，试图重新定位当代文化的内涵。长诗建立在幽默的基调上，在战争和资本交叉的十字架上大声地呐喊。诗集有着鲜明的学院派女性主义色彩和齐泽克（zizek）式的对资本帝国主义的辛辣嘲讽和批判。2009 年出炉的作者的第一本个人诗集《自动旋转》①（*Automaton Biographies*），包含了五首彼此关联的长诗，分别为《瑞秋》（Rachel）、灵感来自电影《银翼杀手》（*Blade Runner*）和相关小说的《机器人梦到电动羊了吗？》（Do Androids Dream of Electric Sheep?）、《流行式样》（Nascent Fashion，探讨现代战争）、《香肠》（Hem，围绕着 20 世纪 60 年代被美国宇航局送往太空，名叫"香肠"的大猩猩展开）、《自传》（Auto Matter，诗意的类自传）。它们均表现了涉及动物、机器、语言等个人和文化的历史。有评论者认为黎喜年通过组诗展现了自我身份和在目前的地理、技术状况下何谓人类或后人类（post – human）的命题。同时，在技巧上，组诗混合着通俗文化的暗喻和后结构主义的理论，伴随着断裂的抒情性。②

黎喜年的诗作不像她的小说，很少显现中国元素。她热衷于以后现代学院派多元的宏观视角和齐泽克式反讽的微观探照，来表达她对异常纷繁迷茫的世界乱象的独立审视和批判。

十二、各领风骚的其他诗人

还有一些各具特色，值得一提的诗人。简穆·易思美（1940—　　）1963 年移居加拿大，之前曾在香港和印度居住过。她的《神圣的文本》（From Sacred Texts）是首长诗，结构较复杂。其从 a 到 g 分成七章，每章又以数字分段。最后的 g 章，是五线谱。《神圣的文本》在文字学、语义学、语法学、语音学等方面都全方位地解构了所谓的霸权语言。英文的字词和句子故意不用大小写，口语的、随心所欲的日常话语穿插其间。她在其他诗作中，还杂糅进了粤语、印度语、法语等，使其既成为诗歌主题的显要部分，又起到了结

---

① Larissa Lai. *Automaton Biographies*. Vancouver：Arsenal Pulp Press，2009.

② Callanan，Mark . Automation Biographies，*Quill and Quire*，December 2009，p. 32.

构诗体的作用。

李伯清（Paul Ching Lee，1949—　），出生在广东，十岁随父母移居加拿大。在滑铁卢大学学习土木工程，后定居卑诗省。《多嘴鸟》选本中的小诗《满地宝》（Port Moody）就是他定居温哥华附近的港口城市时写作的。他曾翻译过宋词并写过反映 19 世纪温哥华昆布兰社区的类小说（parafiction）。

余兆昌（1956—　）的收入到《难舍的稻米》中的两首诗——《终言（2）》（Last Words II）和《草龙》（The Grass Dragon），前者通过对以往修建太平洋铁路华工的追思，以刚性的笔触，刻画出年轻华工的力量、辛劳和无奈；后者细描了从采草到拼接整个草龙的制作过程，赋予加拿大制造的草龙以中国的精魂。

苏斌（Ben Soo，1960—　）出生在香港，于 1969 年移居加拿大蒙特利尔，之前其诗作已经入选了两本诗选《湖畔诗人》（Lake Shore Poets）和《穿越：魁北克当代英语诗选》（Cross/Out：Contemporary English Quebec Poetry）。在《多嘴鸟》中，《普兰提斯和岛》（Prentiss and The Island）以及《边缘乐队》（The All Edges Band/Estuary，Side Two/Lizards）入选。前一首为分节的长诗，共七章。

黎云生于津巴布韦（Zimbabwe），于 1977 年移民加拿大。1983 年毕业于一所艺术和设计学院，同年在温哥华创办了奥尔画廊（Or Gallery）。她的《语言霸权》（The Imperialism of Syntax），其实就是一首诗的中文版和英文版，但形式上是两首对应的诗，前一首是英文名，中文内容；后一首是中文名，英文内容。诗作特别的体例表现出对后殖民主义的反讽。[1] 由于诗人本人并不懂中文，因此，中英文翻译得并不对称，这引起了诸多语言学、语义学和文字学上的讨论和争议，但诗人此举的基本动机还是在于揭示在主流语言极为强势的情形下，诗人本族裔语言所产生的抗拒的力量。在《语言霸权》里，语言的丧失显现为交错的情感。这样的对文化、语言、历史遗落所产生的失落，一再地出现。这首《语言霸权》可以和本文前述的简穆·易思美的《神圣的文本》相比较。《语言霸权》在英语和族裔语言（汉语）的冲撞中，凸显出族裔语言本能地对强势英语的抵抗，而《神圣的文本》则刻意地解构、破坏英语的规则，并适时地穿插进各类族裔语言，含蓄地表达着对不同语言——

---

① Lien Chao. *Beyond Silence：Chinese Canadian Literature in English*. Toronto：TSAR Publications，1997，p. 129.

文化交融整合的强烈意愿。黎云的其他主要诗作包括收录在《云吞》中的长诗《身体记录（2）》（Notes Towards a Body II），以及发表在《西线》（*Western Front*，1992）上的《独特眼光的距离》（Distance of Distinct Vision）等。

柯温爱（Lydia Kwa，1959—　）出生于新加坡，1980 年移居加拿大。她的《和鸡蛋花共存》（*Still Life with Frangipani*）和《兰花谜语》（*Orchid Riddles*）都借植物的斑斓意向表露爱的心迹。她在多伦多大学完成了心理学课程的学习，并在温哥华短暂地担任过心理医生。她的第一本诗集题名为"女英雄的色彩"①。

伍露西出生于卑诗省的本那比（Burnaby，或译作伯纳比），毕业于不列颠哥伦比亚大学。她曾经获得 1990 年加拿大广播公司文学竞赛（CBC Literary Competition）的二等奖。其散文体诗《阴郁的诗体》（The Sullen Shapes of Poems）有着和弗雷德·华相似的对家族史的追溯。在由九首单体诗构成的组诗中，以"我"一个第三代华裔的女儿和父母之间的对话，缓缓再现了在种族歧视历史背景下挣扎的先辈。诗人在组诗里还通过新年丰盛的食物和欢快鲜艳的景色形象地描画了由中加文化特质融合而成的加拿大华裔文化。② 阅读者无疑会有鲜明的印象：在这样的文化氛围里，才有可能从华裔第一代和第二代的挣扎奔波到第三代的艺术家和诗人——这其实也是几乎所有加拿大少数族裔或多或少会经历的过程。因此，组诗的基调是明亮的。

开篇言及的华裔诗人在主题表现上的三个阶段的渐进，带出了华裔英文诗作的意象特征，那便是若隐若现的中国元素，从"离散聚合"到"寻根访祖"再到"开放杂糅"，中心的指向都是中国文化。因此，西方语境中的中国元素和北美社会中的东方思维，构成了华人和主流社群不间断的生活方式和精神灵魂的冲突、纠葛、缠绕、交融。在祖辈沉重压抑的阴影下，华裔诗人充分运用了诗的倾诉、宣泄、对话、互动的功能。另外，在形式和技巧上，华裔诗人也呈现出了两个方面的共性：一是利用"对话"的方式建构诗体；二是大量运用了散文诗的格式。之所以如此，前者的原因在于大量的华裔诗作涉及了华人的社区历史、家族史、个人身份认同，以及内心的倾诉，而"对话"的生动、灵活、易于延展和开掘的特点正好符合这类主题的要求；后者是因为在传统的纯粹诗歌体例和相对自由的散文之间舞蹈，可以摆脱文字、

①　Lydia Kwa. *The Colours of Heroines*. Toronto：Women's Press，1994.
②　Lucy Ng. *Many-Mouthed Bird*s. Seattle：University of Washington Press，1991，p. 162.

句法、音韵的束缚，让诗的节奏更加舒展、灵动和飘逸。

　　除此之外，作为最为个性化的文学形式，诗歌更能表达出不同诗人的千姿百态，尤其是艺术手法上的不拘一格。从关山摇滚乐般的诗作节奏，到弗雷德·华富有音乐感的散体长诗，到朱霭信简练而深邃的讽刺，到刘绮芬的基于精神分析学说而架构的氛围、情调，到查佘温的"伪俳句"，到安迪·关诗歌语言的机智、尖锐和从容，到陈伟民神秘的象征和沉郁而魔幻般的意境，一直再到黄锦儿、黎喜年齐泽克式的反讽等，加华英语诗人在戴着脚镣的歌舞中，吟唱出了华裔华人特有的灵性、幽深的精神和同样博大的内心世界，深刻地颠覆了主流社会对之长期持有的刻板印象。而这样的艺术特征和效果在加华英文小说和传记文学中是绝无仅有的。

重新审视个人、社会与价值观

——余兆昌笔下加籍华人女性身份的文学与跨文化研究[①]

陈中明

加拿大华裔英语作家余兆昌（保罗·余），已出版包括短篇小说集、小说、图画书十八部，以及三部华人和唐人街文化历史专著。在华裔英语作家中，他继诗人和评论家弗雷德·华 1985 年获得加拿大文学最高奖——总督文学奖之后，于 1996 年成为第二位获得同一殊荣的作家。其在加拿大华人英语文学构建和加拿大多元文化建设中的地位，是首屈一指的。

自 20 世纪 80 年代初期起，余兆昌作品中众多的女性形象便给读者留下了深刻的印象。从他 20 世纪的早期作品《教我飞翔，空中战士及其他故事》（*Teach Me to Fly，Sky fighter and Other Stories*，1983）、《草原寡妇》（*Prairie Widow*，1984）、《三叔的诅咒》（*The Curses of Third Uncle*，1986）、《来自金山的传说》（*Tales from Gold Mountain*，1989）到中期的《玫瑰，在新雪上歌唱》（*Roses Sing on New Snow*，1991）和总督文学奖获奖作品《幽灵火车》（*Ghost Train*，1996），再到 21 世纪的《飞走》（*Fly Away*，2001）、《玉项圈》（*The Necklace*，2002）、《竹子》（*Bamboo*，2005）、《今夏之事》（*What Happened This Summer*，2006）、《舒丽和塔玛拉》（*Shu－liand Tamara*，2007）和《学习飞翔》（*Learning to Fly*，2008），女主人公如莎伦·冯、金美·余、莉莉安·钟、美琳·张、春怡、明、燕颐和舒丽，都给读者留下了生动具体的印象和挥之不去的记忆。这些作品深入探讨与弘扬了一定的中国价值观念，探

① 本文是 2010 年 7 月在由暨南大学、约克大学和加拿大中国笔会联合主办的“加拿大华裔/华文文学国际学术研讨会”上的发言，并获“首届加拿大华裔/华文文学论文奖”第一名。本文获厦门大学繁荣哲学社会科学专项资金项目——“儒家思想全球化与外国文学研究”资助。

索了其在新世界的意义与可行性，引起了学术界和大众媒介的高度重视，也为华裔英语文学争得了一席之地，开辟了华人英语文学和文化历史的新领域。①

在中国的传统社会中，女性一直是被"边缘化"和"渺小化"的"第二性"（波伏娃，de Beauvoir）。研究余兆昌的主要作品，对我们认识加拿大华裔英语文学的文学、人文和文化价值以及身份认同、族裔互涉关系，认识女性身体与华人性别政治等，都具有很高的价值和代表性。本文首次从文学与跨文化角度分析，② 探讨余兆昌刻画加籍华人女性的策略，提出他两方面的主要创作方法：第一，他笔下女主人公处于不同家庭、社会背景和中西文化的融合、冲突与相互挑战的环境中，从而打破了封闭的加籍华人聚居地的界限；第二，从文化角度对女性身份的形成和发展进行多层次、多方位的解读，在华人文化精髓——儒家与道家文化和价值体系——与西方（加拿大）主流文化的交流与融会中对女性主人公的性格和人格进行深层和立体的阐释。

一、加拿大华人个体、家庭和社会环境

理解余兆昌作品中女主人公身份的形成，首先应该掌握个人与中国家庭和社会的关系，因为移居到加拿大，尤其是唐人街的中国人在当地建立起来的是与传统中国同样的、根深蒂固于几代中国人心中的秩序与结构。这种秩序与结构有两个主要特点：第一，具有严格的等级制度；第二，以男性为中心，厌恶和压制女性。③ 儒家思想对此负有一定的责任：中国传统社会具有家庭似的结构，统治者与臣民的关系如同父与子的关系，前者照顾着后者，同时要求后者绝对地服从前者。这种等级关系涉及社会中每一个成员，女性则被置于这等级之塔的最下方。然而，女性如果没有被压倒，她们反倒会以双倍的力量成长起来。作为华人历史与文化研究者，余兆昌撰写的三部英语华人和唐人街专著：《斗争与希望》（*Struggle and Hope*）、《咸水埠》（*Salt Water*

---

① 感谢余兆昌本着"教育孩子，为他们提供反观自己及他们所处社会的镜子"的目的提供的无价的信息。论文中除《咸水埠》是汉译书名外，其余均为本文作者译。

② 参见铙芃子、汪凤炎、王晓初等人近年来的研究方向。

③ 参看 Daniel Overmyer. Women in Chinese Religions：Submission，Struggle，Transcendence. Koichi Shinohara and Gregory Schopen eds. . *From Benares to Beijing*：*Essays on Buddhism and Chinese Religion*. Oakville：Mosaic Press，1991，pp. 91 – 92.

City）、《唐人街》（*China Town*），都讨论了儒家思想对个人、传统家庭和社会的巨大影响和在伦理道德方面的约束。这些著作，直接影响了部分华裔英语作家（如崔维新以唐人街为主题的两部小说和两部回忆录）。而余兆昌的文学作品，则展示了被移植到加拿大的中国传统的复杂新型人际关系，但作者拒绝让女主人公停留在塔底，加拿大的社会环境和女主人公内在的力量与道德伦理系统促使了女性艰难地、顽强地成长。

余兆昌深刻地理解中国式的传统社会关系，他书中的女主人公的成熟不是在一个中国家庭，也不是在狭小的华人社区中，她们超越了这一空间，进入更为丰富并鼓励女性独立的加拿大文化中。在《教我飞翔，空中战士及其他故事》中，第三代华人移民女孩莎伦和一个"足球明星"白人女孩克里斯汀·托马斯相互往来，目的是质疑香港新移民参孙心中的中国传统女性的地位。在这里，她获得了大喊"她们（女性）能够这样做"的权利（第92页）。在《三叔的诅咒》里，余兆昌用相似的方法刻画了莉莉安。在父亲长期不在身边的情况下，她必须粉碎愚蠢而又歧视女性的三叔的企图——要把钟家所有的女性（包括她的妈妈、她自己和其他两个女孩）送回中国。余兆昌写到，当莉莉安在唐人街挨门挨户找工作失败后，是白人女性贝尔夫人帮助了她，雇她为女佣。这一工作合情合理地使她从一个当时相对封闭的中国家庭和群体中走出去，进入一个新的、更加自由开放的环境中，而且也给她一个机会去寻找为孙中山先生的革命而秘密筹集资金的父亲。在这里，来自白人的影响和帮助是非常关键的。成人故事《草原寡妇》在描写抵制来自温哥华唐人街的诱惑方面，走得最远。戈顿的遗孀金美·余固执地回击了她侄子蔑视的话语——"你是一个女人，你知道吗"（第7页）。经历了激烈的心理斗争之后，她毅然决然地留在了只有几个中国人的草原上。这些女性都努力地走出了中国家庭，甚至华人社区，她们至少开始融入白人文化中。[①] 实际上，是作品里中国的封闭家庭以及由它产生的男性至上的态度，促使中国女性接受了比较开放的加拿大主流社会的价值观和行为。

然而，这并不意味着余兆昌为我们描绘出一幅华人女性融入加拿大主流社会文化中的美好图景。如果中国女性对家庭中父权人物或中国移民中某种族长式人物的反抗失败的话，悲剧就不可避免；当然也存在白人或白人文化

---

① 余兆昌反复用"白人"（White）或"白人们"（the Whites），笼统地把加拿大人当作一个同类族群，而不具体说明他们的族裔来源，如德裔加拿大人和乌克兰加拿大人都是加拿大白人。

与价值观无法进入华人家庭与文化中的现象。在《来自金山的传说》中的一篇《禁果》(Forbidden Fruit)就冷静地记录了农场主冯先生扼杀了女儿和农场白人工人约翰逊的爱情。草原上的孤立以及缺乏强有力的加拿大群体导致了她的顺从与屈服。同样，在《儿子与女儿》(Sons and Daughters)中，暴发商人梅先生因为害怕受到华人的指责与求子心理，偷偷地回到中国，把双胞胎女儿换成双胞胎儿子带回温哥华的唐人街，作为自己生意的继承人。梅先生回到中国意味着他对男性至上、歧视女性的价值观的认同：只有儿子才能传宗接代、延续家族的香火。余兆昌似乎在说明，只有通过充分的跨种族、跨文化交往，中国传统的以男性为主、轻视或蔑视女性的价值体系才会遭到足够的挑战。如果华裔女性永远停留在封闭或封建式的华人家庭或社区的范围内，她们中的大多数则很难摆脱这一价值体系。

余兆昌在《三叔的诅咒》中，对女性的智慧和军事才能及参政意识的认可达到了前所未有的高度。莉莉安英勇无畏，她的名字为中国人社区、唐人街，乃至整个中国（由于孙中山首肯和传播的缘故）所熟悉。中国人是以家庭和集体为核心的，相对于更为个性化的白人群体，女性更可能通过公众或集体活动来表现她们的作用。余兆昌选择曾留洋求学并两度到温哥华募捐的历史人物孙中山为主要权威，既提示了中西文化交融的必要，也达到了确立如莉莉安等女性的公众地位的目的。

在余兆昌的小说中，中国家庭和社会事实上是一个秩序和习俗被广泛确定的超稳定结构。它给中国家庭和华人社区提供保护，带来稳定和繁荣，但它也把人际关系高度等级化，使女性处于被剥削和被压迫的底层。然而就是这样一个群体，由于它具有彼此相关、以家庭和社会为重心的内视性社会结构，使得其在某种情况下或环境中，会马上在大庭广众之下为女性提供展示她们才智与能力的机会，所以余兆昌的小说对女性才能的展现过程是自然的、符合逻辑的。在莉莉安和美琳的故事中，女主人公挣脱来自旧家庭和社区的种种束缚，真正摘取了个人成就的荣誉，使人们开始质疑"男性就是比女性强"这一根深蒂固的传统思想。

二、新世界华人的价值体系：儒家思想和道家思想

余兆昌在他的作品中通常不对价值体系作详细阐述，但潜在的价值标准

可以追本溯源到儒家伦理道德思想，或者是道家哲学思想和准则。总体上，余兆昌对儒家教义和伦理标准既有所接纳又有所摒弃，对道家思想则持相对赞赏的态度。

余兆昌对传统的重视男孩以延续家族姓氏和荣誉、兴旺家族等儒家家长式价值体系进行了激烈的挑战。他创作了即使不比男性强，也和他们一样有能力的女性形象。在《儿子与女儿》中，尽管父亲企图抛弃自己的双胞胎女儿，故事却以这两个女儿成为梅氏生意的真正接班人而结束。在《玫瑰，在新雪上歌唱》中，美琳才是张氏餐馆最好的厨师，那两个懒惰的男孩则成为公众的笑柄、家族的耻辱。余兆昌尤其强调加拿大社会环境和新世界的价值体系对女性的影响，尽管后者常常散见在故事中，以隐约的形式存在着，但在他的作品中，有一种明显的因对女性缺乏公正对待而进行弥补的企图。在《草原寡妇》（*Prairie Widow*，1984）中，读者可以看到克服中国传统心态所面临的巨大阻力。在这里，戈顿不是没有意识到对女性的歧视，而他母亲无意识中存在的只要男孩的家长式意旨，并恳求他回归中国生儿子的行为才使他更为痛苦。因此，他放弃多年努力经营的饭馆，屈服于中国传统价值观，承担起对中国家庭的义务是可以理解的。回归中国（如戈顿所为）暗示着对传统中国价值的向往甚或崇拜；居住在加拿大并不意味着对加拿大价值的全盘接受。但就女性而言，余兆昌对这两种价值的比较结果表明，新世界的自由选择价值观和男女不分贵贱的生活方式对女性更有利。茱莉亚·克里斯蒂娃因她的方法论和东方主义思想（1977）而受到佳亚特里·斯皮瓦克（Gayatri Spivak，1988）的批评，她因孔子说过"唯女子与小人难养"，而把孔子描写成"吞噬女性的人"（women eater），虽有偏颇之处，但对孔子之后的几千年中国封建社会和礼教对于女性压抑和歧视的批判，还是发人深思的。①

为了避免降低其青少年小说的娱乐性，余兆昌克制笔端，不对某一生活哲学作详细分析，而在他的成人短篇小说《草原寡妇》中，他在这方面的阐述是十分明确的。就像孟母为了儿子而三迁其居一样，短篇小说中的母亲

---

① 参见佳亚特里·斯皮瓦克的"国际框架下的法国女权主义"（French Feminism in the International Frame）；见陈中明（John Ming Chen）1994 年的论文《对新再现模式的理论化》（Theorizing About New Modes of Representation）中有关斯皮瓦克、周蕾和克里斯蒂娃（Spivak，Chow and Kristeva）的评论；见 John Ming Chen. Theorizing About New Modes of Representation. *Canadian Review of Comparative Literature*. Vol. 21，No. 2，1994.

（余兆昌婶婶，一个稍经粉饰的近亲原型）① 考虑要从精神生活枯燥和文化保守的萨斯喀彻温省搬走。但是在新世界里，余兆昌没有对儒家思想的条条框框予以全部认可。母亲发现丈夫缺乏对孩子们喜欢游戏和玩乐的共鸣，在一系列表明夫妻之间缺乏沟通的内心独白中，她得出了一个悲伤的结论："戈顿扮演了儒家思想中冷酷的父亲形象，男孩只是争论的另一个话题。"（第16页）在此，儒家思想的两位大师同时出现，但都以近乎反面的形象现身。金美对众所周知的孟母三迁故事的讽刺性解释在思想上赋予她一种能够待在白人中间的力量，而她和孩子们在草原上乏味孤独的生活则被归咎于严肃刻板的、旧孔夫子式的丈夫身上。

余兆昌也重申儒家美德和原则，如强调教育和争取完美。白人女孩克里斯汀·托马斯可以代表我们说明意义："有时，很容易看到亚洲人（加籍华人）身上很多她不具备的东西——工作勤奋、听话、举止得体。"（《斯特拉福克纳足球明星》，《教我飞翔，空中战士及其他故事》，第99页）很多学者认为对教育的特殊重视是一些国家和地区经济腾飞的重要原因，如日本和中国香港，也是亚洲学生在北美大学取得学术成就的重要因素。② 余兆昌的小说也宣扬这样的思想。在《谁放的火？》中，参孙的母亲一直担心儿子的成绩，不停地唠叨要儿子努力取得更好的成绩。一些相关的描写如下："一天，他（参孙）带回家一张得了满分的考卷，他母亲满意地点了点头……"（第44页）这表明她认为参孙不能仅仅是和白人孩子一样好，他必须更优秀。

余兆昌的中后期作品，考量了儒家的孝、家庭和谐、民族和睦与宗族崇拜等理顺、调和与加强人际关系的观念在加拿大多元文化社会中的实践或运用。《幽灵火车》里单臂的春怡，在梦中受父亲之托，不远万里到加拿大太平洋铁路用画笔描绘华人劳工开山辟岭、修建铁路的情形。得知父亲已经身亡的噩耗后，她以儒家拜祭的礼节，告慰先父和其他丧生的华人劳工的魂灵，并把后者送回中国老家。《玉项圈》中的燕颐，宁可把玉项圈抛向海里，也要抢救父亲。在这两个故事里，余兆昌采用的梦幻现实主义有助于显示两位女性的孝心。《竹子》中的明，则以神竹抢救了丈夫的性命，保全了家庭。《舒

---

① 感谢朱霭信（Jim Wong-Chu）为作者提供的人物信息。

② 参看 Michael Duke. Reinventing China：Cultural Exploration in Contemporary Chinese Fiction. *Issues and Studies*，1989，p. 39. Daniel Overmyer. Women in Chinese Religions：Submission，Struggle，Transcendence. Koichi Shinohara and Gregory Schopen eds. . *From Benares to Beijing*：*Essays on Buddhism and Chinese Religion*. Oakville：Mosaic Press，1991，p. 15.

丽和塔玛拉》中的华人女子舒丽，为好友塔玛拉四处辟谣，挽回了她的声誉，维护了不同族裔朋友之间的友谊。《今夏之事》中的孪生姐姐发现弟弟是同性恋后，也努力缓和矛盾，消除母亲的疑虑，争取家庭和谐的双赢局面。与此相似，余兆昌并不排斥其他宗教（如《今夏之事》中出现的基督教），提倡忍让、宽恕和互相了解，提倡和而不同的原则，维系和保持各自文化中固有的宗教信仰。

表面看来，余兆昌近期作品多以家庭和谐、族裔和睦或大团聚、大团圆等作喜剧式结尾，似乎有点落入窠臼。然而，这些故事放到与加拿大主流文学文化作比较的语境中，就显出了以儒家思想为主导的优越性。加拿大主流英语文学作品，如《高山与河谷》（*The Mountain and the Valley*）和《侍女的故事》（*The Handmaid's Tale*），常常以大出走、大分裂作悲剧式结尾。但在余兆昌看来，人们不必斗争得你死我活，他努力传播和弘扬儒家中庸、中和、和谐学说及由此派生出来的以和为主、以和为贵的文化理念。在倡导多元文化的加拿大社会，他的作品因此也更为人们所喜爱。

儒家教育广泛地涉及社会关系和人际关系，而道家思想则具有强调个人主义和自然主义的特点，强调如直觉、自发性、个人体验和启蒙，甚至某种具有神秘色彩的行为。余兆昌的作品把孩子般的天真无邪、简单和复杂巧妙的创作手段与技巧相结合，创作出立足于加拿大崭新的现实生活环境，并能达到一定精神高度的女性形象。以道家崇尚自然思想为依据，余兆昌笔下女性潜力的实现没有先入之见，没有界限，没有模式。

道家思想中重要的一条是技能和完善自然而然地来自于不断的实践和实际经验，而不是取决于既定的性别。余兆昌对女性人物的描写受益于这一点。他注重培养女性开辟新的领域、跨越传统的男性做什么女性就应该做什么的性别界限的勇气。《斯特拉福克纳足球明星》这一节刻画了努力向男孩证明女孩"能够"（第92页）像男孩一样踢好足球的莎伦和克里斯汀。这两个女孩通过洒满泪水和汗水的训练取得了成功，而不是由于纯粹的机遇获得成功。更有意义的是，余兆昌让这两个女孩的表现超过了嘲笑她们的那三个男孩。《玫瑰，在新雪上歌唱》是一部颇具特色的作品。余兆昌描写擅长烹饪的美琳并改变了中国传统中的性别角色（如男厨师）。在他的笔下，美琳的厨艺充满了一种不可言喻、无法教授的道家神秘，男性无从模仿。而那两个懒惰的儿子根本无法做出姐姐特有的这道与书同名的菜肴，甚至那位据说十分聪明的由中国来访的总督也大为迷惑，因为他与美琳同时做这道菜，结果却是不同的味道。在这里，读者会发现余兆昌在暗示某种男性无法企及的女性经验和智慧。

余兆昌大量运用传统的道家和少量在历史上曾与道家相结合的中国佛家思想、信条和实际技能，不但加强了作品和中国传统文化之间的联系，而且还重新塑造了颇具个性的女性形象。余兆昌对气功——硬气功和医疗气功——具体、细致的描写，体现了这两方面的作用。在故事《决不害怕》（*Never Be Afraid*，1983）中，由于李小龙的缘故，像约翰·陈这样的男孩们着迷于中国功夫，因此，余兆昌借助李小龙公开承认并积极宣传道家哲学和以柔克刚、后发制人策略的形象，把传统中华文化的精髓传播给下一代。而在《三叔的诅咒》中，莉莉安是带着利他主义的、抢救生命的目的来学习中华医疗气功的（第115~116页）。在余兆昌的精心安排下，在野外，中国草药甚或是某些对外行而言具有神秘感的医疗气功救了老人一命。后来，莉莉安活学活用，把刚刚学到的外气疗法运用到生命垂危的母亲身上。

在精神层面，《三叔的诅咒》把中国道教、佛教的实践和教育技巧发展到高潮，通过简单但让人信服的方式使之被领悟，并把某些技巧与女性参与政治活动和革命事业联系在一起。① 比如关于"飞"的可能性，小说中的孙中山有这样的论述："我也听说过这些（刀剑功夫）故事……我相信它们。如果心被放正，身体经过训练，你可以飞到你想到的任何高度！"（第139页）在这里，没有道德的教化，也没有抽象深奥的东西，正如弗莱德里克·菲利普·格罗夫（Frederick Philip Grove）所说的（第57页），孙中山这个"我们中国历史上最伟大的人"用简单易懂的比喻性的语言告诉这个充满革命理想的女孩一个基本的真理。② 同样具有政治意识和革命性的是，孙中山没有限定莉莉安这个女孩的能力。像《决不害怕》中的约翰·陈一样，孙中山一定意识到了在古老的中国，男人和女人一样在孩提时代就被培养以成为最适合在地球上生存、最稳定的人群（第73页）。在《教我飞翔，空中战士及其他故事》、《三叔的诅咒》、《飞走》、《学习飞翔》等作品中，余兆昌对女性"飞"的比喻性使用，达到了道家精神境界的极致目标，体现了庄子在《逍遥游》中"鲲鹏展翅，九万里"（毛泽东）翱翔的原型，表明实现人们的能力并没

① 见《庄子》关于庖丁解牛和制作马车轮匠人的故事。
② 见 C. T. Hsia. *The Classical Chinese Novel*. Bloomington：Indiana University Press，p. 30.

有固有的性别界限。① 女人跟男人一样，可以实现任何理想或梦想。

　　总之，余兆昌作品中的道家智慧不仅仅教授自信、独立、探索、个人英雄主义、神游天地之间的精神，还强调基本的实用技术和技能的重要性（如《三叔的诅咒》中的缝纫、烹饪、照顾年幼者等）。他笔下的女性擅长曾只属于男性的体育、武术、轻功、硬气功、医疗气功等自卫、健康和养生的运动。事实上正如毛泽东所说，她们可以"做男人可以做的任何事"。余兆昌为其读者，尤其是女性，打开了施展多种才华的全新天地。②

三、结　论

　　余兆昌的小说世界的文化内容丰富复杂，他通过描写女孩和女人在加拿大的生活，深刻地探究加籍华人家庭和社会的深层结构。他置女主人公于一定的社会和文化环境中，使她们具有真实性和可靠性；他批判地检验和吸收中国文化（儒家和道家文化）的基本精神、道德标准，以矛盾的眼光审视以唐人街为缩影的关系和盘根错节的中国群体及文化统一意识。如果余兆昌笔下的女性人物像华裔女作家刘绮芬一样永远地离开唐人街或彻底脱离华人文化，那么他们与中国文化的分裂则过于极端。余兆昌指出并扬弃了中国传统文化中一些不受欢迎的成分，但中国的家庭以及它所提供的保护、温馨、帮助以及在道德培养上不可或缺的作用，在大多数情况下都得到了积极正确的对待。余兆昌严肃质疑和反对儒家以男性为中心的歧视态度和行为（如迷信男性继承人来传宗接代等），以及把女性置于家庭和社会边缘地位的歧视女性的态度。③ 他肯定诸如勤俭、诚实、尊敬长辈、责任心、勤奋和无私等儒家美德；反复申明的是加籍华人女性不为男尊女卑思想束缚的权利。他的作品自始至终认可教育的第一重要性和获得各种才艺、达到至善的标准。同时，余兆昌宣传和强调道家崇尚的直觉、本能、自发、灵活的态度和心神游于天地之间等信条与思想。他既重视独立与个性精神，也重视实践技巧。因此，余兆昌对道家理念的热爱是有原因的，在他的作品中，加拿大的自然和社会环

---

　　① 见《庄子》第一章，关于飞翔和人的想象。

　　② 李群英（SKY Lee）在《说出来》（*Telling It*）一书的一篇《女性走上回家之路》（Women in Touch with Coming Home）中，引用了毛泽东关于游击战的话，而余兆昌对她的赞美似乎有些过头。

　　③ 见 C. T. Hsia. *The Classical Chinese Novel*. Bloomington：Indiana University Press，pp. 105 – 106，340 – 341.

境为道家思想和实践提供了运用的空间。

简言之，余兆昌近三十年的作品，吸引了加拿大和美国的读者和评论家，既有深厚永久的文学价值，也在中华优秀文化走向世界的全球化过程中作出了积极的贡献。本文从文学与文化层次和视角研究其作品，旨在为文学评论和文化研究打开一个新的切入点。

加拿大华裔作家应晨的成功与迷惘[①]

张裕禾

  应晨女士 1961 年出生于上海，1983 年毕业于上海复旦大学法国语言文学专业。1989 年赴加拿大蒙特利尔麦吉尔大学法语系攻读文学创作专业，1991 年获硕士学位。1992 年出版处女作《水的记忆》（*La Mémoire de l'eau*），1993 年出版《自由的囚徒》 （*Les Lettres chinoises*），1995 年出版《再见，妈妈》（*L' Ingratitude*）。第三部小说的出版，是其生活中的一个转折。如果说前两部作品还是学生的习作，而这部作品一经问世，即获得好评，在当年获得魁北克—巴黎联合文学奖。次年，由于该书畅销而获得魁北克书商奖和魁北克《伊人》（*Elle*）杂志女读者大奖。这些奖项是魁北克社会对她的创作才能的肯定，也为她打开了走上专业作家道路的大门。一个三十多岁的女士在国内并没有创作小说和发表作品的经历，而在短短的数年之内，用自己的第二外语——法语进行写作，即获得魁北克社会的承认，并在文坛站稳了脚跟。随着这部作品被译成英文、西班牙文、意大利文、波兰文和瑞典文并发行，作者在国际文坛也获得了声誉。这是极其难能可贵的。

一

  应晨的成名作《再见，妈妈》讲述的是一个正值花季的少女反抗传统价值观念的故事。主人公燕子，在改革开放大潮的冲击下，勇敢地挑战传统，试图争取个性解放与个人自由，并与母亲发生了严重的家庭冲突。母亲在书

---

① 郑南川、邵云主编，魁北克华人作家协会编印：《岁月在漂泊》，魁北克：魁北克华人作家协会 2012 年版。

中代表了传统，视女儿为私有财产而严加保护，对女儿的交友和行为严加控制。家里的一切由母亲说了算，父亲也得听母亲的。母亲是家里的绝对权威，既专横又固执，固执到近于偏执。叙述者在走向九泉的路上，追忆起母亲跟她的一段难忘的对话，她告诉母亲她要独立自主，自我实现。她母亲明确地对她说，做父母的一旦生下孩子，"这一辈子就注定了，你知道，注定要看管这个孩子，即使我们心里不要这个孩子，肉体上还是要。你要当了母亲，才会懂得这一点。我们的母亲是我们的命"①。

一个具有强烈占有欲、支配欲的母亲，不能跟随时代的变化，坚持要女儿按照她的理想来成长，冠冕堂皇地说，这是为了你好，用她那一代人的价值观来要求自己的女儿，管束自己的女儿，把自己视为"造物主"——孩子是她生出来的，她有权利按她的理想来塑造"自己的"孩子。孩子不能接受，便形成逆反心理。燕子工作单位的领导把她的叛逆归咎于外来影响，认为燕子是精神污染的牺牲品。

"你太年轻，"领导对燕子说，"太年轻！人年轻的时候特别容易受坏影响，受外国东西的影响。外国的东西污染了我国本来很纯朴的社会风气。所以我们对年轻人，不论在哪方面，都要随时加以引导……而且，特别是，"他继续说，"如果你还有点儿起码的理智，不该说的话，你在公开场合就不必说。"②

经历过80年代初反精神污染运动的中国人，对燕子单位领导这样善意的批评与叮嘱，定是十分熟悉的。

在"破处"的问题上，燕子的行为正反映了80年代初中国青年自发的性解放运动——摆脱在贞操问题上的传统观念，摆脱父母，特别是母亲对女儿在择偶问题上的控制、管教和约束。燕子二十五岁了，本该早已是人母。可是，在性压抑的现象还没有结束的时代，燕子下决心要尝一尝禁果。她决定跟壁在公园里做爱。这是她的第一次，她感到很疼。她想，如果像她母亲那样十八岁结婚，她就不会那样受罪了。十八岁少女的肉体还很青春，富有弹性。她感叹不能再找回十八岁的青春。"时间按照自己的速度流逝，一去不

---

① 引自法文版应晨：《再见，妈妈》，蒙特利尔：勒迈阿克出版社1995年版，第129页。
② 引自法文版应晨：《再见，妈妈》，蒙特利尔：勒迈阿克出版社1995年版，第103页。

返，并不会因为我保持童真而给我回报。"① 她跟壁分享了这次性经验，并不觉得壁应对她负有什么责任。因为，她这样做不是为了要嫁给他，而是为了在死亡之前经历一次性经验，做一个完整的女人。而善良的壁受传统观念的约束，认为在两性关系上，主要应由男方负责，因此他觉得今后要对她负责，愿意一辈子跟她在一起。这使燕子很恼火。燕子突然失态，大声吼道："那么，我就饶恕你的罪孽！"②

燕子不堪忍受母亲对她的绝对占有，她的逆反心理先是产生对母亲的憎恨，继而产生报复的念头。既然无法摆脱母亲自私的爱，她要用一种使母亲最感到痛苦的方式来惩罚母亲。燕子决心死在母亲面前或身边。"她规划了我的出生，"燕子想，"现在她要目睹我的离去。该她来完成这件开了头的苦差事：为我收尸，擦洗我的血迹——我的血也是她的血。我要看到她惊慌的眼神，我要看到她颤抖。我对这个世界留下的最后形象，就是母亲崩溃的形象。"③ 燕子以死亡来进行反抗，以死来惩罚母亲，以死来让母亲痛苦，以达到报复母亲的目的，从而构成了一部人间悲剧。

该小说用法文发表时的题名为"忘恩负义"，说女儿的反抗行为是忘恩负义，这是母亲对女儿不听话、不孝顺的一种谴责，是以母亲的口吻说的，也是母亲那一代人的立场和观点。而作者在把这部小说译成中文时，将书名改成了"再见，妈妈"。这是作者主动改的，还是在编辑的建议之下改的，具体原因我们不得而知。这次书名变成了以女儿的口吻来说出的，实际上也成了女儿那一代同龄人的口吻。故事的叙述者燕子不仅是对妈妈说再见，而且引申一下，也是对传统的价值观和孔夫子的礼教说再见。这一改，改得好，把这部小说的社会反抗意味增强了，而且附带地也把刺目和刺耳的书名改得没有了棱角。这样做既适应了中国一般读者的接受能力，也适应了孔子文化圈内许多国家读者的接受能力，从而有可能争取到更多的东方读者对燕子的同情和惋惜。

一个具有中国文化背景的作家所创造的这个叛逆形象，为什么在西方会受到读者的欣赏和赞美呢？

首先，历史悠久的中国文化对西方读者始终是个谜。中国社会经历了两

---

① 引自法文版应晨：《再见，妈妈》，蒙特利尔：勒迈阿克出版社 1995 年版，第 81 页。
② 引自法文版应晨：《再见，妈妈》，蒙特利尔：勒迈阿克出版社 1995 年版，第 82 页。
③ 引自法文版应晨：《再见，妈妈》，蒙特利尔：勒迈阿克出版社 1995 年版，第 56 页。

三千年的发展过程，积淀了丰富的文化遗产。尽管它有过无数次的暴力革命和改朝换代，但分分合合，绵延至今，始终按照自己的速度前进，常常以其特有的智慧给世界各国人民以惊愕、惊喜和惊奇。西方读者对以中国文化为背景的文学作品特别感兴趣、特别好奇。并且，中国作家的作品被介绍到外国去的远远不及外国作家的作品引进到中国的多。中国作家能用外国语言直接书写中国故事的，更是屈指可数了。西方人想了解中国社会和文化的强烈愿望，是近三十年来欧美华裔作家的作品在西方取得较大社会效应的根本原因。不管是戴思杰用法文写的《巴尔扎克与小裁缝》（此小说被改编拍成了电影并由作者亲自执导）也好，还是闵安琪用英文写的《兰皇后》也好，除了艺术上的成功之外，对于西方读者来说都起到了"解渴"的作用。应晨的小说《再见，妈妈》也属于这类成功的例子之一。

其次，毋庸置疑地说，小说的内容是作品成功的关键。代沟，这个普遍存在的社会现象，会因社会空间和文化语境的不同而有深浅的差别，但不会因时空的变化而消失。两代人的冲突主要表现在价值观念方面。第二次世界大战后，欧美国家兴起的女权运动，加上在20世纪六七十年代发生的性解放运动，使西方妇女在两性关系问题上、择偶问题上，享有较多的自由和自主决定权。另外，她们也没有中国传统礼教的束缚。但这些并不说明她们没有行为规范，没有道德准则。年轻女性有时也会感到父母的叮嘱和管教是一种约束，她们也会在《再见，妈妈》的主人公身上找到某种共鸣。特别是，她们对燕子不得不用一种极端的方式——死来进行反抗，抱有巨大的同情。

最后，此小说的法文书名"忘恩负义"对西方读者来说也是很能吸引眼球和引起兴趣的。魁北克法文版《伊人》杂志的众多女性读者把选票投给这本书，使此书获得大奖，并非偶然之举。所以我们也就不难理解为什么在竞争法国女性文学奖费米纳奖、爱尔兰读者奖和加拿大总督文学奖时，此书能获得提名。

从2002年起，她的作品由魁北克的北极出版社和巴黎的瑟伊出版社同时出版。应晨作为魁北克的法语作家，同时获得了法国一家大出版社的认可，这说明她的作品能够打入欧洲市场。

此外，应晨曾于2001年应邀担任加拿大文坛最高奖项——加拿大总督文学奖的评委，并于2002年获得法国文化部颁发的骑士荣誉勋章，这可不是平庸的法语作家所能获得的殊荣。

二

应晨出生在中国三年自然灾害时期，成长在动乱的文化大革命当中。在1979年改革开放艰难起步之时，她有幸考入复旦大学。80年代末，她随着留学大潮来到加拿大，时年已届二十八岁，并有了五年的工作经验。作为中国人，一般说，她的文化身份已经铸就了。说铸就了，并不意味着不再变动。文化身份随着时空的转换而有所不同，随着社会的发展而逐渐演变。再说，她这一代人的文化身份，可以说，也是一种"豆腐渣工程"。在他们成长的年代里，家庭、学校、社会、工作单位能给他们提供什么样的精神食粮、什么样的历史知识、什么样的社会理想和个人理想、什么样的道德教育和行为规范呢？动荡的政局，空洞的口号，人人自危的生存状态，物质和精神的双重匮乏，歪曲的历史，扭曲的心灵、人格和民族精神……总之，那是个假、大、空的社会环境。成长在这种环境里的一代人，怎么能指望他们构建牢固的、健全的文化身份呢？对很多青年人来说，国门一开，西方文化像潮水一样涌进来，很快就把他们原有的身份堡垒冲出大大小小的缺口。他们来到西方国家求学或定居后，受到的文化冲击就更加大了。应晨在给友人的信中曾说，"离开故土远涉重洋一举使我全身心感受到前所未有的冲击"①。她把受到文化冲击的感受已经部分地写进了她的第二本书信体小说《自由的囚徒》里。而在她的处女作《水的记忆》里，叙述者所讲的中国家庭的故事和几代女人的命运，诸如裹小脚、未婚妻跟木偶完婚并跟木偶厮守终身之类的故事，都是中国文化的糟粕。西方读者从书中获得的信息是错时的、肤浅的、欠准确的。这些糟粕都是应晨所不认同的。应晨对她成长的那个时代的政治和文化也是不认同的，比如文化大革命、狭隘的民族主义、充斥着干瘪的政治口号并受政治任意奴役的文学、缺少宽容的文学机构等。

一个人，只有在与不同族裔、不同文化背景的人接触之后，在一起生活之后，才能看清自己民族的文化身份，才能知道民族文化身份的哪些成分是需要摒弃的，哪些是需要保留和发扬的。

应晨跟所有海外华裔作家一样，跟世界所有移民作家一样，都有一个清

---

① 引自卓越亚马逊图书网站《再见，妈妈》条目下的书评：《视文学为上帝》，作者不详。

理自己文化身份和重构文化身份的课题。这在她的文集《黄山四千仞：一个中国梦》里有很多这方面的记述。清理和重构文化身份的过程，也是一个移民在与他民族和他文化接触的过程中认识自己、认识新同胞和认识接纳社会的过程。在这个过程中，移民必然要对自己文化身份的构成成分自觉地或不自觉地进行扬弃：① 发扬其中的优良成分，抛弃其中的不良成分。同时吸收他文化中的优良成分来丰富自己、发展自己，防止和拒绝他文化中的不良成分来侵蚀自己。② 一个移民如果能自觉地这样做，他就能比较顺利地融入和接纳社会，从而避免产生身份危机。这个身份转换的过程并不如人们想象的那么简单，因为当事人要进行艰难的选择，会有很多的犹豫不决，会拖延很长的时间，有时会感到痛苦。人们不是常说"老乡见老乡两眼泪汪汪"吗？这眼泪里不仅仅是乡愁，更多的还是在异国他乡适应过程中所感到的艰辛、无奈与委屈。身份转换的过程，对许多移民来说，也许一直走到生命的终点也完成不了。凡是文化身份在祖居地已经铸就的移民，每天都会在不同程度上对此有所体会。他们不是土生土长的加拿大人，也不再是以前的自己。他们始终处于旅途当中，变成文化上的两栖人。他们一方面充分享有两种不同的文化，另一方面又不被其中的任何一种完全接受，并且两者都将他们边缘化。③ 应晨在国外生活了多年之后，对自己文化身份的转换有切身的体会。她说："我已经离去，但还没有到达。也许我永远也到达不了。……我处在出发点和目的地的半途当中。我的人生被掰成了几块。我是我自己，又不是我自己。……我不再说得清楚哪里是我真正的土地，哪种语言是我真正的语言。过去和现在混淆在一起。由此，我的根似乎有好几个，重新生过，找不到了。……因此，我漂浮在大海之上，四面看不到海岸。"④

她的感受跟社会学家的观察是一致的。她常常难以应付别人对其文化身份的提问。2003 年 1 月，她在法国参加一个文学讨论会，当一位法国作家问她在中国当代文学中如何自我定位，是中国作家还是法国作家时，她回答说："我是作家，这就够了，不在乎是加拿大的，中国的……事实上，我是一个漂

---

① 参阅耿龙明、何寅编：《中国文化与世界》（第四辑），上海：上海外语教育出版社 1996 年版。

② 参阅乐黛云、李比雄主编：《跨文化对话 11》，上海：上海文化出版社 2003 年版。

③ 参阅法文版张裕禾：《文化身份与移民融合》，魁北克：IRFIQ 2004 年版，第 90 页。

④ 引自法文版应晨：《黄山四千仞：一个中国梦》，蒙特利尔：北极出版社 2004 年版，第 35 ～ 37 页。

泊的灵魂，因为我在1989年离开了中国，那算是一种死亡，如果把我放在中国当代文学家当中，我感觉自己犹如一个幽灵。"①

应晨认为"旧我"在离开故土之后已经"死亡"。其实"旧我"并没有死亡，而是顽强地与"新我"共存。"新我"依靠"旧我"的土壤，加上新环境提供的阳光、空气、水和养料而茁壮成长。当她在小说创作上打破时空概念、探索个人内心世界时，她担心她的好友——法国汉学家安妮·居里安会问她，在这种情况下如何为自己的文化身份定位。她坦言不知道为什么要给自己的文化身份定位，也不知道如何为自己的文化身份定位。一方面，她知道，她在中国生活了二十八年，在那里接受了几乎是完整的教育，目睹了种种令人惶恐不安的事件；她也承认，如果没有在"第三世界"生活的经历，她是写不出像《悬崖之间》那样的作品的。这意味着她的文化身份是在中国铸成的，而且她原有的文化身份对她的创作活动具有直接的影响。另一方面，她也知道自己目前生活在一个使她实现了作家梦的国度里，并取得了加拿大的国籍。她毫不掩饰自己对接纳国怀有的感恩之情。随着时间的推移，她的视野变得开阔了，观察中国人的生存状态的角度不同了，价值观念也悄悄地发生了变化。中国在变，她自己也在变。中国文化中许多负面的成分，她已不再认同。

海外游子对祖国文化的认同通常是具有选择性的，但祖国文化中有一样东西是第一代移民无法选择的，那就是从摇篮里开始学习的母语。应晨虽然不再是中国的公民，但语言仍然把她跟这块既多灾多难又欣欣向荣的土地联系在一起。"汉语就像永远挥之不去的梦，永远抹杀不掉的记忆，使我相信过去的我永远也不会完全消亡。"② 她披露说，在中国这块土地上，现在还能使她感动得流下眼泪的，除了她的父母亲之外，就是用汉语写成的文学作品了。上海城隍庙里那些令人垂涎欲滴的小吃，喷香可口的家乡饭菜和抑扬顿挫的方言，就更不用说了。她至今还能背诵许多中国古诗。那些充满寓意、用质朴优雅的汉语写成的古诗，以及古诗所创造的轻盈、透彻的境界，令她至今向往不已，向往能在那样的境界里度过一生，而无须离去。她也非常喜欢80年代以后出版的某些极具特色的当代作品，她觉得读来如同品尝多年的陈酿，那是一种享受。她在同一本书中写道："对我来说，会汉语是天赐的厚礼，是

---

① 摘自会议组织者安妮·居里安撰写的会议报告，林惠娥译。
② 引自法文版应晨：《黄山四千仞：一个中国梦》，蒙特利尔：北极出版社2004年版，第42页。

最好的'文化'遗产。"①

对任何人来说，从摇篮里开始学习的语言是确定个人文化身份不可或缺的成分。语言是一个人首先生根的地方。只要母语在，母语所承载的文化就在。应晨可以不认同青少年时期的中国政治和文化——留在祖居地的中国人也是不认同的，但读者不要因此而误以为她是在全盘否定中国文化。不，她没有全盘否定。她不是说"摆脱不了红楼梦"②吗？她不是说"会汉语是天赐的厚礼，是最好的'文化'遗产"吗？再说，无论在她的小说里还是文论里，中国文化的参照比比皆是，甚至某些表达方式都是直接从汉语转换成法语的。这一点，应晨自己也会承认的。只是从法律的意义上说，应晨不再是中国人了，但从文化上说，她仍然是中国人，至少也是半个中国人。应晨完全可以坦然承认，自己具有双重的或多重的文化身份。

应晨在文化身份问题上的迷惘并不是孤立的，而是许多移民作家身上普遍存在的现象。不仅生活在欧美的华裔作家如此，生活在接纳国的其他族裔的作家也如此。

应晨学习法语之后的感觉，就好像是打开了"第三只眼"（应晨语）。她想，如果她能做到用另一种语言来思考，她的内心世界就会超越中国的国界。那时，国家的概念对她来说就不再具有实际意义了。从作为一个大学外语系学生起，她在精神上就已开始了旷日持久的漫游，试图找到一个最适合她的真正的国度。应晨对掌握第二语言和第三语言的期待和探索，跟许多掌握多种语言的人的实际情况是相同的。学习了一种外国语言，同时也了解了这种语言所承载的文化，使用这种语言的民族的风俗习惯，以及他们行为背后的价值观念、宗教信仰等。不试图了解语言所承载的文化，孤立地学习语法和词汇，那是学不好外国语言的，这是人尽皆知的常识。所以，应晨说"每一种语言都是一个祖国"③并没有夸大其词。无独有偶，2008年度的诺贝尔文学奖得主勒·克莱齐奥也说过类似的话。他说：

我自认为是一个流亡者，因为我的家庭完全是毛里求斯人。我们好几代人都受到毛里求斯的民俗、饮食、传说和文化的熏陶。……在法国，我总认

---

① 引自法文版应晨：《黄山四千仞：一个中国梦》，蒙特利尔：北极出版社2004年版，第25页。
② 引自法文版应晨：《黄山四千仞：一个中国梦》，蒙特利尔：北极出版社2004年版，第22页。
③ 引自法文版应晨：《黄山四千仞：一个中国梦》，蒙特利尔：北极出版社2004年版，第22页。

为自己是一个"舶来品"。但是，我很喜爱法国语言，也许这是我的真正国度！①

　　一个说每一种语言都是一个祖国，另一个说也许法语是我的真正国度。他们两人对语言的感受是真切的，而且说法也是差不多的。因为他们都在移居国生活，用移居国的语言创作小说，并取得了令世人瞩目的成就。

---

① 参见中新网或人民网 2008 年 10 月 9 日的新闻报道。

"陌生化的痛苦"①

——加拿大华裔女性作家笔下的女性情感纠葛②

吴 华

性别研究的一个最重要也是最基本的命题是：性别不是人与生俱来的生物属性，而是一个社会建构。任何社会建构都是许多因素交织而成的复杂界面，离散族裔的身份更是"定位于一个具体的地方和一个特定的历史之中。族裔身份只能通过那个特定的地点和具体的历史来表达"③。而在离散族裔中的女性成员的性别建构也是和生活在某一个特定居住国的整个族群的生存形式、族裔的历史足迹与文化记忆、个体的存在形态，以及个人的跨域经历与记忆息息相关。

加拿大拥有数量可观的优秀华裔女性作家，用写作语言划分，可以分为英语作家和华文作家两大类。由于共同的性别背景，对女性生活的兴趣是她们显而易见的共同点，她们对女性的跨域经历尤为关注。但是因为英语作家大多是"土生华裔"，她们的作品讲述的往往是20世纪先侨，即她们曾祖母、祖母或母亲辈的移民经历，而且这样的跨域生涯都是经过作者本身阅历的过滤或聚焦而来；而华文作家自己就是移民，她们讲述的不是亲身经验就是亲耳所闻、亲眼所见的新移民故事，具有即时性和亲历性的特点。正是因为叙述主体的不同，所关注的客体不同，叙述客体所处的特定的历史环境不同，

---

① "陌生化的痛苦"引自昆德拉著，余中先译：《被背叛的遗嘱》，上海：上海译文出版社2003年版，第101页。

② 本文是2010年7月由由暨南大学、约克大学和加拿大中国笔会联合主办的"加拿大华裔/华文文学国际学术研讨会"上的发言，刊登于《华文文学》2012年第6期。

③ Stuart Hall. The Local and the Global：Globalization and Ethnicity. Anne McClintock，Aamir Mufti，and Ella Shohat eds. . *Dangerous Liaisons*：*Gender*，*Nation*，*and Postcolonial Perspectives*. Minneapolis and London：University of Minnesota Press，1997，pp. 174 – 175. 本文中的引文均为作者译。

这两个作家群处理同一主题时在题材和叙述选择上便呈现多元化态势。本文便通过英语和华文作家群对女性跨域经历的不同处理，分析加拿大华裔文学中女性写作中的跨域的文化记忆。

一、跨域经历引起的困厄

加拿大华裔文学的英语和华文作家群都把移置（displacement）作为华裔女性的最本质的生存形态，都在写女性去国离乡、移植异域后的生存困境。在她们的作品里，语言障碍，文化—道德—伦理差异的冲击对女性的生存一定会产生巨大的影响，但是这两组作家不约而同地都没有把语言和文化的困境处理为女性跨域经历中影响最大，也是最痛苦的困厄。在英语作家的笔下，语言的缺失和因之而生的文化冲击是她们祖辈所共有的经验，但是，对于早期（20世纪初到从1923年起《排华法案》的实施期间）和中期（1947年《排华法案》废除到70年代末）的女性移民来说，语言困境并非最本质的问题，因为这些女性绝大多数都居住在族裔飞地唐人街，极少数则生活在远离唐人街的小镇里。但是不论她们的居住地在哪里，她们都生活在家庭的环境之中。虽然身在异域，可是唐人街和家庭给予她们的一定的保护，使她们所处的生活环境和文化氛围依然是她们熟悉的。她们说自己的方言，看中国戏曲或中国电影，读当地的中文报纸或从母国输入的中文杂志。她们在中国人开的商店购物，在中国餐馆就餐，为自己家的买卖帮工或是为其他中国人打工。如果需要和"主流"社会或是其他族裔交涉，自有其他家庭成员作她们的"代言人"，如早于她们来加的丈夫和在英语环境中长大的子女。在唐人街或是华裔家庭这一相对封闭的环境里，即使不会英文，生存对华裔女性来说也不是什么大问题。早期和中期华裔女性的生存状态，在李群英和方曼俏的小说《残月楼》、《午夜龙记》和《磁狗》以及其他加拿大华裔作家的故事里都有具体细致的描写。[①]

对于20世纪80年代移居加拿大的新移民来讲，语言和文化也不是造成她们生活困境的最主要原因，毕竟这一代女性大多在中国和/或加拿大接受过

---

① 参见 SKY Lee. *Disappearing Moon Café*. Vancouver：Douglas & McIntyre，1990；Judy Fong Bates. *China Dog and Other Tales from a Chinese Laundry*. Toronto：Sister Vision，1997；Judy Fong Bates. *Midnight at the Dragon Café*. Toronto：Counterpoint，2005.

高等教育，她们对西方文化有一定的了解。对于这些有着"精英"背景的女性来说，即使她们初到异域时不会英文或是英文程度不高，跨域后的生活环境也会逼迫她们直面新的语言、文化、社会环境。已有的教育有助于她们应对挑战、克服失语困境。而草根阶层的女性新移民，她们的经历和早期、中期的华裔女性的境遇基本相似，语言困境肯定会影响她们的生活但不会妨碍她们的生存。华文作家曾晓文的长篇小说《白日飘行》和短篇小说《苏格兰短裙和三叶草》就讲述了精英和草根阶层的女性移民加拿大的经验。①

曾有研究者指出："海外留学生最大的问题既非语言障碍也非文化冲击，而是心灵的空虚。……流浪的孤寂感已使留澳学生在情绪上陷于一种压抑的忧思状态；虽然时光的流逝可能会慢慢冲淡他们浪迹中呈现的种种哀怨，却难以填平他们内心深处的许多隐忧。……因而'情'、'性'对于他们而言，便成为一种诱惑，一种扑朔迷离的梦。他们中或人在异乡，却难觅知音；或越洋遥念，却只能万里相思相忆；或憧憬爱情，却总是无从着落。"② 这一论断也适用于早期和中期的华裔女性。加拿大的华裔女性作家，不论她们是用英语还是用华文写作，不论她们摹写的是早期或中期的华裔女性的生活，还是讲述女性新移民的跨域经验，都把移置对女性生活的最大影响归结为精神的孤独和情感的疏离，并用情感纠葛来演绎女性精神和情感的孤寂。换言之，情感困境是超越时间、地域、文化、社会阶层等诸因素的，是女性跨域经历中的共同点。

英语作家李群英在她的《残月楼》里是这样刻画祖母李木兰的感情困境的：

木兰的噩梦是孤独。她来到咸水埠（即温哥华），找到的只是沉寂，像岩石一样的沉寂，那个沉寂在她试图寻找帮助时却把她绊倒。金山客就像沉默的岩石。木兰想要找个女人，好向她求教，可是咸水埠没有女人，只有她自

---

① 参见曾晓文：《白日飘行》和《苏格兰短裙和三叶草》。《白日飘行》原名《梦断得克萨斯》，2005年首刊《小说月报》长篇小说专号，并在《世界日报》（加东版）连载，2006年初以单行本形式由百花文艺出版社出版，后更名《白日飘行》，2010年初由法律出版社出版；《苏格兰短裙和三叶草》刊于《文学界》2009年第6期，第27～36页。我曾专文论述过新移民的"失语"现象，见《讲述"失语者"的故事：再读曾晓文的〈梦断得克萨斯〉》，《文学界》2009年第6期，第40～42页。本文在引用《白日飘行》时，使用的是百花文艺出版社2006年版的《梦断得克萨斯》。

② 庄伟杰：《乡愁·性爱·死亡——澳华新移民作家文本世界里三大母题探析》，《世界文学评论》2011年第1期，第36～37页。

己。孤独的木兰无法知道下一步应当迈向哪里。失去围在身边的女人，木兰也失去了自己。多年以来，她变成一个没有躯体的，或者说是没有灵魂的人。……她和她的男人并肩站在一起，但是他们并不恩爱。村里那个短短的婚礼之后，他们天各一方隔绝了许多年。在那个婚礼上，两个羞涩的、局促的陌生人盯着看的是他们脚上的新鞋，而不是对方的脸。六个月以后，金山客走了，她有了身孕。再见面的时候，两人已经都太老了，不能重新开始了。其实随着时间的消逝，私下里，她期盼的已经不是柔情蜜意，而是相互的理解。可是，事情并不如愿……她只不过是贵昌的独生子的母亲，打在她的入境纸上章子说她是"商人的妻子"。可她只是名义上的妻子。在这块土地上，他决定了她的身份。丈夫的脸上刻着岩石般坚硬的疏远，而她只能默默地忍受……①

　　华文作家曾晓文也在其作品中刻写感情疏离，发出"也许世间最悲哀的并不是单身的孤独，而是婚姻中的孤独"的喟叹：

　　整个晚上她都沉默着，而他似乎并没有留意到她的沉默。等他们躺到了床上，钻进了同一床被子里之后，她却有意地在两人之间留出了一段距离。她期待着他向她道歉，安慰她、鼓励她，甚至把她揽入怀里，以温情使她忘却，使她沉醉。

　　但是他很快就入睡了。

　　她倾听着他均匀的呼吸声，突然发现她的感受和情绪，对他来说竟是无关紧要的，这个发现使她原本失落的心更跌入了低谷。

　　……

　　韩宇出门了。嘉雯一个人坐在空落的公寓里，心绪如麻。她陷入了一种莫名的孤独和婚姻的尴尬。她已为人妇，所以她周围的异性不会轻易帮助她；而对于她的丈夫，她早已失去神秘感，他不必再追逐她、感动她。因此在她最需要鼓励、安慰、疼爱的时刻，她竟找不到一个人托付自己的脆弱，倾诉自己的情感。②

---

　　① SKY Lee. *Disappearing Moon Café*. Vancouver: Douglas & McIntyre, 1990, pp. 35 – 37.

　　② 曾晓文：《梦断得克萨斯》，天津：百花文艺出版社2006版，第41~42页。

　　加华作家在她们的文学创作中也尝试阐释感情困厄的原因,《残月楼》就明白无误地指出造成华裔女性感情痛苦有族群外部的因素,即白人主流社会对华人的种族歧视。19世纪末20世纪上半叶的加拿大对于华人是"一个充满敌意的地方",华人是"动辄便被攫食的猎物",而且这样的歧视和苛待是制度化的,指向的不是某个华人个体,而是整个华裔族群,"所有的华人都被看作是犯罪嫌疑人"。①

　　《残月楼》也揭示出,因为早期和中期的华裔女性生活在唐人街和家庭的封闭环境之中,造成她们感情困境的更本质也是更直接的原因不是族群以外的白人"主流"社会和"主流"文化,而是族群内部的陌生化与疏离。这种陌生化的突出体现是以男性为中心的宗法理念和社会现实,特别是婚姻和家庭中的男权至上观念。加拿大的华裔女作家着意刻写了华人家庭里缺乏感情基础的权益婚姻,在李群英和方曼俏等英语作家的笔下出现的是以传宗接代为宗旨的婚姻,② 曾晓文等华文作家描述的是以出国为目的的婚姻交易。③ 不论婚姻的目的为何,权益婚姻的实质都意味着男性对女性肉体的占有。比如,方曼俏的《好运咖啡馆》写的是都已年过三十的埃迪和吉米兄弟俩在盘下好运咖啡馆后,觉得立业后的第一件大事就是成家,于是通过中间人,哥哥埃迪娶了邮购新娘玉玲。埃迪在发觉依然单身的弟弟吉米对嫂子玉玲有欲望以后,他"非常喜欢显示自己已为人夫、享受过女人的新地位。每天晚上他都着意捕捉吉米的脚步声,听到脚步声在他们卧房的门外停下时,埃迪就会更加用力地挺入玉玲的身体,床垫的弹簧就会随着他的进出发出越来越大的声响——他这样做就是为了让吉米知道他不能得到的是什么"。埃迪的做法不但让弟弟知道玉玲是他的禁脔,他也通过性交让妻子玉玲意识到"他要的是占有她,把她囫囵地吞下去"。被占有的意识让妻子体验到屈辱,"想到这儿,玉玲笑了,短促的、尖利的笑声从她的喉咙里冲了出来……她又对自己笑了一笑,然后便没有来由地抽泣起来"④。

　　加华女作家的故事还告诉读者,男性和女性的不同跨域经历常常导致家

---

　　① SKY Lee. *Disappearing Moon Café*. Vancouver: Douglas & McIntyre, 1990, pp. 58, 132, 220.

　　② 如《残月楼》中黄崔福和陈芳梅的婚姻和《好运咖啡馆》里埃迪和玉玲的婚姻。《好运咖啡馆》见 Judy Fong Bates. *China Dog and Other Tales from a Chinese Laundry*. Toronto: Sister Vision, 1997, pp. 94 – 112.

　　③ 如《遣送》中常笙和夏菡的婚姻。见曾晓文:《遣送》,《百花洲》2009年第1期,第55～73页。

　　④ Judy Fong Bates. *Good Luck Café*. Toronto: Counterpoint, pp. 105, 110.

庭成员之间，特别是夫妻间的感情疏离。《残月楼》写到分离十六年后木兰带着儿子和丈夫重逢，作为丈夫和父亲的贵昌对于妻子和儿子来说，是个无法猜透的谜，他最爱做的就是"和那些老人围坐在餐馆深处的餐桌旁，低声细语地回味过去的日子和过去的苦难，那是一个老年男人组成的，外人无法接近的小圈子"①。李群英用黄家第四代女性凯莹反思曾祖母木兰的感情经历来告诉读者，木兰"从女伴群中剥离出来，被扔进和岩石一样沉寂的金山男人中间，就好似被掷向一堵砖墙，她不可能知道把她摔得粉碎的究竟是什么"②。曾晓文也把夫妻间的感情和肉体的游离归咎于他们不同的跨越经历。比如《白日飘行》里的丈夫韩宇先于妻子出国，妻子舒嘉雯后来以陪读的身份来到丈夫身边。丈夫在大学攻读博士，而原来是才女和职业女性的妻子现在沦为陪读夫人，在餐馆端盘子。跨域前后妻子社会地位的落差和跨域后夫妻身份的差距转化为感情和精神的游离，"嘉雯和韩宇笔直地躺在一张床的两侧，都清醒着，但并不交谈。他们仿佛是两只暖瓶，各自裹在坚硬的外壳里，虽然芯里还是热的，但谁也不肯首先打碎自己，让彼此的热流相融……"③加华女作家的作品就是在摹写女性跨域经历时，"裸露"出女性的感受。正是因为"个体从群体中被裸露时感觉加倍放大"，女性在"失去社会比附时个体的羸弱与失措"也就更加彰显。④

二、消解困厄的方式：感情慰藉的寻求和感情纠葛的讲述

身处困厄的女性当然会努力解困，华裔文学作品在女性消解困厄方面也有可圈可点的描摹。取得经济上的独立显然是女性脱困的途径之一，新移民女性本来多是职业人士，跨域后继续工作是顺理成章的，但她们的努力不是是否走出家庭和唐人街，而是怎样通过努力在加拿大安身立命，重返精英圈，比如《白日飘行》中的舒嘉雯，从 ABC 学起，攻下硕士学位，最终得到"白领"的工作。当遭遇经济衰退而失去工作后，她又投身餐馆业，把握商机，拥有了自己的生意。《苏格兰短裙和三叶草》里的蕾，也通过学习，从蓝领清

① SKY Lee. *Disappearing Moon Café*. Vancouver：Douglas & McIntyre，1990，p. 44.
② SKY Lee. *Disappearing Moon Café*. Vancouver：Douglas & McIntyre，1990，p. 41.
③ 曾晓文：《梦断得克萨斯》，天津：百花文艺出版社 2006 版，第 67 页。
④ 郭媛媛：《跨界中的"去"与"留"——传播学视角中的新移民文学》，《世界华文文学论坛》2010 年第 3 期，第 55～56 页。

洁工蜕变成心理治疗师。再比如《残月楼》里的婆婆李木兰和儿媳陈芳梅不甘于只是老板的妻子或儿媳，她们参与经营家庭的生意并渐渐成为餐馆残月楼的真正主管。芳梅还是个成功的房产经纪，在唐人街内外都把生意做得风生水起，可以在华人社区和白人"主流"社会之间自由游走。化解困厄的另一个利器是女性的"尖利的舌头"①。面对沉默的金山客，木兰只能用她的声音来证实自己的存在，来建立自己的权威。可惜的是，木兰的"尖利的舌头"刺向的是和她同命运的女性，特别是那些在社会和家庭里地位更低、更无助的女性，如她的儿媳陈芳梅就常常是木兰恶语相向的对象。而芳梅在饱受屈辱之后也开始使用"尖利的舌头"，和婆婆钩心斗角，对丈夫和女儿颐指气使，成了木兰第二，把获得的话语权用于欺辱其他女性。

女性的身体可以是体现男权至上的场域，也可以是女性反击的武器，这在以传宗接代为宗旨的婚姻中更是得到凸显。既然生儿育女是女性"在异域安身立命的坚实基础"②，那么，女性就可以利用自己或她人的身体为自己的生存在宗法家庭里争得一席之地。为了得到孙辈，木兰不惜以侮辱芳梅作为代价，借宋昂之腹生子；芳梅也决定使用自己的身体，和帮工（也是她丈夫的异母兄长）庭安共享鱼水之欢，怀孕生女。对于芳梅，她的身体和由她的身体产下的女儿是她"在以颠覆婆婆权力为目的的争斗中必需的炮火"③。而残月楼的女招待宋昂，既没有社会地位（在单身汉社区的唐人街，男性客人把女招待视作娼妓），也没有钱财和美貌，既然东家木兰要买她的身体来为黄家传宗接代，她也用肉体来引诱木兰的儿子。④ 如果家庭和婚姻纠葛的博弈要在女性的身体上展开，乱伦或不伦情便成了必然。方曼俏的《午夜龙记》中便写了母亲因为感情的饥渴，和丈夫前妻的儿子产生了恋情，有了肉体关系，并和继子生了孩子，从不伦之情演变为乱伦事实。⑤《残月楼》连写了黄家祖孙三代人的错综复杂的不伦感情和乱伦关系。芳梅和庭安的恋情是乱伦的肇始，由于芳梅成功地隐藏了她和丈夫的异母兄长的肉欲关系，她的女儿苏珊

---

① SKY Lee. *Disappearing Moon Café*. Vancouver：Douglas & McIntyre, 1990, p. 125.

② SKY Lee. *Disappearing Moon Café*. Vancouver：Douglas & McIntyre, 1990, p. 72.

③ SKY Lee. *Disappearing Moon Café*. Vancouver：Douglas & McIntyre, 1990, p. 181.

④ SKY Lee, *Disappearing Moon Café*. Vancouver：Douglas & McIntyre, 1990, pp. 134 – 140. 李群英用刻画入微的细节描写宋昂当着黄崔福的面洗浴，让她从一个"宁静安详"的圣母式的"存在"一点儿一点儿化为煽起欲火的诱惑者。

⑤ 参见 Judy Fong Bates 的 *Midnight at the Dragon Café* 里的有关章节。

娜在不知情的情况下和庭安的儿子摩根相恋，并为他怀孕。为了继续掩盖上辈人的不伦和同父异母兄妹间的乱伦，家庭里的沉默和诡秘把苏珊娜逼疯了，最终自杀身亡。多年后，芳梅的外孙女凯莹也被摩根吸引，舅父和外甥女之间又发生了乱伦性爱。除了这三起乱伦、不伦情以外，芳梅的大女儿碧翠丝和宋昂的儿子基曼从青梅竹马发展成两情相悦，可是因为当年木兰安排儿子和宋昂借腹生子，黄家人一直搞不清基曼究竟是不是黄家的血脉，碧翠丝和基曼的爱情和婚姻始终为乱伦的疑惑所困扰。乱伦的阴影一直追随到黄家的第四代，凯莹生下儿子后，凯莹的母亲碧翠丝立即偷偷地查看外孙，生怕因为"近亲繁殖"，孩子有生理缺陷。① 木兰对传宗接代的热衷和对芳梅的羞辱造成了芳梅的感情悲剧，芳梅的婚姻与情感纠葛引发了黄家的第一个不伦情，不伦情又引来儿孙辈的乱伦，而乱伦又导致更多的情感纠葛和悲剧。

在情感纠葛，特别是在家庭婚姻中的情感纠葛的具体表现形态方面，加拿大华裔作家中的两个作家群各有选择和侧重，如果英语作家常写乱伦或不伦情，华文作家则多写婚外情或异族恋。曾晓文就是写"另类爱情"的里手。她在《白日飘行》里写华人之间的婚恋故事，让舒嘉雯和韩宇的婚姻因隔阂冷漠而破裂，在婚姻出现裂痕的时候，她和同是天涯沦落人的打工仔阿瑞相恋，在阿瑞那里得到了慰藉和爱情。在《白日飘行》以后的故事里，"异族婚恋"变成主旋律。在《夜还年轻》里的海伦娜·舒（也就是《白日飘行》里的舒嘉雯）在经历了和阿瑞的刻骨铭心但无果的爱情之后，又邂逅格兰特，找到了她不断求索的炽热的、和谐的恋情。② 在短篇小说《遣送》里，曾晓文又让移民警察"蓝眼睛的本杰明"爱上被遣送的华裔女囚夏菡，并让白人警察和华裔女囚"不停微妙地调换"位置，让"爱情把自由者变成精神囚徒"，让"'完美的陌生人'成了'特别的知己'"③。在《苏格兰短裙和三叶草》里，蕾和肖恩都是被亲人忽视或遗弃的畸零人，他们因寂寞而互相吸引、互相爱慕，却最终不能沟通。曾晓文的婚外情和异族恋故事凸显的也是寂寥的凄凉。舒嘉雯、海伦娜和阿瑞冲破女硕士和打工仔的社会地位阻隔和周围人群的社会偏见，轰轰烈烈地爱了一场，最终还是没能走向婚姻。《遣送》里

---

① 参见 SKY Lee 的 *Disappearing Moon Café* 中有关芳梅与庭安、苏珊娜与摩根、凯莹与摩根、碧翠丝与基曼的故事。

② 参见曾晓文：《夜还年轻》，北京：法律出版社 2010 年版。

③ 曾晓文：《〈遣送〉创作谈：被遣送的和被离弃的》，http://blog.sina.com.cn/s/blog_534c13f20100ia7g.html。

的爱情故事依然浸润着寂寞和孤独，因为故事发生地得克萨斯是一个"理想的伤心之地"，那里"寂寞的荒野，孤独的吉他声诉说忧伤和忏悔……"那里"亲密是暂时的，疏远是永远的；逃离、流浪、漂泊……这些东西才永恒"。①而《苏格兰短裙和三叶草》里的蕾和肖恩"像两只出生于不同半球的刺猬"，希望亲近，又怕身上的刺刺痛对方，他们的心"曾长出了手指，可终于没能触摸到对方"。②爱情可以是消解困厄、愈合伤痛的良药，但爱情不是屡试不爽的仙丹；可以说"陌生化的痛苦"是跨域经验的常态。③

那么，是什么让英语作家中意不伦情和乱伦故事而华文作家着意婚外情和异族恋？作者的身份，文化的、历史的、社会的等原因，决定了讲述意图，并最终决定了故事的结构与形式。从历史和社会因素看，英语华裔作家是土生华裔，生活在华裔大家庭的环境之中，有代际经历，祖父母辈、父母辈对她们的生活和成长有巨大影响，而且土生华裔的双重身份，也使得他们和长辈、长辈的文化产生冲突和反抗。加之，加拿大敌视华人的国家立场和政策也决定了华人社区、家庭和个体的困境。用《残月楼》的作者李群英的话说，唐人街"年轻人少得可怜——因为没有移民的新鲜血液。仅有的那些年轻人都是土生的。1923 年以来，《排华法案》又给唐人街沉重的打击。急剧萎缩的加拿大华人社区把自己完全封闭起来，和外界不再往来，那是乱伦的最佳条件"④。而新移民作家是第一代移民，他们大多有过在异域的单身经历，然后进入二人世界和/或小家庭环境。即使是三代同堂，新移民一代也是家庭里的核心，他们的父母在异域的存在往往是第二性的：晚到的、暂时的和附属的。例如，在张翎的中篇小说《陪读爹娘》里的父母辈的人物在女儿项平凡家和儿子李玮家都是陪衬和帮手，突出他们在家庭结构中所处附属地位的最显而易见的标志是他们的"名字"：项妈妈和李伯伯。他们的身份标志是和子女的关系，也就是说，他们其实是失去独立身份的"无名氏"。⑤换言之，至少是在现阶段，新移民作家关注得更多的是个体的跨越经验，而不是家庭、

---

① 曾晓文：《遣送（一）》，http：//blog. sina. com. cn/s/blog_ 49ead5370100i0jc. html。
② 曾晓文：《苏格兰短裙和三叶草》，北京：九州出版社 2012 年版，第 32、34 页。
③ 对"另类爱情"和"异族婚恋"的讨论，可以参考王列耀：《北美新移民文学中的"另类亲情"》，《文学评论》2009 年第 6 期，第 194～198 页；王列耀、李培培：《"异族婚恋"与"后留学"阶段的北美新移民文学——以曾晓文小说为例》，《中外论坛》2010 年第 6 期。
④ SKY Lee. *Disappearing Moon Café*. Vancouver：Douglas & McIntyre, 1990，p. 198.
⑤ 张翎：《陪读爹娘》，吴华、孙博、诗恒主编：《叛逆玫瑰——加拿大华人作家中篇小说精选集》，台北：水牛图书出版事业有限公司 2004 年版，第 273～330 页。

家族和社团—社区的集体跨域经验。①

　　从文学传统上看，北美亚裔（英语）文学和华裔（英语）文学有着跨代/代际故事的优良传统，从美国华裔作家汤亭亭的《女勇士》、谭恩美的《喜福会》到加拿大华裔作家李群英的《残月楼》、郑霭玲的《妾的儿女》和方曼俏的《午夜龙记》，一脉相承，都是讲述父母和子女，特别是母女间的误解—理解、冲突—融合、反叛—接受的故事，这种跨代/代际故事体的基本特点是：讲述者是子女辈的人物（有时甚至用儿童的视角），题材多反映祖辈奉行传统文化和文化习俗的扭曲和中断，而且是用家庭故事或家族故事的方式表现"原/源"文化的消逝或传承。在传承类故事里，文化是"通过上一辈'纵向'传给下一辈的，与此同时，文化冲突也因为族裔社区间和跨越性别、种族和国别的界限而'横向'消解的"②。跨代/代际叙事就是"历史—记忆—创伤的复式模板"③，这样的故事被研究者视作族裔文学的 master narra-tive，即"主导叙述"。④ 新移民作家有很多是 50 后、60 后，因为自身的经历、文化和文学印记，他们对故国的现实主义文学传统更为熟悉，所以他/她们的写作被有的评论家称为"海外伤痕文学"或"输出的伤痕文学"。⑤ 也就是说，"自 20 世纪 80 年代以来，新移民作家作为自觉的出走者、客旅者、写

　　① 张翎的《金山》和陈河的《沙捞越战事》讲述的是加拿大华人的集体跨域经验，这两部作品标志着华文作家在写作题材上的重大突破，成为加拿大华文文学史上的重要里程碑。张翎：《金山》，《人民文学》2009 年第 4～5 期连载；陈河：《沙捞越战事》，《人民文学》2009 年第 12 期，第 81～131 页。

　　② Lisa Lowe. Heterogeneity, Hybridity, Multiplicity: Marking Asian – American Differences. Jana Evans Braziel and Anita Mannur eds.. *Theorizing Diaspora: A Reader*. MA., Oxford and Melbourne: Blackwell Publishing Ltd., 2003, p. 132.

　　③ Helena Grice. Mending the Sk (e) in of Memory: Trauma, Narrative, and the Recovery of Identity. Patricia Chao, Aimee Liu, Joy Kogawa, Rocío G. Davies and Sämi Ludvig eds.. *Asian American Literature in the International Context: Readings on Fiction, Poetry, and Performance*. Hamburg – London: Lit Verlag, 2002, p. 82.

　　④ 关于"主导叙事"的论述，参见 Lisa Lowe. Heterogeneity, Hybridity, Multiplicity: Marking Asian – American Differences. Jana Evans Braziel and Anita Mannur eds.. *Theorizing Diaspora: A Reader*. MA., Oxford and Melbourne: Blackwell Publishing Ltd., 2003, pp. 132 – 155; Helena Grice. Mending the Sk (e) in of Memory: Trauma, Narrative, and the Recovery of Identity. Patricia Chao, Aimee Liu, Joy Kogawa, Rocío G. Davies and Sämi Ludvig eds.. *Asian American Literature in the International Context: Readings on Fiction, Poetry, and Performance*. Hamburg – London: Lit Verlag, 2002, pp. 81 – 95; Alicia Otano. Rituals of Mothering: Food and Intercultural Identity in Gus Lee's China Boy. Patricia Chao, Aimee Liu, Joy Kogawa, Rocío G. Davies and Sämi Ludvig eds.. *Asian American Literature in the International Context: Readings on Fiction, Poetry, and Performance*. Hamburg – London: Lit Verlag, 2002, pp. 215 – 226 等。

　　⑤ 参见公仲：《试论新世纪——新移民小说的发展》，原发《小说评论》，引自曾晓文新浪博客，http://blog.sina.com.cn/s/blog_49ead5370100imng.html。

作者，身上的精神烙印显然不同于美国华裔作家们。他们常常以一个远离父母的个人在西方文化的边缘游走，没有热切地融入主流文化，而更多的是从第三世界进入第一世界后，由于物质、精神、文化等方面的巨大差异和刺激在他们内心所产生的深刻影响，成为他们着重表现的核心主题，因而没有美国华裔作品中家庭的宏大叙事，更普遍的是个人的孤独与焦虑、社会境况的变迁、现实与梦境的碰撞"①。

从事英语写作和华文写作的女性华裔作家都在讲述华人，特别是华裔女性的故事，她们的叙述焦点是被剥夺话语权的族裔里被压抑的性别。女性不是没有自己的历史和故事，而是无由书写自己的历史、讲述自己的故事。"在已有的历史书写中，女性是缺席的他者，同时，因为其被支配和被书写的命运，女性又是历史永远的客体。"② 作家为失去话语权的女性发声，书写华裔女性的跨域故事，描写她们的"陌生化的痛苦"，这是对白人"主流"社会和"主流"文化的挑战，也是对男权主义的颠覆。用英语写作的华裔作家因为语言、文化、历史、社会、政治诸因素，在华裔文学领域中得天时、地利、人和之便，在出版、批评和研究上都占了"主导"地位。特别是在研究界，英语华裔文学的题材、主题、叙述形式和艺术技术的特点及模式往往被扩大为整个华裔文学（包括华文文学）的特点和定式。其实，同为华裔，英语作家和华文作家在作品里所表现的"文化身份、文化内蕴、文化解读以及文学追求肯定大异其趣"③。跨代/代际叙事体可以是"主导叙述"，但它不是，也不应当是"强势"或"霸权"叙述。华文作家的个人叙述是对跨代/代际叙事的补充，从某种意义上讲，也是对华裔文学的主导叙述体的挑战和颠覆。

其实，女性书写本来就应当是包容的，本来就不应当有什么"主导叙述"。

---

① 陈娟：《美国华裔文学与新移民文学比较研究》，《世界华文文学论坛》2008 年第 1 期，第 49 页。

② 王侃：《论女性小说的历史书写——以上世纪九十年代为考察对象》，《文学评论》2010 年第 3 期，第 152 页。

③ 陈娟：《美国华裔文学与新移民文学比较研究》，《世界华文文学论坛》2008 年第 1 期，第 48 页。

文化身份的重新定位

——解读笑言的《香火》和文森特·林的《放血和奇疗》[①]

徐学清

离散理论中的一个核心部分是离开故土以后的文化身份的追寻、重建、认同和确认。当一个漂泊者跨越国界在地理位置上重新定位后，她/他的单一的族性和文化性必然会受到新居住点的主流文化以及其他少数族裔各种文化的影响，包括排斥、渗透、分解、融合，会经历从单一到双重，甚至多重的变化，从而使漂泊者在故乡和新家之间的文化冲突中不得不重新寻找、调准、追求，以及构造新的文化身份。

那么文化身份特征对于第一代移民和他们的后代究竟意味着什么？它的内涵和外延都包括了什么？它与移民的祖裔文化是什么样的关系，与居住国的主流文化又是什么样的关系？Amy Ling[②]在反思自己被主流社会同化的同时却与自己的文化根疏远的困惑时，问到在哪一个点上一个中国移民就变成了美国人？"中国人"对于第一代移民和第二代移民来说意味着什么？在美国的中国人和在美国的日本人、韩国人又有什么不同？[③]当美国华裔女作家汤亭亭（Maxine Hong Kingston）说她的小说属于美国主流文化时，是否意味着她已经完全认同美国文化，还是美国的主流文化包容了其他族裔文化？像汤亭亭这样的华裔后代，她们的文化身份究竟是什么？

---

① 本文刊登在《世界华文文学论坛》2009 年第 1 期。

② Amy Ling（1939—1999），美国威斯康欣大学麦迪逊校区教授，亚美研究的创始人之一。

③ Amy Ling. *Ideas of Home*：*Literature of Asian Migration*. Michigan：Michigan State University Press，1997，p. 146.

关于文化身份的概念，英国著名的文化理论家 Stuart Hall① 给予了精辟的论述，他认为文化身份及其特征有两种理解的方法，一种认为文化身份体现了集体的身份和特征，这个集体拥有一个共同的历史、共同的祖先和共同的文化。集体的个人是因为属于同一民族而连在一起的。在这个定义下，文化身份和特征反映了共同的历史经验和文化密码，它们使我们成为"一个整体"。这个集体的文化身份和特征被认为是固定的、稳定的和持久的。

另外一种对文化身份和特征的理解则强调"不同"的重要性，认为文化身份决定了"我们是什么"，或者是"我们已经成为什么"。文化身份在这里既是"是"也是"成为"，它既属于过去，也同样属于未来。文化身份有它的历史性，但并不是既有的存在，从而可以超越地方、时间、历史和文化。和其他历史性的事物一样，文化身份及其特征经历着不断的变化，它是历史、文化、权力操作的主题。所以第二种理解认为文化身份和特征是不稳定的、变化的，甚至是矛盾对立的，在它身上镌刻着一个集体的多种相同点和许多不同点。②

Stuart Hall 对两种文化身份特征的阐述其实是一个问题的两个方面。文化身份特征不变的一面揭示了漂泊者的文化的根系，变化的一面则表现了漂泊者在其他文化环境中对各种文化之间互动关系的一种本能的和自觉的反应，也反映了在政治和经济的调解下各种文化互相运作的过程。

在这个过程中，具体落实到个人，文化身份认同和确认的变数就很大。首先，原居住国的文化传统制约着新移民的文化价值的基本取向，新移民承袭的传统越沉重，她/他的文化身份确认的过程就越缓慢。其次，新居住国的文化越多样化，民族越多种化，新移民的文化身份确认的过程相对来说就越顺利，且可塑性越大；反之，则复杂而滞慢。然而，新居住国的政治经济的状态对新移民的身份确认同样起着关键的作用，而新移民本身的经济状态也使他们有很大的自由来决定对自己文化身份的取舍。在这中间，时间也是一个关键性的因素。当新移民还在为认同和确认文化身份而困惑、疑虑、挣扎时，他们的下一代却表现出简洁、明快的价值取向。因为跟他们的前辈比较

---

① Stuart Hall 于 1932 年出生于牙买加，1951 年移民英国。曾任伯明翰大学当代文化研究中心主任，后任奥本大学社会学教授，被认为是英国最杰出的文化理论家之一。

② Stuart Hall. Cultural Identity and Diaspora. Jana Evans Braziel & Anita Mannur eds. . *Heorizing Diaspora*. Malden：Blackwell Publishing Ltd. , 2003, pp. 236 – 237.

起来，他们对祖裔文化的认识和感受是从父母、祖父母的故事教育中和书本上得到的，并没有自己的亲身体验，所以在确立自己的文化身份的过程中，没有他们父母辈所经历的那种激烈的痛苦的文化冲突。

这篇论文旨在通过对加拿大两位作家的小说的比较分析，探讨他们在描写新移民以及他们的后代在文化身份重新确认时的不同角度和方法，以及不同的观念，特别是华夏文明在加拿大的多元文化中的地位和影响及它对移民的文化身份重新确定的作用。本文将要比较的是出生于中国的笑言的小说《香火》① 和出生于加拿大的文森特·林（Vincent Lam）的小说《放血和奇疗》② （获加拿大2006年度吉勒奖）。这两部小说从相互对立的视角，揭示了不同文化在人们身上产生的多歧反应，而祖籍文化在这过程中宛如催化剂，通过综合作用，促进着新的呈现着多样性的文化身份的产生。

《香火》以来自中国的一家新移民为主人公，而《放血和奇疗》则是以几位加拿大医学院学生/医生为主人公。主人公本身的不同文化背景已经表现出两位作者各自的观察角度。《香火》的男主人公丁信强有着源远流长的家族史，祖父辈中有仕途官宦、乡村财主、老革命和大学教授。可以说，他的家庭背景几乎浓缩了中国近代至当代史。丁信强移民到加拿大时，还带着妻子萧月英及十来岁的女儿，月英是他的老革命爷爷的战友的孙女。《放血和奇疗》的男主人公Fitzgerald在小说的一开始还是一位在考医学院的白人学生，他的家庭背景几乎没有涉及，他曾经的女朋友Ming是华裔后代。他跟Ming的关系则反映了一个白人眼中的华裔女性和华裔后代自身的文化确认之间的差异。

《香火》的一大特色是它脱离了过去几年加拿大华文文学中常见的留学生、陪读、餐馆打工等题材，塑造了一个起点，这便是中产阶级一员的华人新移民形象。背负着沉重的历史和文化包袱的丁信强，与很多加拿大华文小说的主人公不同，他没有在社会的底层挣扎过，不是一个打工仔，没在餐馆里洗过盘子、做过厨师，也不是十年寒窗在加苦读博士学位的学生，亦不是位陪读丈夫，更不是在奋斗中崛起的神奇的成功人士，而是个在电信公司做电脑软件开发的普通白领。他的妻子也有一份稳定的白领工作。

由于经济压力的相对微小，丁信强不必日夜打工养家糊口，并得以直接

---

① 笑言：《香火》，渥太华：北方出版社2008年版。
② Vincent Lam. *Bloodletting & Miraculous Cures*. Toronto：Anchor Canada, 2006.

在主流社会不断调整自己。在与加拿大同事、上司、下级的业务往来过程中，他自然而然地在工作、学习的接触过程中，逐渐习惯适应加拿大的制度、文化、习俗。因此，由新居住国的文化与自己传统相对立或抵触的方面所引起的文化震惊（cultural shock）因为丁信强的深入其制度内部而很快得到缓冲，消解的过程也相对来说比在底层挣扎的新移民要来得迅速。但是，这并不意味着丁信强没有经历过激烈的文化冲突。他的妻子萧月英也是一位老革命的后代，不仅在家庭结构上，而且在思想意识上，她更是他的另一半。小说中的她，代表了丁家的家族文化，是丁家家族史承续、绵延的火炬手，典型地表现在她殚精竭虑、竭尽所能要为丁家承继香火上。丁信强在重新确认自己的文化身份时，始终处在他的加拿大女朋友和妻子之间的无形而激烈的拉锯争夺战中。所以，小说笔墨的一半是用在追述丁家家族的一百来年的历史，它与主人公在加拿大的现实生活交叉重叠式地进行，同时也象征着主人公背后强大、深厚的文化背景。很有意思的是，丁信强自己在国内的专业是历史，而在加拿大，他的专业却转成了电脑软件开发。专业的转变，为他的文化身份的重塑也加上了意味深长的注脚。

与《香火》不同的是，男主人公 Fitzgerald 的文化背景在《放血和奇疗》中几乎不涉及，仅从名字上判断，他是早期英国移民的后裔，因此在小说中，他的文化身份就是一个西方文化的符号。而女主人公 Ming 的身份背景则类似一个华裔的符号，小说从未对其进行具体描写。作者显然刻意地隐去、淡化对人物文化历史的背景的交代和描写。这并不说明作者对历史的不重视，而是因为作者自己本身是华裔后代，跟新移民不同，华裔后代的观察重点已从历史转到现实。小说中的男主人公爱上了正在考医学院的 Ming，这正是多种文化相互渗透的一种反映。在这里，则是 Fitzgerald 被中国文化吸引，因为清秀、聪慧、勤奋、学习成绩优异的 Ming 集中了华裔学生的所有特色，这些特色也为爱好学习的西方人所欣赏。

唯一涉及家族史的是"长久的迁徙"一章，它叙述小说中第三位人物陈医生陪伴癌症晚期的祖父度过他最后的日子。关于祖父一生传奇性的生活经历，陈医生已经从各种角度听过无数次了，在陪伴祖父的这些天里，他极想把那些故事内容的真假虚实弄清楚。在这一点上，陈医生的态度和汤亭亭不谋而合。在《女勇士》中的叙述者也这样说过："我继续要理清楚我真正的童年是什么样的，什么只不过是我的想象，我的家究竟是什么样的，我的村庄是什么样的，什么部分仅仅是电影上的，什么是活生生的……我很快要去中国去发现谁在说谎……"① 两位人物都要辨别历史的真伪，不满足于听来的故事，因为对很多事件，每个人都有不同的说法，有的甚至互相矛盾。对家族过去的历史真实的怀疑态度，反映了陈医生和《女勇士》叙述者对过去因为没有亲身经历而产生的距离，更因为他们"长大在不同的文化和语言的矛盾和混乱中"②。更耐人寻味的是，陈医生强调自己的陈姓不是遗传下来的祖宗的姓，而是因为他的祖父是个孤儿，陈是养父的姓。这恰与《香火》形成鲜明的对比，体现了它与《香火》在对传统承袭、传宗接代观念上的一种对立。

由此我们可以见到，两部小说呈现的是一幅逆向的文化冲突和交融的画面：《香火》是从根深蒂固的中国文化传统走向加拿大的多元文化，而《放血和奇疗》是从西方的文化朝向中国文化，从而以互补的形式为读者图解了华裔文化传统与加拿大主流社会文化之间的关系的消长起伏。两部作品在表现它们的文化倾向时，均通过男主人公的女朋友来揭示文化的异同而产生的张力，因为婚姻家庭是中国传统文化最具体的承载体。

《香火》中的丁信强因为工作的关系，与加拿大同事费尔结成了好朋友，又因为费尔的关系而来到了芝加哥的一家电脑公司工作。在那里，他遇见了加拿大姑娘黛安，并与她一见钟情。黛安是典型的加拿大女性，她的母亲是加拿大土族后裔，父亲则是白人。她父母的婚姻象征着加拿大的种族历史，而黛安自己的性格特征亦极具代表性，有着鲜明的加拿大文化的特性。她在与人交往时注重独立性，平等地待人和被待，尊重对方的感情，也要求对方尊重自己的感情。特别是在表现与丁信强的关系上，她的处理方法与萧月英完全相反。当她确定了自己对丁信强的感情后，她就主动在双方的感情上点燃火焰，否则的话，丁信强就会永远患得患失地独自暗恋。当她最后得知丁信强已经有了家庭后，她并没有对丁信强的欺骗表示愤怒，而是想要知道丁信强对她究竟是什么样的感情。在了解了丁家的家族史以及萧月英自嫁给他之后为延续香火锲而不舍、连身家性命都不顾时，黛安就默默地从丁信强的生活中消失了。此时她已经有了身孕。

---

① Maxine Hong Kingston. *The Woman Warrior*: *Memoirs of a Girlhood among Ghosts*. New York: Random House, 1975, p. 205.

② Yuan Yuan. *Ideas of Home*: *Literature of Asian Migration*. East Lansing: Michigan State University Press, 1997, p. 164.

黛安生下了萧月英梦寐以求的儿子后，丝毫没有去找丁信强的意思。她对丁家香火延续的传统非常清楚，也正是因为这点，她离开了丁信强。对于她来说，生命的孕育和诞生比香火的传承更重要，如果为了继承香火而生育，那就是把生命绑在家族和意识形态上，从而降低了生命的价值和意义。在这一点上，她看到了她与丁信强的根本不同点，也正是因为这，她离开了丁信强，更不会告诉他其实他的家族的香火并没有断灭。

《放血和奇疗》中的 Fitzgerald 则有着一段跟华裔女孩的失败的恋爱经历。他在大学求学期间，就被 Ming 的典型的华裔后代的气质吸引。对于他来说，Ming 是东方神秘的具体化，然而，Ming 自己却是一个已经被高度加拿大化了的"香蕉"，外面黄里面白。对祖裔传统的认同仅表现在为考上医学院的一切努力中，因为这是她父亲及全家包括亲友从小就灌输给她的一种信念，她自己则自小就从不自觉到自觉地努力地向着医学院大门迈进。在与 Fitzgerald 的交往中，我们可以看到 Ming 跟黛安同样地积极主动，但是跟黛安相比，Ming 会玩一些小计谋，比如欲擒故纵之类的。

Ming 离开 Fitzgerald 的背后，有着文化的注释。Ming 的父亲坚决反对她跟白人恋爱，表现了文化民族之间的不信任和对立的一面，根源于西方文化和中国传统文化对于婚姻观念的不同认识。在加拿大出生、长大的 Ming 其实接受的教育完全是西方的，也正因为此她才会被 Fitzgerald 吸引，也会不顾父亲的阻挠，暗自与 Fitzgerald 同居。但是，她的遗传基因中仍然浸染着华人的潜在的文化意识，这使她有了一个对照的坐标，并看到了与 Fitzgerald 相同和不同的地方。比如，在选择从医这个事业目标上，虽然两人的共同点在于有为他人服务、人道和给予的愿望。[①] 但是 Ming 的最终动机还在于将来有个优裕的生活条件，对于她来说后者是非常重要的。而她的很多远近亲戚们也都在不同的大学里为着共同的目标朝着医学院的大门进军着。她也很清楚，Fitzgerald 的最终动机是只要有一个能让他着魔般地投入的专业，他就能全身心地投入，并不一定是医学。

另外一个不同是在学习方法上，Ming 的方法是掌握如何应付考试的手段，抓住基本点和要点；而 Fitzgerald 则追求全面精通，这在战略、战术上并不明智。Ming 的应付考试的策略是由她的表哥教授的，这又标示着传统代传的中

---

① Vincent Lam. *Bloodletting & Miraculous Cures*. Toronto：Anchor Canada，2006，p. 10.

国文化。因此，当 Ming 遇到了华裔后代 Chen 后，便逐渐地疏远了 Fitzgerald，并最后嫁给了 Chen。

两位女性最终都离开了她们的男朋友，黛安离开了丁信强，Ming 离开了 Fitzgerald，但是为了不同的原因。黛安的离开是因为丁信强的过去太沉重，Ming 的离开却是因为 Fitzgerald 没有过去。黛安和 Ming 在很多地方非常相似，但是又有很大的不同。她们都很独立，在感情问题上，完全由自己做主，保持与男方平等的地位和权利。如果不考虑文森特·林是位华裔后代的作者，读者很难识别这部小说作者的族裔，它所描写的人物形象和性格跟加拿大其他英语小说中的人物没多大区别，换句话说，小说中的 Ming 的性格特征并无鲜明的民族特色，跟大多数加拿大的女孩子没有很大的区别。

颇具意味的是，Ming 最终对终身伴侣的选择却是同族裔的 Chen——她的医学院的同学。这里我们可以用 R. Radhakrishnan 的话来解释 Ming 的选择，"祖籍的国家并不是它本身意义上的'真实'，但是这个'真实'足以使'移民'在美国化的过程中受阻，而'现在的家'在物质上是真实的但是并不让你感到是十足的自己的家"①。在 Ming 那一代非常西化的年轻人心目中，祖籍文化传统已经不很真实确切了，正如 Stuart Hall 所描写的那样，"过去继续在跟我们说话。但是它已经不再是作为一个纯然的、确实的'过去'，因为我们跟它的关系就如幼儿跟她/他的母亲的关系，始终是在断裂以后"②。然而，即便是如此，他们仍然会把自己看作少数民族，而不是原居住者，仍然会把同族人视为同类，母亲跟孩子的关系仍然存在，尽管是在断裂之后。这种心理状态是他们永远不会把自己看作完全的加拿大人或美国人的根本原因。

与 Ming 相比较，萧月英的文化身份则极其鲜明和突出，她是一位典型的传统的贤妻良母，在她身上几乎集中国传统女性的所有美德。一旦嫁给丁信强，她的一辈子的生活目标就是为丁家承袭香火。虽然她自己也有一份好工作，但是她的家庭地位却是辅助性的、被动的，处在丁家传统权威的阴影之中。

笑言是位大陆新移民，文森特·林则是华裔后代，显然两位作家在观察

---

① R. Radhakrishnan. Ethnicity in an Age of Diaspora. Jana Evans & Anita Mannur eds.. *Theorizing Diaspora*. Malden：Blackwell Publishing Ltd. , 2003，p. 123.

② Stuart Hall. Cultural Identity and Diaspora. Jonathan Rutherford ed.. *Identity：Community，Culture，Difference*. London：Lawrence and Wishart，1990，p. 237.

社会、描写生活时，处理方式是很不同的。《香火》是对移民在新居住国的现实的历史化，《放血和奇疗》是对华裔后代的历史的现实化。笑言花了大量的笔墨对丁信强的家族史进行详细的追述，并通过萧月英不遗余力要生儿子的信念来强调、突出香火延续在中国文化中的重要性。香火在小说中不仅具有传宗接代的意义，更包含着文化、历史代代相传的寓意。对历史的强调所带来的作用是对现实的与主流文化同化过程的一种消解和抵抗。文森特·林却省略对历史、文化和家族的具体描写，集中表现人物进入主流社会的过程。Ming 这位所谓的在加拿大出生的"香蕉"，遵循着祖辈传下来的训导和方法，去追求西方社会的桂冠，并在尽快地顺利地成为主流社会中的一员的过程中获得成功。历史在这里是以缺席的形式存在着，它仅凝聚在人物的民族标记上，最后体现在 Ming 和 Chen 的结合上。

如果说丁信强还只是处在从新移民向加籍华人的过渡中，那么 Ming 就是应该在典型的华人跟加拿大人中间加一道横：Chinese - Canadian。这可能也是笑言和文森特·林之间的区别。作为第一代移民，笑言通过空间的距离，以域外文化作对比，用小说作为手段重新认识着中国文化和历史。然而，从丁信强的女儿娟娟身上，读者能看到未来的 Ming，移民的下一代身上已经不再背负着深沉的历史文化的包袱，祖裔的历史文化对于他们来说已经成为抽象了的图腾、徽记，隔开了具体感受的一层。与此同时，对新居住国的文化接受和同化因为亲身体验而以相反的比例逐渐增长，因此加拿大的文化成为他们文化身份的主要成色。这就是为什么在文森特·林的小说中，读者看不到作者对其祖裔文化历史的具体描写的缘故，它们在小说中只具有象征意义，而没有具体表现。值得深思的是，文森特·林选择了白人作为男主人公，这就必然使他的观察视角立足于加拿大白人的主流社会，暗示了他自己对主流社会的认同。

但是，这并不意味着移民的后代会完全以居住国的文化取代祖裔文化。正如 R. Radhakrishnan 所指出的，"离散的定位是中间隔横（–）的空间，在一个人祖籍老家和现在的家之间的变化着的关系中间，它协调着身份确认的政治的手段"①。华裔—加拿大人或者加籍—华裔（Chinese - Canadian）中间的隔横昭示了华裔或其他族裔在加拿大的重塑文化身份的运动空间，从这一

---

① R. Radhakrishnan. *Diasporic Mediations*：*Between Home and Location*. Minneapolis：University of Minnesota Press，1997，p. xiii.

头到那一头的长度或距离可以无限地伸延，亦可以缩短到零。丁信强的距离就比 Ming 长得多，其中还充满着很多的变数。同样，跟文森特·林相比，笑言文化身份确认的路途还很长。两部小说中意味深长的部分是，两种文化在互相冲突中调和、渗透、融合，你中有我，我中有你。黛安离开了丁信强，却生下了她与丁信强的儿子；丁信强的香火似乎得到了延续，但是黛安却离开了他，独自一人承担起养育儿子的责任。Fitzgerald 失去了 Ming，但是在 Fitzgerald 为抢救萨斯（非典）病人也感染上萨斯后，Ming 的丈夫 Chen 在治疗他的过程中与他结成挚友。

那么，作者文森特·林是否已经完成文化身份确认的路程？在一次加拿大广播电台的采访中，当作者被问到医生和加籍华裔这样的一种身份对他的创作起着什么样的作用时，他说："在加拿大有一个第二代加拿大群体，他们有很多共同的东西。我属于移民的第二代，我发现我跟印度、乌干达的第二代移民有更多的共同点，这些共同点在我的祖母身上是找不到的。当然有很多文化的联系，我只能在我的祖母身上找到。而这个第二代的现象属于加拿大社会的主流文化。"① 在这里，文森特·林提出了一个更为开放的观念，在认同加籍华裔的同时，他又指出了他与其他族裔后代的文化共同性，因此跟《香火》的现实与历史的对照和呼应的纵向结构相反，文森特·林的小说呈现的是横向的、开放的结构，他的四位人物各自为体，均朝着不同的方向发展。然而"所有的人物都有我的一部分"②，文森特的这句话，使我们想起了 Amy Ling 在她的文章中引用的汤亭亭的话："我学着使我的心变得更大，大到跟宇宙一样，以至它能容纳充满矛盾的事和物。"③ 这种开放性的包容性的观念，使第二代或者之后的华裔的文化身份的认同和确认充满着变化的因素。变化的结果很可能会导致文化身份和特征的多样化，恰如 Yvonne M. Donders 在《通向文化身份特征的权利》一书中指出的那样，个人的文化身份特征是可以有多样性的。④

从上述的分析比较中，读者可以看到，由于两位作家身份的不同，他们

---

① 加拿大 CBC 广播电台 Michael Enright 于 2006 年 2 月 6 日对文森特·林的采访。

② 加拿大 CBC 广播电台 Michael Enright 于 2006 年 2 月 4 日对文森特·林的采访。

③ Amy Ling. *Ideas of Home*: *Literature of Asian Migration*. Michigan: Michigan State University Press, 1997, p. 154.

④ Yvonne M. Donders. *Towards a Right to Cultural Identity*? Antwerpen & Oxford & New York: Intersentia, 2002, p. 33.

为自己的小说所选择的内容题材和表现方法也迥然不同。《香火》是纵向的、历史性的,《放血和奇疗》是横向的、开放性的。但是,两部作品却在交叉的焦点上勾勒了一条连续的时间曲线——《放血和奇疗》所表现的生活是《香火》里的人物下一代（比如娟娟和秀秀）很可能会经历的,可以视作《香火》的续集。虽然,第一代和第二代移民对自己文化身份的确认存在着巨大的代沟,但是他们都摆脱不了民族的徽记。而在寻求加籍华人文化身份的过程中,他们既受承传下来的传统的制约,也在多种文化中不断调整,所以文化身份在某种意义上是制造出来的,不是给予的。正如 Stuart Hall 分析的那样,"文化身份是从一定的地方来的,有着它的历史。但是,像其他有着历史的事物那样,在形与质上它们经历着不断的变化。文化身份远远不是在一些提炼出来的过去上内在地固定着的,它们受制于历史、文化和权利的持久的'运作'"①。文化身份也不是单一的、纯粹的,而是多种的、混杂的（hybridity）、不稳定的。②而加拿大华裔在文化身份的追寻和重塑的过程,创造出了在加拿大的华裔—加拿大文化（Chinese - Canadian Culture）。这一文化在华人文化身份重塑的努力中不断得到调整、修改、再造,与此同时它又决定着华人的文化身份。③

① Stuart Hall. Cultural Identity and Diaspora. Jonathan Rutherford ed. . *Identity*：*Community*，*Culture*，*Difference*. London：Lawrence and Wishart, 1990, p. 225.

② Agnew 在"前言"中对于身份的混杂和不稳定作了精辟的分析, 见 Vijay Agnew. *Diaspora*，*Memory*，*and Identity*：*A Search for Home*. Toronto：University of Toronto, 2005, p. 12.

③ 关于在北美的华人文化创造的观念, 比如, Chinese - American Culture 或者 Chinese - Canadian Culture, 可见 Lisa Lowe 的文章, Lisa Lowe. Heterogeneity, Hybridity, Multiplicity：Marking Asian - American Differences. Jana Evans Braziel and Anita Mannur eds. . *Theorizing Diaspora*：*A Reader*. MA. , Oxford and Melbourne：Blackwell Publishing Ltd. , 2003, p. 136.

缺席的政治

——加拿大华裔文学中华人与印第安人异族婚恋解读①

吕　燕

　　加拿大华人与印第安人的交往由来已久，其历史最早可追溯至 18 世纪晚期华人首次在加拿大西部的不列颠哥伦比亚省定居。1788 年，五十名华工随英国米尔斯船长（John Meares）登陆温哥华岛西海岸的努特卡湾，在当地印第安人的帮助下建立皮毛贸易站。其后西班牙人为防止英国阻碍西班牙未来的贸易垄断将米尔斯船长逐出努特卡湾，皮毛贸易站也由此废弃。而不少华工却留下并定居于西北海岸的印第安部落，或成为俘虏，或和平融入，与印第安女性成家育子，繁衍生息，直至终老。② 然而，相较于保存良好的欧洲男性与印第安女性通婚及其混血子女的历史记录，有关华人与印第安人婚恋的官方记载却寥寥无几，零星分散于其他历史文献之中③。

　　令人欣慰的是这一缺失的历史日益成为加拿大华裔文学中的一个重要主题，在华裔英语作家李群英的小说《残月楼》和新移民华文作家张翎的小说《金山》中得到了有力的书写。出版于 1990 年的《残月楼》不仅是李群英的

---

　　① 本文部分内容为 2012 年 10 月在加拿大麦克马斯特大学主办的"构建框架：加拿大亚裔文学文化比较研究学术研讨会"上的发言。

　　② 参见 Lien Chao. *Beyond Silence：Chinese Canadian Literature in English.* Toronto：TSAR Publications，1997，p. 4；Anthony B. Chan. *Gold Mountain：The Chinese in the New World.* Vancouver：New Star Books，1983，p. 33；Stan Steiner. *Fusang：The Chinese Who Built America.* New York：Harper & Row，1979，p. 154；Wai－man Lee. *Portraits of a Challenge：An Illustrated History of the Chinese Canadians.* Toronto：Council of Chinese Canadians in Ontario，1984，p. 17.

　　③ 参见 Lily Chow. Intermarriage Between First Nations Women and the Early Chinese Immigrants to Canada：Case Studies in British Columbia 1880－1950. Robert Wesley Heber ed. . *Indigenous Education：Asia/ Pacific.* Saskatchewen：First Nations University of Canada，2008；（Senator）Lillian Eva（Quan）Dyck. Intermarriage Between First Nations Women and the Early Chinese Male Immigrants. Speech at the Symposium "Nation Building in Canada：Chinese Perspectives" at University of Toronto. 15 April，2011.

成名作品，更是加拿大华裔英语文学的开山之作。它荣获当年的温哥华城市书奖以及总督文学奖提名。小说开篇引子"寻骨"讲述了1892年华工黄贵昌受中华慈善协会派遣，沿加拿大西部的铁路线寻找、收集华人遗骨的经历。黄贵昌在孤寂饥饿、奄奄一息之际为印第安女孩卡萝拉所救，彼此渐生情愫。小说主体部分围绕黄家四代令人扼腕的家族悲剧展开。尾声"新月"重回黄贵昌和卡萝拉的故事，追述黄贵昌在卡萝拉和她的华人养父陈国发家中住了两年后，遵从父母之命回家娶中国女子李木兰为妻，完婚归来时方知卡萝拉已抑郁而终，留下一子庭安。黄贵昌悔恨交加，在梦里与卡萝拉再次重逢交欢，带着一生的愧疚、遗憾，怅然而逝。《金山》是张翎第一部书写加拿大百年华人移民史的"浩大的作品"，2009年在《人民文学》杂志连载后，先后由北京十月文艺出版社和华东师范大学出版社出版，荣获华侨华人文学奖和华语文学传媒大奖年度小说家奖等多种奖项，后被译为英、法等数国文字。①小说第五章"金山迹"集中叙述了华人方锦山和印第安女孩桑丹丝的浪漫恋情。方锦山在温哥华因遭保皇党人暗算而被扔入莎菲河，但庆幸被桑丹丝的阿爸救回印第安部落，与桑丹丝相识相恋，却在即将成婚之际弃她而去。小说结尾桑丹丝突然来访，方锦山才知二人当时尚有一子，名叫保罗。当天夜里，方锦山骤然去世。

　　《残月楼》和《金山》中关于华人与印第安女性异族恋情的描写因其相似性成为争议的焦点。尽管发行《金山》英译本的企鹅出版社聘请小说译者尼基·哈曼（Nicky Harman）对两部作品进行比较和鉴定，发表正式声明肯定《金山》的原创性，李群英对企鹅出版社的商业利益和哈曼身份所导致的潜在利益冲突仍颇有顾虑，向出版社私下致信，要求删除与自己作品相关的争议部分。②本文以这一争议为出发点，试图依据李群英向企鹅出版社的要求提出一个大胆的假设：若是将华人与印第安女性的异族恋情部分删除，小说《金山》将会受到怎样的影响？我提出该假设的目的并非通过对两部作品的比较对争议作出孰是孰非的定论，而是希望透过争论的焦点探寻加拿大华裔英语文学和华文文学对加拿大早期历史上少数族裔间异族恋情的多样呈现，考

---

　　① 张翎：《金山》，北京：十月文艺出版社2009年版。

　　② A Statement from Penguin Canada Concerning the Publication of the Novel *Gold Mountain Blues* by Ling Zhang, http://booksellers. penguin. ca/static/cs/cn/4/pressreleases/08june2011-mountain-blues. pdf；Public Statement Issued by SKY Lee and Paul Yee, 引自长江的博客, http://blog. sina. com. cn/s/blog_6f1d3bbd0100x3am. html。

察土生华裔作家和新移民作家在国族意识、种族歧视、身份认同等离散族裔研究的核心问题上的不同态度与视角。本文通过小说《金山》与《残月楼》的比较阅读，重点分析《金山》中的两类缺席（absence）：一是锦山与桑丹丝的恋情在小说中的缺席；二是桑丹丝在小说中首次出现后在后续情节中的缺席，直至结尾处才重新提及，从而揭示了影响在白人社会中共同处于边缘地位的华人与印第安人交往的复杂因素。

卡萝拉在《残月楼》中的缺席"极为显著"（hyperconspicuous）。① 尽管这一异族恋情仅持续了两年，在楔子和尾声中所占篇幅不足三十页，却起着至关重要的作用，推动了整个情节的发展。黄贵昌对卡萝拉的遗弃影响深远，贯穿小说始终，构成后代曲折离奇的乱伦情爱的根源，导致黄家数十年的悲剧命运。卡萝拉死后，黄贵昌将他们的私生子庭安带回黄家，在残月楼当仆人。贵昌和木兰的儿子黄崔福结婚多年未有子嗣，木兰怪罪媳妇芳梅，并怂恿崔福与女侍宋昂发生关系，借腹生子。女侍仍无法怀孕，崔福情急之下竟让她另找男人，生下男婴基曼。同时，饱受婆婆欺辱的芳梅却在庭安身上找到了温暖，和他生下女儿碧翠丝、苏珊妮和儿子约翰。庭安知晓自己身份后离开残月楼，并与法裔加拿大女人成婚，育有一子摩根。碧翠丝不顾母亲反对与基曼相爱，基曼在"二战"归来后，二人便结为夫妻，生下女儿凯莹。苏珊妮则在十五岁时疯狂地迷上与自己同父异母的兄长摩根，怀孕产下怪胎后自尽而亡。《金山》中方锦山与桑丹丝的短暂恋情则很大程度上成为独立于小说其余部分的一段美好插曲。私生子保罗一直由桑丹丝抚养，并未对方锦山的家庭造成实质性影响、玷污方氏纯种的中国血脉，方锦山直至临终与桑丹丝重逢之际看见照片背面保罗的生日，才推算出保罗是他当年与桑丹丝相恋的结晶。与抑郁早逝的卡萝拉相比，桑丹丝鲜受饥饿和贫穷困扰，膝下有三儿两女、八个孙儿孙女和一个曾孙，与夫偕老，儿孙满堂。从某种程度上说，即使删除方锦山的印第安部落之行，小说仍可保留其相对完整性。

这一相对完整性并非意味着方锦山与桑丹丝的异族恋情在《金山》中可以或缺，而是体现了我将其称之为"温情生存"的叙述模式。张翎在谈到《金山》的创作过程时指出，男女结合的原因不单是爱情，更重要的是生存，

---

① Rita Wong. Decolonizasian: Reading Asian and First Nations Relations in Literature. *Canadian Literature*, No. 199, 2008, p. 164.

"在这个坚硬如铁的土地上像蚯蚓一样钻出一条生路"①。淘金、修铁路、人头税、排华法、"二战"和土地改革等历史事件都仅仅是背景，小说真正的前景是"一个在贫穷和无奈的坚硬生存状态中抵力钻出一条活路的方姓家族"②。张翎对于生存作为男女结盟基础的强调回应了加拿大著名女作家玛格丽特·阿特伍德关于生存是加拿大文学中心象征的著名论断，这种生存精神突出表现为加拿大早期定居者在险恶境况下的"坚持不渝，竭力存活"③。然而，张翎笔下的生存与阿特伍德论述中引起极度焦虑恐惧的生存不尽相同，其充满了理想化的温情色彩。周蕾在《感伤寓言与当代中国电影：全球视觉时代下的依恋情怀》一书中认为温情主义是当代华语电影的一种独特叙述模式，指的是"与甚至——特别是——压抑难忍的事物境况妥协对付的倾向和性情"④。温情主义与将情感视作压抑之下水泄式释放的弗洛伊德式解读呈相反态势，代表一种隐忍的心态，一种关于保存、维系与和解的情感模式。家庭在中国式温情主义中占有举足轻重的地位，因为它充当了用以抵御恶劣严酷外部环境的庇护所的角色。充斥着剥削歧视的现代城市和冷漠排外的异域他乡进一步增强了根植于家庭成员内部的情感纽带，同时也决定了为维护家的完整性和纯粹性所导致的压迫、调和与牺牲。⑤《金山》中展现出的"温情生存"叙述模式超越了异族恋情的浪漫维度，从根本上体现了对在加拿大主流社会和中国传统文化中占主导地位的正统家庭结构的强化和保存。

在张翎小说中对猫眼和欧阳家族人物的塑造为我们从温情主义的角度解读华人与印第安女性的关系提供了极为重要的线索。猫眼多年来充当了方锦山妻子的角色，与桑丹丝在种族和文化上迥异，却与后者一样处于社会的边缘地位。猫眼年轻时被诱拐贩卖到温哥华唐人街作童妓，后逃离妓院躲进锦山的马车箩筐，苦苦哀求并以自杀相要挟才被方锦山收留。方锦山因拐带妓院女子，被其父逐出家门，东躲西藏，居无定所。但是随着故事的展开，猫

---

① 赵庆庆：《枫语心香：加拿大华裔作家访谈录》，南京：南京大学出版社 2011 年版，第 296 页。

② 张翎：《金山》，北京：十月文艺出版社 2009 年版，第 5 页。

③ Margaret Atwood. *Survival: A Thematic Guide to Canadian Literature*. Toronto: M & S, 2004, p. 41. 本文中的引文均为作者所译。

④ Rey Chow. *Sentimental Fabulations, Contemporary Chinese Films: Attachment in the Age of Global Visibility*. New York: Columbia University Press, 2007, p. 18.

⑤ Rey Chow. *Sentimental Fabulations, Contemporary Chinese Films: Attachment in the Age of Global Visibility*. New York: Columbia University Press, 2007, pp. 18 - 19.

眼逐渐被方氏家族接纳，她对方家的贡献也终受认可。猫眼与郑霭玲自传体
小说《妾的儿女》中的梅英一样在唐人街茶楼当女招待。① 锦山腿瘸和方得
法农场破产后，她的收入成为大洋两岸家庭的主要经济来源。然而她与夫家
的关系却与梅英大相径庭。梅英在丈夫的老家是高傲的外国女人，娇小的身
形和时尚的发式使满脸皱纹、相貌平平、衣着土气的妻子黄波相形见绌。相
较而言，猫眼则尽力保持低调，融入乡村妇女之列。尽管眼尖的自勉村人依
然能通过猫眼的外表看出其外乡性，但对外乡人来说，猫眼乍眼看去从衣着
样式到喂奶方式全然是平常自勉村女人中的一员。反叛的梅英不顾丈夫反对，
常常与不同的男人出去约会；猫眼却因长期无法生育，只能看着方锦山与其
他女人逗乐调情，自己则默默做好妻子的责任，对夜不归宿的方锦山缄口不
言，只是为他做饭。即使日后沉溺麻将，猫眼也尽力掩饰耻辱的过去，保持
名声，不去医治因妓女生涯而引起的慢性子宫颈糜烂，以致子宫颈肿瘤恶化
而亡。猫眼和梅英最重要的区别在于她的经济贡献没有像梅英那样被轻视和
抹杀，而是幸运地在她遭人嘲笑不识字时第一次受到方锦山的肯定："别看猫
眼不识字，却会揾钱。家里这几年买的田产，有一半是她挣的银子。"② 锦山
的弟弟方锦河在"二战"参军后寄回的家书中不再像先前一样别扭地叫猫眼
"她"、"喂"或"你"，而是第一次尊称她为"阿嫂"，并希望方锦山多体谅
阿嫂持家的辛苦和难处。阿嫂的称呼认可了猫眼的妻子地位，令其喜极而泣。
猫眼死后终于得到了她毕生渴望的妻室名分。墓碑上的刻字"方公锦山之妻
周氏"或许不能简单归结为艾米眼中年迈的外祖父不知猫眼名字的心血来潮
之举，而是反映了方锦山在翻看猫眼留下的寥寥钱物时意识到对她多年的不
公："想起猫眼这一辈子都是在给方家的老少做牛做马，方家却没有一个人给
过她一个好眼色。"③ 正是因为猫眼与桑丹丝一样未能符合理想中国妻子的标
准，因其低贱的社会地位而长期被排除在方家和华人群体之外，她最终获得
的认可、接纳，以一种比华人与印第安人的清晰两分法更为引人深思的方式
强化了对中国家族纯种血脉的迷思。

　　如果说猫眼从排斥到接纳的过程在家庭层面上体现了中国式温情主义，

----

① 参见 Denis Chong. *The Concubine's Children*：*Portrait of a Family Divide.* Toronto：Penguin Press，
1996.

② 张翎：《金山》，北京：十月文艺出版社 2009 年版，第 335 页。

③ 张翎：《金山》，北京：十月文艺出版社 2009 年版，第 403 页。

欧阳家族则将这种温情主义提升到了国族的高度。《金山》英译本最显著的变化之一是将欧阳家族纳入开篇的家族图谱，并在方氏和欧阳家族的名字前都增加了代系的标签。代系的增加为英文读者提供了一份清晰的族谱，突出了小说中除方家以外唯一能跨越四代的欧阳家族，更重要的是它将方得法而不是他的父亲方元昌算作第一代，使方家从五代减少为四代，与欧阳家族的四代形成清晰对应。纵观整个历史进程，尤其是在决策和变革的关键时刻，欧阳家族无一例外地扮演着启蒙的角色，而方家则处于被启蒙的地位。[①] 启蒙的传统始于教授方得法私塾的欧阳明。欧阳明熟读诗书，精通西学，在他的教育下，方得法逐渐意识到鸦片对人民精神意志，以及国家和民族的摧残。在父亲吸食鸦片过量死后，他受欧阳明鼓励将去金山闯荡的模糊念头化作实际行动。回乡探亲时，方得法从欧阳明口中得知《马关条约》签署后京城千人"公车上书"事件，便将孩子的名字改为方锦山，取"还我河山"之意。后来去温哥华饭店参加梁启超的演讲时他偶遇因宪政改革失败而逃亡加拿大的欧阳明，借助他的解释明白了演讲内容，便卖掉自己生意兴隆的竹喧洗衣店，将最大一份银票寄给了北美的保皇党总部。欧阳明的儿子——后投奔共产党的欧阳玉山则肩负起对方得法女儿方锦绣的启蒙使命。身为方锦绣的国文老师，欧阳玉山常常借给方锦绣国民革命的书籍，主张以革命的方式推翻帝国主义、封建买办和军阀统治。欧阳玉山相信中国被世界强国打败是因为无知而不是贫困，赞赏、鼓励方锦绣和丈夫阿元读完师范回乡开办专为贫困学生，尤其是女孩设置的百姓学堂。在方锦绣为儿子方怀国被炸死而悲恸欲绝之际，欧阳玉山激励她振作起来，教出更多英雄的学生以祭奠怀国。

在张翎眼中，方家数代传承的爱国主义在海外华人中极为普遍，如同省吃俭用寄钱回家一样自然，因为"他们对国家的感觉是和家园的感觉紧密联系在一起的，外扰内乱对他们来说，就像是盗匪进了他们的后院，最自然的反应就是尽力守护家人"[②]。这种极少带有功利成分的爱国行为渐渐被后世拔高，并赋予他们本身可能并未意识到的崇高意义。然而在强调受内在感情驱使的无意识爱国主义与崇高化的现代诠释相对立的同时，张翎却将欧阳家族

---

① 关于欧阳家族对方家的启蒙，参见王春林：《人性的透视表现与现代国家民族想象——评张翎长篇小说〈金山〉》，《理论与创作》2010年第2期，第72~73页。

② 《〈南方都市报〉关于长篇小说〈金山〉的采访》，《世界华人周刊》（美洲版）2011年第12期，第7页。

引入方家，赋予其启蒙教育方家的使命，成为国家民族大义的传播者和发言人。这一矛盾的姿态明确地强化了个体家庭与国族命运的紧密联系——"皮之不存，毛将焉附？危巢之下，岂有完卵？"① 这反映了温情主义的核心，即孝道的理想化（the idealization of filiality），"作为主体化的主导模式，孝道不单是对个人血缘或文化长辈的尊重，更是一种由来已久的道德机器，将个人召唤进具有强烈等级意识的行为模式之中，认同——且臣服于——存在于他们之前的一切——从祖辈家庭到祖辈乡土、省市、国家和异国的同种族群——将其视为权威，因而不可挑战"②。温情主义所隐含的家国认同也为欧阳家族的第四代欧阳文安与方得法曾孙女艾米的关系赋予了启蒙的意义。侨办处长、研究碉楼历史的华侨史教授欧阳文安引导艾米进入得贤居，给她绘制家族图谱，介绍家族历史，解开沉默的过去，使原本由于父亲的缺席和母亲的轻浮而无意寻根的艾米突然想找回根的感觉，并主动纳入方氏家族。这一过程同时也是在加拿大土生土长的方家后代对中国故乡和华人历史的认同过程。《金山》中折射的国运忧思和浓厚的家国情结"昭示着全球化时代中国重新崛起后为增进国族认同重写华侨移民史来重塑中国全球化进程的努力"③。正如《人民文学》主编李敬泽所言，《金山》在"关乎中国经验中深沉无声的层面——中国的普通民众如何在近代以来的全球化进程中用血泪体认世界，由此孕育出对一个现代中国的坚定认同"④。

《金山》中桑丹丝的缺席不仅使中国家庭得以书写一段未被玷污的历史，其对印第安家庭的保存也同样不可或缺。如果说方氏家族的男性呈现出的共同特征是强烈的爱国情怀，桑丹丝部落女性的相似之处则是她们被遗弃的命运。桑丹丝的奶奶是当地印第安部落酋长的女儿。哈德逊海湾公司派遣来的英国商人出于稳定贸易货源的目的与该部落结盟并娶她为妻。十五年后商人退休回到英国，一去不归，留下七个子女给印第安妻子。桑丹丝的外婆是巴克维镇的印第安人，和常常到她糕饼铺买糕饼的淘金华工住了四五年。女儿出生那年，华工淘到金子，分了一半给桑丹丝的外婆后便坐船返回中国去了。

---

① 张翎：《金山》，北京：十月文艺出版社 2009 年版，第 395 页。

② Rey Chow. *Sentimental Fabulations, Contemporary Chinese Films: Attachment in the Age of Global Visibility.* New York: Columbia University Press, 2007, p. 22.

③ 陈新榜：《张翎：〈金山〉》，http://www.eduww.com/pkupk/ShowArticle.asp? ArticleID = 28481。

④ 张翎：《金山》，北京：十月文艺出版社 2009 年版，腰封。

再加上被方锦山遗弃的桑丹丝，《金山》中主要的印第安女性大抵皆可归入弃妇之列。"遗弃"（abandon）一词源自拉丁词根"ad"（向，去）和"bandon"（权力或控制），根据介词"ad"意思的不同可表达出截然相反的含义，指臣服于权力或不受权力控制约束。① 被弃之人"或许被控制他们的人所驱逐，或者将缰绳完全掌握在自己手中"②。据劳伦斯·利普金（Lawrence I. Lipking）观察，古今中外的诗歌中被遗弃的女性大多都是"身体上被情人遗弃，而精神上游离于法律之外"③。她们以自我放纵的方式对权力进行挑战，甚至做出按正统道德和社会规范的标准看来不知廉耻的行为。然而，《金山》中的印第安女性虽被遗弃，却从未逾越规范、放荡不羁。她们身上没有流露出臣服和自由两种极端痕迹，而是和华人一样拥有中庸的性情，温和宽容、和善忠诚、心甘情愿地守护着丈夫和祖先的记忆与遗产，凭借女性隐忍的力量渡过难关。桑丹丝的奶奶在丈夫离去后终生未再嫁，把"对那个男人的怀念，化作最为严厉的言辞，刀砍斧凿一般地一遍又一遍地印刻在她的孩子们的记忆中"④。奶奶用尽丈夫留下的家产后生活的艰辛贫困和回归部落遭遇的排斥疏离在小说中简要带过，小说着重强调的是她的满足和放心，因为她"知道她的后裔，会一代一代地替她保留属于那个男人的记忆"⑤。桑丹丝的外婆面对淘金华工的离去同样毫无怨言。在她眼里，"祖先在哪里，哪里就是家，不能阻拦一个人回家的脚步"⑥。像她的祖母一样，桑丹丝送别方锦山时平静地接受了她不为中国家庭所接纳的事实。她的宽容和理解源自对父母、家园的深厚依恋，为悲情伤感的离别增添了一丝温暖的色彩，因为"我们印第安人是不能离开自己的土地的"，"我们中国人，也是不能离开土地的"⑦。在一定程度上，桑丹丝在日后方锦山生活中的缺席尊重了华人和印第安人对彼此土地故园的责任和承诺，保存了各自的生活方式。桑丹丝多年后的意外

---

① 英文译为"given up by"或"given up to"。Lawrence I. Lipking. *Abandoned Women and Poetic Tradition.* Chicago：University of Chicago Press, 1988, p. xvii.

② Lawrence I. Lipking. *Abandoned Women and Poetic Tradition.* Chicago：University of Chicago Press, 1988, p. xvii.

③ Lawrence I. Lipking. *Abandoned Women and Poetic Tradition.* Chicago：University of Chicago Press, 1988, p. xvii.

④ 张翎：《金山》，北京：十月文艺出版社 2009 年版，第 216 页。

⑤ 张翎：《金山》，北京：十月文艺出版社 2009 年版，第 216 页。

⑥ 张翎：《金山》，北京：十月文艺出版社 2009 年版，第 228 页。

⑦ 张翎：《金山》，北京：十月文艺出版社 2009 年版，第 227 页。

到访在带给锦山惊喜的同时，更多的是失望，这个如今头发花白、满脸皱纹的老妇粉碎了锦山多年来脑海中那副阳光照耀下年轻纯真姑娘的图画。他们的亲密关系或许在怀旧的想象比在残酷的社会现实中更为长久。

若将印第安生活方式的保存置于方氏家族的爱国情怀中考察，传统部落生活与革命进步话语的对立为从时间与空间的密切联系方面解读方锦山与桑丹丝的恋情提供了独特的视角。酒井直树尖锐地批评了学术研究中"前现代和现代的历史地缘政治配对"范式，指出现代性话语长久以来建立在与历史上的前现代和地缘政治上的非西方的对立之上，从而否认了"前现代西方和现代非西方的并存"①。乔纳斯·费边（Johannes Fabian）在《时间与他者——人类学如何制造它的客体》一书中通过时间化的概念从人类学角度揭示了对西方与非西方共时性的否定。费边强调，编码时间不是出于人类文化空间分散的需要，而是因为时间的距离化功效，"正是自然化和空间化的时间赋予了人类空间分布的意义（事实上是各种具体的意义）"②。费边将人类学家在研究和写作过程的分离中所展示出的对共时性的否定称为"异期性"（allochronism）。③虽然在同一时间框架下的主体间性交流是田野调查的必要条件，该共时性却在科学化的报告中被压制。系统制造"客观"知识的科学报告大量使用"社会文化上有意义的"类型学时间，强化了我们所熟悉的传统与现代、乡村与工业的二元对立，将当地居民降低为时间等级上原始落后的客体，构成人类学研究核心的主体间性继而被永久地排除。④《金山》中一个值得注意的细节是串联方锦山与桑丹丝恋情发展的故事框架。方锦山长久敬仰洪门冯自由慷慨激昂的文章和演讲，参加温哥华唐人街广东街剧院的洪门筹饷会时受孙中山演讲鼓舞，一时热血沸腾，表示愿意加入洪门，剪掉辫子表达与清政府决裂、推翻封建统治的决心，结果遭当地保皇党人暗算，扔入莎菲河，后被桑丹丝的阿爸所救。方锦山展示出的模糊革命救国倾向成为其误入印第安部落的主要原因。结束与桑丹丝的短暂恋情离开印第安部落后，

① Naoki Sakai. *Translation and Subjectivity：On Japan and Cultural Nationalism*. Minneapolis：University of Minnesota Press，1997，pp. 153 – 154.

② Johannes Fabian. *Time and the Other：How Anthropology Makes Its Object*. New York：Columbia University Press，1983，p. 25.

③ Johannes Fabian. *Time and the Other：How Anthropology Makes Its Object*. New York：Columbia University Press，1983，p. 74.

④ Johannes Fabian. *Time and the Other：How Anthropology Makes Its Object*. New York：Columbia University Press，1983，p. 23.

迎接锦山的是报上关于革命成功和华人争相剃头庆祝民国首个春节的消息。这里两条情节并行发展，同时推进：明线讲述了锦山惨遭暗算意外获救、与桑丹丝相识生情和最后不舍离开的波折经历；与明线平行的是辛亥革命的暗线，经历了筹款准备、爆发推进和初次胜利三个主要阶段。革命史与罗曼史的交织叙述以时间、空间化的微妙方式实现了前现代与非西方的等同。方锦山失踪所造成的时间间隙将前现代的印第安部落——一个保存着平静田园生活传统的桃花源与现代中国分隔开来，非西方与西方的角色在此被重新指派，分别由原始的印第安部落和革命进步的中国扮演。

为了进一步考察以李群英和张翎为代表的华裔英语作家和新移民华文作家在种族歧视和文化身份等问题上的不同态度和视角，我们还需将两部作品中华人男性和印第安女性的异族恋情移离华人和印第安族群的范畴，置于紧邻的上下文中，分析华人男佣和在种族上占优势地位的白人女性的情感关系。学术界长期以来对《残月楼》尾声的研究大多集中在黄贵昌与卡萝拉重逢的情景，往往忽视了约占尾声一半篇幅的1924年珍妮特·史密斯案件。白人女佣人珍妮特·史密斯在帮佣的温哥华主人家中被杀，重点疑犯是家里与之较为亲近的华人男仆黄福星。这起悬而未决的谋杀案曾轰动一时，导致白人社会提议制定史密斯法案，禁止在同一工作场所雇佣华人男性和白人妇女，华人社区内部也展开了关于是否需要联合抵制该法案的争论。史密斯法案在避免华裔男性接近白人女性的同时也将前者贬低至不得出入公共领域的传统女性地位，揭示了华裔男性被制度压迫和种族歧视"阴柔化"，"在社会被象征性地'去势'"，"第一代华裔男人变成了'永远的懦夫'"。① 史密斯与黄福星在种族上的悬殊地位注定了二人的暧昧恋情难以长久。她在福星孤寂无望时走进他的生活，拥有他被剥夺的一切，生活充满希望。她的光彩夺目反衬出福星的惨淡，令他更加敏感地意识到自己的孤独疏离和绝望无助。他们的关系建立在"两个不平等的人之间"，种族差异如天空般无法逾越。②

在紧随锦山和桑丹丝恋情的《金山》第六章"金山缘"中，华人男佣方锦河和白人女主人亨德森太太的关系却在呈现刻板印象之后发生了出人意料的反转。方锦河由于与亨德森太太在种族和阶级上的巨大等级差异，一开始

---

① 刘纪雯：《分裂与整合：华裔加拿大作品中的家庭隐私与族裔认同》，http://www.eng.fju.edu.tw/worldlit/paper/chinese_canadian_identity.html。

② SKY Lee. *Disappearing Moon Café*. Vancouvev：Douglas & McInfyre，1990，p.223.

他便在后者眼中代表了怪异费解的东方他者形象：

　　她觉得蒙古人种长得实在有些古怪，脸是扁平的，眉目长得很开，眼睛像是面粉团上用刀拉开的两条细缝。他们的穿着也很古怪，上衣像是长大衣，却在腋下开襟。裤子只露出一小截，裤脚上扎了两根绳子，鞋子和袜子都是布制的。这样的衣装，上厕所会有多少麻烦呢？

　　他们不仅长相穿着古怪，他们吃得也古怪。……后来她走进他的房间，撞见了锦河正在吃东西，见到她就慌慌地往抽屉里塞——原来是一包从颜色形状到气味都与腐烂的垃圾相似的咸鱼干。[1]

　　然而，方锦河的病危化解了亨德森太太的偏见，二者的权力关系逐渐趋向平等。引诱方锦河与之发生性关系后，绝望的亨德森太太试图割腕自尽，将欲要离开的方锦河留在家中。她不仅沉溺于方锦河买来的大烟汁之中以缓解身体的疼痛，而且对方锦河愈发依赖，将他视作"走路的拐杖，歇息的枕头，揩眼泪的帕子，装气话的竹篓"[2]。方锦河在性交中占据主动后，贵贱逆转，不再是被动的仆人，"他觉得他不用再辛辛苦苦地被她的眼神拧捏着干活，倒是她，有时还得顺着他的意思行事"[3]。高高在上的白人女主人最终在生理和情感上被出身贫寒的华人男佣征服。亨德森太太向方锦河寻求生理和精神安慰的重要原因是她丈夫具有同性恋取向。亨德森先生同样依赖于方锦河，并非像太太认为的那样因为方锦河愿意孜孜不倦地听他那些重复多次的笑话，而是因为他从方锦河到家的第一天起便被他吸引住了。方锦河在亨德森家中日渐重要的作用不仅表现在做饭、洗衣、打扫、护理等家务劳动方面，更为关键的还表现为他在这对常常较劲的夫妻间的缓和调停角色。英译本中省略的树的比喻可以说是对他工作二十多年后建立的核心地位的最好概括："……这个叫吉米的中国人，刚来她家的时候，不过是一株小苗。没有人想到这些年后，这株小苗已经长成了一棵枝桠繁多的大树。这些枝桠深入到家里的每一个角落，若砍了这棵树，她的家将到处都是树根留下的瘢痕，填不满，也抹不平。"[4] 这棵树协助支撑的不单是一个不和的家庭和失败的婚姻，它在

---

①　张翎：《金山》，北京：十月文艺出版社 2009 年版，第 266 页。
②　张翎：《金山》，北京：十月文艺出版社 2009 年版，第 314 页。
③　张翎：《金山》，北京：十月文艺出版社 2009 年版，第 306 页。
④　张翎：《金山》，北京：十月文艺出版社 2009 年版，第 315 页。吉米是锦河的英文名。

更深层次上维护了建立在异性婚姻基础之上的男权制家庭。王春林将亨德森太太的身体疾病视作由于丈夫同性恋取向造成的精神疾患的象征隐喻性表达，尽管亨德森太太与方锦河滞留在家乡的中国妻子相比拥有相对优越的社会经济地位，但从某种程度上她也是一个囚禁于宽宅之中的"阁楼上的疯女人"①。同样，亨德森先生在一个不仅种族主义至上而且恐惧同性恋的异性主义社会中也属于被遗弃的行列，他无法公开自己的性取向，没有勇气像《残月楼》中的凯莹一样离开家庭，飞往香港投奔同性恋人郝米亚。他只能长期自我压抑和否定，通过天天出差的方式逃避方锦河和太太。亨德森夫妇对锦河超越阶级、种族和性别的感情揭示了一个容易忽略的事实：虽然方锦河在种族阶级和经济境况上处于低劣地位，但他以符合正统的异性恋男性身份获取了进入白人社会的门票，维护了种族纯洁、性取向规范的社会家庭秩序。

李群英出生并成长于不列颠哥伦比亚省，在构思《残月楼》时身处种族、性别歧视严重的社会环境之中，作为边缘化的局外人被排除于主流文化形式的中心之外。她尤其关注"制度化的白人至上主义"对华裔以及其他少数族裔的影响，想要书写一段揭示自身产生过程和利益立场的"批判性的历史"②。李群英利用边缘化作为抵抗的场域，通过讲述系统化种族主义和异族禁婚所导致的充斥通奸、乱伦和自杀的耻辱的家族历史，有意识地触犯凯莹惧怕的家丑外扬的禁忌，因为"禁忌的准确地方"，周蕾指出，"不是家丑自身，而是外扬，（向外界）展示、炫耀、呈现的行为"③。在创作手法上，小说运用反复的时空穿插位移，交替使用第一、第三人称，持续变换读者视角，抵制解读破译，打破了传统的文本书写和阅读模式，使读者更加清晰地意识到自己的主体位置和主观诠释，颠覆了被动接受和殖民主义凝视的倾向。④

对于并非华工后代的新移民作家张翎来说，种族歧视一词如同西方现代医学中对忧郁症的诊断一样，在当今多元文化的加拿大社会往往被过度地使

---

① 王春林：《人性的透视表现与现代国家民族想象——评张翎长篇小说〈金山〉》，《理论与创作》2010 年第 2 期，第 72 页。

② SKY Lee. Disappearing Moon Café and the Cultural Politics of Writing in Canada. Kenda D. Gee and Wei Wong eds. . *Millennium Messages*. Edmonton：Asian Canadian Writers Workshop Society of Edmonton，1997，p. 11.

③ Rey Chow. *Primitive Passions：Visuality，Sexuality，Ethnography，and Contemporary Chinese Cinema*. New York：Columbia University Press，1995，p. 153.

④ SKY Lee. Disappearing Moon Café and the Cultural Politics of Writing in Canada. Kenda D. Gee and Wei Wong eds. . *Millennium Messages*. Edmonton：Asian Canadian Writers Workshop Society of Edmonton，1997，pp. 12 – 13.

用着。这一政治正确的词汇类似一顶大帽子，掩盖了纷繁复杂的社会现象，将其概念化、简单化。① 张翎将种族歧视的根源归结为无知和恐惧："人对他不知道的事情一定是心怀恐惧的。现代人和当年的人不同的是，现在的人们在面临无知的时候会说：我不知道你，但是我想了解你。但是在过去的年代里，彼此无知的人群就会把自己锁在固定的碉堡里，不会出来主动了解别人。"② 因此，尽管种族歧视对加拿大华人影响深刻，但张翎对移民史的文学书写并不单纯是为了控诉、谴责种族歧视或探讨文化身份认同的命题，她的家族故事的核心是"人的命运和故事"③。纵观一个半世纪以来的华人移民史，张翎质疑人类历史的线性发展。虽然艾米在社会经济状况方面有了很大改善，不再需要经历方得法一代的艰辛，但她仍然难以摆脱孤独和他者的地位，新的困惑和问题继续层出不穷。④ 横向考察人类迁移的历史，张翎为加拿大华裔文学中长久以来的文化身份问题赋予了普遍性和全球化的维度。正如张翎在对法语版小说的读者的希望中表示，《金山》不仅仅是一本关于中国人的书，也是一个关于 20 世纪全球范围内人类迁移和生存状况的故事。早期华人在移民艰辛奋斗的同时，世界各地的人们也在经历大规模移民，兴建新大陆。⑤ 张翎和她的《金山》跨越代系和种族为加拿大华人和其他离散族裔发出了温情的声音。方氏家族清白的历史由全知视角的第三人称叙述，解开了所有的悬念和谜团，在记述方家在土地改革中的悲惨命运后以温馨的结尾慰藉读者：艾米经过愉快的寻根之旅，最终克服了对婚姻的恐惧，决定和她的加拿大男友马克在祖辈的得贤居里举行婚礼。如果说《残月楼》中卡萝拉的缺席使黄氏家族故事沦为悲剧的"残"，桑丹丝的缺席则成为《金山》月圆月缺之后指向完整和团聚的"满"，并为华人、印第安人和白人社会保存了种族上未受玷污的异性婚姻式男权制家庭。

---

① 赵庆庆：《枫语心香：加拿大华裔作家访谈录》，南京：南京大学出版社 2011 年版，第 293 页；张翎：《金山》，北京：十月文艺出版社 2009 年版，第 5 页。

② 瑞迪：《旅加华裔作家张翎谈她的书著〈金山〉与写作》，http：//www. chinese. rfi. fr/node/100871。

③ 赵庆庆：《枫语心香：加拿大华裔作家访谈录》，南京：南京大学出版社 2011 年版，第 295 页。

④ 赵庆庆：《枫语心香：加拿大华裔作家访谈录》，南京：南京大学出版社 2011 年版，第 298 ~ 299 页。

⑤ 瑞迪：《旅加华裔作家张翎谈她的书著〈金山〉与写作》，http：//www. chinese. rfi. fr/node/100871。

作者简介

陈中明

文学博士，加籍华人；厦门大学外文学院客座教授。

江少川

华中师范大学文学院教授、硕士生导师，华中科技大学武昌分校中文系主任。中国世界华文文学学会理事，从事写作学与台港澳暨海外华文文学的教学与研究。著有《现代写作精要》、《台港澳文学论稿》、《台港澳文学作品选评》，主编有《解读八面人生——评高阳历史小说》、《台港澳暨海外华文文学教程》、《台港澳暨海外华文文学作品选》、《写作》、《高等语文》等评论集、教材十多部，在海内外发表论文百余篇。曾获中国写作学会优秀论著奖、首届加拿大华裔/华文文学优秀论文奖、湖北省优秀教学成果奖。

蒋述卓

文学博士，暨南大学中文系教授，文艺学专业博士生导师。暨南大学副校长，学术委员会副主任，学位委员会副主任。其主要从事中国古代文学理论、宗教与艺术的关系、文学与文化关系的研究。出版过《佛经传译与中古文学思潮》、《佛教与中国文艺美学》、《宗教艺术论》、《宗教文艺与审美创造》、《在文化的观照下》、《宋代文艺理论集成》等著作，发表了逾百篇学术论文。曾获全国及广东省优秀社会科学成果奖、广东省第二届优秀中青年社会科学家称号，是享受政府特殊津贴的专家。

胡德才

南京大学文学博士，中南财经政法大学新闻与文化传播学院院长，教授。中国新文学学会理事，中国世界华文文学学会理事，对外联络委员会副主任，湖北省三峡文化研究会副会长。出版有《中国现代喜剧文学史》、《阅读经典》、《三峡文学史》等著作六部。曾在《文学评论》、《中国现代文学研究丛刊》、《新华文学》、《社会科学战线》、《戏剧》等国内重要期刊发表学术论文近百篇。曾获全国田汉戏剧奖论文一等奖、加拿大华裔/华文文学论文奖第二名和湖北省社科优秀成果奖等奖项。其主要研究方向为世界华文文学和戏剧影视艺术。

孔书玉

北京大学中文系文学学士和比较文学硕士，加拿大英属哥伦比亚大学亚洲研究系博士。其先后在埃尔伯塔大学、悉尼大学任教。2008 年起在西门菲莎大学人文学系任副教授，担任该校亚加研究项目主任。其主要从事亚洲文学、电影和文化，以及海外华文文学与媒体的教学与研究。著有《消费文学：文学畅销书和当代中国文学生产的商品化问题》（*Consuming Literature：Best Sellers and the Commercialization of Literary Production in Contemporary China*），与人合译小说集《北京女人》（*Beijing Women*，2013），并在英文、法文学术杂志上发表多篇论文。新著《当代中国的流行媒体与文化公众领域》即将由 Routledge 出版。目前刚完成一部关于加拿大华文传媒的英文专著。

李培培

文学硕士，现在广州暨南大学工作，主要研究方向为海外华文文学。

梁丽芳

哲学博士，加拿大埃尔伯塔大学东亚系教授。曾师从叶嘉莹教授学习诗词，著《柳永及其词之研究》，受叶教授推荐，1979 年替人民文学出版社编《台湾小说选》、《台湾散文选》和《台湾新诗选》，首次以选本形式向中国大陆读者介绍台湾文学。后研究中国当代文学，著有 *Morning Sun：Interviews with Chinese Writers of the Lost Generation* 及其中文版《从红卫兵到作家：觉醒一代的声音》、《早春二月：电影导读课本》、散文集《开花结果在海外》，以及《中加文学交流史》（与人合作，将出），发表中英文论文多篇。现从事中国当代文学和海外华人文学研究，为加拿大华裔作家协会创会副会长。

林丹娅

博士，厦门大学中文系教授、博士生导师。其主要研究方向为中国现当代文学、女性文学、性别与文学文化。出版《女性景深》、《当代中国女性文学史论》、《用脚趾思想》等文学作品集与论著；发表《中国女性文化：从传统到现代化》、《从神话到现实：女性主义文化描述》等论文，主编国家"十一五"规划教材《女性文学教程》（与人合作）、"悦读女性"丛书等。主持"台湾女性文学史"、"性别视野下的文学语言"等国家、教育部、省社科研究课题。

林楠

满族作家。2000年移民加拿大，定居温哥华。曾任加拿大神州时报总编辑、加拿大大华笔会会长，现任加拿大华人文学学会副主任委员、世界华文作家交流协会副秘书长、世界日报《华章》编委。其作品入选《当代世界华人诗文精选》、《北美华文作家散文精选》等数种海外文集和大系。近年来，其文学创作和文学活动日渐为社会瞩目。

刘俊

文学博士，南京大学文学院教授，中国世界华文文学学会副会长，南京大学台港暨海外华文文学研究中心主任，主要研究方向为台港暨海外华文文学、中国现当代文学，主要研究成果有《悲悯情怀——白先勇评传》、《从台港到海外——跨区域华文文学的多元审视》、《跨界整合——世界华文文学综论》、《世界华文文学整体观》、《情与美——白先勇传》等，主编"跨区域华文女作家精品文库"（十本）、《中国现当代文学研究导引》、《海外华文文学读本·中篇小说卷》等。

吕燕

北京师范大学英语语言文学硕士，加拿大多伦多大学比较文学研究中心博士资格候选人。其研究领域包括北美华裔/华文文学、北美弱势族裔文学、中西比较文学文化及翻译理论。

马佳

文学博士，加拿大约克大学语言、文学和语言学系助理教授。其主要研究方向为比较文学，侧重于基督宗教文化对中国文学的影响；北美华人/华裔离散文学，聚焦于加拿大华人/华裔离散文学；中国历史和中加文学交流史。著有《今文观止》（1991，与人合作）、《十字架下的徘徊——基督教文化和中国现代文学》（1995）、《圣经典故》（2000）、《爱释真理——丁光训传》（2006）、《伶人·武士·猎手——后唐庄宗李存勖传》（2009，与人合作）、《中加文学交流史》（2013，与人合作主编）等。另有多篇中英文学术论文发表。

蒲若茜

博士、教授、博士研究生导师，暨南大学外语学院副院长，中国世界华文文学学会常务理事，教学委员会副主任委员，北京外国语大学华裔美国文学研究中心客座研究员。其荣获教育部"新世纪优秀人才"（2011）、广东省"高层次优秀人才"（2011）和"南粤优秀教师"（2009）等称号。长期以来专注于亚/华裔美国文学研究，在《文学评论》、《外国文学评论》、《外国文学研究》、《当代外国文学》、《中国比较文学》、《中外论坛》（美国）等杂志发表论文 50 多篇，专著《族裔经验与文化想象：华裔美国小说典型母题研究》（2006）获广东省哲学社会科学优秀成果奖。

蒲雅竹

四川大学外国语学院英语语言文学硕士，2012 年以加拿大华裔作家崔维新的小说为文本，完成毕业论文《双重阴影下的女人——论〈纸影：唐人街的童年〉中母亲的身份危机》（Women in the Double Shadows：A Study on the Identity of the Mother in *Paper Shadows*：*A Chinatown Memoir*）。现就职于中国人民武装警察部队警官学院，任人文社科系英语教研室教员，主要从事加拿大华裔及女性研究。2010 年 10 月参加在北京外国语大学举行的中国加拿大研究协会第十四届年会并提交发表论文 "The Constrained Self-Voice of the Female—On Fionaand Marian in *The Bear Came Over the Mountain*"。

钱虹

华东师范大学中文系学士、硕士和文学博士。同济大学人文学院中文系教授、研究生导师。中国当代文学研究会理事、海峡两岸学术文化交流促进会理事、马来西亚拉曼大学中文系校外评审专家、中国作家协会会员、教育部 2012 年学科评审专家等。已出版学术论著多部，发表学术论文两百余篇，主编"雨虹丛书/世界华文女作家书系"等。著作《文学与性别研究》获第二届中国妇女研究优秀成果专著类奖，其他论著也曾多次获奖。自 1988 年至今，多次应邀赴亚洲、欧洲和北美许多地区的大学进行学术交流或出席国际学术会议并宣读论文。

石晓宁

中国文学博士。现为加拿大约克大学中文教研组讲师，研究方向为中国文学批评史、海外华人华侨史及对外汉语教学研究。其发表中国文学批评史论文多篇，并参与撰写《中国古代文学辞书》等工作。

宋阳

文学博士，沈阳大学外国语学院教师。

谭湘

中国作家协会会员。历任《文学评论》、《文艺报》、《文论报》、《大文化报》、《当代人》主任、执行主编、副主编，花山文艺出版社、河北教育出版社副总编辑等。中国当代文学研究会女性文学委员会会长，中国小说学会和中国当代文学研究会常务理事，中国新文学学会、中国辞书学会、中国人才研究会妇女人才专业委员会理事。河北大学特聘教授，首都师范大学女性文化研究中心特聘研究员。出版文集《布衣》、《城市徜徉》、《性别文学形象解读》、《秋瑾的故事》以及《女性的旗帜》等，主编或合作编写《花雨》、《二十五史智慧金典》等图书十余部。

王列耀

文学博士，暨南大学中文系教授、博士生导师，现任暨南大学文学院院长，中国世界华文文学学会会长，广东省人文社科重点研究基地"海外华文文学与华语传媒研究中心”副主任。其研究方向为台港澳暨海外华文文学，发表学术论文七十余篇，近五年主持国家社科基金重点项目等课题六项。出版著作有《基督教文化与中国现代戏剧的悲剧意识》、《隔海之望：东南亚华文文学中的"望"与"乡"》、《宗教情结与华文文学》、《困者之舞：近四十年来的印度尼西亚华文文学》、《趋异与共生：东南亚华文文学新境像》等。

王朝晖

文学博士，中央民族大学外语学院教授。2002 年获"霍英东教育基金会"第八届高等院校青年教师奖。2005 年赴加拿大英属哥伦比亚大学做访问学者一年，师从著名学者 Richard Vanden 和 Pitman Potter 教授。2009 年获加拿大中加研究 SACS 专项奖。多年来一直致力于外语教学和中外少数民族语言文化的研究，出版专著三部，译著两部，在国家级刊物上发表论文十几篇。翻译、解说民俗片《最后的萨满》于 1995 年参加日本奈良国际民俗电影展获好评，后被法国国家艺术博物馆收藏。翻译、解说民俗片《岷山深处的羌族》并于 1993 年参加加拿大国际民俗电影展，获优秀奖。

吴华

加拿大多伦多大学比较文学硕士，中国文学博士，1993—1995 年在母校读博士后。从 1995 年至今在西安大略大学、休伦大学学院任教，现为该校法语和亚洲学系副教授，主持汉语教学工作并教授中国语言、文学、文化类课程。其主要从事明清小说、小说批评及中西叙事学理论的研究。自 2004 年起，开始关注加拿大华裔—华文文学的比较研究，参与编辑、翻译加拿大华文作家的作品选集，并撰写研究加拿大华裔作家和作品的中英文论文多篇。

徐学清

加拿大多伦多大学东亚研究系文学博士，现为约克大学语言、文学和语言学系副教授，中文教研室主任，加拿大华人文学学会理事。著有《孔子的故事》，主编《枫情万种》（与人合作），参与《新中国文学辞典》，*Encyclopedia of Motherhood*（2010），*Encyclopedia of Modern China*（2009）等词条的编写。发表学术文章三十余篇。目前研究的中心课题是加拿大华人文学和女性文学研究。

喻大翔

文学博士，同济大学人文学院中文系教授，同济大学中国现当代文学学科硕士点负责人、学术带头人，同济大学世界华文文学研究中心主任，同济大学校史馆馆长。其研究方向为中国现当代文学散文集和世界华文文学。出版《现代中文散文十五讲》、《灵感之门》等散文研究和评论专著多部，著有诗集《舟行纪——同济百年诗传》、散文集《朋友与情人》等文学作品，是中国作家协会和上海市作家协会会员，中国散文学会和中国当代文学研究会理事，是享受国务院特殊津贴的专家。

张裕禾

北京大学西方语言文学系法语专业毕业，原上海外国语学院副教授。1990 年获加拿大拉瓦尔大学社会学博士学位，退休前任教于舍布鲁克大学历史与政治系。1993 年首次将"文化身份"这一概念引进中国学界。出版法文论文集《文化身份与移民融合》（2004）和法文专著《二十世纪魁北克小说中的家庭与文化身份》（2009）。在国内曾任法国文学研究会第一届理事会副秘书长，80 年代致力于介绍法国新小说理论和结构主义文学批评，并参与《巴尔扎克全集》的翻译工作，有多种译著和论文问世，曾参与《中国大百科全书》（外国文学卷）和《世界文学家大辞典》词条的编写。

赵庆庆

南京大学副教授和加拿大研究中心副主任，江苏省台港暨海外华文文学研究会理事，加拿大华裔作家协会和加拿大中国笔会会员，加拿大华人文学学会发起人之一。曾参与中国国家社科基金项目"中外文学交流史"的撰写，主持教育部"加拿大华人文学史论"项目。出版《枫语心香：加拿大华裔作家访谈录》、《霍桑传》、《讲台上的星空》等，参编《综合英汉文科大辞典》（获国家辞书奖）等大型词典。曾获加拿大政府颁发的"加拿大研究专项奖"、"项目发展奖"、南京大学人文社科奖和教学奖等。其研究方向为加拿大文学、华裔文学、中外文化交流。

朱郁文

厦门大学博士，现任职于广东省佛山市艺术创作院文化与艺术理论部，研究方向为文化研究与文艺批评。发表论文《失落·寻找·重建——〈小鲍庄〉蕴涵的文化焦虑》、《从〈伤逝〉看鲁迅对启蒙的反思》、《走向自我之后：中国当代女性诗歌中的自我书写及其发展境遇》、《多元文化冲撞下的泰华女性命运》、《起源与流变：论东西方神话中的"双性同体"现象》等。

附　录

附表：《大汉公报》的"七一"—"侨耻"论

编号	年/月/日	类别/文体	《大汉公报》栏目	作者	话题
1	1923/6/15	私人话语（诗歌）	文学栏：丛录（页11）	陈金铭	"关于加属移民苛例之僭言"：呼吁抗议 "四三苛例"
2	1924/6/12	私人话语（诗歌）	文学栏：丛录（页11）	亚孔	"七一歌"：呼吁抗议 "四三苛例"
3	1924/6/16, 17, 20	私人话语（粤讴）	文学栏：丛录（页11）	少英	"七一念"：侨耻与抗议
4	1924/6/20	私人话语（诗歌）	文学栏：丛录（页11）	周开轩	"七一纪念有感"：侨耻与抗议
5	1925/6/30	公众话语	社论栏：论说（页1）	硕	"七一侨耻之愤言"：华人之贡献与加人之忘恩负义
6	1925/7/3	私人话语（诗歌）	文学栏：丛录（页11）	佚名	"勿忘侨耻"：加拿大/加人忘恩负义
7	1927/6/25	公众话语	社论栏：言论（页1）	建武	"侨耻纪念与参与庆坎国庆"：交涉与交际
8	1928/7/7, 9, 10, 13, 14, 16	公众话语	社论栏：言论（页1）	黄孔昭	"说七一侨耻"：加拿大/加人忘恩负义
9	1933/6/30&7/3	公众话语	社论栏：言论（页1）	记者	"七一耻何时雪"：国难/侨耻
10	1933/6/30	私人话语（粤讴）	文学栏：汉声（页7）	鸣琴	"七一纪念"：呼吁抗议
11	1933/6/30	私人话语（诗歌）	文学栏：汉声（页7）	周玉生	侨耻与抗议

（续上表）

编号	年/月/日	类别/文体	《大汉公报》栏目	作者	话题
12	1934/6/30	公众话语	社论栏：言论（页1）	明心	"七一国耻纪念书感"：国耻与抗议
13	1935/6/29&7/2	公众话语	社论栏：言论（页1）	元	"七一、国耻"：国难、国耻（加拿大/加入忘恩负义）
14	1935/6/29&7/2	公众话语	社论栏：公开信（页1）	云高华中华会馆	"云高华中华会馆为七一国耻纪念告侨胞"：国耻（加拿大/加入忘恩负义）
15	1935/6/29	公众话语	文学栏：汉声公开信（页7）	域多利中华会馆	"域多利中华会馆为七一国耻纪念告侨胞"：国耻（加拿大/加入忘恩负义）
16	1936/6/30	公众话语	社论栏：言论（页1）	大公	"七一感言"：国难、国耻（加拿大/加入忘恩负义）
17	1937/6/30	公众话语	社论栏：言论（页1）	擎天	"七一耻何时雪"：国耻抗议
18	1937/6/30	私人话语（论文）	文学栏：汉声（页9）	明心	"七一、国耻纪念"：国难、国耻
19	1938/6/30	公众话语	社论栏：论说（页1）	元	"七一'国耻纪念"：国难、国耻
20	1938/6/30	私人话语（论文）	文学栏：汉声（页9）	明心	"国难与国耻"
21	1938/7/4	私人话语（诗歌）	文学栏：汉声（页9）	廖博吾	"国耻感咏"：国难、国耻
22	1946/5/3	公众话语	社论（页2）	简建平	"加拿大日"
23	1946/6/29	私人话语（论文）	文学栏：汉声（页7）	洪公	"七一感言"：国耻（加拿大/加入忘恩负义）
24	1947/6/30	公众话语	社论（页2）	洪公	"七一回忆感言"：苛例虽废除，待遇不公平
25	1952/7/2	公众话语	社论栏：祝词（页7）	本报同人	"祝加拿大七一国庆节"

后　记

　　由暨南大学、约克大学和加拿大中国笔会联合举办的"加拿大华裔/华文文学国际学术研讨会",已悄然过去四载。如今,它的成果之一——《枫彩文彰——加拿大华人文学研究论文集》,终于要付梓出版了。

　　近年来,加拿大华人文学取得了可喜可贺的成就,不仅诞生了一大批优秀的作品,而且在加拿大文学中颇有影响的华人英语文学作品,也陆续在大陆翻译出版。与此同时,学界对加拿大华人文学的关注也是与日俱增。可惜的是,这本论文集的篇幅有限,编者在遴选的过程中,无法顾及整体与全貌,因此遗漏是在所难免了。好在,尚可抛砖引玉。

　　论文集的问世,要感谢暨南大学出版社总编辑史小军教授的大力支持及出版社同仁的辛勤付出,感谢所有关心它、支持它、帮助它的朋友们。

编　者

2014 年 12 月